企業風雲

$成功啟示錄$

薛聖東◎著

目　次

書中人物身分介紹

任信良：濱州創億集團公司董事、副總經理，後出任創億集團股份有限公司法人代表董事長。

劉志恆：濱州創億集團公司法人代表董事長。

曲成文：濱州創億集團公司董事總經理。

黃永利：濱州創億集團公司董事、副總，創億房地產公司總經理。

陶萬琦：濱州創億集團公司董事、黨委書記、紀委書記。

湯恩泉：濱州創億集團公司董事、黨委副書記、工會主席。

滕　健：濱州創億集團公司總經理辦主任；創億集團股份有限公司董祕兼資訊發布官。

李　琳：濱州創億集團公司總經理辦副主任。

李露潔：創億房地產公司副總兼財務總監。

顧小明：濱州創億集團公司企管部經理後接任滕健所兼職務。

劉沫沫：濱州市創億集團公司總經理辦公室文祕。

胡夢影：濱州藥業連鎖公司業務一部經理。

高　原：濱州市市委常委、市政府常務副市長。

周國臣：原濱州市外經委主任，市政協副主席。

李大文：濱州市人民政府國有資產監督管理委員會主任、黨委書記。

楊墨鑫：濱州市人民政府國有資產監督管理委員會副主任。

徐文田：創億集團股份公司法律事務部部長。

王澍嘉：濱州市人民檢察院副檢察長。

傅彬彬：濱州日報社教育版責任編輯，任信良的戀人。

韓　力：濱州日報社財經版責任編輯。

高　瑜：濱州市恆誠律師事務所主任、合夥人。濱州市恆潤拍賣公司董
　　　　事長。

石美珍：任信良的妻子，濱州市第一中學語文教研組組長。

石雲開：石美珍兄長，濱州市第二中學校長。

任雲飛：任信良的獨生子，濱州市理科狀元，美國斯坦福大學留學生。

范立本：濱州市國有商業銀行行長。

張德茂：濱州市房產局局長、土地開發辦主任。

蔡澤藩：香港鴻飛實業集團公司董事局主席。

王曉航：中共濱州市紀律檢查委員會常務副書記。

張世陽：濱州市道教協會會長、清風觀主持。

李振奎：濱州市出版社社長。

谷月平：原濱州市公安局政治部主任。

曹小軍：濱州市東港檢察院反貪局局長。

賴國輝：濱州市恆誠律師事務所律師

金光皓：日本華濱貿易株式會社的社長，高原副市長的前任祕書。

第一章

成功的感悟

　　我是濱州日報社的一名普通的記者，論工作經歷，也僅僅是有著十幾年一般新聞報導工作的經驗。所以，我做夢也沒有想過要寫小說出書，欲揚名於世，更別說炒作自己了。照理說來，寫小說對於我來說不應該算是件難事，但是，當年一位講外國文學的老師曾經的一句話，像一聲警鐘，時時地告誡著自己，使得我不敢觸碰小說這個體裁。那位老師說：「小說是作家鑽到人的內心世界之後揭示出來的產物，相對於小說而言，新聞僅僅是照相的藝術，報導得再深入，也不能和小說相提並論。」所以，我一直對小說心存畏忌，要不是那個極其偶然又極其自然的機會，要不是聽了那句讓我內心撼動的話，我是絕不會萌動寫小說的念頭，而且，這個念頭自萌動之後，從此竟然無法遏制。

　　雖說是出身新聞專業，可是，老天偏偏沒有垂青自己，十幾年的時間，沒讓自己遇上一個特大的新聞事件和報導題材。「無冕之王」這輩子看來算是沒啥指望啦！於是，我那顆青春激越的心，隨著時間的流逝，隨著平凡工作的消磨，隨著生活的變故和打擊，漸漸地變得平常起來，甚至有些過早地表現出來了與年齡不相符的滄桑感和緩鈍感。

　　濱州嵐山公墓，依山而建，所有的墓碑都面向南面的大海，公墓的設計者，採用和借鑑了歐洲國家墓地的建設風格，而且，通過統一種植的水杉、芙蓉樹、矮松等樹木，巧妙地把一座座規格統一的墳墓與墓碑掩護起來，使得遠處的人們看到的只是一面綠樹成茵的山坡。

　　2008年4月3日，我來到了濱州嵐山公墓。我捧著一束潔白的百合花，踏著石板路，朝著山上的公墓悄然地走著。周圍靜悄悄的，西去的太陽從我的身後投來閃閃的陽光。明天就是清明節，掃墓的人都是趕在早晨，

只有我才會選擇這樣的時間，不過，那是我告訴妻子的約定，每年的清明節，一個人到妻子的墓前靜靜地待上一陣。

妻子去世整整十年了。十年前，嵐山公墓剛剛竣工，墓穴的選擇空間很大，所以，我可以把妻子的墓毫不費力地選在山頂的位置。有時私下裏琢磨，妻子真的有福，人走了，能在墓地裏有個好的位置，當然，這是一句昏話。

繞過前面那尊漢白玉的觀音雕塑，再上二十幾級臺階，就看到妻子墳墓的墓碑了。我停下腳步，轉身回望了一下大海，深深地吸了口氣。彷彿滿空氣中都有妻子的氣息，這種深呼吸就如同與妻子深深的接吻那樣，全身心地投入，陶醉、安然、愜意。

我準備繼續往山上走，忽然一個熟悉的身影，從前方不遠處閃過。「哎呀！那不是創億集團股份有限公司的董事長任信良嘛！看來真是有緣分。」我心裏說道。我大學時的一位同學前些年下海經商，去年底把公司搬到了共三十八層的濱州財富中心大廈，一下子和報業大廈成了近鄰，所以，春節過後，只要閒著沒事，便跑到老同學的辦公室玩茶道，聊天，來去的時候，連著在電梯裏看到任董幾回，感覺任信良像是換了一個人。僅僅才三年多的時間不見面，任董事長變得蒼老了許多。在電梯間相遇，我陪著笑臉點頭致意，打打招呼，任董事長僅僅是微微一笑，眼睛裏滿是陌生，而且那笑比哭還難看，冷得很。聽老同學解釋說，任董事長的公司就在隔壁，兩間辦公室，現在頂多三四個業務員，好像生意不大景氣。

一個人的運勢真是沒辦法看。想當年濱州創億集團股份有限公司那可是濱州的第一家國有的上市公司，是濱州市最大的外貿集團公司。

三年的時間，像是過去了整整半個世紀似的，一切都成了過去，成為了歷史。任董，任大董事長，任信良，早已不是當年接受我採訪的那位指點江山、儒雅瀟灑、滿腹經綸、激情振奮的上市公司的董事長了。三年前的那一年裏，創億集團公司和創億集團股份有限公司接連發生了很多的事情和變故。有外逃的，有去世的，有被抓的，有調離的，有的撤職。好端端的一個航母式大型國有企業一下子便垮了下來，職工問題至今仍然沒有

處理完畢。市委市府在處理涉及創億集團公司和創億集團股份有限公司的事情和問題上當時好像非常地低調，市委對報社還專門做了明文的指示：「不報導，不評論，低調冷處理。」

在2005年的那一年裏，創億集團公司和創億集團股份有限公司的高管層們究竟經歷了些什麼？所有外界關注創億集團公司和創億集團股份公司的人們只能猜測著，議論著，最後通過道聽塗說堆砌成了一個複雜曲折的故事傳說。應當說這些人中沒有人確切地瞭解和聽過故事的真實具體內容，他們只知道故事的外表包裹了兩個字——「慘烈」！

任信良也是一個人，背著手，手裏拿著一束白紅相間的百合花，往東面走去。望著任信良的背影，我歎了口氣，便向妻子的墓碑走去。我將鮮花輕輕地放到妻子的墓碑前，將背包裏的農夫山泉礦泉水拿出來，均勻地灑在墓碑上。十年了，女兒已經上小學三年級，我曾經帶著女兒到過這裏一次，那是女兒滿五歲生日的時候，但是，讓我萬萬沒有想到的是，一個五歲的女孩子會哭得那樣的慘痛和嚴重，以至於女兒最後哭得喘不上氣來，哽咽著，最後沒有了一滴的淚水，也就是從那次開始，我沒有再帶著女兒前來掃墓，因為我的心裏實在承受不住一個孩子極度悲傷的樣子，也就是從那時起，我在心裏和妻子做了約定，每年清明節的前一天的午後，來給妻子獻一次鮮花。

我站在墓前，低著頭，閉上眼睛，靜靜地聽著自己的心跳，靜靜地聽著，漸漸地，我聽到的不是我自己的心跳，而是妻子的心跳，是妻子的笑臉和妻子深情的眼睛，接著又是妻子的心跳。

「大力，我要做母親了！」妻子挺著圓圓的肚子，兩隻手輕輕地上下來回撫摸著自己的肚皮，水汪汪的眼睛裏流露著幸福和滿心的重要。

「大力你喜歡男孩還是女孩？」妻子柔情地問道。

「我都喜歡，只要是我們的孩子，我都喜歡！」我溫情地回答道。

妻子留給他一個背影。接著是白色的病房，綠色的醫生護士在進進出

出，沒有人理他。忽然，產房的門開了，一位護士包裹得嚴嚴密密，只露著一雙眼睛的綠色小護士走出來。

「你是病人家屬？快跟我來吧！」

妻子躺在床上，臉色蠟黃蠟黃，眼睛似睜似閉。接著又是一面面的白牆，和一個個包裹得嚴嚴密密的綠色的醫生、護士們。

時間凝固了，只有風聲、心跳聲、喘息聲，以及簌簌的淚水流入嘴裏後的舐吮的聲音。一年一度的這一刻，真的好長，又真的好短。那一刻，我忘記了時間的流逝，我忘了天地的存在。

妻子把心跳留給了女兒，可是連女兒的面都沒來得急看上一眼，從結婚到妻子去世，剛剛十五個月的時間。妻子走得太早，一晃整整十年過去了。造化為什麼這麼弄人，非讓相愛的人不能長久地相互廝守？為什麼悲劇偏偏落在我的頭上？

「是韓力？你也來掃墓？」一個深沉而富有磁性的聲音，打破了寂靜，使我回到時空之中。猛地從靜靜的世界中走回來，如同夢醒一般，身上滲出了一身的汗。

「啊，是我！」

任信良來到我的面前。我掏出手帕，急忙擦了擦臉上的淚水。

「是任董，您好，你也來掃墓？」

「是的，我來拜祭我的妻子，清明時節雨紛紛的，沒想到，今天的天氣卻很好，剛才，我順便上了一趟山頂，看看風景，透透氣，正打算下山回去呢，一眼看到你站在這裏。」任信良看了一眼我面前的墓碑，那語氣和表情完全沒有前幾次在電梯間裏那樣的冰冷。

「哎呀，同病相憐，你我一對兒光棍漢，你怎麼沒考慮再成個家？」

「一晃十年過來，習慣了，一想到妻子為生下女兒死在手術臺上，我就覺得對不住她。」

「我聽朋友說起過你，一個人帶著女兒生活，真的難為你了。」

我搖搖頭，面向妻子的墓碑做了三鞠躬。

「咱們下山吧！」我說完，便和任信良向山下走去。

「抽煙嗎？」任信良抽出一支香煙遞過來。

「謝謝！任董，我不會吸煙。」

任信良點燃一支香煙，猛吸了一口，然後，像是歎氣一般，把煙霧從嘴裏噴出好遠。

「那麼，韓力你會打麻將嗎？」

「不會，包括撲克牌，我都不會。」我笑著說。

「喝酒沒問題吧？」任信良接著問道。

「能喝一點，但是，也只是場合酒，社交應酬嘛！平時自己一個人待著沒事，可是不喝酒。」

「能說說原因嗎？我想聽聽大記者的理論高見。」

「任董開玩笑哪，哪有什麼理論高見，我認為都是個人習慣而已，就拿我來說吧，只是覺得抽起煙來一是辣，二嗆，三埋汰；麻將、撲克打起來一是費時間，二費腦子，三費銀子；而喝起酒更是一傷身，二昏神，三誤事的；還是清茶一杯，讀讀書好，一省時，二省力，三獲益。」我笑了笑說道。

「不一樣，一開口就不一樣，確實不一樣，到底是濱州的大記者，說起來一套一套的，我說有理論，就是有理論，不錯，高見！與眾不同。」

「任董誇獎，胡說一氣而已。」

「是啊！說得有道理，不過嘛，是男人，還總應該有個缺口，你說是不是？你今年四十歲還不到吧？」任信良說著，臉上露出一絲狡點的笑來。

「快了，再有兩年。」

「男人嘛，要懂得女人的心願，要懂得女人的底線，知道嗎？」

「女人的底線？」我不解地看著任信良。

「是的，女人的底線，男人必須知道，女人最不能容忍的是一個男人在情感上對她的背叛！」

「那男人的底線是什麼？」關於男女的話題，使我和任信良之間的距離拉近了許多。

「真想知道男人的底線是什麼？好吧！我告訴你，男人最不能容忍的是一個女人肉體上的背叛！哈哈！哈哈！」任信良發出了一陣爽快的笑聲，那笑聲，使得我在一瞬間，又看到了三年前的那位任董事長的風采。

「任董，剛才說是來拜祭夫人的？」

「是的。」

「任董夫人過世多久了？」

「已經四年了。」

「患的什麼病？」

「心源性心臟病，她連搶救的機會都沒給我，就倒在了課堂上，什麼話也沒有留下。」任信良說著，臉色凝重起來，眼睛望著遠處的海，大概是在回憶和聯想夫人病發時的情景。

「我的愛人也是心臟病，從小就有的，其實完全可以避免，但是，我的愛人偏偏要生孩子，結果大人沒保住。」

任信良用手使勁拍了一下我的肩膀。

「小老弟，命運折磨人，上天捉弄人呀！你說，你的愛人究竟是怎麼死的？」

「剛才我說過，心臟病發，病死的！」我有些不解地看著任信良。

「不！你愛人是累死的！」

「明明是病死的，怎麼會是累死的？」我有些狐疑地看著任信良。

「老弟，所謂病只是個名相，試想，如果你的愛人不去生孩子，她會死嗎？」

「當然，不一定的。」

「所以，我說你的愛人是生孩子累死的！知道嗎？和我的愛人一樣，忙，忙，忙，是被工作累死的，我的愛人死在講臺上，是累死在她工作的教室裏。」任信良的語氣有些激動。

「任董，要是這樣說來，世上的人最後的死都可以歸結為累死的？」任信良的話雖然有些歪理，但是，有耐人尋味的地方，我不由得反詰道。

「當然，如果你的愛人不生孩子她可能今天還活著，我的愛人如果

那些日子不講課，只在家裏休息休養，我想，她也會活著。當然，人終歸是要死的。人活著，這一輩子究竟忙些什麼？究竟能得到些什麼？你想過嗎？」任信良的語氣低沉，有些傷感，兩眼注視著前方，好像要把遠方的虛空看穿一般。

「任董，這個題目往深了說也行，往淺了講也可，反正我覺得不太容易破，看從哪個理論角度來講吧。」

「不，人活著只有一次的機會，換句話說，人的生命只有一次，這個話題絕不能用和稀泥的辦法來參悟！」任信良的語氣中透著堅定和執著。

「這麼說來，任董有答案了？」我內心的不解相對於任信良的自白，明顯有些乏力。

「這正是我要參透的地方！」

公墓出口的停車場到了，我和任信良都沒有往停放自己轎車的方向走的意思，而是如同一對要好的朋友，相約散步一般，繼續自然地緩步向山腳下的海灘走去。

那一天的晚上，我和任信良談了很久，從太陽西沉，一直談到太陽慢慢地隱退，一直談到我們背後的嵐山被夜晚的天空隱藏在黑暗之中。也就是從那一天晚上起，在接下來的近半年的時間，我開始以一位朋友的身分進入任信良鬱悶的內心世界，開始以一位聽眾的身分靜靜地傾聽，傾聽曾經的一位國有上市公司的法人代表、董事長彈奏出的一個國有企業興衰的悲情曲，傾聽那一幕幕國有資產蒸發的故事，感受那不為外人所知、不為常人所解的驚恐和戰慄，品嘗著一位曾經的所謂成功者自釀的又苦又辣的人生烈酒。

任信良的回憶是斷斷續續的，原因是任信良常常被感慨和激動所打擾，從而陷入了分心和感歎之中，一件事往往又分出了好幾件事的話題，一個話題又牽扯出好幾個故事。最重要的是這些故事和話題的表面是分散的，本身看起來是獨立的，然而實際上卻又是相互聯繫的，說是相互聯繫

的，可偏偏又都隱藏在各自的獨立空間之中。讓聽的人感覺到的是跳躍的、蒙太奇的、意識流的，稍有跑神的時候，便會感覺大腦反應跟不上。於是，我只好動用了採訪工具，當然，沒有事先告訴任董，因為我覺得，越是自然的交流，越真實，如果事先告訴他我在錄音了，那樣的話，任董和我的談話便會變成有著明顯人工痕跡的訪談錄，會嚴重干擾任董敘述的思緒。所以，我每次聽完任信良的講述之後，回到家裏總要配合著錄音筆，盡可能地對那些談話內容做著整理。雖然表面看來有些麻煩，但是，我覺得這些畢竟是一個曾經的成功者自然的流露。

任信良說：「再好的名著也比不上一個人親身經歷的驚心動魄的故事那樣真實和深刻。」

我覺得這話有道理，尤其是隨著對濱州創億集團公司、濱州創億集團股份有限公司中的人和故事的深入瞭解，使我更加感到任信良說這句話的分量和涵義。

終於有一天，當任信良把有關他的故事和話題基本上向我說完的時候，我向任信良坦誠地表達了自己在暗中進行的文字整理的活動。出乎我的意料，任信良表現得極其平靜，任信良微微一笑說道：

「人生如戲，世事如局，總有結束的時候，原來準備爛在肚子裏的東西，沒曾想竟然講給了你這位小老弟聽，哈哈，整理一下也好，能出版更好，畢竟都是真話、實話，現在這世道，不就是真的太少了嗎？不過，我有個建議，別白話文，也別文謅謅的，也就是說意思表達上要含蓄一些。」

「明白，我會加工一下，提煉一下，小說嘛！盡可能地純文學一些，讓人讀著既覺得像，又覺得不像。覺得像當然是解恨、解氣啦，覺得不像當然是避免對號入座啦。」我調侃地說道。

「解氣？解恨？解什麼氣？解什麼恨？老弟，我沒有氣，也沒有恨，你就把我的故事權且當作給當今這個社會下的一副清熱解毒的湯藥吧！我不是擔心對號入座，真名實姓也沒關係，世上重名人可多了去了，現在也就是那些患神經病的人喜歡鑽牛角尖，喜歡對號入座。所以，你用不著太

拘謹，太小心，該放開的地方就大膽地放開，反正圍繞著我說的那些故事來寫，只是在寫到具體人的時候，咱們要厚道些呀，尤其是對那幾位死去的革命同志，嘿嘿！」

「這一點，任董你放心，我是新聞專業的，特長是攝影，講究的是真實記錄，絕不會醜化哪位人物，在故意美化和醜化這方面，我沒有專長。」

「那就好，那就好，人活著，一定要積點德。別人在缺德，咱們可不能也跟著缺德。缺德可不得好死，這是千古不變的道律！你知道嗎？」

「我知道，人無德而幾於禽獸也，這是古人的教誨！」

「是啊！說得對！我已屆天命之年，閱人無數，跟頭把式滿身傷痕地活到今天，在看人方面基本上沒走過眼，我相信你。」

「謝謝任董，思路和結構已經沒什麼問題啦，現在的難題出在結尾上。」

「哈哈，結尾有什麼難的？不寫不就結束了嗎？」

「哈哈！任董，你真幽默，你還記得日本電影《追捕》的結尾嗎？」

「《追捕》的結尾怎麼啦？」

「女主角真由美問男主角杜秋：『完了嗎？』杜秋說：『哪有個完呀！』」

「一切都在繼續，不是嗎？你說生活中有句號嗎？」任信良的表情像個哲學家。

「按照故事的發展軌跡，事情總要有一個結尾，也就是對讀者的交代，比方說正邪之戰，總得有個輸贏吧？」我用探究的目光注視著任信良的眼睛。

任信良的話是有哲理的，「生活中有句號嗎？」這是思考者的心聲。

「正邪？輸贏？千萬別落入俗套，帶著框子，世間萬物沒有絕對的正，也沒有絕對的邪，正中也生邪，邪中也生正，這就和太極陰陽之道同理，陰中生陽，陽中生陰，陰陽相互轉化，至於輸與贏，那也僅僅是人為的劃定而已，在至高無上公正的上帝面前，我常常感覺社會上所謂的風雲

人物，其實都是一些小丑而已，沒有一個贏家，沒有一個成功者。不過，人生中做過的事就不要後悔，沒做過的事也不要遺憾。」

「任董，你是一名基督徒？」這可是一個新的發現，我追問著。

「我心裏想是，可是，我不是。不過，我是一個基督徒的丈夫！」任信良說到這句話時，語氣沉重，眼睛濕潤起來。

沉默了一會兒，我試探著問道：「難道就沒有一個贏家？」

「若說有，也僅僅只是在眾多的英雄主義者中，那些曾經採取陰謀和小聰明手段，利用過別人的人，包括那些所謂的成功者。」任信良的嘴邊露出一絲的不屑。

「我在整理文字的過程中，一直也在思考這樣一個問題：作為一名企業家，尤其是一名國有企業的企業家經理人，所謂的成功和人生的追求是什麼？前些日子，我查資料，偶然看到作家出版社2006年1月出版發行的一本書，是一位國企老總寫的，屬於那種小說自傳體或者說是自傳體小說，書名是《男人與海》（注：小說作者：張毅）書裏面有這樣一句話，要是用在咱們的作品裏，我覺得應該合適。」

「這本書我沒看過，你說說！」任信良說道。

我翻開手中的採訪本，找到摘錄的那段，用平穩的語調唸道：「我在想啊，什麼是成功？我看，成功絕不意味著金錢的厚度和掌握日益膨脹的權力。有的人，腰纏萬貫，卻找不到任何人生的支點，生活黯然無味；有的人權力很大，地位很高，不僅得不到人們的尊重，反被人們嗤之以鼻。其實，成功意味著追求的樂趣、心理的滿足、體魄的健康、精神的充實和人格的魅力的實現、完整及社會的認可。現在，我才感到，成功是一個綜合的概念。」

任信良聽著沉思了片刻，說：「就說這前半句吧，說的倒是實情，實際情況確實如此。但是，你注意到沒有？這後半句讓人聽了就有些摸不著邊兒了。嘿嘿！成功意味著追求的樂趣、心理的滿足、體魄的健康、精神的充實和人格魅力的實現以及完整社會的認可。聽聽！這叫什麼話？追求的樂趣是什麼？心理如何滿足？這才是問題的關鍵！凡事一具體就深

入，這是當年我們這些參加『三講』活動人經常用的一句經典話語，很實用。除了追求的樂趣、心理的滿足，其餘都是幌子，說得有些太冠冕堂皇了吧，本人也是有過當企業老總的經歷的，根本沒有他說的那麼崇高。扯淡，純屬扯淡，假話連篇，睜著眼睛說胡話。一言以蔽之，僅僅是鑽營，僅僅是不顧死活的鑽營而已，為名，為利，為享受，為感覺，為了虛無的一切，大話連篇地表白，揚言自己領悟了什麼，啊就……啊就，人生的真諦！」

「啊！──呸！」任信良的話說到這裏，情緒有些激動，話有些結巴。他停了停，緩了口氣接著又說道：「究竟什麼才是人生的真諦？說了半天不還是一廂情願嘛！隔靴撓癢，雲山霧罩的，離人生的真正定義差得太遠太遠。還揚言什麼綜合概念！拉──拉倒吧！哈哈！」任信良說完一陣的冷笑，那笑中包含著鄙夷和不屑，笑聲中包含著任信良的大感大悟。

成功被所謂的成功人士定義成一個綜合的概念，這種綜合的概念又被任信良輕鬆地否定，被重新詮釋為一個新的概念──百般地鑽營。或許，任信良不算是一個成功的人士，根本就沒有資格否定這個由所謂成功人士自己下的定義。但是，難道所謂成功人士他們所說的成功的目的真的就是為了那個什麼都包括的「綜合概念」？我忽然發現，我打算寫的這本書已經自覺不自覺地觸及了一個非常性的敏感問題──中國人的最大缺點是否就是鑽營的問題，他們習慣於一成不變的生活方式中的百般鑽營，目的就是為了追尋著、追求著他們所謂的「沒有遺憾的人生」，而美其名曰「成功無悔」。我驚慄了！一股涼氣從腳底慢慢地升起。

成功的涵義究竟意味著什麼呢？對於那些身上擔負著國有資產保值增值使命的國有資產的出資人代表、那些被稱為企業領導人員的人們，對於那些身上肩負著黨的政治使命和政府職責的官員們，對於那些兩代甚至三代習慣而無奈地安身立命於國有企業的員工們，換句話說，對於我們這個社會上扮演著不同社會角色的每一個人來說，成功又該是一種怎樣的詮釋？我的內心沉重起來，心裏開始琢磨著如何拓展書中人物的內心世界，開始琢磨著如何把小說的主題向更深的層次挖掘和發展。

第二章
推介會困惑

　　2005年3月20日，濱州黑天鵝國際大酒店──濱州唯一一家五星級酒店，有近百位中外記者和近百位客商參加的「濱州市重點城市建設專案推介會」正在二樓多功能大廳內進行之中。

　　在強烈的燈光烘托下，多功能大廳呈現著一種熱烈高貴的氛圍。記者們架著「長槍短炮」，不停地攝錄、拍照，閃光燈「咔嚓、咔嚓」地閃個不停。

　　「尊敬的各位來賓、尊敬的各位新聞界的記者朋友們，大家好！今天是農曆乙酉年的春分。春分意味著春天真正的到來！在春天來臨之際，我十分榮幸地代表濱州市委市政府和濱州市的四百萬市民，向蒞臨今天的『濱州市重點城市建設專案推介會』的各位朋友隆重介紹濱州『兩園一岸』建設項目。」濱州市市委常委、政府常務副市長高原洪亮的聲音迴蕩在多功能大廳之中。

　　高原在多功能大廳強烈的射燈燈光的照射下，黑黑的胖臉，顯得精神十足，略微禿頂的大額頭泛著油光。

　　主席臺一側的投影螢幕上，顯示出電腦合成的鮮活的畫面。高原副市長步伐有力地，挺胸抬頭走到投影螢幕前，以熱情的語氣、洪亮的聲音為來賓講解著。

　　「所謂的『兩園一岸』建設項目是指：濱州工業園、歐洲楓景園以及濱州陽光海岸三個建設專案，大家請看大螢幕。」

　　推介會是週五的下午5點開始的，整整一個小時的時間。晚上6點30分，濱州市的電視臺《時事要聞》欄目時間裏，電視便進行了剪輯播報。

作為「歐洲楓景園」項目的建設單位，濱州創億集團公司、濱州創億集團股份有限公司的法人代表董事長劉志恆，此時坐在家中客廳的三人大沙發的正中間，目不轉睛地看著電視裏轉播的推介會情況。

按理說他應該參加此次推介會的，可是，劉志恆有個「三不上」的習慣和低調作風：不上報，不上電視螢幕，不上廣播。他把這次重大的露臉的機會硬是安排給了集團公司所屬的濱州創億房地產有限公司的總經理黃永利。他心裏清楚得很，刁鑽的記者不會放過這樣的採訪機會，而麻煩往往就出在這些記者的報導上。開會前，劉志恆特別交代黃永利對付記者的策略，他擔心的不是公開的採訪，而是推介會結束後酒會的交流。

「春天象徵著生機，春天象徵著希望，春天象徵著溫暖，春天象徵著友情，『兩園一岸』給我們濱州市提供了更廣泛的共創嘉業、共結友情的新式舞臺。『兩園一岸』帶給我們濱州市人民的不僅僅是一個美麗文明的願景，更是觸手可及的真實生活。今天的發布會，得到了市委、市政府的高度重視，得到了十幾家企業的大力支持，尤其值得感謝的是來自全國各地的新聞媒體界朋友的大力捧場，所以，在今天的推介會後，我們略備了薄酒，聊表對大家的感激之情，請各位會後，務必入席。」高原副市長的講話是即席的，沒拿稿，講話內容熱情而富有詩意。

劉志恆看了一下錶，拿起手機，給黃永利編了一條短信：

少喝酒，見好就收，及早撤退！

劉志恆發送完短信，等了有十幾分鐘的時間，黃永利的短信回覆來了：

董事長，請放心，明白。

劉志恆看完短信，心裏感覺有些不妥，他撥通了副總任信良的手機。

「信良，你現在放下手裏的事情，馬上趕到黑天鵝大酒店，酒會馬上開始，我擔心這次推介會，人多嘴雜出是非，你跟緊些。」

劉志恆話沒有商量的語氣，他此時想到的是讓任信良即時趕到酒會現場，並且要和黃永利時刻在一塊。在劉志恆的大腦中，正有一根極為敏感的神經，像萬伏高壓電線一樣，容不得觸碰。

劉志恆與任信良結束通話之後，又把這樣一則短信寫好，發送到任信良的手機上。短信內容是：

事成於密，敗於疏，補臺是低層次的，搭臺才是高級階段，老弟，英雄主義是一種虛榮，需要理性主義者的及時修正，一定要把黃永利看緊，切切！！！

隨後，劉志恆又給黃永利編發了一條短信：

永利，孤軍奮戰不易，群記、名記，你上我下，我怕你體力不支，打熬不住，信良即刻到場，二位聯手，把名妓們幹扁！我相信你！

給黃永利的短信剛剛發送成功，任信良的短信回覆便到了：

走一步，看一步，步步為營啊；想一句，說一句，句句投機呀。天衣無縫。

劉志恆看著任信良的短信回復覆，剛才緊蹙的眉頭舒展開來，他對著從餐廳過來的辦公室副主任李琳笑著說道：「你看信良，就是省心、放心、用著順心，永利要是和信良這樣，我就更放心了。」

「你呀！天生是個操心受累的命。過去說黃永利精明、懂事兒、會來事兒、好，也是你；說任信良書生氣太重、太死板、太規矩，也是你。你呀！快點吃飯吧！」

李琳十足的女主人神態。李琳和劉志恆在一起同居已經三年多的時間了，兩個人雖然在同一個單位上班，但是，藏得十分得體，一進一出，他

們並沒有讓集團公司的人和外界的朋友們察覺到。五年前，劉志恆的妻子神祕地去了澳大利亞，當時，劉志恆對外界說，妻子李靜芳是為了女兒留學，專門去陪讀的。但是，兩年之後，劉志恆和妻子兩人就祕密地辦理了離婚手續，而這一切，創億集團公司的上上下下的職工並沒有人知道。

劉志恆沒有馬上站起來，而是給李琳遞了個眼色，對著電視努了一下嘴，說道：「政府有時候真是跟著亂，一個個領導就知道場面風光，卻不知道企業的難處，不瞭解企業在想什麼，事情正是關鍵當兒口，非得搞什麼推介會、酒會什麼的，又是記者採訪，又是電視轉播。」說完搖了搖頭。

「你們這些當頭頭的，真難伺候，多好的機會，有些企業巴不得有這樣不花錢做廣告的機會，搶著上還來不急哪，你可倒好，整個兒就是一個好賴不知嘛！」

「親愛的，不要婦人之見好不好，歐洲楓景園什麼情況，是推介報導的時候嗎？」

「怎麼不是時候？推介、推介，媒體宣傳、宣傳，房子不是能賣得好嗎？」

「唉！你懂什麼？那歐洲楓景——」劉志恆忽然欲言又止，轉過頭去看著電視。

他始終掌握這樣一條原則，涉及工作上深層次的關鍵問題堅決不說，涉及官場上的事情堅決不說，儘管偶爾回到家裏和李琳偶爾閒談一下公司裏的人事。

「邊吃邊看吧！飯都盛好了，餐廳的電視開著哪！」李琳催道。

劉志恆一邊往餐廳走，一邊對李琳說：「你說給永利發短信吧，他就不像人家信良那麼痛快，有信必回，每回必快。」

「別這麼苛刻好不好？黃永利就是黃永利，任信良就是任信良。黃永利要是也那麼痛快，不就變成任信良了？」

「沒看出來呀，你說得滿有道理的嘛，對，說得有理。」

「誰沒有一點事兒，這是在地方，不是在當年你們的部隊裏面，每天整得那麼緊張幹嘛？寬鬆一點啊！」李琳在餐桌前坐下，笑著說道，隨手

拿起遙控器，換了個播放韓劇的頻道。

「琳琳，我在琢磨，有些事並不是我故意多心，這一年多來，永利變化挺大的。」劉志恆往嘴裏扒拉了幾口飯，停下來說道。

「哪變了？都是你的部下，他能變哪去？」李琳有些不耐煩。

「你剛才沒看電視裏，黃永利看高原的眼神？」劉志恆說這話時的神情，像個喜歡打聽事兒的農村婦女。

「看別人眼神幹嘛？真有意思，我才不關心他們的眼神呢，我只關心你的眼神，看你都瞅著誰？」

「真拿你沒辦法，不長腦子！」

「長腦子就是為了看別人的眼神？累不累呀？該吃飯，吃飯，該休息，休息，沒見過你這麼熬神的！」李琳說著，往劉志恆的碗裏，夾了個蝦仁。

「算了，不和你說了，你慢慢吃吧！」劉志恆又胡亂扒拉了幾口飯，放下碗，起身往書房走。

「你那些破事兒，說了，我也不愛聽！」李琳笑著，斜乜了劉志恆一眼，一邊吃著飯，一邊看起韓劇來。

劉志恆的書房，布置得比較簡單，一整面兩組深色實木書櫃，一副不大的寫字臺，配著一個有些不太對稱的寬大的皮轉椅，桌面上擺了一摞各種參考，書房的氣氛有些昏暗。劉志恆手裏拿了一份大紅頭的改革參考，百無聊賴地翻閱著。儘管這些參考的內容，現在報刊、網路均有登載，可是，劉志恆仍然喜歡在家裏的書房通過閱讀這些李琳為他訂閱的各類公開發行的參考類雜誌獲得資訊。他覺得這是一種身分，一種待遇，雖然這種待遇劉志恆沒有通過正式的文件取得過，但是，他這種年紀的人都非常清楚，政府官員閱讀文件，閱讀參考，代表著一種地位和級別，代表著一種占有和掌控，有居高臨下一覽眾人小的優越感，所以，他喜歡自己營造出的這種氛圍。

「情況怎麼樣？」當任信良打來電話的時候，已經是晚上9點多鐘了，劉志恆有些發急。

「我去的時候，正趕上宴會剛剛開始，永利在一號桌，市裏大頭頭開始只有高原市長，後來大文主任來了，座位都留好的，看來事先是有安排的。」

「你說什麼?大文主任去了?」

任信良電話中說的大文主任，是濱州市人民政府國有資產監督管理委員會的主任兼黨委書記李大文。

「這可是新情況呀，永利事先沒有透露大文主任出席宴會的事呀。」劉志恆稍微頓了一下，接著說道：「大文主任說什麼沒有？」

「大文主任只是隨便問了一句，說：『志恆沒在家？』我和他說，董事長去北京了。」

「大文主任怎麼表示的？」

「大文主任沒再問。麻煩的不是領導，還是那幫子記者難纏。其中，《濱州日報》財經版的一位叫韓力的男記者刨根問底，不僅和那幫記者一起過來敬酒，還趁著酒會的高潮之際，端著酒杯過來單獨和永利大侃神聊了好一陣。」

「什麼？和記者單獨？聽到什麼沒有？」

「沒準那位叫韓力的記者和永利認識，我隱約聽到幾句，什麼容積率、售樓、空房率、入住率等的，其他的沒聽清。我看酒喝得差不多了，便拉著永利趕緊撤了。我想，永利不會亂說的。」

「不，信良，這件事我沒覺得有這麼簡單！記者多事兒。」劉志恆的眉頭蹙到了一起。

「信良，你知道這件事的敏感性和重要性，不能有一點差錯。你現在馬上和報社的王社長聯繫，安排總編室值班的，對於『歐洲楓景園』的報導，點到為止，越虛越好，堅決不要涉及具體事兒。有必要，你要連夜去報社一趟。我看，你辛苦一趟吧，現在就去。」

「好的，明白，我立刻把報社的事辦好，董事長放心吧！」

在劉志恆的心裏，眼下最讓他煩心的是創億集團股份公司的命運。作為由濱州市六家外工貿公司，包裝打造的貿工企業航母、濱州市的第一家

國有上市公司、濱州創億集團股份有限公司，在上市後始終不順，而且自始就沒順過。這兩年更是一路虧損，面臨被打入ST板塊的局面。儘管濱州市政府方面大力做工作，但是，證監會已多次下達要求整改的文件，省市國資委又不斷要求加大國企改革的力度和進度，而且要求在改革中，不得動用國有資產來完成國企改革，要完全按照市場化行為進行操作和解決。這樣一來，劉志恆的壓力明顯超出了尋常。因為完全按照市場化行為依法辦理，首先面臨的問題便是資產整合，並且必須吸納資本市場社會法人和自然法人的資產進入，如此一來，局面就不是現在的局面，他的話語權，及其權重的分量均不得而知，而且最糟糕的將是資產結構情況的完全透明的審計和評估。這一切對他來說，談不上怕，但是他不滿，他在心裏罵娘。心裏說：「這是跟大姑娘要孩子，蠻不講理。」但這不滿、牢騷、謾罵只能在心裏進行。迫於這種形式的需要，他想出了一個「無中生有，偷樑換柱，借力打力，保殼下蛋」的措施計畫。這個計畫全部內容和方案僅有他一個人全部掌握，相關的工作只在非常小的範圍內，分別進行了研究和分工落實。眼下，這個計畫正平穩地進行著，就等待證監會的最後發文認可。他不允許因為一點閃失壞了全盤的計畫，尤其讓劉志恆感到彆扭的是，黃永利近兩年多來與市裏領導尤其是高原副市長等領導之間的微妙關係。

　　李琳端著一個精美的骨瓷蓋碗進來。「志恆，來，把雙參湯喝了！今天的雙參湯，可是反三七比例。」說著一隻手搭在劉志恆的肩上。

　　李琳已經換了一套重磅真絲的淡青色的睡衣，雖然是晚妝，但是，口紅卻搽得格外紅豔刺眼。昏暗的燈光下，李琳的眼睛閃動著，幾乎流水。這半年多來，劉志恆總是感覺體力不支，尤其是到床上，更是成功機會很少。也不知道李琳是在哪聽到的方子，把紅參片和西洋參片按照三七的比例早晚悶泡一碗給他喝，說是紅參補氣，西洋參補血，天天認真地按時料理好給他喝。

　　大概是心情的原因，劉志恆聽到反三七比例這個詞時忽然反常地瞪著眼，對李琳說道：「我怎麼就聽著這麼彆扭，跟他媽的誰學的，三七開、三七開的，還二八扣哪！搞評價哪？」

　　「說什麼哪，這是哪跟哪？我看你是用腦過度了。親愛的，身體要緊，心情要緊，別鬧，快把它喝了！聽話！」

　　看著劉志恆一口、一口地喝著雙參湯，此時的李琳表現出了與自己的年齡極不相符的一位上了年紀婦女才有的耐心和體貼，而劉志恆反倒像似個大孩子。看劉志恆喝完雙參湯，李琳接過骨瓷碗，她把嘴湊到劉志恆的耳邊低語著。

　　「要！要！要！到一邊待著去！」隨著李琳的低語，爆出的卻是劉志恆的大嗓門。

　　李琳抬起身，仰頭看了一下天棚，深吸了一口氣，伸出右手轉動食指，在劉志恆的頭部輕輕地畫了一圈，緊接著伏身低頭在劉志恆的肩頭咬了一口。

　　「哎約！」劉志恆叫了一聲。

　　「不理你！待著吧！」李琳說完，轉身走出了書房。

第三章
班子會玄機

今天是2005年3月28日，星期一，班子例會。上午8點半，副總經理任信良和黨委書記陶萬琦一個前、一個後地來到會議室。

「兩位領導早！」董事會祕書兼辦公室主任滕健正在關窗戶，看見任信良和陶萬琦進來，主動打著招呼。

「書記早！任總早！」正在橢圓形的會議桌前擺放水杯、煙缸的辦公室打字員兼管文件收發和印章、文件檔案管理的劉沫沫，也笑著打著招呼。

「早，辛苦。」任信良微笑著點點頭。

陶萬琦扯著大嗓門：「滕健，劉沫沫，還是你們來得早啊，給我們輸送點新鮮空氣？」

「週六、週日連著兩天關門、關窗的，屋裏空氣不好！早晨過來，提前開窗透透空氣，還得趕緊關上，天氣還是有些寒冷。」滕健說著，又走到門口，設定起空調溫度來。

這時，總經理曲成文、黨委副書記湯恩泉、副總經理黃永利陸續走進來，大家有一句沒一句地寒暄著，態勢上有些冷場。好在劉志恆恰到好處地把握著時間，不冷不熱地踱了進來。劉沫沫看劉志恆進了會議室，幾步快走，有些可以說是小心地輕輕關上門，離開會議室。

「董事長，週末過得好哇！」曲成文臉上一下堆起笑來，他的話，說不上是個問句，還是感歎句，總之是那種可以回答也可以不回的話。

「過個星期天，咱們頭兒胖了，哈哈！」看來還是黨委書記陶萬琦的這句話管用。

劉志恆今天特地穿了一件淺褐色的西服，白色的襯衣搭配了一條褐色的領帶，他的這套裝束在清一色藏藍色西服、白襯衣、領帶穿著的與會人

員的襯托下，顯得既突出又不太扎眼。

劉志恆笑了，摸著腮幫子。「大夥也不錯，看來營養也跟上了。」

劉志恆笑著，用目光回應了任信良、黃永利、湯恩泉、滕健的微笑，算是打過招呼。

週一例會說得具體一些就是班子會，而且這班子會是帶有創億集團特點的會。因為這班子會有時就變成了董事會，再有時又變成了黨委會，原因是創億集團公司和創億集團股份公司的事都在這一個會上，黨的會自然也在這個會上。劉志恆作為創億集團公司和創億集團股份公司的法人代表和董事長，面對公司下一步的體制改革，劉志恆正不聲不響地推進著他的計畫。

劉志恆正了一下身子，看看坐在橢圓形會議桌兩邊的班子成員，又斜側了一下身子，說：「身病不由己呀，都是我這身體的原因，耽誤了不少的事。時間像流水似的不等人呀，一眨眼，半年的工夫就過去了。責任在我，不能再耽擱了。週一的例會常常開不成，多虧了各位辛苦，分工把守，各負其責，集團大小工作都有條不紊。這說明什麼？這說明我們創億團隊是有較強的凝聚力和戰鬥力的。」

劉志恆只要開口講話，就意味著會議的開始。多年來，他喜歡並養成了這種風格，想到哪，說到哪。他清了清嗓子繼續說道：

「閒話少說，今天的會議我們大家先重點討論一下創億的下一步。或者說，三到五年，創億究竟如何發展？創億的主業究竟如何定位？我們能幹什麼？什麼能適應讓我們來幹？這個課題我們已經說了很多年，國資委也在重點抓這件事。所以，我們要儘快地，或者說馬上就形成綱領，實實在在地像法律一樣寫在紙上昭示上下。創億的興盛與低迴圈發展，我們是親歷者，我們失去了很多的機會和時間，我們失去了很多很多說不清但能看得見的東西，每個人都把自己的思路談一談，不受時間限制。滕健搞好記錄和錄音，把大家的觀點揉和在一起，形成一個言簡意賅的，有我們創億特點的東西出來！按國資委的要求，幾句話，一百字以內，高度概括，幾句話說出來，馬上能讓人知道創億是幹什麼的！」

　　十年前，創億集團公司以所屬的濱州藥業公司為核心，吸收濱州市另外五家外工貿企業組合起來，目前，除藥業、服裝這兩大塊業務，比較好地發展下來以外，再就是以原五礦公司籌建起來的創億房地產業務，現在由黃永利負責，主要的建設項目就是：歐洲楓景園。其餘的汽貿、機械、化工等業務，已經萎縮至業務部、業務科的規模，停滯不前。

　　劉志恆看了看滕健，滕健連忙點點頭。滕健的頭髮今天有些髒亂，近兩年多來，這位創億集團公司的王老五，為了搞對象的事而忙活著，東一棍子、西一扁擔的，始終未有突破性進展，荷爾蒙的分泌失調導致情緒不振，心情鬱悶，滕健的目光中有些茫然。

　　「我們趕上了改革開放的頭班車，而且享受到了頭等車廂的待遇，但是，我們沒有保持一種共產黨人的憂患意識，忘了及時地換車。」雖然劉志恆讓大家談談思路，但是，他並沒有停止他的發言。

　　每逢講話，劉志恆喜歡用一些比喻詞，就像剛才說「時間不等人，像流水似的」以外，他還喜歡並善於用一種含蓄隱喻的方式表達自己的意思，然後讓聽者去想，去猜，去琢磨。這樣一來就出現了一個矛盾和困惑：如果聽者馬上聽懂他的意思，這樣就顯得他的話沒有深度，他會不高興；可是如果他的話，聽的人根本聽不懂，又會讓他的話達不到目的，甚至誤事，這也是他最不希望的。所以，他的內心是希望他的話不是馬上被人聽懂，但是，聽者又必須能聽懂他的話；退一步說，起碼要做到即使他的話能聽懂，也不能當場表露出來，他覺得只有這樣，他的講話才能深刻形象表達，這才符合他自己的身分。

　　「如今，我們趕上中國的投資大時代，經濟大時代，賺錢大時代，時不我待，機不可失，我們要緊緊抓住。創億的事業是我們大家的事業，我希望大家找準自己的位置，認清自我，規規矩矩地把我們的事做好。一命，二運，三風水，四積德，五讀書，六修煉。人心不能浮躁，東張西望，解決不了什麼根本問題。生意場上，大錢靠命，小錢靠賺。做官也是一樣的道理，大官靠命，小官靠拚。」

　　劉志恆這一番話，究竟說什麼，有的人能聽懂一些，有的人能聽懂全

部。任信良聽到這裏，與劉志恆的目光交會了一下，他知道劉志恆最後一句話是在旁敲側擊黃永利。黃永利白淨淨的臉，有些泛黃，面無表情地看看劉志恆，然後便低下頭做筆記。

「有人說，中國的股市是投機市，是政策市，是政府市，我卻覺得這些觀點雖然有些偏激、投機。什麼是投機？投機就是投資的機會嘛。反過來說，什麼是投資？就是投機的資本。二者是相輔相成的關係，是一個事物的兩方面，互為補充。政策怎麼啦？政府怎麼啦？政策有什麼不好？政府有什麼不好？中國能照搬西方國家那一套？那一幫子經濟學家閉門造車都不知安的什麼心，胡編亂造，咋新鮮咋說，真要是照搬照套，按這幫子經濟學家學者的話辦事，臨死，非得賠得褲子也提不上。」

劉志恆為他的獨到見解，感到身心舒暢，他在椅子上伸展了一下腰身，喝了口水。

「投資、投機雙解！投機、投資雙贏！政策、政府雙好！說得好！」陶萬琦書記不僅迎合，而且馬上發展了劉志恆的學說。

「董事長說得確實精闢！精闢！」曲成文也跟著點頭。

不過，在讚揚領導的口才表達方面，曲成文比起陶萬琦書記來要差一大截。在班子裏面，屬陶萬琦和曲成文善於發揮這方面的特長，兩個人卯足了勁地比著，都生怕落後對方。

「所以我說，要抓住機遇，我們的股票價格居低不上，到底什麼原因，根源在哪？外界傳聞也很多。省市國資委關於推進國企改制的要求又是如此強烈和緊迫，這些對於我們創億在一定程度上來說都是負面的影響啊！歐洲楓景園既然是我們創億的一張新名片，也應當成為我們的一張王牌。所以，關於楓景園的銷售與招商事宜，一定要把握火候，否則會影響到我們的改制進程。」說到這裏，劉志恆看了黃永利一眼。

「創億的班子結構是集團公司與上市公司基本重疊，這也是沒辦法，中國特色嘛！運行了這麼多年，大家也深有體會，感覺好像是一會兒在船上，一會兒又在岸上；一會兒坐車，一會兒又步行！哈哈，說白了，是沒有真正融入市場經濟的海洋之中。同業競爭、關聯交易，種種說詞，我們

是有苦難言，而市政府照樣不滿意，照樣不理解。總之哪，找不著自我。這就難怪我們的國企幹部對官職、對位置看得比什麼都重。」劉志恆這次用餘光瞥了黃永利一眼，黃永利正低著頭做著筆記，很認真的樣子。

「眼下，市裏對我們的體制調整，尤其是班子的搭配，有多種的說法，但是，歸結起來不外是兩種：一種是自產，另一種是外派。至於在海外公開招聘一說，我看呀，有些不符合現實，所以，算不得一種說法，姑妄聽之。不過，我認為無論如何調整，創億是我們大家的事業，當然還是應該由我們自己來安排。所以，無論是誰出任創億股份的董事長，創億集團和創億股份對內還是一家人，利益還是一個，目標還是一個。眼下，我和萬琦、成文都是奔六的人，年齡不饒人，身體狀況也不佳，所以退下來是早晚的事。」劉志恆說到這裏，不再往下說。

關於創億集團公司和創億股份有限公司在法人治理結構上要一分為二這件事，雖然在座的幾位都知道，但也只是私下裏揣摩，頂多是和董事長劉志恆單獨在一起時談起過此事，但是，作為一個正式的說法，今天還是頭一回。所以，大家都彼此看著，臉上都沒有表情。

沉靜了一會，這時，陶萬琦書記喝了口茶，清了下嗓子說道：「董事長說得對，創億的班子問題，關係到在座各位的共同利益，是應該早些解決。建班子、定戰略、帶隊伍，一直是我們著重抓的核心問題。我們看著創億成立，看著創億一路曲曲折折地走來，創億的今天，不是哪一個人的問題，也不是我們的班子問題。當然今天，我們當務之急是要推薦出有思想、業務能力強、綜合素質相對好的同志，橫豎就是從創億的隊伍中比較，當然，最後，由誰來幹，這還得市委和國資委的最後決定。結合我三十多年來的經歷，以及當前組織部門用人、用幹部的特點，據相關材料透露，在幹部考查中，現在有七種幹部往往會脫穎而出，受到組織的提拔和重用。這七種幹部大都內在特點突出，或者業務過硬，或胸襟開闊，格局較大，或者誠懇扎實，任勞任怨，勇挑重擔。」

陶萬琦低下頭看看自己的筆記本，接著說道：「這七種幹部，第一種就是業務型幹部。這種幹部是無可爭議的強勢人選。無論是科班出身

的，還是自學成才的，這類幹部通過工作實踐最終成為單位的業務骨幹，支撐起最重要的業務，是單位裏最為倚重的人才。這類幹部在幹部考查中，往往首先被選中。第二種呢，是學者研究型幹部，當然，這種幹部通常比較稀缺。第三種是開拓進取型幹部。這種幹部往往在激烈的競爭中，勇於進取，敢於爭先，精力充沛，能夠在分管的專項工作方面取得重大的突破和顯著的業績。這一點，大家應該有同感。第四種也就我們常說的老黃牛式的勤懇型幹部，這種幹部的最大特點是，論能力水準、思想見解沒有什麼過人之處，但是，他們面對繁重的任務和枯燥的工作，勤勤懇懇，扎扎實實，長年如一日，默默奉獻，無怨無悔。他們決定著一個團隊的戰鬥力和風氣，而且，這類幹部通常就是一個單位中最具群眾基礎、威信最高的人。作為「老黃牛」，被重用提拔，群眾無可非議。第五種是大刀闊斧、硬碰硬型幹部，這種幹部攻堅能力強，敢於承擔責任，敢於冒風險，堅守原則，遇難事、麻煩事，不生後退之心，敢於亮劍。但是，這類幹部也常常因為太強勢，在工作方法上，在性格特點上，得罪某些人。但是，作為困難的解決者、責任的承擔者和原則的堅守者，最終仍會得到大多數幹部群眾的擁護。總而言之，群眾的眼光還是亮的嘛。第六種為穩重型幹部，這種幹部的特點是落實任務，不走樣，不變形。雖說循規蹈矩、中規中矩的，有些放不開，但是，一項工作交給穩重型幹部負責，便成功了一大半，班子的意圖便可確保順利實現。所以，這類幹部非常讓領導和組織放心。最後一種是淡泊寧靜型幹部，這種幹部自身素質和實績也比較過硬，但是，因為身體因素、機遇因素、組織因素，以及整體平衡等諸多客觀因素，常常沒被提拔。但是，這類幹部往往個人修養很深，胸襟開闊，來之不喜，去之不怨，去留無意看天邊雲捲雲飛，寧靜致遠，淡泊名利，始終恪盡職守，兢兢業業。這樣的人，也非常受歡迎，常常脫穎而出，受到組織的提拔和重用。說到我們創億班子的調整，我今天談談我個人的看法，不一定周到，僅供大家參考。要我說呀，目前比較合適的人選方案是信良，理由是信良主率的創億藥業的經營業績，在此我就不細說了。主要說一下信良的綜合素質：信良的英語在集團是叫得響的，對國際進出口業

務也是再熟悉不過了，二十多年來一直在做進出口業務，對於今後像創億股份這樣的外向型上市公司，信良出任領頭人是非常合適的。剛才我講了七種幹部的特點，這七種幹部的特點，在信良身上都有不同程度的具體體現，也就是說，信良的綜合素質整體比較高。不是我這做黨委書記的當面誇獎，我說的是真心話，所以，我覺得這應該作為方案之一。」陶萬琦說完，低著頭喝起水來。

　　儘管任信良聽到過這樣的議論，但是，一旦這個說法擺到桌面上，他仍然感到非常地突然，臉上有些發熱，身上也跟著發熱。所以，他儘量地保持著神態的鎮定和自然，控制住面部的表情，做出與己無關，彷彿沒有聽到一樣。

　　「今天的會議本來沒有這個議題，既然大家都廣泛發表看法，廣開思路，提出建議，我看很好。也算是今天會議的一個主題，畢竟是和我們的下一步發展息息相關。滕健要做好紀錄。」劉志恆微笑著說，為陶萬琦書記的發言加著溫。

　　「我說兩句。」低頭做著筆記，身兼三個閒中忙、忙中亂職務的黨委副書記、紀委書記、工會主席湯恩泉說話了。

　　「萬琦書記剛才的觀點，我完全贊成。我是相對晚一些時間來到創億集團的，就具體的業務方面而言，可能不太瞭解信良，但是，就這些年來，創億藥業在推進連鎖經營過程中的一系列的文化理念和業績，都是有目共睹，非常令人折服的。所以，我擁護萬琦書記的建議。」

　　對於陶萬琦和湯恩泉的大力推薦，任信良的臉上沒有露出絲毫的表情。陶萬琦書記是黨委書記副董事長，這種事帶個頭沒說的，黨委副書記、紀委書記、工會主席湯恩泉那幾句熱熱乎乎的話，看來也是事先設計好的。任信良暗暗地為劉志恆此次會議的充分準備工作所叫絕，一股暖流激蕩在胸懷。此時不是他講話的時候，他用不著自己說同意自己或不同意自己的話，任信良只是低著頭，不停地記著、寫著，儘管剛才大家還沒講多少話。

　　「大家都談了自己的看法，我感覺大家不愧是多年來在一起磨合的，

所以，認識上可以說是不謀而合。我和大家想的基本一樣，就提拔使用而言，我希望咱們創億的幹部都能進步，這是我的真實想法。經營嘛，是個苦差事。讓信良擔綱創億股份，是辛苦而艱巨的任務，不是輕鬆被提拔那麼簡單的事。所以，實事求是地解放思想很重要，我同意萬琦書記的發言。」曲成文此時發言道。

任信良的手機設定的是會議模式，來電和來信，仍然可以看得見。任信良低頭看看是擔任市檢察院反貪局局長的老同學王樹嘉發來的幾條短信。

> 信息一：「玩少女的是藝術家，玩有夫之婦的是冒險家，玩寡婦的是慈善家，玩獨身女人的是探險家，玩尼姑的是幻想家，玩女明星的是資本家，什麼都玩的是政治家！國營企業家玩什麼？」
>
> 信息二：「六大謊言：學校說我們是虧損的，警察說我們是為人民服務的，女孩說我是第一次，老闆說我不會虧待你們，明星說我愛你們，領導說我簡單講兩句。」
>
> 信息三：「老婆是大樹，一定要抱住；情人是小草，一定要護好；栽一棵大樹，種一片小草，大樹下乘涼，草地上溜鳥。」
>
> 信息四：「我們工作搞不好的原因：一是像寡婦睡覺，上面沒有人；二是像妓女睡覺，上面老換人；三是像和老婆睡覺，總是自己人整自己人。」

「廣泛地談談看法很好，暢所欲言，這才是咱們創億班子的特點，和大家共事這麼多年，我常常為大家擁有這份坦誠而感到欣慰，感到驕傲，難得呀！市直企業系統上上下下都羨慕創億的班子和諧，大家一定要珍惜，大家多談談好！」

劉志恆為會議加著溫，控制著會議的發展態勢，他一邊說，一邊把目光投向黃永利。

任信良的臉上絲毫沒有笑容，他把持得非常地得體。因為近些年，任信良已練就了一種高深的笑法，那就是當自己要發笑時，便立刻意注丹田，以肚臍為中心，進行有節奏的顫動，一種笑的波紋隨著顫動逐漸散開，迅速傳遍全身，而臉上卻可以非常地平靜。任信良臉上帶著平靜，頻率很低地、微微地點頭。

聽大家說完了，黃永利此時仰起臉，目光和劉志恆的目光不經意地會合了，於是，使勁抿了一下嘴唇說道：「董事長說得對，兩位書記的意見也很客觀具體，信良的能力是不容懷疑的，我同意這個方案。」

黃永利的被動表態完全是水到渠成的。黃永利表完態，便不再言語。

一陣沉寂之後，還是劉志恆說話：「永利，你把推介會的事，抓主要的活情況，也跟大夥兒說一下！」

「要說推介會的活情況，也就是上個星期天大文主任臨時到場，出席了晚上的酒會，搞得挺突然的，那倒也沒什麼事，估計是考慮到高原副市長在場的緣故。」看來，黃永利聽出了劉志恆的話外音。

「這樣說也能說得通，畢竟高原副市長直接分管國資委嘛！不過，行動與心動要協調好，事情要大夥一起參與才行，否則，難免照顧不周。我讓信良臨時趕過去，這對大文主任也是個面子。」劉志恆打斷了黃永利的話，黃永利邊聽邊點頭。

任信良心裏明白，衝著黃永利沒有即時報告這事兒，劉志恆的不高興的氣早晚得出來，現在看來，這氣兒是總算出來了。

「業務方面如何構想的，接著說說！」劉志恆仍對黃永利說道。

「這個，關於創億的主業構想，以及核心競爭力，說實在的，這些年我的精力一直放在創億的房地產業務這方面，就全局的擺布來講，說實在的，我覺得從發展規模和業務容積量來說，我覺得也就是藥業和房地產這兩大塊兒。」

黃永利的情緒和底氣，明顯不高，措詞造句有些不得章法。劉志恆於是把目光投向任信良。

「信良，你談談看法！」劉志恆點了任信良的將。

任信良清了一下嗓子：「談到創億的核心競爭力和主業發展，剛才，永利的話，很有道理。這些日子，按照國資委的規定和要求，我琢磨了一下，可否對我們的主業和核心競爭力，這樣表述一下，供大家參考。」

任信良翻開筆記本，接著說道：「董事長剛才講過，三到五年，創億究竟如何發展？創億的主業究竟如何定位？我們能幹什麼？什麼能適應讓我們來幹？我有個想法，現在的商品資產市場已經被瓜分得差不多了，說句笑話，就是搶錢都沒地方搶去。你想到的，別人也都想到了。業務難做，錢難掙，這一點，我想大家都有共同的認識，我就不詳細說了。我要講的是，我們的公司，作為一家國有上市企業，得天獨厚，應該把目光投向更為廣泛的資本市場，與時代接軌，與世界接軌。所以，可否這樣來表述我們的發展和主業——」

任信良低下頭，照著筆記本唸道：「濱州創億集團公司是由具有五十多年歷史的濱州市藥業公司，聯合五家外工貿企業組成的濱州市第一家國有上市企業集團，是以資本運營為龍頭，以藥業、房地產為兩翼，以藥業、房地產、服裝、化工、機械、汽貿、五礦、勞務為八大業務板塊格局的，外工貿相結合的現代大型企業。」

任信良的這段表述，是格外動了腦筋的，他知道這樣說，有這樣說的好處。

果然，劉志恆說道：「確實是動了些腦筋，不過，五十多年歷史提它幹嘛？創億剛剛十年，提歷史沒用。五千年文明能怎麼樣？中國不還是發展中國家？我的意思，第一句，創億集團是濱州市第一家國有上市企業，由六家外工貿企業組建而成，別單獨提藥業聯合其他家的事。說到資本運營只要是上市企業都具有資本運營的性質，我看不能把它當作龍頭。目前公司的發展，按規模，論影響，藥業和房地產一個在前一個後。我看可以說，以藥業連鎖為龍頭，以房地產開發為輔助，以資本運營為手段，搭建以藥業、房地產、服裝、化工、機械、汽貿、五礦、勞務八大業務板塊格局的現代外工貿科技結合的大型企業。」

　　「董事長這個表述，簡單明瞭，讓人家外人一聽就知道，創億公司一賣藥，二蓋房，看得見，摸得著。」湯恩泉插話道。

　　「董事長說得對，主業表述，不能什麼都重視，總得突出一樣。說實在的，這些年來，創億也就是藥業實實在在賺點錢，維持局面。房地產前景雖然也不錯，畢竟回籠資金的週期比較長。」曲成文的話，包含著專業分析成分。

　　「志恆董事長和成文的分析和表述確實有道理，我同意志恆董事長的這個表述。」陶萬琦莊重地說道。

　　「大家集思廣益，我也是在信良的想法基礎上，有感而發嘛，大家再醞釀醞釀，滕健再琢磨琢磨，順一順，別讓國資委業務處室那幫機關幹部挑出毛病，落個笑把兒出來。」

第四章

會後的授意

　　例會結束後，任信良剛回到位於1718的辦公室，劉志恆的電話來了，約他馬上到自己的辦公室談話。任信良趕緊又拿起紀錄本，坐電梯上了十九層，準備趕到劉志恆的辦公室1919房間。

　　創億集團公司和創億股份公司占據了創億大廈A座的三層，分別是十九層、十七層、十六層。集團主要領導和業務保障部門的寫字間都設在十九層，這個主意是劉志恆拿的。因為當時有人建議把寫字間設在十八層，體現商人講究圖發的吉利，可是劉志恆說，我們這些人名義上是商人，實際上又攪和在官場裏，官場講究個「長久」二字，而不能被打入十八層地獄。劉志恆的辦公室門牌號是1919，總經理曲成文的門牌號是1918，陶萬琦1917，湯恩泉1916，依此排列。分公司和業務部門都安排在十七層和十六層。

　　剛出電梯門，任信良一眼看見劉沫沫兩隻胳臂抱著胸前的文件夾，低著頭一溜地快走，奔劉志恆的辦公室而去，沒有看到迎面走來的任信良。

　　作為創億集團公司裏負責打字、文件收發、印章及文件檔案管理的一名員工，任信良從劉沫沫的身上，領略到劉志恆卓越的領導藝術和控制技巧。任信良的腦子裏像過電影一樣。

　　劉沫沫技校畢業後進入創億集團，起初在包裝宣傳科工作。作為新員工，又是技校畢業，劉沫沫人前人後少言寡語，也很少笑，走路總是貼著邊，說話有一句沒一句的，生怕說錯什麼。後來劉志恆把劉沫沫調到辦公室負責打字、文件收發、印章及文件檔案管理，從此，劉沫沫一下子便像換了個人似的。穿著、舉止都是白領風格，性格也開朗了，也喜歡說笑了。尤其是工作起來，像打了雞血似地興奮。尤其是劉沫沫在辦理蓋章過

程中的神情和那一整套的固定動作，給公司裏到經理辦蓋章的人留下深刻的印象。

一份文件交到劉沫沫的手上時，劉沫沫馬上會正襟危坐地調整呼吸和表情，兩隻手端著文件，先是拉近，低頭，再慢慢拉遠，抬頭，瞇一下眼睛，然後，揚起頭來，說：「董事長看了吧？」或者：「董事長知道了吧？」只有經過了這個固定的套路，才會進入蓋章的實質階段。以至於時間久了，人們從心裏開始覺著怪，不舒服，一直到見怪不怪，習慣成自然。估計就連劉沫沫本人恐怕也不會意識到這些。那一套固定地、嚴格地在原則和制度框定下的工作，會讓一個人慢慢地養成一種優越感、甜蜜感、成就感、成功感，並在這一種優越感、甜蜜感、成就感、成功感的浸潤中，讓一個人脫胎換形，進入到另一個自我之中而不再想出來。

終於有一天，劉沫沫倒楣地撞到了黃永利的槍口上。

兩年前，黃永利忙著籌備「歐洲楓景園」專案方案時，一天，事情急，自己親自跑到經理辦蓋章。黃永利堅持先蓋章，然後再讓劉志恆簽字，而劉沫沫一本正經，嘴裏嘟囔著說應該董事長先簽字後蓋章。這下子，黃永利的火氣上來了，臉上的肌肉一下橫了起來。

「你算個什麼東西，給個雞毛你就當令箭，腰裏別著個死耗子，你真把自己當獵人啦！你媽了個屄的，你蓋不蓋印？」

「啪」的一聲，黃永利把文件材料一下子摔到劉沫沫的辦公桌上。一時間，辦公室的氣氛像是粉塵超標的巷道，一點火星，就會引發大的爆炸。

「黃總，你消消氣，這件事，我來給你辦，辦妥後，我去送給你。」滕健即時上前，為劉沫沫解圍。

「真是太笑話了，搞不清自己幾斤幾兩啦？劉沫沫，我告訴你，就是整個濱州市的所有印章都放在你這裏，你也是一個小辦事員，記住，別找不著自我！」黃永利說完，甩手而去。

滕健拿起黃永利摔到桌子上的文件材料，對臉上流著眼淚、默不做聲的劉沫沫說：「劉沫沫，工作上的事，別往心裏去，以後靈活把握一下，

畢竟咱們是服務部門。」說完，拿著文件來到劉志恆的辦公室。

「任總，你也在這？」滕健對坐在沙發上的任信良打著招呼，任信良衝著滕健點點頭。

「董事長，剛才，辦公室發生了一場小誤會，為了先簽字，還是先蓋章的事，劉沫沫讓黃總發火了。」滕健把剛才辦公室的一幕重新敘述了一遍，最後說道：「也難怪黃總發火，劉沫沫有些原則大勁了！」

「原則，原則怎麼了？原則不能丟！劉沫沫有劉沫沫的毛病，我們就是要用其所長。設想一下，如果是個隨隨便便、四處討好、願意拉個人關係的人管印章，還能不出大問題？創億集團公司是個大的平臺，我們為每一位員工提供展示自我的平臺，目的就是讓每一位員工找到自我，回歸自我，在工作中成就自我。」劉志恆一邊說，一邊在滕健轉交的文件上簽字。

「回去好好安慰安慰劉沫沫，告訴劉沫沫，就說我心裏有數，讓她堅持原則，大膽工作，文件檔案和印章管理是機要工作，出不得半點紕漏。」

「好的，我一定轉達。」滕健回答道。

「對了，你先別走，我還有點事！」

劉志恆叫住轉身要走的滕健。起身拉開書櫃門，拿出一個套著塑膠封皮的黑色的記事本，去掉塑膠封皮，劉志恆坐在桌前，在筆記本的扉頁上寫著什麼。寫完，把寫好的筆記本換了個方向，遞給滕健。

「把這個真皮記事本送給劉沫沫，讓她今後要牢記周總理的話。」劉志恆對滕健交代。

「對黨忠誠，守口如瓶，心細如髮，養成處女作風。周恩來總理語錄。」滕健把記事本扉頁上的話隨口唸了一遍，其實是唸給任信良聽。

「好的，我這就把董事長的贈言和筆記本交給她。」滕健說完，轉身離去。

滕健走後，劉志恆衝著任信良說：「這永利也是，一個集團公司的副總，跟一個辦事員找什麼彆扭，真是的，太丟分！」

「估計是劉沫沫拿勁兒拿得太過，讓永利下不來臺了，永利是個愛面子的人。」任信良隨和著說。

　　任信良的腦子裏浮現出，劉沫沫接過滕健轉交的劉志恆贈送的筆記本時的情形，那剛剛已經斷流的淚水現在又傾瀉而出了。

　　「哪個人不愛面子？你說，有誰不愛面子？愛面子就是自信心不足。一個副總和一個管印兒的員工爭的什麼面子？讓人家小人物也滿足一下嘛！這個黃永利，說話還損，傷人家自尊心，什麼『腰裏別個死耗子，冒充打獵的』，也就是黃永利能想得出來這樣的話，什麼屁話，丟分！太丟分！」

　　任信良聽著劉志恆的感慨，隨和地哈哈地笑著。

　　「劉沫沫，忙啥哪，走得這麼快？」任信良的腦子裏過著電影，一邊跟劉沫沫主動打著招呼。

　　劉沫沫聽到有人叫她，趕緊停下腳步，轉身回看。

　　「不好意思，任總，只顧著低頭走路。您找董事長？您先走！」

　　「是的，女士優先，你先走！」任信良謙讓著。

　　自從那次黃永利對劉沫沫發火之後，任信良通過劉志恆對事情的對待態度，學會了更小心地把握與同事的關係，尤其是像劉沫沫這樣層面和特點的同事。

　　「還是任總您先請！」

　　「客氣啥？」

　　兩個人謙讓著來到1919房間門前。1919辦公室的門虛掩著，看來是劉志恆特意留的門。任信良輕敲了一下，聽到劉志恆的回音，這才緩緩地推開門，讓點著頭的劉沫沫先進了門，自己隨手輕輕地把門關上。

　　1919這個房間是個裏外大套間，裏間一整面牆是個古董櫃和養熱帶魚的大魚缸；玉石掛面的《西遊記》故事的一面大屏風遮擋著後面的單人席夢思床，四組三開門、高近二米的實木深褐色書櫃，裏面擺著精裝的外國名著和中國的經史子集，屋子中央地面上擺著一個直徑一米左右的大地球儀，兩米寬的黑色大班臺配上一組三加二的黑色真皮沙發。外間是一個橢圓形的大會議桌，周圍擺了一圈真皮椅子，整個辦公室凝重典雅。當然，

最惹眼的還是屋子裏間大班臺後面牆上那一幅書法中堂,「進退無悔」四個大字老辣古樸,落款為:志恆賢契存念,文某某書。

文某人是國民黨高級將領,解放戰爭中被我軍俘擄,70年代被特赦後,文某某是著名的民主愛國人士。五年前,劉志恆去北京出差,在統戰部工作的一位戰友,因為工作關係與文先生建立了忘年交,於是也就有了文先生題字留墨寶一事。劉志恆對這幅字非常地珍愛,請畫店精心裱裝用紅木做框,為防止落上灰塵,還加了一層有機薄板。劉志恆對這幅字的珍愛,更多的成分是近百歲的老人那份不同尋常的人生感悟。好多朋友曾看好這幅字,都因為有了「志恆賢契存念」幾個字而獨生羨慕之心而已。

近於落地的大玻璃窗戶可以極目海天一線,偶爾打開透氣窗戶,坐在椅子上,南面的海風便吹進來,愜意得很,唯一的缺陷是有時能聽得見火車進站的聲音。

劉志恆此時坐在三人沙發上,雙手抱著胳膊。看見劉沫沫也一起進來,便先對劉沫沫說:「有文件?」

「是,國資委剛來的兩份文件,請您閱批!」劉沫沫立正挺身,然後雙手將文件夾交給劉志恆,轉身離去。

任信良的腦子裏,還在過電影,那些走過場的、留著長髮、戴著船形帽的女軍官,響亮的一聲「報告!總裁密電!」的情形,在戰爭年代題材的電影、電視中似乎太多了。任信良覺得劉沫沫如果穿上國民黨軍官服,戴上船形帽,簡直是像極了。

劉沫沫走後,任信良沒有直接坐到劉志恆身邊的沙發上,而是從班臺前拉過一把椅子,坐在劉志恆的對面,恭敬地說:「董事長有話,請吩咐。」

「老弟,你我之間,單獨在一起,就不要客套了。」他端詳了任信良一下。劉志恆的臉上因為有了笑容,顯得活泛了許多。

「信良,你真的年輕呀,像是一棵枝繁葉茂的松樹,我是年齡不饒人啊!像是一棵枯黃的沒有枝葉的老槐樹。」

「哈哈,董事長真能比喻,千萬別這麼說!做企業的,像董事長這樣的年齡段,屬於黃金時段呢!應該比喻成飽經風雨的磐石才形象。」

劉志恆搖搖頭：「真有你的，別再拿話安慰我了，自然規律，自然規律，奔六十的人了。」

任信良笑著，沒有再往下接，等著劉志恆說話。

「剛才會上的話你都聽見了？有啥感想？」劉志恆瞇縫著眼，笑看著任信良。

「我感覺有些太突然，這事恐怕……畢竟……」

「說突然，也不突然嘛，大概你已經聽說了，新上任的市委書記，對國資委挺關注，關於創億動班子的事，委裏一直在醞釀。創億股份是濱州市第一家國有上市公司，現在這個狀態，調整是必然的。為這事兒，黃永利在到處地活動！動靜和力度不小。」

「是嗎？看不出永利有這個想法。」

「想法大了去啦！其實，我心裏清楚得很。不過，狹路相逢，勇者勝。這事我醞釀很久了，我已經下定了主意。前些日子，我和大文主任、楊墨鑫副主任都個別地溝通過，準備讓你出任創億股份公司的法人代表、董事長，你的能力我是非常認可的，大文主任和墨鑫副主任也尊重和基本同意我的意見。」劉志恆說完，兩眼注視著任信良。

「這怎麼可以，我沒有這個心理準備呀。我適合做個副手，這件事對我來沒說，實在是太離譜，我連想都沒想過，這一點董事長是瞭解我的。」

任信良今天在班子會上聽到這突如其來的人事變動議案時，確實有些不知所措，說到底，他沒有一點的思想準備。一年多來，集團副總黃永利與高原副市長、國資委李大文主任、楊墨鑫副主任來往密切，對於這事，班子成員都清楚。當然這兩年，大家也感覺到了劉志恆與黃永利之間的關係發生著微妙變化。

「你是我一手提拔起來的，一晃將近二十年。正因為我瞭解老弟的為人，所以，我才最後下定了決心，你就不要推辭。這麼多年來，集團公司裏，我最看重的，還是你這個小老弟。如果外派一個總經理來，車要配吧！司機要配！費用要報吧？一下子，沒有個百八十萬的，下不來。百

八十萬的費用，可不是小數兒？服裝這塊兒出口就得需要二百萬美金來分攤，你那塊兒賣藥的營業額也得千萬以上。錢啦！費用啦！其實這都是小事，我倒並不在乎，關鍵問題是，我擔心不容易尿到一個壺裏。所以呀，還是咱自己家裏自選吧！」

劉志恆的想法是今後打算把自己當作一個具體幹業務的總經理來用？任信良心裏閃過這個念頭。

「這合適嗎？況且曲成文，曲總，是不是……？」任信良不知所措地說著。

他固然瞭解劉志恆的行事風格，但是，劉志恆真的這樣說了，他反而有些茫然。他知道劉志恆忽然出此動議，絕非是法人治理結構分而治之這麼簡單，應該有其更緊迫、更深層的考慮。

「信良，關於成文，我不是沒考慮。他是公司老人兒了，論資歷，論職務，當然也不是不可以。但是，市場如戰場，學歷不代表資歷，資歷不代表閱歷，閱歷不能代表能力和水準。成文擔任總經理這些年，大家也都看到了，他很吃力，也挺遭罪的，畢竟年齡大了。管點具體事，跟在別人後邊幹，還是絕對沒問題的。現在是創億集團和創億股份的非常時期，讓他當董事長？那是害他！這不是謙讓的事，我們每個人都不屬於自己，而是屬於我們這個團隊。記住，團隊！你不幹，別人剜門搗洞地搶著幹，你明白嗎？」劉志恆激動後，聲音一高顯得有些氣短。

「董事長，我明白了，什麼都不用說了，我聽您的！」

「這就對了嘛！信良，成大事者關鍵時刻當仁不讓，行大義不拘小節。你是我一手提拔起來的，你的優點、缺點我都清楚。所以呀！我相信你，不會讓我失望。」

「謝謝董事長！我還是感覺心裏沒底，董事長不會徹底撒手不管吧？」

任信良的心裏原來是打算這樣說：「董事長不會徹底退下來吧？創億集團和創億股份真的分開管理？」之類的話。但是，感覺這樣說出來，就有些不妥，顯得太沒深度，所以，把心裏想說的話，又嚥了回去，改了一個方式探詢道。

「船還得咱哥們弟兄一起來開，你放心，我仍然保留創億集團公司董事長職務，無論是對內還是對外，我們仍然是一個整體。」

任信良雖然聽著劉志恆的這句話，但是，耳朵裏卻另有一個話語聲連續在響著：「分開是假，控制是真！分開是假，控制是真！」

「那樣的話就太好了，有董事長掌舵，我也就不慌了。」任信良雙手搓著，看著劉志恆說道。

「今後不能再提掌舵不掌舵的，經營上的事，還得靠你和成文帶領大家去幹，我幫你敲敲邊鼓。眼下你要抓緊時間調整一下心態和思路，琢磨琢磨，好快點進入情況。有些事情，找機會再說。」

「我明白！董事長。」

劉志恆停了一下，搖搖頭，歎了口氣說：「沒什麼了不起的，沒什麼難的，咱們這麼多年都過來了，有什麼呀？國營企業還不就這麼點事唄！」

任信良只好點點頭：「謝謝董事長的信任，請董事長放心，我會給董事長支好腿兒的。」

「千萬不要這樣想，今後，更不許這樣說，你記住，不是為哪個人幹的，也不是為黨、為國家幹的，是為你自己幹的。」

劉志恆轉眼的工夫，臉上便繃得緊緊的，弄得任信良只好無奈地點點頭，沒有再說話。

「另外，當董事長了，心態也要調整。其實，這當領導不僅是姿態問題，更重要的是心態問題，越是職位高，我們越是要低調！明白嗎？」

「明白！董事長。」任信良點著頭，專注地看著劉志恆說道。

「舉重若輕，提輕若重，面對下屬咱不把自己當領導，面對社會咱不把自己當幹部，坦坦蕩蕩、謙謙和和的，現在不是講建設和諧社會嗎？班子之間關係要處好，中層幹部之間關係要擺布好，保安、司機、打雜的、收拾衛生的都要安撫好，這樣就全面和諧了。」

「董事長，說得真好，我都記下了！我一定注意這些方面。」任信良認真地說道。

「行了，我也就是囑咐囑咐。這方面，你會把握好，你沒問題的，你的人緣平時就不錯嘛！」

「嘿嘿，哪的話，人緣一般！」

「別謙虛了！任命估計也就是近期的事，你回去好好琢磨一下，到時候在董事會上發個言，表表態，三條？還是二條？到時咱們再一起碰碰。行，就這樣吧。」劉志恆的眼睛中流露著一種約定。

任信良一聽劉志恆這樣說，馬上站起來說：「好的，董事長，我先回去了。」

任信良剛走，桌上的電話響了，劉志恆起身拿起電話，聽了聽，便說道：「好吧，你過來吧！」

劉志恆這邊放下電話，還沒坐穩，陶萬琦書記便敲門進來。

「志恆董事長，就幾分鐘的時間，不耽誤你就餐。」陶萬琦快速地說著，拉開辦公桌前的椅子，呼吸有點喘，大概走得有些急。

「萬琦，你說！吃飯是小事，工作才是大事。」劉志恆不緊不慢地說。

「上午的會上，你看我說的有沒有什麼紕漏？」陶萬琦誠懇地注視著劉志恆。

「不錯，效果不錯，到底是幹了幾十年的政工，經驗老道，能說到點子上，有明有暗，點到為止，挺好！」

「志恆董事長過獎，我還有個想法，你看如何？」

「說說看！」

「我想結合創億成立十週年，搞一次『感動創億』傑出人物評選活動，咱們也模仿一下中央臺，CCTV，感動中國十大人物評選，和紅五月，唱響紅色歌曲活動，提前捆在一起搞。你我和成文不列入評選對象之內，把信良推上去。信良的材料也比較成形，這樣推一下，對市委和國資委的考核任用，也有個鋪墊作用。」陶萬琦快速地一口氣說完，身體向後依了依，成就感情不自禁地溢於臉上。

　　「感動創億傑出人物評選？」劉志恆停頓了一下，接著說道：「好主意，創意挺新穎嘛，這樣我們可以通過造勢，把黨的意願和人民群眾的心聲有機地轉化在一起，好，這件事一定要辦好！」

　　「這件事，我來落實，評比採取設立公司局域網專用信箱，網上實名隱匿投票的辦法，每人一張選票，被推選的對象不超過十人，不少於五人，超過十人，或未足五人，選票作廢。這項工作今天下午就布置下去，黨委工作部具體實施，工會輔助。相關活動和工作我再和恩泉商量一下。」

第五章
成長的歷程

　　任信良從劉志恆的辦公室裏出來，腦子裏便下意識地轉悠著劉志恆所說的「有些事情」，眼前浮現著黃永利進進出出的身影，他根本無暇考慮和憧憬未來的前景，反倒是擔心起今後的陷阱來了。

　　任信良是黨中央粉粹「四人幫」撥亂反正後，恢復高考的1978級大學生，他的高考成績並不高，所以，考上了普普通通的濱州市外國語學院的英語系。儘管是這樣，在當時大學生奇缺的年代，已經算是相當優秀的青年人了。

　　任信良大學畢業，被分配到濱州市醫藥保健品進出口公司。由於任信良懂外語，正派、精明、肯幹，所以，僅用了三年的時間，就被提拔為業務科長。當劉志恆1987年從部隊轉業，分配到濱州市醫藥保健品進出口公司擔任副總經理時，任信良已經擔任科長近三年了。

　　解放軍陸軍集團軍作訓處處長出身的劉志恆轉業時還未過不惑之年，在較短的時間裏，劉志恆留給公司員工的印象是：思路敏捷，觀念新穎，作風嚴謹，工作細膩，辦事精明，待人謙虛，善於向業務人員學習。這讓處於新老幹部交班時期，有著二十多年歷史的國有醫藥保健品公司，感受到一股清新的氣息。在用了不到二年的時間後，劉志恆成了分管進出口業務的常務副總經理。新官上任，新思路，新做法。1990年末，劉志恆提出在香港開設常駐辦事機構，而首任濱州市醫藥保健品進出口公司駐香港辦事處主任，就是任信良。提出這一建議的正是劉志恆。任信良也從此登上了人生事業的特快列車，他在香港一駐就是整整五年。

　　任信良沒有讓劉志恆失望，時間和經營業績回答了一切。他成了濱州醫保公司出口進口業務的創利帶頭人。當劉志恆升任公司的一把手時，他沒有忘記繼續提拔任信良這位能幹的得力部下。任信良在香港駐在的第四年，任信良被劉志恆提拔為公司的副總經理，成了劉志恆的副手。也就在這一年，劉志恆醞釀籌備組建成立濱州市強勢集約化外貿大集團公司──創億集團公司時，已在濱州市外貿企業中占據龍頭地位的濱州市醫藥保健品進出口公司，此時，已經改頭換面為濱州藥業有限公司。作為濱州藥業的董事長劉志恆，在外經貿委主任周國臣和分管副市長高原的推薦和運作下，劉志恆一舉出任由濱州市六家外工貿企業公司組成的創億集團公司的董事長兼總經理。時隔不到二年，按劉志恆水漲船高的說法，他把濱州藥業有限公司完全交給了任信良，任信良出任創億集團的副總兼濱州藥業有限公司的董事長。

　　從一個科長，到駐香港辦事處代表，再到公司副總經理，一路走來，都是劉志恆的親手安排。如果說當年任信良能夠到香港駐在，是公司形勢使然的話，那麼，提拔自己為濱州醫保公司的副總是任信良的第一次沒想到。他的內心充滿了對董事長劉志恆的感激之情。任信良一直做業務，對官場上的事，也是到香港駐在之後，慢慢地開始入道的。在這一點上，劉志恆沒少點撥他。

　　「只有當上公司副總，才算是在國企的剛剛開始啊！」這句話是任信良被提為副總的前夕，劉志恆和他談話時，任信良記住的最重要的一句話。說這句話時，任信良想起當年他赴香港常駐時，劉志恆說過的另一句話：「當了領導才知道如何做人！」當劉志恆把濱州藥業的大攤子全部交給自己時，這是任信良從業生涯中的第二個沒想到。按照濱州市國有企業一把手的任用常理，公司的一把手很少有從本公司直接產生的，多是由市政府下派，或從別的單位調入。但是，劉志恆對任信良講道：「濱州藥業凝聚著我的心血，知人善任，我希望濱州藥業繼續在我信任的人手中做大做強。」

　　每一次的提拔，每一次的囑託，每一次的沒想到，任信良想的更多的是如何搞好公司的經營，如何回報劉志恆的知遇之恩，至於集團班子中的所謂制衡方面的因素，他考慮得很少，至於與市裏領導的關係，任信良更是很少接觸。濱州藥業有限公司在任信良的掌控下，短短五年的時間，由過去專業的進出口貿易公司，轉變為內外結合，擁有五十家直接經營的藥店和二十家加盟藥店，在北方四省區中有名的濱州藥業連鎖有限責任公司。

　　與藥打了二十多年交道的任信良，已經打定主意，沿著自己已經初具規模的人生格局，穩定地走完自己的一生。如今突然的要提拔自己出任創億集團股份有限公司的法人代表、董事長，這讓任信良一時不知所措。他遭遇了劉志恆一手帶給他的職業生涯中的第三個意想不到。

　　在變數極大的官場上，用瞬息萬變來形容，絕不為過。劉志恆現在還僅僅是說說，雖然劉志恆說決心已定，但是，究竟有沒有變數呢？在決定人的命運的那張A4號文件紙沒有下來以前，就權且當作什麼事都沒有發生吧。況且，即便是這一切都是真的，未來的創億集團股份公司和創億集團公司之間究竟該如何擺布？自己又要扮演什麼角色？又會發生什麼意想不到的事情？任信良心裏不住地翻騰著，腦子裏也是一堆亂麻。

　　任信良推開辦公室的窗戶，俯瞰著樓下街道上如玩具大小的車輛與行人，深深吸著氣。春天的濱州市透著幾分的寒意，腦子被風吹一吹，清醒和放鬆了許多。如今的創億集團和創億股份畢竟已不是八年前、五年前，甚至三年前了，它太像一條巨大的輪船，在港灣的泊位上停靠著，一船的人員只能待在船上，下不來，也不能遠行，人員要吃飯，所以大船的煙囪還必須冒著炊煙。今後未知和預知的一切意味著什麼呢？可能有哪些利弊？任信良在第一時間裏，想到了張世陽道長。

第六章
清風觀問道

　　濱州市的清風觀是遠近聞名，有著上千年歷史的道教聖地，清風觀坐落於濱州市東北部海拔高度三百六十多米的落雁山上。清風觀依落雁山山勢而建，坐北朝南，依著山勢，錯落有致地分布著大小二十幾座的宮殿。濱州市道教協會也設在這裏邊。清風觀大院正門的立柱上，刻著鎦金的二副楹聯：

　　　聖道之行多雨露，經聲所發亦春風。
　　　明月青山生紫煙，白雲碧水放金光。

　　匾額上斗大的「清風觀」三個行楷字，剛勁揮灑，飄逸俊美，據說真蹟出自元代大書家趙松雪之手。清風觀歷盡滄桑，真蹟匾額早已不知所終。清風觀自20世紀80年代中期開始修復，前後經過三次大的維修和重建，現在的匾額是20世紀90年代後期，清風觀第三次修復時，通過電腦技術，選擇趙松雪書帖中的字，拼湊而成，冷眼一看，就是內行人也能被蒙混過去。

　　任信良開著黑色的VOLVO 90轎車來到清風觀，他沒有把車停在清風觀大門前的停車場上，而是直接將車開下停車場，轉了個彎，駛進了圍牆外的一條土路上。任信良停好車子，鎖上車門，這才從從容容地轉回到清風觀的大門前。
　　下午3點左右，正是訪客遊人稀少，道士們做功課的時間。正在看書的號房，是個粗壯的中年道士，穿了身青灰色的道袍，頭上捲著髮髻，橫插了一副木製的簪子。從窗戶裏看到任信良進來，懶洋洋地站起身，走出

屋來，憨憨地笑著，露出一口的大黃牙。任信良是觀裏的常客，道士們都認得，所以並不需要買門票。任信良知道現在正是做功課的時間，便和號房打了招呼，自己向觀裏走去。

院子裏打掃得乾乾淨淨，大殿的青磚牆壁也都經過了處理，玄元殿、五祖殿、七祖殿的神像並不像國內一些廟宇宮觀那樣，給人一種陰沉森嚴、陳舊的印象，而是給人一種清靜典雅、莊重超然的感覺。宮殿裏沒人，院子裏也沒有人，靜靜的。

任信良沒有進殿裏，而是順著青磚鋪就的路，一直向山上走去。

到山上的路，是修得整整齊齊的由石條紅磚水泥修成的一級一級的臺階。走過蜿蜒的四百多級的臺階，任信良終於到達了位於金頂的聽風閣上。他長長地舒了口氣，掏出手帕，擦了一把額頭滲出的汗水，平息著登攀後的缺氧與快速的心跳。

坐在聽風閣的石凳上，遠遠的海面，波光船影盡收眼底；山下的樓宇街道一覽無餘，使登臨者頓有心曠神怡之感。

齊刷刷的矗立著的如兩把倒置寶劍的大廈，就是由二幢三十三層高的塔樓加一幢八層高騎樓組成的，吸取了美國曼哈頓世貿大廈風格的創億大廈。因為2001年美國「九一一」恐怖事件，所以，創億大廈在濱州市更加地出名，當年，興建創億大廈，是經貿委主任周國臣的提議。大廈建成後，濱州市的十幾家大小外貿企業占據了一幢，市外經委、審計局、發改委等占據了一幢。山腳下不遠處，那一片紅色的坡屋頂的別墅群，就是創億房地產開發的「歐洲楓景園」。那是濱州市的房地產集群建築中最亮麗的建築，在綠草花壇和梧桐、楓樹的簇擁之中的「歐洲楓景園」，是濱州市一道特殊的風景線。在任信良的心裏，濱州市永遠都是世界上最美的地方，濱州市是他們家祖孫三代生活地方，這一山一水，刻著歲月的同時，也記錄著任氏一家三代的奮鬥歷史。

八十多年前，任信良的祖父闖關東，從河北祖籍輾轉來到濱州市。讀過幾年私塾的祖父，在一家日本人開設的香煙商行裏找了份抄寫的差事。

祖父的毛筆小楷字很規矩，做事也規矩。閒暇時，祖父讀書、學日本話，很得商行掌櫃的賞識。祖父憑著他肯吃苦、好學、做事周到，從文書做到了襄理。祖父買了房子，又從老家迎取了祖母，連著生了三兒一女，任姓一家從此在濱州市落了腳，而且扎了根。父親兄弟姊妹的生活是無憂的，祖父的薪水已足以讓他們兄妹接受當時上層社會的子女一樣的良好教育，兄妹四人在建國的初期，都先後考上了國內的名牌大學。但是，接踵而至的一個接一個的運動，衝擊著任氏家族，衝擊著這個曾經為日本人做過事的家庭。劃定家庭成分時，任氏一家被劃成了地主。實際上，任氏的祖上，充其量是個富農，但由於有「日本漢奸」的嫌疑，祖父又擔任日本商行的襄理，所以，就給劃定成了地主。受地主成分的影響，任信良的父親一直到退休，僅僅是個普通的工程師，沒管過人，讓人管了一輩子。祖父是任信良的榜樣，祖父的書法，祖父的學問，祖父當年的故事，都是任信良所羨慕、所追求的。但是，出乎他的意料，他竟然一步一步地在事業上超過了祖父。

為人低調的任信良，面對從商以來所遭遇的第三次沒想到，他的對策只能是小心再小心。

當年，任信良的家下放農村勞動的時候，同村一起接受貧下中農再教育的所謂「四類分子」有五六戶，其中張世陽道長和師父李興陽就是其中的一戶。兩位道人是道教全真派龍門宗傳弟子，按照「道德通玄靜，真常守太清，一陽來復本，合教永圓明。至理宗誠信。崇高嗣法興，世景榮惟戀。希微衍自寧。未修正仁義，超升雲會登，大妙中黃貴，聖體全用功。虛空乾坤秀，金木性相逢，山海龍虎交，蓮開現寶新。行滿丹書詔，月盈祥光生，萬古續仙號，三界都是親」的全真派龍門正宗薪傳百字頌排算，張世陽道長和其師父李興陽分別為第三十一代和第三十代宗傳弟子。

在十來年的共同勞動中，任信良一家與兩位道人相處得非常融洽。兩位道人懂得醫道，這對缺醫少藥的山村農民們來說實在是幫了大忙，誰家裏有人身體不舒服，便打招呼請兩位道人看看，吃點道人自己採的草藥，兩位道人又分文不取，所以備受社員們的尊敬和愛護。誰家地裏的蔬菜下

來了，誰家園子裏的水果熟了，也都會「師父」長、「師父」短地送上一筐一籃的。任信良就是在那個極為特殊的艱苦時期，感受到了人間最樸實的真情實感的滋養和影響。並有緣和世陽道人學練武功，並在習武練功的間隙，學習背誦醫道必備的〈藥性賦〉和〈湯頭歌〉。張世陽道長為人慈善，謙和，平靜中透著威嚴，他格外喜歡任信良的聰明和聽話。任信良每當想起張世陽道長，總是不由自主地想起童年時，站在世陽道長跟前，高聲背誦〈湯頭歌〉和〈藥性賦〉時的情景。

四君子湯中和義，參朮茯苓甘草比。
益以夏陳名六君，袪痰補氣陽虛餌。
除卻半夏名異功，或加香砂胃寒使。
四物地芍與歸芎，血家百病此方通。
八珍合入四君子，氣血雙療功獨崇。
再加黃芪與肉桂，十全大補力更雄。
十全除卻芪地草，加粟煎之名胃風。
人參養榮即十全，除卻川芎五味聯。
陳皮遠志加薑棗，脾肺氣血補方先。
養心湯用草芪參，二茯芎歸柏子尋。
夏曲遠志兼桂味，再加酸棗總寧心。
補中益氣芪朮陳，升柴參草當歸身，
虛勞內傷功獨擅，亦治陽虛外感因。

諸藥識性，此類最寒。犀角解乎心熱，羚羊清乎肺肝。澤瀉利水通淋而補陰不足……

一幕幕的經歷彷彿就在眼前。多年結下的師徒情意，使得任信良把張世陽道長當成了人生道路上的依靠。這種感情甚至超越了父子之間的情誼。當任信良從山上下來時，濱州市道教協會會長、道教龍門薪傳第三十

一代法嗣張世陽道長，正站在邱祖殿前等著他。每次，任信良來到清風觀都不直接去打擾世陽道長，只跟門前的號房照會一聲，即使有事相問，他也是跟號房打個招呼，靜靜地在殿裏候著。

「老師慈悲。」任信良向世陽道長行了個鞠躬禮。

年過七十，中等身材的世陽道長一身淺灰色道袍，面帶微笑，長長的鬍鬚，黑亮順隨，臉上的皮膚，紅潤細膩，一雙黑黑的眸子，明亮而攝人，使人望其目，不能對其光。

世陽道長身體微微前屈，回了個拱手禮說道：

「慈悲，觀裏備了茶水，到雲水殿喝茶吧！」

「謝謝老師。」任信良恭敬地向世陽道長鞠了一躬。

來到雲水殿，靠門的一角，正好是光線半隱半現的地方擺著一個根雕的茶桌，兩把籐椅，紫砂茶具都已準備妥當。紫砂製的玄武香爐此時正從龜、蛇二物的口裏，冒出娜娜的檀香。世陽道長慢悠悠地把滾開的熱水沖進一把紫砂壺中，然後立刻將茶湯倒掉，接著又將開水注入壺內，蓋上壺蓋兒，繼續用沸水澆淋著紫砂壺。然後眯縫著眼，頭輕微地搖動著，靜靜地等了一分鐘左右的時間，世陽道長才睜開眼，將泡出的茶汁全部倒入另一把相同大小的紫砂壺中，再將六個小巧的紫砂茶杯斟滿茶汁，又趁熱將開水再次注入泡壺之中。世陽道長的每一個動作的出手、回手都畫出一個圓圓的軌跡，在空中形成一個太極圈的圖形。任信良此時的心也平靜得很，他一言不發地看著世陽道長的沏茶、泡茶、斟茶之道。

任信良多次去過福建，對功夫茶的茶道序目懂得一點，他記得喝功夫茶的茶道序目有十八道之多，有什麼焚香靜氣、活煮甘泉、孔雀開屏、葉嘉酬賓、孟臣淋霖、烏龍入宮、高山流水、春風拂面、烏龍入海、重洗仙顏、母子相哺、再注甘露、祥龍行雨、鳳凰點頭之類的花樣道道，像剛才世陽道長把泡出的茶汁從一隻壺注入另一隻壺裏的程序，就叫「母子相哺」。泡壺中的茶水倒乾淨後，趁著壺熱，再沖開水，就稱之為「再注甘露」

世陽道長端起小茶杯，由近及遠、由遠及近地拉到鼻子底下，深深地吸了一口氣，小抿一口，嘴裏「咕嚕咕嚕」地響了幾聲，這才將茶水嚥下。

任信良和著世陽道長的節奏，品完了三杯茶，腦子、眼睛、嗓子清亮亮的。

「茶中有道呀！三杯香茗，可以說是腦子、眼睛、嗓子三清，好茶。」任信良誇讚道。

「這是臺灣的道友前些日子送來的，是正宗的臺灣阿里山凍頂的烏龍。」

說著，低下身子從茶桌的下面拿出一包印有「阿里山凍頂極品」字樣真空包裝的一包茶葉，估計有一兩的樣子。

「拿回去，沒事的時候品品。」

「老師留著喝吧，我那裏有茶。」任信良謙讓著。

「有來有往嘛！別客氣。」

「那學生就不客氣了，我收著了！謝謝老師，這可是老師的仙茶，我得留著自己仔細地喝！」

「哈哈，最近，身體怎麼樣？」

「還好，就是工作上的事情比較多，練功的時間太少。」

「凡事都永遠沒完沒了。為名忙，為利忙，忙裏偷閒，飲杯茶去；勞心苦，勞力苦，苦中作樂，拿壺酒來。」世陽道長出口成章，任信良與道長學習多年，知道這句話出自宋代詩人蘇軾。

「還是老師看得清，看得透。」任信良笑著說。

張世陽沒有接任信良的話茬，反而起身，悠蕩起右手胳臂，對任信良說：「來，咱爺倆摸摸手。」

於是，任信良只好站起身，勻了一下呼吸，與張世陽道長推起手來。

雲水殿裏靜靜的，掤捋擠按、採挒肘靠、進退顧盼之中，只有兩個人輕飄飄的腳步聲，到後來腳步聲也沒有了，只有兩個人的衣服相互摩擦的聲音和有節奏的呼吸聲。張世陽的兩隻手臂像飄動的綢帶和柳枝柔軟無骨，可是，任信良又分明覺得在這柔弱無骨的纏繞之中，流動著一股無形的力量，那力量不是出於張世陽道長，而分明出於自己的身上，不，是存在於兩個人相互推揉的太極圈之中。忽然，任信良感覺道長的腕部稍微頂

了一下，一種本能使他覺得接到了道長的力。正當任信良以粘黏勁欲拿住道長手臂順勢發力時，不曾想自己的右肘現出頂勁，一口氣尚未吸上來的當口，世陽道長順手一揚，那勁頭和神情像是隨隨便便地潑出一盆水去，任信良感到自己的後背「轟」的一聲，後背已經撞到了大殿的牆壁上。

「哈哈，上當了吧！」世陽道長笑著，那神情像是一個頑皮滑稽的老頑童。

「每次跟老師摸手，都有一種奇妙的感覺。」任信良仍然沒有反過勁兒來。

「啥奇妙、不奇妙的，熟能生巧，自然而然，自然而成。
〈太極圈歌〉云：

退圈容易進圈難，不離腰頂後與前。
所難中土不離位，退易進難仔細研。
此為動功非站定，倚身進退並比肩。
能如水磨催急緩，雲龍風虎象周旋。
要用天盤從此覓，久而久之出天然。

〈亂環訣〉云：

亂環術法最難通，上下隨合妙無窮。
陷敵深入亂環內，四兩千斤招法成。
手腳齊進橫豎找，掌中亂環落不空。
欲知環中法何在，發落點對即成功。

張世陽道長仍然不問任信良的來意，可是，任信良已經明白，從老師剛才與自己的摸手發放以及老師背誦的這兩段口訣，他知道老師已經知道了自己的來意。世陽道長慈祥地笑笑，望著任信良。

「今天上午開班子會，會上議了關於集團公司和上市公司分開的事，由我出任上市公司的法人代表，董事長兼總經理。會後，志恆董事長還找我單獨明確了此事，看來，這件事志恆董事長醞釀安排得很細。說實在的，我們公司的情況，老師也知道個大概，我這心裏有些煩亂，所以，來找老師談談，讓心裏豁亮豁亮。」任信良說道。

「劉志恆這個人，我倒有些瞭解，幾年前他陪同一位大概是領導的人來觀裏上過香，打過招呼，他還留下張名片，所以，印象深得很。另外嘛！我的一個記名弟子，叫李景玄，今年春節前給他看過，我的那位學生回來也和我說起過，所以，這印象越發活泛起來。」

「老師感覺如何？」

「我是一個修行人，不是江湖中賣藝糊口的浪人，所以，我對打卦、看相、批八字這東西，向來都是當作一個玩意來看的，不可百分百地當回事兒，雖說『善易者不卜』，但是，這中間的有些信息還是分得出陰陽的。」

「依老師明鑑，他是往陰面走，還是往陽面走？」

「往陰面走是確定無疑的，不過……恐怕走得要快一些！」張世陽道長的臉上有些陰沉。

任信良隱約忽然想起今年初，有一天和劉志恆在辦公室談事，劉志恆好像說過一句，說有位叫景玄子的道門先生能看事兒，傳得挺神的，想找機會讓他看看，還是算算的。看來劉志恆說的就是這位同門了？所以，便直接問道：

「老師的那位學生具體是怎麼說的？」

「要是讓他說，那可就嚴重了——身體有病，官位不保，財走黑路，血光之災。但是，這小子沒對劉志恆完全說透，倒是和我聊得挺多，我那位學生對這種事兒非常地下功夫，可以說是苦功夫、死功夫，所以，我在這方面不如他。不過，凡事皆有定數，所謂：『對待者，數也。』因此大可不必太迷信。」

「這次劉董把創億股份公司的位置讓出來，算不算官位不保？」

「哈哈，看來讓他給蒙對了。」

「老師，學生應該如何對待？」

世陽道長不語，表情凝重，眼睛望著殿外的天空。殿外的芙蓉樹開始泛綠，增添了幾分殿內的靜謐。他長歎了一口氣。

「人生如浮漚，若石火電光，轉瞬即逝，奈何世人癡迷不悟。當年海蟾祖師官居燕國的宰相，得遇呂祖，呂祖以累卵做喻，向海蟾祖師暗示，俗事官場如同這壘起來的雞蛋岌岌可危，隨時都有傾覆的結果。紫陽祖師也有詩云：『不求大道出迷途，縱負賢才豈丈夫。百歲光陰石火爍，一生身世水泡浮。只貪名利求榮顯，不覺形容暗悴枯。試問堆金等山嶽，無常買得不來無？……』」

任信良靜靜地聽著。他瞭解世陽道長，多年來，世陽道長從不說廢話，言出必有所指，言出必有所用，言出必有所應。他聽懂了張世陽道長話中的涵義。

「信良，人生都在自己把握。『我命在我不在天。』這可不是一句口號，隨便說說，過過嘴癮，這裏邊可是大有深意在焉。所謂的『天』就是指外部條件和因素，你懂嗎？」

任信良不由自主地點點頭，可是他在心裏卻在搖頭。世陽道長的學問與修行太深，真的是深不可測。世陽道長是難得的人生良師。

「那麼對於這次的職務任命，我究竟是接，還是不接呢？」

「不接，這不可能，也不現實，所謂『退圈容易進圈難』嘛。你是在當差，非比我們出家人！這好歹是個機會，這個職務，是官銜也是名分，有人花錢想得到還撈不著，世間的事情就是這樣的矯情，關鍵還在於對待與心態。如果接了吧，可又要當心成為劉志恆的影子。」

「影子？這難免，我跳不出劉志恆的影子，他對我有恩嘛。」任信良本能地隨口說出自己的心裏話。

「問題就出在這裏。人間沒有免費的午餐，受恩就是欠債，一旦欠下債，早晚都是要還的，這就是俗世的因緣和定數。肉體凡胎之人只要是喘氣、吃飯的，都免不了這個定數。欠債還錢，要有一顆平常心來對待，事

來不逃避，不自專自用，隨曲就伸。有了對待，就能拿得起來，能拿得起來，也就能放得下，自然能處理得好。委曲才能求全，凡事順自然，不要聽自然。」

「凡事順自然，不要聽自然，委曲求全，隨曲就伸，聽著感覺懂了，感覺還是空落落的，一時理解不了，讓我回去慢慢體會吧！老師。」

任信良的電話這時響了，任信良拿出手機一看，是陶萬琦書記的來電，對世陽道長說：「不好意思，老師，我接個電話。」

「沒關係，你說你的。」世陽道長慈藹地不緊不慢地回答道。

「信良嗎，我是陶萬琦。」

「萬琦書記你好，有什麼事你說，現在說話方便。」

「我剛剛和志恆董事長敲定，公司準備搞一個感動創億傑出人物評選活動，你是第一個人選，這可不是推辭的事，是政治，是團隊利益，也是我和志恆董事長為配合國資委和市委組織部門接下來的考核工作，有意為之的。這件事，先跟你說一聲，你心裏有數就行，要注意保密！」陶萬琦書記的語氣有些神神祕祕的。

「明白，這一點，請書記放心，啥也別說，那就先謝謝老大哥了！」

「咱倆之間誰跟誰呀，老弟別客氣，創億的發展今後還得看老弟的哪。行了，不說了，沒其他事，我掛了。」

「好的，書記再見。」任信良和陶萬琦通完話，接著說道：「老師您看，我們的書記來電話，說是要把我評為創億集團的一號先進人物。」任信良邊說，嘴角撇出一絲苦笑。

「不僅善於送人情，而且善於順人情，這很不容易，這是一項入世煉性的修煉功課。只有學會送人情，學會順人情，自己才會有個好心情。信良，我看你們的書記做人就很到家嘛，現成的榜樣，你要多學學才是！看不慣、不接受都不是辦法，只會壞大事，沒有絲毫的益處。怎麼？我說得不對？」

「沒有，老師說得對，待人處事本身就是煉性的過程。」

「信良，我可以說是看著你成長起來的，我瞭解你，你表面不說，其實心裏還是沒有真正地接受現實的這一切。」

「老師說得對，無奈、不得已，這就是現實，不高興、不舒服，也要忍著。老師，世風日下，人心浮躁，人情淡薄，二十多年來，我也有一些感悟和體會。雖說如今生活安定了，吃穿不愁，但是，總覺得現在的人們忙忙碌碌、爭來爭去、算計來算計去的，費神用腦，活得都非常地累，要麼琢磨著如何打發時光，要麼琢磨著研究人對付人。」任信良感慨著。

張世陽道長悠然地搖著頭，接著說：

「讀聖賢書以明理定性，

臨名家帖以書俊美字；

焚清香以品茗而小飲，

交良友常有佳釀微醺；

澄心靜坐或寂然服氣，

審時而動日日功不離手；

晴天麗日常於戶外散步，

青竹花草摻雜龜魚遊戲；

得英才善良輩傳教育人。人生一世，豈不悠哉！優哉！快哉！不是神仙，亦是神仙。」

「老師的這段經論以前沒有聽到過，我一時記不住，我得拿筆記下來才是。」

「那沒關係，待會兒，你走的時候，我送你一本觀裏新近印刷的小冊子，沒事的時候，可以看看，是我閒著沒事編寫的，我剛才說的，冊子裏都有，看看有好處！」

「好的，老師，我一定好好閱讀閱讀，仔細參悟參悟。」

第七章
市長的家宴

　　黃永利參加完班子會，便忙著和高原副市長聯繫，短信發個不停。一個下午的時間快過去了，仍然不見回信，高原的祕書也始終不接電話，短信也照樣不回覆。這下把黃永利急得在辦公室裏轉來轉去的，坐也不是，站也不是的，焦躁不安。好不容易，捱到下午4點，黃永利終於接到高原祕書的短信：

　　　下午會議安排重要，日程已滿，高市長讓你晚上6點多鐘到家裏吃飯，面談！

　　黃永利看了短信，知道高原的祕書已經幫著傳過話，兩手一拍，自語道：「老弟夠意思！太夠意思了，關鍵時候還是看哥們！」黃永利這下來了精神，他打算對高原的祕書表示表示，所以，便給一家經常光顧的海參專賣店老闆撥了一個電話：

　　「李經理，上次我買過的那種五千塊錢一盒的乾海參，還有沒有？這樣，下班前給我送四盒來，把外包裝盒去掉！對，用一般塑膠袋，這樣方便攜帶，發票按照以前的辦法直接開好，我付給你現金。」

　　濱州創億房地產有限公司的辦公地址不在創億大廈裏邊，這讓黃永利覺得既方便又清靜自在。

　　不到半個小時的時間，海參就送來了。黃永利上網流覽著各類新聞消息，消磨著時間，估摸時間差不多了，黃永利這才下樓，他開上自己的那臺寶石藍色的BMW 730坐騎，直奔高原副市長在海藍陽光花園的家。黃永利腳踏油門，寶馬車立刻像挨了鞭子的駿馬奔跑著。他覺得今天的油門比

往常踩起來更鬆軟、更舒服。上午班子會上，心裏的鬱悶和不快，一時間被飛快的車輪子碾了個粉粹。

現在場面上的通行規則是有事找地方談一談，沒有人主動往家裏領人，也很少有人不懂事兒地主動要求上領導的家裏拜訪。所以，有事到家裏談，吃個家宴，在官場上已經升級為非同一般的特殊待遇。這幾年來，雖說黃永利成了高副市長家的常客，但是，每當受到高原副市長的招呼到市長府上一坐時，仍然是心裏歡喜，優越感十足。不過，一舉一動還是謹慎加小心的。黃永利沒有把車直接停在高原副市長的家門前，而是將車停在海藍陽光花園的公共停車場上。從容地走上幾分鐘，便來到高原副市長的家門前。

「黃總，請進，市長在等您哪！」

開門的是高副市長家的四川小保姆方方，眉清目秀的，一個多月不見，豐滿成熟了許多。小保姆身後轉出來那隻金色尋回導盲犬，見了黃永利撒歡地站起來，撲在黃永利的肚子上亂舔。

「亮亮，亮亮，快進屋！」

方方用四川話喚起狗來，聽起來真好聽。黃永利一邊拍拍亮亮的臉，一邊換上拖鞋，跟著方方來到了屋裏。高副市長穿著一套咖啡色緞子面料的加厚睡衣，坐在客廳的沙發上看電視。高副市長衝黃永利點下頭，算是打了個招呼。亮亮一路小跑，跑到高副市長的跟前，兩條前腿兒支地蹲在地板上，伸著長長的舌頭，看著高副市長。

「亮亮，看看是誰來了？」

高原一邊說，一邊抓了亮亮脖子上的皮毛一把。亮亮伸著舌頭，「哈咻哈咻」地喘著氣，轉頭看著黃永利。黃永利只好衝亮亮做了一下鬼臉。順手把用報紙包著的乾海參放到茶几上。

「給您捎了兩包海參，領導得堅持吃才行，這玩意兒不像人參那麼上火。」

「清明之後，不能再天天吃了」

「沒那麼嚴重，不就是補充一點蛋白質嘛！都是養殖的，沒那麼邪乎！對了，市長，記得以前這狗叫『樂樂』？怎麼改名字了？」黃永利問道。

高原聽了，眼睛瞇了起來。

「改了不到一個月。不過，這傢伙角色轉變倒是挺快的，改了名不到十天的工夫，就找準了自己的位置，找到了自我，哈哈，哈哈。」

高原說完，先是微微一笑，接著發出爽朗的笑聲。黃永利聽著，看著，腦子裏忽然想起市政府今年初從外市新交流過來的一位副市長名叫何玉亮。

「那是！那是！市長調教有方嗎？俗話說『不是一家人，不進一家門』嘛。」黃永利伸了一下舌頭，感覺到有些失言。

「今天開了一天的政府辦公會，研究了一天的深化改革，所以，下了班，哪也不想去，都推辭了，不然我就出去遛狗了。沒吃飯吧！我讓方方多做了兩碗擔擔麵，咱們到客廳吃麵吧！」高原沒在意黃永利剛才的話，搖搖頭，把話題岔開。

高原家是個樓中樓式聯體的小二樓，一棟樓住兩戶。高原家的一樓是衣帽間、客廳、餐廳、書房、小會客室、保姆間、衛生間、廚房和車庫。高原家的二樓說有三間房，但是，黃永利沒有上去過。自從去年春天，高夫人定居加拿大之後，大房子裏就留下高原和小保姆兩個人。高副市長是和共和國同齡的人，在副市長的任上，已經是第三任，整整幹了十二年。

高原保養得還算不錯，頭髮略稀了一點，但是沒有白頭髮。黑黑的胖臉，總給人臉上的鬍子未刮乾淨似的。方方已把餐桌擺好，兩大盤菜放在桌子中間，一盤黑白分明的蛋清炒木耳，一盤鮮紅而熱烈的泡椒鱅魚頭，引誘著人的食欲。方方把易開罐青島啤酒打開，給黃永利和高原面前的高腳杯裏斟滿啤酒，便退了下去。

「家常便飯，隨便吃一口吧！」說著端起了酒杯，與黃永利雙手捧著的高腳杯輕輕地碰了一下，喝酒吃菜起來。

「打擾領導了！」黃永利回應了一句。

「劉志恆的身體最近怎麼樣？」

「看樣子沒什麼大問題。去年秋天，把膽摘除了，恐怕消化上要注意一下。」黃永利回答時樣子很認真。

「膽囊摘除對於吃東西是要求清清淡淡的，喝點酒估計不受太多影響，是吧？」黃永利又補充了一句。

「嗯！你發現沒有，他們那幾個人好像都他媽的肝的部位有毛病？」高原問道。

「對呀！領導這麼一說，看來還真是這樣。」黃永利回答道。

高原所說的那幾個人是指原經貿委主任周國臣、現在的國資委主任李大文、創億集團公司董事長劉志恆這三個人，一個肝上長瘤，一個肝管堵塞，一個膽結石。

「所以，我說人生要看開些，我們都是快到站的人，你的機會還很多嘛！永利老弟。」高原副市長繼續說道，並由遠及近地開始入題。

「這點我完全能看得開。」

「人生有些事需要追求結果，而有的事情卻需要追求過程，不能凡事都追求結果。」

「市長以前曾經說過，市長、省長的，什麼總經理呀、董事長的，就是個稱呼而已。要提拔任信良就大大方方地提拔好了，犯不著遮遮掩掩嘛！搞得像是在表演魔術，手裏拿著個破毯子，翻過來，正過去，實際上已經露餡啦。我真不知道劉志恆是咋想的，我又不是個孩子，這麼多年來跟著他一心一意地辦事，哪件事沒給他辦得妥妥當當的？我是真的有些想不通了。陶萬琦書記那邊一發言，我就知道這是劉志恆事先商量安排好的，這事真的不爽。」

「我不這樣看。這是官場的遊戲規則，而且是潛規則，你應該習慣和理解的。永利呀，讓我怎麼說你，你真是白混了！讓我有些失望，底蘊不足呀。」高原市長拖著長音兒。

「市長，提到遊戲規則，我怎麼能不習慣和理解哪。原因是我想幹事，想幹成事的人，還不都是想把事情辦得更好一些！」黃永利在說到「想把事情辦得更好些」時，故意拉長了音調。

「按理說這些年，我和他配合得挺好的。但是，這一年多來，卻弄得挺生分的，搞不懂！這不是卸磨殺驢嗎？」

「永利，你錯了，剛才你說到『配合』，這不是你應該說的，你是部下，應該說『服從』！辦事毛躁，張揚外露，老大自居，不知學習，這就是劉志恆對你的評價。」

「劉董真的這麼說我？」黃永利感到有些出乎自己的想法。

「怎麼還真的假的，有什麼可懷疑的？這是真真切切。我看你呀應該換一種問法，劉董一般是怎麼說別人？」

「我知道劉董心裏看重任信良！他們倆的關係比我時間長。」黃永利的口氣裏帶著些無奈。

「志恆對任信良的評價是：辦事嚴謹，扎實肯幹，行事內斂，不事張揚，尤其是待人隨和。」高原洪亮的聲音中透著一種揶揄。

黃永利的臉色有些難看，他猛喝了一杯啤酒，他感覺嗓子眼兒裏像是有根兒魚刺卡得難受。

「創億集團的幹部問題，不是個小問題，尤其是當前國企改革的攻堅敏感階段，市委市政府對創億集團和創億股份的下一步發展和處置有幾種不同的意見，等待處理的問題還很多，所以，什麼創億集團的董事長還是什麼創億股份的董事長，你都要看得開一些，把自己的事兒辦好是關鍵，你現在是一方諸侯，不是很好嗎？把守住房地產公司這塊陣地，這才是你最為關鍵的。」

黃永利與高原的黑眼球對視著，點了點頭。

「你要在短時間裏，抓緊時間廣泛地傳遞出去一個你不去爭或者不屑於一爭，並且安於現狀的態度和信息。短時間內，劉志恆會和你緩和關係，這一點很關鍵。這幾天，我再找大文、墨鑫側面聊聊，讓他們側面去做做工作，我再單獨找志恆談談，平衡一下。別擔心！沒什麼事的，志恆不會不顧忌大家利益的，況且，今後還需要你們幹活哪！」

「我真的沒什麼想法，只是覺得，跟著志恆董事長這麼多年，大家誰不瞭解誰？根本用不著要這樣的心眼，通過開會捅窗戶紙，我是要這個面子。這事明擺著劉志恆心裏沒我，我只是他利用的工具。」

「算了，老弟，別太鑽牛角尖，官場上若是論哥們，那也只能做不能說，說了什麼都不對，不說反而全對。」

「市長，您倒是說，我能往哪說去？」黃永利一臉的委屈。

「歐洲楓景園是一篇好文章，也需要用心去做。任信良即使當了創億股份的董事長，那也只是劉志恆的影子，你還是你，任信良卻不同，明白嗎？大器一點！」

高原與黃永利的目光在同一個焦距中會合，兩個人都樂了起來。

第八章
領導出自傳

　　班子會開過沒幾天，任信良要出任創億股份的董事長這件事，就好像是地球人都知道似的。首先是周國臣打來電話。周國臣擔任濱州市外經委主任十三年，最後的三年還掛著市政府副祕書長的頭銜，四年前到政協擔任了市政協的副主席。周國臣在五十九歲時，不僅能夠實現宦海人生的軟著陸，而且超出常規，官升一級，在濱州市的官場上足足地颳起了一場大風。人們在羨慕、感歎之餘，發現熟悉周國臣的、與周國臣共過事的，幾乎可以說，沒人說個「不」字。所以，當這陣官場風颳過之後，人們談起周國臣時，多的是清醒：周老頭兒做人到位，做官也到位，做事更到位。提拔使用的滿意，沒提起來的也滿意。有這「三個到位」、「兩個滿意」，豈能是官場上「軟著陸」之流所能同日而語？能當這個政協副主席自然也就不奇怪了。任信良知道，周國臣的資訊管道來自劉志恆，周國臣又是多年的老領導，所以，沒有遮遮掩掩。

　　「信良恭喜你，年輕有為，能者多勞，當上董事長啦，可不能不理人呀！」周國臣開著玩笑，讓旁人聽來都覺得特近乎。

　　「這事都還沒最後定，還不知道最後市裏什麼精神哪。」

　　「市裏能有什麼精神？關鍵還是本單位一把手的意見出臺的方式和方法，這一點，你不用擔心。志恆對這件事可是用心良苦啊！他和我多次說起過你，我和他說，信良可是咱們一手培養、一手提拔的小老弟，差不了！不提拔自己人提拔誰呀？」

　　「謝謝老領導美言，當不當董事長的，都還是志恆董事長一盤棋，老領導有事儘管吩咐，沒說的。」任信良把周國臣的話往正題兒上引。

　　「我倒沒什麼私事，我是要到站的人，能有什麼事？我如今是無權、

無錢、無勢力，有吃、有喝、有朋友，簡稱『三無三有』。早晨9點來一趟，下午沒事3點走一趟，簡稱『九三學社』，哈哈。政協方面活動挺多，團結就是開會，民主就是喝醉，整天也是閒不住呀，挺好的。不過，說到事，眼下有件說要緊也要緊，說不要緊也不要緊的事。」周國臣張口一說話，總是一套一套地往外捅詞。

「老領導請講！」

「我這兩年用業餘時間整理了一下資料，打算把它出版了，也算是做點實實在在的事情。可是，我對這出書的事一竅不通，在我認識的朋友裏邊，只有你是喝濃墨水兒長大的人，所以，我想讓你辛苦打聽一下！」

任信良聽著心裏說：「你對出書的事一竅不通？我也沒出過書，我也是一竅不通啊！你是不想直說，得啦！我主動些吧！」

「看老領導說的，這事我來給你辦，保證辦好，這可是個向領導學習的難得機會。具體有哪些要求和想法，老領導可以寫下來，然後，我去把稿子取過來。」

「還是信良辦事俐落，我就喜歡你這股子爽快勁兒。至於要求和想法嗎？也沒什麼，你看著辦。你太忙，我下午安排人把稿子送到你的辦公室。」

周國臣的書稿拿到了，任信良一看，書名是《滄海人生——周國臣自傳》，字數也不多，頂多十萬字，不過照片選得很多，有幾百幅照片兒，大都是周國臣出國訪問時與外國政要、商界名流、記者等的合影，僅照片一項就占了四十多個頁碼。周國臣的批示是用濱州市政協專用信箋寫的共有兩條：「信良：此書不僅是自傳也是智慧與思想的總結，務必站在政治的高度，運作此事。此書的出版要體現經濟效益，出力不討好，寧可不出。」落款是周國臣草體簽名。

領導交辦的事要保質保量地完成，這就需要創造性地工作，不能牽扯自己的精力，占用自己的時間。任信良馬上想到了黨委副書記兼紀委書記湯恩泉。湯恩泉當年做過周國臣的祕書，當過外經委的辦公室主任，迎來送往、

宴會到場、安排會場，自有一套嫻熟的功夫，與出版社打交道應當是最佳人選。而且，此事讓湯恩泉來經辦，還省去了隨時和周國臣的彙報。

於是，任信良和湯恩泉通上了電話。在電話那頭，湯恩泉一口一個「任總」地叫著，讓任信良覺得有些反差。因為，若是擱以前，平日裏大家都對他稱呼：「信良。」

任信良剛說：「有點事情要商量──」

那邊湯恩泉便說：「馬上過來，當面聽吩咐。」

任信良覺得湯恩泉是提前把自己當董事長了。他覺得這樣也挺好，藉這個機會爽一把，體驗一下當董事長的感覺。

湯恩泉敲敲門進來，搓搓手。「任總，什麼事情？」

「恩泉，來！請坐下，慢慢談！」任信良客氣地伸手請湯恩泉在對面坐下。

「任總，有啥事？請吩咐！」

「國臣主席自己寫了一些東西，花了不少的心血，準備出本自傳。你是國臣老領導部下，所以，想聽聽你的意見。」任信良用商量的語氣，顯得十分謙和。

「哈哈，國臣主席也寫書了？任總，人的心裏有高潮，表現形式多種多樣，但有一點，一旦這高潮想出來，那就好比飛機降落一般，如果能平穩地降下來，那還好說，當然心情舒服；可是，一旦要是降不下來，那可就要轉呀，轉呀，降啊，降啊的，難受得很，你知道嗎？」湯恩泉的兩隻手說話時比畫著，一隻手掌做著飛機飛行狀。

「哈哈，你這比喻，我是還是頭一回聽到，真夠逗樂的！」任信良微微一笑。

「這出書的事，你算找對人了，我對出書的事，門兒清。」

「沒聽老兄你出過書呀！」

「我有幾把刷子，你還不知道？我是說，找我幫忙出書的人不下五六撥兒了。」聽說是老領導寫自傳要出書，湯恩泉又來勁又自信地說道。

「看來我真找對人了。不過，出書是解決老領導的心理問題，賣書是解決老領導的經濟問題，如何用最小的代價辦好此事，那就是藝術問題，你可不能掉以輕心。」任信良擔心湯恩泉大意。

在任信良的心裏，對湯恩泉這樣來自政府機關的行政人員，總有一種虛而不實、吹吹打打的印象。

「那是自然。任總，我跟您說，出版社方面咱們是有路子的。」湯恩泉解釋道。

「說說，出版社怎麼個關係法？」任信良問道。

「出版社的李振奎社長認識吧？」湯恩泉反問道。

「當然知道這個人，雖然不熟，但是印象還很深哪！你還記得吧！兩年前李振奎是市文化局的局長，據說當時舉辦了一個濱州市國際化與文化接軌論壇，會後舉行了個晚宴，咱們市長和市委副書記都應邀參加。李振奎在宴會上，一時酒興大發，在酒桌上信口開河發表起高論來，大談濱州市是文化的沙漠，歷史底蘊太薄，說什麼『文化文化，不文就不化，無文就變化』。偏巧被市長和市委副書記聽到，據說把市長臉都氣白了，嘴都氣歪了，哈哈！真他媽有意思。事情過了沒多久，這李振奎自己就變化到出版社當社長了。」任信良開心地笑著說道。

「怎麼不記得，這是咱們當時濱州市政壇的一大笑話。這李振奎社長可是曉航書記的中學同學，我們打過好多次的交道。」湯恩泉前仰後合地笑著回答道。

湯恩泉所說曉航書記是指濱州市紀委常務副書記王曉航，任信良不僅非常熟悉，而且還有很深的私交。但是，任信良沒有隨著湯恩泉的話題直接把自己與王曉航的私密關係透露出來。

「你也別太樂觀，先跟李社長溝通溝通。總的原則是這樣的：第一，國臣主席要拿到一定數量的稿費，標準方面體現出心情。第二，國臣主席還要拿到三百本樣書。第三，也是關鍵的一條，不能讓出版社感覺到是創億集團在背後贊助出書，防止被宰一刀。」

任信良交代完後，湯恩泉便拿著書稿走了。

過了二天，湯恩泉來向任信良彙報。

「任總，看來這事有些難辦。」湯恩泉的臉上已沒有了開始時的自信。「李社長簡單看了看書稿，便對我說，這種書即便是個人出書，濱州市出版社也不敢出，原因是好說不好聽，好聽不好說。」

「好說不好聽，好聽不好說，這都什麼亂七八糟的，我聽不懂！」任信良覺得有些糊塗。

「是這樣的，一般個人性質出書，通常是交錢給出版社，由出版社把書編好，並按作者要求的數量印好，把書交給作者就算完事。舉例說吧：假如印五千冊書，每本按六元成本計算，出書人須交給出版社三萬元。現在的問題是國臣主席的著作是一本自傳，自傳是什麼人能寫的？那得是名人才行。李振奎說：『一個雞巴副廳級的市政協副主席在全國算老幾，影響太壞，根本不能擺到出版社的社務會臺面上進行討論。』」

「你是說這事辦不成了？」

「任總，您聽我說完。我聽他這麼一說，心裏想：『天下事難不倒咱共產黨員。』所以，我便把曉航書記也請出來，一起喝大酒，不談書，只談感情，交朋友嘛！讓曉航書記幫著忽悠。那天晚上，我們三個人喝了兩瓶水井坊，兩瓶長城乾紅，一箱青島乾啤。後來我又領著李社長去洗桑拿，在乾蒸房裏，我跟李社長說：『這件事是有難度，而且不是一般的難度，但是，無論如何請李社長幫忙出出主意，要不我沒法跟老領導交差呀！』李社長聽我這麼一說，還真給我出了個好主意。」湯恩泉興奮得有些得意。

「什麼好主意？」

任信良邊問，便拿起桌上的中華香煙，遞給湯恩泉一支。湯恩泉趕緊掏出打火機，站起身雙手給任信良把煙點燃。

「他是這樣說的。」湯恩泉深吸一口，吐出一股煙霧，衝著任信良瞇了瞇眼睛。「任總，這出版業有個規矩，就是遊戲潛規則，叫做『便宜與優惠』。便宜呢，就是給出版社六萬塊錢，書歸出版社，稿費沒有，樣書可以給個二三十本。優惠呢，就是給出版社六萬元，書歸作者。當然眼下這本自傳，還不在便宜和優惠的範圍內。」

「那是什麼原因？就因為國臣主席不是國內名人？」任信良還是有些不解。

「李社長講了，國臣主席現在寫的這些內容根本不行，書的題目與內容也都得跟著重改，要重新炒作。」

「開什麼玩笑！那不等於讓國臣主席重新寫嗎？這個李振奎，市長扁他輕了！」任信良有些惱火。

「那倒不用重新寫，主要是需要變通，由自傳體的書，變為社科知識類的書就可以，如果這樣的話，書還便於銷售。」

「嘿嘿，看來文化人就是與眾不同啊！咱們也學了個便宜與優惠的潛規則，這倒也不奇怪，在商言商嘛！」任信良笑著說。沉默了一會兒，接著說道：「要不這樣，咱們便宜也占一點，優惠也爭取點，書全要了。幾千冊的書，銷售方面我想不成問題，畢竟國臣主席還在位置上。你再找時間跟李社長聊聊，要學會讓這幫文人為咱們幹活兒，爭取早點把事情敲定下來。」

第九章
成就感心態

「感動創億十大傑出創億人」頒獎暨紅歌聯唱表演會，在陶萬琦的策畫和組織下，在2005年4月5日，清明節這天下午如期召開，今年的10月28日是創億集團成立十週年的，但是，考慮到創億業績和實際情況，劉志恆在活動批件上專門指出，這次活動要淡化十週年慶，突出五年規劃，悶頭做事，凝聚人心。

創億影院今天成了頒獎及演出的會場，按照劉志恆事先確定的基調，此次活動沒有邀請國資委及市裏的領導。

濱州創億房地產公司的副總兼財務總監李露潔是個有著較強的文藝表現欲和特長的女性，在創億集團公司裏幾位拔尖的女強人中屬於領軍的人物，多年以來，文藝表演、年節晚會、詩歌朗誦、運動大會什麼的都是一號活躍分子，像今天這樣的活動，主持人的角色似乎是非她莫屬。今天，李露潔一身黑套裝，擬白色的大圍脖，齊耳短髮，昂著頭，挺著胸，讓人不由得聯想起電影《刑場上婚禮》和《紅岩》中的女主角。

時間到了，李露潔個頭兒不高，但是，聲音卻比較高。

「各位領導，各位同事：大家下午好！

「從一個人踏入社會，開始工作算起，至多只有三十年的工作時間，而十年相對於三十年過程而言，就是整整三分之一的時光。十年！我們創億集團公司和創億集團股份有限公司的十週年；十年！我們每一位創億人為之奮鬥進取的十年！十年間的每一天，記載著辛勤耕耘的每一位創億人點點滴滴的努力故事，記載著伴隨著辛勤耕耘的創億人平平凡凡的生活篇章，創億是創億人的創億，創億的輝煌是由創億人親手創造。當我們回首十年的歲月，我們發現，感動創億的正是我們創億人中的傑出者。

　　「由中共濱州市創億集團公司委員會、濱州市創億集團公司、濱州市創億集團公司工會聯合發起的『感動創億十大傑出創億人』評選活動及頒獎儀式，現在──開──始。」

　　李露潔富有激情的話一停，全場即發出長時間的熱烈掌聲。

　　掌聲停止，李露潔以她明顯的氣聲發聲法的語調繼續宣布：「首先，我們請中共濱州市創億集團公司委員會黨委書記陶萬琦同志上臺，為此次『感動創億十大傑出創億人』活動揭曉。讓我們以熱烈的掌聲表示歡迎！」

　　李露潔富有感情的語調帶動著會場氣氛，全場又發出熱烈的掌聲。

　　伴隨著步步高的樂曲聲，陶萬琦書記走上舞臺。劉沫沫這時也從舞臺一角款步走到舞臺中央，她雙手捧著茶盤，茶盤中放著十個擺成扇形的紅色信封。此時音樂停止。陶萬琦身著一套湛清色的西裝，裏面是白色襯衣，一條紅色碎花領帶。他拿起信封，反面、正面向臺下演示了一遍，表示信封是封好的。他不緊不慢地拿起剪刀，剪開信封，拿出信封中的白紙，交給李露潔。

　　李露潔以她明顯的氣聲發聲法的語調大聲地唸道：「感動創億十大傑出創億人之一是：創億集團公司創億藥業連鎖有限公司進出口二部經理胡夢影。請聽創億集團公司『感動創億十大傑出創億人評審委員會』對她的評價詞：『瘦弱的肩膀挑起逐年增長的部門業績；善良的心靈譜寫痛苦遭遇的堅忍樂章。』」

　　「請大家觀看大螢幕。」李露潔優雅地緩慢轉身，優雅地伸手，輕輕地揮向大螢幕。

　　螢幕上，出現的是配著音樂背景的胡夢影工作生活的鏡頭。看來，陶書記抓的這項工作真是下了一番功夫，僅僅一週的時間還滿像樣子的。胡夢影作為任信良旗下的一員幹將，能被評上十大傑出創億人，他在內心是非常高興的。胡夢影這個善良聰慧的女人，這些年真有些命運多舛，一連三年，痛失家中三位至親，先是母親病逝，不到半年的時間，公公突然心臟病發作去世，接下來，自己的丈夫不幸得了肝癌，在四處求醫，放療、化療之後，也撒手人寰。留下她和未成年的女兒。任信良和胡夢影作

為上下級關係，非常地投緣。半年多以前，任信良的妻子石美珍因為勞累過度，在講課時心臟病發作，沒有搶救過來，落單的他，在那一刻，非常地理解和同情胡夢影的遭遇和痛苦。一個偶然的機會，他在網上讀到一篇文章，他驚訝了，生活中竟然有如此的相似故事和如此入木三分的深刻挖掘。他把這篇文章粘貼下來，發到胡夢影的信箱裏，結果整整一週，胡夢影沒來上班，原因是她病倒了！任信良聽說後，什麼也沒說，因為他心裏清楚，是那篇文章中「和諧與成功？生命與成功？追求與成功？」的一連串問號同樣也撥動了她內心深處那根沉睡已久的神經。那篇題為〈有多少和諧可以重來〉的文章，此時又在任信良的腦海裏浮現：

今年的8月對於我的同事C部長來說是最灰暗的一個月：她的丈夫病逝了。C部長是一個很有才華的完全的知識女性，她的好學、勤懇、鑽研的勁頭非常受大家的敬佩，她所帶領的業務部出口業績也是公司的排頭兵，去年她獲得了吉大的博士學位。正當她的事業和學業如日中天的時候，他的丈夫不幸罹患了癌症，僅僅一年的時間，病魔便奪去了她丈夫的生命。那一天，我和公司的同事們一道前往殯儀館，向C部長丈夫的遺體告別。在告別儀式上，我們見到了C部長那剛滿九歲的女兒，那是個乖巧、依人、細眉細眼的可愛女孩子，懵懵懂懂的，臉上沒有太多的表情，她似乎還沒有弄清自己的爸爸真的永遠的離開了自己，她只是雙手捧著爸爸的遺像，靜靜地陪伴在C部長的身邊。但是當告別遺體的程序結束，司爐人員欲將C部長丈夫的遺體推走時，伴隨著C部長那撕肝裂肺般的哭聲，一聲更揪人心肺的哭聲響了起來，那是C部長九歲的女兒對生與死、離與別的知悟與感悟的哭聲。我眼裏的淚水抑制不住地流了下來。

人的壽夭，都是自然定數，絕不由個人做主，從無到有，從有到無，所以，活著只是生命的過程之一。數不清有多少次來殯儀館送別亡者，來的時候心情要麼沉重，要麼悲傷，尤其是像今天，C部長的丈夫英年早逝，他剛剛四十歲，是正當年的時候。幾

年前，我見過他，眉清目秀、文質彬彬、瘦削的樣子，帶著一副黑框的眼鏡。他原是理工學院的畢業生，幾番轉折發展，他成了本市一家大公司的辦公室主任，真難為他一位書生，迎來送往，安排會場，胃口也不得清閒，白酒、啤酒、紅酒地應酬著。這還不算，他還要協調和平衡公司領導之間的關係。據說，這家公司光是副總打麻將就需要擺上兩桌，這樣的辦公室主任當然難當。《黃帝內經》上說：「百病生於氣也。」現代職場：人們為了個人的升遷而不敢直言！人們為了自己的薪水只升不降而常說謊言，人們為了自己的飯碗不被打落在地黑白顛倒、方圓混淆地忍氣吞聲。因為人多的緣故，所有的機會和空間都變得越來越少，越來越小。人們的顧忌太多，唯獨不能、不敢、不想顧及一下自己的身心。當「你不幹，有人幹，離了誰，地球照樣轉」成為一句全社會的口頭禪時，飯碗這個用於驅趕御使人類的最原始的工具便時興起來，能活著與倖存著便是一種人類社會的和諧新秩序。C部長的丈夫就生活在現代職場之中，當然不能避免，公司的領導們和諧了，同事們和諧了，但是他自己的身體、生命，以至家庭卻沒有了和諧。他得了癌症，接受了手術，再接受化療，接下來是他生命裏最後一年的活著。僅僅是活著，連倖存都算不上。生命裏最後一年的活著，他和C部長以及所有的親人，所接受的僅僅是他活著的痛苦和死亡的等待。

十幾年前，我還在部隊服役，日復一日，繁多的弄虛作假的報告總結寫得我身心疲憊，免疫力下降，健康狀況很差，最後嚴重的病毒性心肌炎使我在將近一年的時間裏，情緒低落，心情沮喪。患病期間，上樓梯都成了大問題，整天坐在家裏胡思亂想，女兒那年還不到四歲。每當回想起這些，心裏便不由得感慨萬千。《聖經‧訓道篇》第九章七至十節記述著這樣的箴言：「你倒不如去快樂地吃你的飯，開懷暢飲你的酒，因為天主早已悅納你所作的工作。你的衣服要常潔白，你頭上總不缺少香液。在天主賜你在太陽下的一生虛幻歲月中，同你的愛妻共用人生之樂：這原是你在太陽下一生

勞苦中所應得的一分：你手能做什麼，就努力去做，因為在你所要去的陰府內，沒有工作，沒有計畫，沒有學問，沒有智慧。」人生是個旅途，在有限的時光裏，盡努力做了我們該做的、想做的事情，生活得有意思，進而有意義，也就是沒有遺憾的人生了。大概更多的人是只有在告別這個世界時，才能體會到，或者體會得深一點，但是，已經晚了。做妻子的哭丈夫，是因為愛的廝守從此不再；做親朋的流淚，是因為痛心於亡者的不幸先行；而一位年方九歲的女孩子，她的痛哭和悲情則是源於對生命的無常和命運的無情，她的內心更多的是對自己哭泣。同事們的悲痛和惋惜大概是出於對英年早逝的一個生命的認知，而我卻從C部長孩子的哭聲裏，更多的是感到對活著的人的悲痛與哭泣。我在孩子的哭聲中，忽然感悟，人真的該哭哭活著的倖存著的自己，讓淚水在湧動流淌的同時，配合著心跳，思考一下，我們內心的茫然？內心的追求？

　　前幾天，我的一位朋友讓我看他畫的一幅《青山雲海圖》：在雲霧籠罩之中，陡峭的懸崖上，有一棵松樹，雖然根部是彎曲的，但是它的主樹幹是筆直的，松樹在整體上是與懸崖峭壁平行的。我問朋友：「這棵松樹有什麼涵義？」朋友告訴我，在開始創作的時候，原來沒有這棵松樹，只是當創作完畢後，感覺懸崖太光禿了，畫面不和諧，這才增加了這棵松樹做點綴。

　　朋友這幅畫讓我想起小學語文課本上的一篇〈狼牙山五壯士〉文章：1941年8月，侵華日軍華北方面軍調集七萬餘人的兵力，對晉察冀邊區所屬的北嶽、平西根據地進行毀滅性「大掃蕩」。9月25日，日偽軍約三千五百餘人圍攻易縣城西南的狼牙山地區，企圖殲滅該地區的八路軍和地方黨政機關。晉察冀軍區第一軍分區某部第七連奉命掩護黨政機關、部隊和群眾轉移。完成任務撤離時，留下第六班班長馬寶玉，副班長、共產黨員葛振林，及宋學義、胡德林、胡福才等五名戰士擔負後衛阻擊，掩護全連轉移。他們堅定沉著，利用有利地形，奮勇還擊，打退日偽軍多次進攻，斃傷九十餘

人。次日，為了不讓日偽軍發現連隊轉移方向，他們邊打邊撤，將日偽軍引向絕路──狼牙山棋盤陀峰頂。日偽軍誤認咬住了八路軍主力，遂發起猛攻。五位戰士臨危不懼，英勇阻擊，子彈打光後，用石塊還擊，一直堅持戰鬥到日落。面對步步逼近的日偽軍，他們寧死不屈，毀掉槍支，義無反顧，縱身跳下數十丈深的懸崖。馬寶玉、胡德林、胡福才壯烈殉國；其中葛振林、宋學義被山腰樹枝掛住，倖免於難，最後被老百姓救下。記得當年學習課文時，我對同學說，那棵樹該命名為「救命松」。

朋友的畫還讓我想起十年前偶然的機會遊覽遼寧的第一名山──千山，走到著名的景點──無量觀，準備沿著石梯進入時，我發現在陡峭如劈的石壁上，有一棵碗口粗細的松樹，嵌在石壁的縫隙裏長出來，青翠欲滴，松枝分成幾個層次，像是一把把張開的傘，孤孤伶仃的，周圍沒有一棵樹、一棵草。同行的夥伴告訴我，這棵樹據說有六百多年的歷史呢！我幽默地說應該叫它「可憐松」。

今天朋友這幅《青山雲海圖》中的這棵松樹我喜歡，但是我不喜歡朋友關於畫面不和諧而點綴一下的說法，因為，陡峭的懸崖石壁配上松樹的和諧，只是他個人的感知。

生命的誕生從來就是這樣的不經意和沒理由，也許是風把種子吹起，飄落在石壁的夾縫之中；也許是哪隻鳥兒，銜著做巢用的松枝飛來飛去的時候不小心失落在夾縫裏；也許是暴雨的沖刷，山頂上的樹種隨著雨水流進石壁上的夾縫？當種子發芽，生根，長出芽葉，在漫長的歲月裏，峭壁上的松樹經歷了弱小、矮小，逐漸成為不是大樹但是參天的樹。其弱也嬌美，其矮也淒美，其成熟也壯美，石壁的峻峭增添了松樹參天的力量。石壁因為太光禿，太冷清，與山與水顯得不和諧，便讓孤孤伶仃的松樹長出來。所以，從這個意義上說，點綴的意義就有些不平常。因為，有了點綴，人類對大自然的敬畏之情才會油然而生，對大自然的一草一木的關愛才會絲絲牽掛。偉大的則更偉大，平凡的更平凡，因為點綴的本身便

同時具有著偉大和平凡的特質。大自然間被稱得上點綴事物的常常是上蒼用以啟示人類的工具，因為那昂揚向上地去參天的樹幹告訴我們松樹對陽光的追求，對生長的執著，而那深深地延伸在石壁深處的根鬚，更是隱藏著生命所獨具的堅定與頑強。有人說：「樹有多高，根有多長。」峭壁上的松樹在展示生命力量的同時也展示了生命的美，這種美是用時間和空間所構成的，這種美不僅壯烈還有些近似於殘忍。所以，當我們認識了它的由來，並賦予了它人的性格時，在我的眼裏，那些生長在石壁上的獨立的松樹，斷不是僅僅為了點綴而生長而存在的。天生萬物，生生滅滅，循環往復。生命的離去，不是新生命的結束，而是生命的繼續，否則，生命的奧跡難以自圓其說。正是大自然這種無意的創作造就了生命的豐富與多彩。無意的創作，註定了一個生命的生存和生長，那是為了證明生命的頑強不屈。松樹的扭曲和掙扎，倒像是一個倔強的男人，咬著牙，挺立著，儘管連立根之地都沒有，但是，上天給了它一個夾縫，於是夾縫成了立根的沃土，而且一旦扎根，松樹的根鬚會像挖掘寶藏的工匠執著地往岩壁深處挖掘不止。

所以，在陡峭的石壁上只生長著孤零零的一棵樹，說它有一天承接住了落崖的人，救了人的性命，叫它「救命松」，當然不為過；說它孤獨，無依無伴，便叫它「可憐松」，也未嘗不妥。但是，說到它幾百年的由來，說到它的生長與頑強，說到它那些人性化的特質，把陡峭的石壁上的松樹稱為「內和松」也是滿貼切的。

現在講和諧是個方興未艾的話題，抑或是場波及全球的運動。於是人人都弄得溫文爾雅、菩薩低眉起來，笑臉對笑臉，細聲細語，溫良恭儉讓，以為從此便是和諧了。殊不知那一張張因勉強和故意造出來的醜笑臉的背後是內心的不和諧、生命的不和諧，殊不知那一串串的套話、客氣話的潛臺詞卻是不說人話的假話連篇。流於表面的、虛假的和諧，許多時候是以犧牲他人生命本身的不和諧的高昂代價換來的。所以，虛假的和諧是一把殺人不見血的軟刀

子。已故當代著名中國文化學者、社會活動家梁漱溟先生在上個世紀80年代中期曾有過這樣一段著名的言論：「中國之所以與歐美有差距，經濟發展方面差了一百多年，原因是中國人受傳統文化思想的影響，把精力都放在了對人與人的關係上了。」

C部長比起他的丈夫來幸運得多，幸運得太多，因為，我們的工作單位不僅講和諧，還提倡人人健康的理念。這樣一來，和諧便得到了比較圓滿的詮釋：要和諧，自己的身心要先和諧。就像峭壁上松樹一樣，外表看：松樹配峭壁，怎麼看都與周圍環境不和諧，但是，沒關係的，千山無量觀石壁上的松樹，六百多年來，它活著，倖存著，生存著，它自身的生命機制和諧著，它用自身生命的存在詮釋著什麼是和諧。他的根頑強地延伸著，掘進著，也許有一天，巨大的掘進力掘開了石壁，在振聲發聵的一聲轟響中，石裂壁崩，伴隨著碎石與泥土，松樹從參天的高度跌落到地面，但即使是那樣，也是生命和諧曲的最強音。讓我們做個假設，如果應該採取的方式和手段是常常以怒目金剛般的雷霆威嚴維護自身生命的真和諧，不被別人的嘴巴所屈服，那麼，即使倒下也沒有絲毫的遺憾；相反，只有壯美，而沒有悲壯。當然，這是假設，不過正是這「有多少和諧可以重來」的假設，才會使我們對活著、對倖存著、對生存著，有些許冷靜的反省；才會對自身身心的和諧增加幾許的關注和顧及。

臺上，陶萬琦負責開封宣讀入選人員姓名，李露潔負責宣讀「感動創億十大傑出創億人評審委員會」對入選者的「評價詞」。

最後一名「感動創億十大傑出創億人」毫無懸念地當然是任信良，李露潔開始宣讀「感動創億十大傑出創億人評審委員會對他評價詞」：「十年的耕耘中你是創億的領頭人，有功從不居功，有累從不言苦，因為你說：『我是泥土，請把我碾在創億前進的路上！』」

任信良一聽，渾身一熱，心裏「咯噔」一下，心裏說：「這不是全國優秀黨員孔繁森的話嗎？什麼時候改編成我說的？這個萬琦書記真是捧死

人不償命，他這是把我當作乳豬扔到火盆上烘烤？」但是轉念一想，覺得還是自己多慮。於是，任信良的丹田又微微顫動起來，一種笑的波紋隨著顫動逐漸散開，迅速傳遍全身，他仍然表情平靜地觀看著大螢幕上播放的有關自己事蹟的資料片。

最後，由劉志恆負責向當選的十位同志頒獎，然後獲獎者與班子成員一起在臺上合影留念。

接下來是以分子公司為單位組織的紅歌聯唱，各單位看來都做了充分的準備和排練，服裝統一，歌聲響亮，一首接著一首的革命老歌，唱響創億影院。劉志恆和各位班子成員端坐在前排，劉志恆今天的精神狀態不錯，面對黨工部人員的攝像機，他端坐著，不時地非常得體地拍著掌，藍色的西服，紅色的領帶，第一排最中央的座位，臺上的革命歌曲，這一切自然地烘托出劉志恆今天內心所追求的優越感、成就感。這種優越感、成就感也感染著身邊的班子成員。任信良的身邊是曲成文，曲成文挨著劉志恆。任信良不經意間用餘光掃了一下旁邊的曲成文和劉志恆的神情，覺得看曲成文和劉志恆出席今天的演出觀摩會的樣子，那感覺就像是此次規模的匯演已經不是創億集團公司範圍的歌詠演出，而是在看濱州市，甚或是全省範圍的選拔演出。

第十章
任命的前奏

　　天氣一天一天轉暖，劉志恆的心裏也燥熱起來。關於任信良出任創億集團股份有限公司的法人代表董事長的事，組織部和國資委組織的聯合考核已經結束。可是，市裏就是不開會，劉志恆覺得這事十有八九是卡在分管的常務副市長、市委常委高原手裏。他覺得事情並不難辦，如今的領導在提拔任用幹部的問題上最低的要求是要賣個好。所以，他準備主動和高原溝通一下。劉志恆一早來到公司，剛要給高原打電話，電話鈴聲響了，是高原副市長打來的。

　　「志恆老兄，神龍見尾不見首呀！想你了，今天晚上想約你一塊堆兒坐坐。」高原副市長的東北口音在電話裏磁性感很強，聽著讓人溫暖、親切。

　　「心有靈犀一點通呀！我正準備給領導打電話哪！我也想領導呢，這樣吧！今天晚上給領導賠罪！」

　　「咱們兄弟間，就別整那些虛的，再客套就外道了，那就一言為定，晚上6點，黑天鵝國際大酒店四樓的忍心齋美食坊。」

　　劉志恆在文件、電話、請示、彙報之間，忙了一整天，到了下班，便坐進賓士600車裏，讓司機張曉把車開到黑天鵝國際大酒店。

　　位於黑天鵝國際大酒店四樓的「忍心齋美食坊」，是個專做素菜的地方，裝飾格調也很特別，全是以草編、竹編為主，每個包房的門是用竹編的，牆壁也是竹席做面，桌子是竹製的，椅子腿兒也用草繩編捆著。忍心齋的入口處左右掛著一副黑色的牌匾。

　　上聯是：「慈悲料理善待有情之物。」

　　下聯是：「克己進膳寬忍自在感恩。」

　　忍心齋的飯菜雖然是遠離活生之物，主要的原料是豆腐、蔬菜、米麵為主，突出的理念是無葷、無酒、無煙、無辛、無蛋，講究的是以素代葷，仿葷全素。忍心齋名師主廚，做工精美，花樣很多，素雞、素鴨、素魚、素鮑魚、素大蝦、素扣肉、素海參等等，活靈活現，應有盡有。

　　張曉看見高原副市長的司機張凱走過來，便「張哥」長、「張哥」短地叫著，張凱則一口一個「一家子」地，很是親熱，二人說笑著往大廳走去。

　　張凱拍著張曉的肩膀說：「兄弟，咋回事？你們家領導老虎吃草改吃素了？」

　　「去年，不是把膽摘了，沒膽了嘛！」張曉笑著回答。

　　「你別忙了，這地方我陪領導常來，我替你安排，你們家領導那點兒事，弟兄們都知道！」

　　「啥事？」

　　「啥事，你們家領導請客，司機的菜單都看半天，有時都親自點菜。」

　　「我以為是啥事哪，習慣了，管他哪！咱們吃咱們的！」張曉不屑一顧地回答。

　　「這個地方的素菜死雞巴貴，不好吃，我們單獨安排一份，隨便坐坐。」

　　「行，我聽大哥的！」

　　張凱招招手，過來一個小個子的一身黑裝的女服務員。

　　「先生，有什麼吩咐？」

　　「你告訴你們劉經理，就說張凱在大廳，安排人到日本料理定兩份鰻魚份飯上來，記在包房帳上。」

　　「我們飯店有規定的，不許帶外賣和酒水進來就餐的，要不，你去和經理說？」小個子黑裝的女服務員，看樣子二十歲多一點，怯生生地說道。

　　「你是新來的？沒聽明白？讓你去，你就去。劉經理不僅不批評你，還一定表揚你！快去！」

　　「是高市長在包房裏，還等什麼，快點去吧。」

　　小個子服務員快步地走了。

　　「走，跟我先下趟樓，我給你帶了點東西。」

「啥東西？」

「先別問，下樓再說！」

兩個人乘電梯下到地下停車場，一到車位，張凱打開車子的後背箱，對張曉說：「兄弟，這兩箱罐裝啤酒和兩條中華煙，你拿走！」

張凱的小車後背箱裏，好東西不少，煙、酒、茶葉擺了一堆，像個小賣部。

「大哥，這怎麼好意思？」

「客氣啥？哥們嘛，有福同享，還愣著幹啥，搬走！」張凱一副十足的大方派頭。

「謝謝，大哥！咱們哥們之間真是沒啥說的。」張曉連聲說著，一溜小跑地搬著東西，放到自己車的後背箱裏。

劉志恆來到約好的包房，高原副市長看劉志恆進來，悠然放下茶杯，站起身與劉志恆拉著手。

「志恆兄，好久不見」

「讓領導久等。」

「志恆兄，哪裏！我也是剛到，讓小張在門前等你們，菜我已經點好了，簡簡單單地，主要是咱哥倆在一起坐坐。」

一會兒的工夫，服務生陸續端上來四盤菜：清蒸牛肝菌、野生木耳燒素雞、清蒸素魚、涼拌鮮筍。

「今天喝點啤酒，咱們之間講究實事求是。」

「對，實事求是。」劉志恆附和著。

他心裏知道，今天吃飯是來聽高原講話的，而不是來彙報的，不過，控制局面也很必要。

「你我都是年過半百，眼瞅著奔六的人了，有些事兒更要看得開些！」高原來了個開場感慨。

「是得看開一些。我去年做了膽囊摘除手術，手術室的一進一出，什麼都看開了。人打了麻藥，躺在手術臺上，跟死人沒什麼區別，就是給你大卸

八塊兒，扔到冰箱裏你也不知道！」劉志恆笑著說。高原聽了，也笑了。

「是呀，說得好啊！人的生命很短暫，所以，要看得淡些，什麼金錢啦！權力啦！名望啦！美女啦！統統的，啊！」高原調侃著沒把統統的後面的詞說出來，雖然沒有直接切入正題，但開始點題。

「對，一切都是過眼的煙雲，生命最重要，健康最重要，心情最重要。」劉志恆迎合了一句。

「別把自己搞得太累，穿衣穿布的，吃菜吃素的，當官兒當副的，你說是不是？」

「市長的理論現在是一套一套的。」劉志恆笑著打趣。

高原喝了口茶，說道：「我現在就比較超脫，省委、省政府、市委、市政府、市人大、市政協這一層搞好關係，分管的委辦局協調好關係，原則大事抓一抓，關鍵問題想一想，具體工作放一放，放手讓年輕人去幹，關鍵是要調動下邊的積極性，我這副市長的位子都坐了十二年了。」

聽了高原的點題，劉志恆以很有同感的語調回答：「市長說得對。特別是創億集團和創億股份這個又大又亂的攤子，您是最清楚的，當初十個億的資產、四個億的出口額，是如何來的？是政府把六家公司硬焊在一塊兒後換來的。結果哪？輝煌早已不在。所以，不是我賣乖，早幾年我就想讓出位置，讓真正有思想、有能力的年輕幹部來掌控。」

「看看，說一說，就發牢騷、撂耙子了不是？放權絕不是讓權，把關定向的原則大事還是不能放鬆的。過去我們總講解放思想、實事求是，現在我們是講實事求是、解放思想。志恆啊，這前後順序的不同，所表達的涵義可是不一樣啊！」劉志恆邊聽邊點頭。

「其實，我也是想選個穩妥的，能把我們的事情辦得更好些的！」劉志恆並不點破，但他把「我們的事情」說得挺重。

高原並不接話茬，故意等著劉志恆自己往下說。

「高市長，創億集團和創億股份的班子調整是客觀的必然，市場經濟嘛，就是法制經濟、關聯交易啦，同業競爭啦，創億集團和創億股份的班子結構重疊，確實是個問題。對於這一點，班子成員經過了這兩三年，或

多或少都有一定的思想準備，認識也都一致，創億集團和創億股份的發展工作還得由公司內部自己的人來完成。人員嘛，說實在的，有兩位年輕一些的候選人，一個是黃永利，精明能幹，頭腦靈活，也是我多年重點提拔使用的人。」說到這裏，劉志恆故意停了下來，喝口酒，吃口菜，等著高原接話。

「黃永利，白白淨淨，我熟悉，接觸過幾回，前幾天的推介會酒會上還一起喝了不少。是個滿足現狀的人，心態也不錯，接人待物方面還是滿謙虛的；唯一的不足，就是沒有新觀點。我那天還跟他說：『要與時俱進，不能循規蹈矩，要找機會學習學習！』你猜，這小子怎麼說：『高市長你饒了我吧！我去學習，這一大攤子事兒攢著，最後還不是我做？』」

劉志恆聽了高原的話，笑了起來。

「我沒說錯吧，他是不願意學習。喝酒是個好手。你看他謙虛？那是在我們眼皮底下。沒有領導在場的時候，那是不知天高地厚，吹牛不帶口罩。特別是自從開發了『歐洲楓景園』之後，更是太張揚。所以，我對他不太放心，擔心他誤事、壞事。」

「對這種人要看著用，用著看，不可重用！」高原嚴肅地說道。

「手心、手背都是肉呀，我是真的想提拔他，可是，國際業務一竅不通，外語更是瘸腿兒，唉！」劉志恆賣起乖來，他認為該切入主題了。

「另一位任信良，你也熟悉的，情況可就大不一樣，做事低調，業務上很精明，國際業務方面更是內行得很，客戶的人脈關係也很廣泛，英語水準也是沒說的。」

「我對任信良印象不錯。」高原做出很感興趣的樣子。

「人不錯，回頭找時間，一起坐坐，是個可交之人。」劉志恆的話裏加著籌碼，在為任信良做著鋪墊。

「市裏對創億下一步的擺布，正在醞釀辦法，所以，班子配備問題，市委非常重視。當然，國資委的意見、創億集團班子的意見都要綜合考慮。不過，這配班子的事，我感覺主意還得你拿，畢竟戴手套的是你嘛！大小肥瘦用著舒服，只有你自己知道，我尊重你的意見。」

「謝謝領導的理解和支持。」

　　短短的一席對話，劉志恆不僅和高原達成了默契，高原也向劉志恆傳達了黃永利的信息，複雜的問題實現了簡單，簡單的問題得到了昇華。

　　出乎意料得到兩條中華煙和兩箱罐裝啤酒，讓張曉的情緒一下子提高了很多。他和張凱說笑著回到餐廳，小服務員已經滿臉開心笑地迎上來。

　　「先生，跟我們劉經理說了，日本料理已經打電話安排，馬上會送上來，二位還需要什麼請吩咐！」

　　「劉經理表揚你了吧！」

　　「表揚了！」小服務員笑著。

　　「我說話有準，絕對誠信！」

　　這時，一位身著黑色西服的一位中年男子，快步走過來。

　　「張凱，來啦！日本料理都安排了。」

　　「知道了。」張凱笑笑，同來人握握手，轉身給張曉介紹說：「這位是劉經理。」

　　「劉經理好！張凱大哥一家子，張曉。」

　　「拉創億集團劉志恆董事長的。」張凱介紹說。

　　「上市集團，大企業！以後多來，有啥需要，打個折啥的，直接跟我說，沒說的。這是我的名片。」說著，很正式地雙手遞上一張名片。

　　「咱沒名片，給領導服務的，有事找張凱大哥！」張曉接過名片認真地看看。

　　「小李，去我辦公室，把我的好茶拿來，給兩位領導沏一壺。」劉經理對小個子服務員交代道。「兩位兄弟稍等，我那邊還忙著，有事讓服務員招呼我。」

　　「沒事，你忙你的，我們哥倆簡單，你去招呼領導吧！」張凱顯得特別隨和。

　　劉經理點著頭，又主動和張曉握握手離開了。

　　日本定食料理端上來了，兩個人，一邊吃，一邊說著話。

　　張凱對張曉說：「老弟，你們現在待遇怎麼樣？」

「別提了，說出來都丟人！」

「好歹，你們也是上市公司呀，原始股、分紅啥的，總得有點吧？」

「我們濱州創億，你還不清楚？原始股大都沒人留著，早就換錢花了。留著也沒用，創億的死股票像是睡覺了似的，動也不動，好幾年就那樣子。啥待遇也沒有，像我們這些車老板子，一個月一千八百多塊，快趕上飯店端盤子的價了！」

「過年過節的，領導還不考慮點？」

「就我們那領導，狗屄一個！想都別想，想也別想，沒門兒。幹上火，給他開了十幾年的車了，別人送盒破餅乾他都留著，捨不得給司機。啥都是好的，死扣門兒，一天到晚淨拿嘴糊弄人。趕上哪年春節大腦發熱給個紅包，他能從大年初一嘮叨到第二年的大年三十，沒勁透了！」張曉一臉的不滿，看樣子，肚子裏的氣也開始多了起來。

「這他媽的都啥年月了？是人就講究實惠實在，吃錯藥了？拿嘴糊弄人。你看高市長，就是大器，講義氣，啥事都想著你，沒一點架子。開會，會客，有人送東西，有時連看都不看，一句話，拿走！特爽！這樣的領導，灶蹀子幹，累死也高興。拿嘴糊弄人，愚蠢！」張凱最後說的這兩個字，近乎於痛罵！

「大哥，你還千萬別這麼說，我們家那領導感覺特好，說話、辦事，你就聽著、看著吧！在他的眼裏，全世界的人都是二傻子，就他一個人精。你記得有個相聲段子嗎？有個人特節儉，從來不浪費，有一天，這人在家裏吃飯，忽然一個蒼蠅叼起桌上的一個飯粒兒就往窗外飛。這老夥計一看，放下筷子，穿鞋就追出屋去。追呀，這一通的猛追，追著追著，眼看著那蒼蠅竟然進了長途客運站。吝嗇鬼心說：『不好！』馬上打了個計程車，一路追到北京去了！」

「哈哈，兄弟，你可真逗，哈哈，笑死了。」張凱揉著笑出的眼淚，一邊說：「這樣做人，可有些不妙，濱州能源集團公司比你們家成立晚好幾年呢，你看人家現在多火，聽說又漲了一次工資，一般的員工，每月也能拿三千四五的。」

「跟人家沒法比，現在國資委系統的老總，群眾口碑最好的就是人家濱州能源集團的王超凡王總了，最差的就是我們家領導，他還絲毫不覺得！」

「慢慢混吧，別上火。聽說，你們創億要換馬？」

「說是那麼說，吵吵嚷嚷地說是任總接創億股份，可是，實際上怎麼運作，創億集團和創億股份到底啥關係，還不一定哪。反正，老百姓不關心這個，誰有本事把企業搞好，老百姓能得些實惠，這是關鍵。就像能源的王超凡王總一樣，把企業搞得好，效益幹出來，工資漲上來，這才是真傢伙。像我們家領導那樣，話說得再好聽，已經沒人信了！」

「任總這人為人誠懇，不虛，說話辦事有水準，讓你感到心裏舒服。」

「你和任總辦過事？」

「也沒辦過什麼大事。我老爹常年吃仲景牌六味地黃丸，創億藥業連鎖搞活動，我就去了，沒曾想到在世紀廣場店遇見任總到店裏檢查工作，便互相打著招呼。他知道我要給老父親買藥，便把我拉到店長辦公室，當著我的面寫了張條子，吩咐店長一下子送了我五十瓶仲景牌六味地黃丸，一分不收。這是啥意思？哥哥我是誰呀？絕不能讓人家瞧不起不是，客氣歸客氣，我說：『那多不好意思，這是開店做生意哪！無論如何也得收個進店價吧。』任總聽我這樣說，就讓店長收我二百元，說是意思一下。任總還對我說：『張凱，你是我見過的司機裏，最講究的一個。』從那件事上，我對任總印象非常深。」

「寫張條子批點藥，小意思嘛！」張曉有些不解。

「不，你沒明白。換了別人，那會要像親生似的，親得了不得，別說二百元錢，一分錢也不會收的。但是，任總辦事不勉強，不俗套，表面看不會巴結人，實際上肚子裏有玩意兒。以後多和任總靠靠。」張曉聽著點點頭。

劉志恆和高原吃完飯時，已經是晚上近9點鐘了。

劉志恆坐進車裏，隨口對張曉說：「吃得怎麼樣？今天晚上沒花多少錢嘛！」

「還行，簡單吃一口完事，不像你們當領導的，還要談工作。」張曉回答道。

他沒提因為改吃日本料理定食，所以，少花了一些錢的事。

「和張凱談得挺好？」

「談得挺好。」張曉停頓了一下，「領導，張凱今天提到任總啦，說是，任總給他批了五十盒的仲景牌六味地黃丸，張凱給了二百元。」

「是嗎，還說什麼了？」

「張凱說，任總辦事爽，不虛，肚子裏有東西！」

「哈哈，評價很高嘛。吃飯是學問呀，好好學吧！吃飽喝足不一定辦成事，簡簡單單的，事情沒準還就成功了！」劉志恆語氣悠揚。

張曉沒接劉志恆的話茬。他聽了劉志恆的話，已經開始在為自己這張賤嘴剛才傳遞了情報而感到後悔和鬱悶。他打開賓士轎車的遠燈，一咬牙，一發狠，使勁地一踩油門，檔一推，賓士車便向黑暗的前方裏馳進去。

第十一章
著作論成功

　　湯恩泉又和李振奎社長連著喝了幾頓大酒，中間少不了任信良的點撥，總算把書的框框定下來：書的基調由自傳體書籍改為社科綜合知識類書籍，書名定為《工作活力與養生保健》，內容在原書稿稍做改動的基礎上，增加了一倍還要多的內容。主要是增加了有關飲食營養、中醫藥膳、中西醫保健常識、現代文明病防治、有氧運動知識等隨處可以轉載的文章，按照李振奎社長的說法，這叫做「借船出海」。由周國臣著改為周國臣彙編。稿費四十元／千字，由出版社在合作出書的五萬元出版費用中支付。

　　五萬元出版費用通過創億藥業連鎖有限公司的常年廣告商拐了個彎給支付解決了。關於增加書的內容一事，任信良把陶萬琦書記也拉進來參加工作。陶萬琦書記在班子裏歲數最大，多年的太平官，常年致力於讀書學習，一肚子的文人墨水，文字工作不僅沒問題，從某些方面來看還具備一定的學者水準。陶萬琦書記參與到這項工作之後，隔三岔五地和出版社的責任編輯田曉春見面。田曉春是個典型的漂亮類文化少婦，把陶萬琦樂得精神煥發，積極性也很高，淵博的知識好像一下子找到了湧洩的閘口，大有爽斃了的感覺，多年的中醫保健愛好也派上了用場。男女搭配幹活不累，男女交流思想對路，十幾天的加班加點，終於書稿敲定。

　　周國臣看了書稿，聽了湯恩泉的繪聲繪色的詳細彙報，滿意之情溢於言表，連說：「此事做得漂亮！」語氣中大有學術課題攻克，如釋重負之感。

　　又過了十來天，一本大十六開本，洋洋三十萬字的《工作活力與養生保健》精美圖書便擺上了濱州市新華書店的書架上，定價：三十五元。

　　陶萬琦書記到底是豬八戒喝了磨刀的水，有一肚子的內秀（鏽），文筆又經過責任編輯田曉春的潤色，所以，陶萬琦寫的開篇序言在娓娓道來

的筆調中，自然地闡述著周國臣對人生、人生與時間、時間與金錢、時間與健康、健康與金錢等概念與關係的闡述，使人既感到周國臣的思想境界的高雅與別致，又讓人感到陶萬琦本身高深不凡的學者水準。

　　這篇序的主題思想是圍繞著一個黨的中高級領導幹部在走過人生甲子之年的心態而展開論述的。自序的開頭，陶萬琦連續用了兩個排比句：

　　　　當清晨旭日東升，我迎著朝陽晨練；當夜晚明月高懸，我聽著細浪散步。我就時常在想，我現在已是年過六旬的老人了，黨和人民不僅沒有讓我從領導崗位上退下來，反而把濱州市政協副主席這樣艱巨而光榮的重任賦予了我，這其中的原因，固然飽含了我這名老共產黨員對黨對人民的忠誠，更重要的這得益於我在幾十年繁忙的工作中，始終不忘養生保健對於一個領導幹部保持旺盛的革命熱情和精力的重要性。陳雲同志曾說的一句話尤為精闢：「少活多做，就是少做；多活少做，就是多做。」老一輩無產階級革命家在烽火連天的革命鬥爭歲月，用愛情譜寫革命浪漫主義的詩篇，在缺醫少藥、營養不良的年代，用熱情寫就革命現實主義的畫卷，他們始終保持超人的工作能力與能量，原因在於，他們有著為革命事業有效地休息的方式方法。

　　周國臣的原自傳部分，增加了忘我工作與合理休息方面的花絮，筆法上做了全面的修整。新增編的知識性文摘，可讀性強，實用性強。有食療，有藥茶飲；有冠心病、高血壓、脂肪肝、腦神經衰弱、前列腺肥大、性功能減退等慢性病症的預防與治療。有日常的陰陽曆法知識，有家居環境與風水知識，有家庭花鳥魚栽培與飼養知識。陶萬琦還專門將自己不知從哪挖掘來的「糊肚臍眼兒」的保健方法也編到周國臣的書裏，一併算是周國臣的研究成果。三十多頁的彩色銅版紙，記錄著周國臣從童年到六十歲時光的生活與工作照。這些工作照片以周國臣出訪亞非拉歐洲國家期

間，與外國政界商界的人物合影居多。書中的照片按內容主題分成了三個部分：青春與歲月，友誼與商橋，修養與親情。

　　周國臣編著的《工作活力與養生保健》一書，終於送來擺在任信良的辦公桌上。精美的封面是周國臣的照片：周國臣正在跑步機上奔跑，滿面紅光，滿頭銅染過的黑髮，白色的耐克運動裝，襯托著周國臣自信的微笑和目光。

　　任信良摸著書的封面，嘴角扯出一絲的苦笑。出書是個時髦的事，可是僅僅是寫寫自己的那點生活瑣事，任信良覺得這樣的事給人一種公然地在大街上沖涼洗澡的感覺。心裏這樣琢磨著，而且這種念頭正要繼續延伸呢，周國臣發來兩條手機短信。

　　　　快樂的人看得透，不躁；開心的人放得開，不惱；坦蕩的人行得
　　　　正，不倒；自信的人容得寬，不老！祝願信良老弟天天快樂！周國
　　　　臣贈。

　　　　可正不能直，可實不能傻，可誠不能愚，可爭不能拚，可廉不能
　　　　清，可圓不能滑，可威不能霸，可強不能悍，可兇不能狠！以上做
　　　　人新學問贈予信良老弟，望時常閱看，心中存念，周國臣贈。

　　任信良看看這兩條短信的落款都正規地落著「周國臣贈」，心裏馬上明白，這兩條短信一方面是周國臣要和自己說謝謝，而一方面還有好多的潛臺詞。於是，任信良趕緊現編了一條短信發回去，算是對潛臺詞的理解和心領神會。

　　　　嘿嘿，恭喜、祝賀老領導！周主席著作，大器，卓爾不凡，開券有
　　　　益。問候是甜蜜的牽掛，想念是溫馨的祝福，朋友是一生的福分，

友情是一世的緣分。人生事業要獲得成功就必須要有四人幫：高人指點，貴人相助，小人監督，情人激勵。信良衷心感謝並希望國臣主席指點和幫助。

六千冊《工作活力與養生保健》圖書，出版社留下二百冊，投放到了濱州市的新華書店。創億集團公司的黨政領導們，每人分到了一本，並由周國臣親筆簽上「惠贈存念」的字樣。剩下的書由市政協辦公廳一位副主任保管。

「五一」勞動節前夕，濱州市市委向全市十個區、縣發出通知，要求各級組織積極採取豐富多彩的形式，組織老幹部老同志開展「愛濱州，興濱州」的健身活動。市政協下屬的區縣對口單位本身就不少，再加上有不少的相關單位和部門與政協來往密切，於是，有著周國臣親筆題詞的《工作活力與養生保健》一書，早被上述單位和部門以組織老幹部搞活動的名義買了個所剩無幾。周國臣留了一百本書，說是預備今後贈送給國際友人和國內的朋友。

第十二章
不同的旋律

　　任信良今天特意選了一條紅色花紋的領帶，將平時佩戴的江詩丹唐手錶有意換成一塊已經很久沒戴的梅花手錶，提前半個小時便來到國資委等著李大文主任接見談話。昨天下午，市委常委會剛剛結束，他就接到劉志恆的電話，得知一切都是按預定的方案通過的。並且通知他，今天上午9點整趕到國資委接受李大文主任的談話。所以昨天下了班，任信良為此特意地去麗城大酒店理了髮，洗了個桑拿。

　　李大文主任今年五十八歲，四年前當的國資委主任。國資委直屬的市直國有企業有三十三家，作為一把手，和企業打交道，多半是和企業的一把手打交道。雖說，與大文主任並不陌生，但是，單獨近距離地進行交談對任信良來說還是第一次。

　　任信良向李大文主任問好之後，兩個人的手緊緊地握了一下。

　　「志恆對你可是極力的推薦呀！」剛一落座，李大文主任便開口說道。

　　任信良笑笑沒有回答，把面前的筆記本翻開，做出準備聽指示的樣子。

　　「創億的問題實在是個歷史問題，是一個具有時代特色的特殊類型，你在當前這個特殊的時期，出任創億集團股份公司的法人代表董事長，擔子不輕呀！」

　　「謝謝主任的信任和理解，我首先感謝組織和領導的提拔，既然組織上決定讓我做這個工作，作為創億集團的一分子，我責無旁貸，義無反顧。」

　　「很好，沒有豪言壯語，我喜歡。作為二十一世紀的國企幹部就是要樹立新觀念，與時俱進，政企分開。我們的老市委書記曾經說過，國企的幹部一定要樹立做大事的觀念，要先想著做大事，不要先想著做大官；要

先想著企業做強做大，不能先想著自己掙錢撈好處。企業要生存發展，只有發展才有機遇。說一說，有沒有什麼新思路？」

「這任命來得突然，新思路不敢說，但是，幹點事的打算還是有的。首先是在近期研究出兩套方案，一是分的方案，一套是整合重組的方案。創億在改革方面要走在濱州市國企改革的前列，現在企業賺錢的市場有兩個，一是商品市場，一是資本市場。商品市場已經被瓜分得差不多了，就是去搶錢也很難了，唯有資本市場還有很多的機遇。」

「方向很準，思路也很清晰，怪不得志恆誇你有才幹。」

「領導過獎！在企業當頭頭，就應該給領導和員工留個好字。」任信良說完，低了下頭，不好意思地撇了一些嘴巴。

「說得很實在，工作方面的事情，今後我們還有時間一起細細地探討，今天，按照組織程序，我找你談談話，主要還是這麼兩個方面。」任信良趕緊打開筆記本等著記錄。「一是要同班子成員搞好團結協作，共同把創億的工作做好；二是要嚴格要求，謙虛謹慎，學法用法，按法律辦事。尤其是企業幹部，整天圍繞著錢，所以，腳跟要穩，思想要有定力。要樹立堅定的黨性原則和嚴格的組織紀律性，用高度的自律意識，抵禦腐敗事物的誘惑，不能被錢打倒，不能為女色所惑。要警鐘長鳴，加強自身反腐倡廉方面的修養，做員工們的表率。」任信良不住地點頭，認真地記錄著。

任信良的手機在腰上已經輕微震動多次了，好在李大文主任的談話時間並不長，前後也就半個鐘頭。從李大文主任的辦公室出來，任信良趕緊拿出手機，一看是二條未讀的信息，是傅彬彬發來的。

別因太多的忙碌，冷落了溫柔；不要因為太多的追求，淹沒了享受。工作不是人生的全部，無限風光就在心靈深處。停停你匆匆的腳步吧，別忘了我抬頭的祝福。

做上黨的官，才知道快樂是下班；開上黨的車，才知道飯後還唱歌；住上黨的房，才知道有資格上錯床；享上黨的福，才知道入黨有錢途。努力地為黨工作吧！

任信良不由得輕笑起來，今天心情不錯，剛才略微的拘謹心情，隨著VOLVOS90的疾馳，轉瞬甩得遠遠的了。

任信良繞了個圈子，把車子停在一個酒店的地下停車場後，才五步變三步地走過一道街，來到傅彬彬現在住的地方──銀河國際大廈。

這是一座三十層的商住兩用的公寓樓，傅彬彬住在十八層的1808房間。這個房間一室一大廳、一廚一衛，原來是與香港鴻飛實業集團董事局蔡澤藩主席合作生意時，名義上由蔡老闆出資，實際是創億藥業出錢買下的。蔡老闆在業務開始的前兩年，是每個月派業務經理來一次，住上個一星期左右。有時蔡老闆也來，不過，蔡老闆都是住賓館酒店。97年亞洲金融風暴之後，藥品的非正常管道的進口越來越困難，所以，蔡老闆的業務經理後來乾脆也不來了。與蔡老闆的業務是任信良發展起來的，所以，時間久了，對這套商住公寓的來歷和存在也只有任信良和劉志恆兩人能一下子說得清了。二年前，當濱州日報社教育文化版的責任編輯傅彬彬走進任信良的生活時，任信良把銀河國際大廈這套商住兩用的辦事處精心地稍加改造，變成了他和傅彬彬在此釋放情感的據點。

兩年前，任信良的兒子任雲飛高考成績優秀，以六百四十八分的總成績成了當年濱州市應屆高考的理科狀元，並獲得美國賓夕法尼亞大學商學院的全額獎學金。當時，濱州電視臺、濱州日報社聯合舉辦的一年一度的「濱州教育論壇」正趕上第三屆，兩家新聞單位專門策畫了優秀學生家長談孩子教育的內容，接受過傅彬彬採訪的石美珍在採訪之後，拿出了幾年前寫的一篇題目是〈家長是面旗，孩子有榜樣〉的文章準備發表。沒想到「濱州教育論壇」組委會對這篇文章評價非常高，分管文教工作的市委副書記也很喜歡這篇文章，專門指示，要求文章的作者作為家長代表在論壇上做

發言。石美珍是個為人低調、不喜歡拋頭露面的人，說什麼也不做這個發言，傅彬彬便從學校找到了家裏，從家裏又找到學校。經過傅彬彬的軟磨硬泡，石美珍做出這樣的決定：由任信良上論壇發言。任信良對妻子的這個決定倒是不反對，任信良和眾多的國企經理一樣，開會講話，那是家常便飯，不拿稿也照樣滔滔不絕，隨你需要幾小時，更何況談對兒子的教育，那更是有話可說。傅彬彬也同意這個意見，但是要求石美珍答應親臨論壇會場，並好意地告訴石美珍，此次論壇得到濱州市幾家民營企業的贊助，凡是與會的貴賓，都能得到一份價值不菲的禮品。石美珍聽了，仍是不為之所動。

論壇定於一個週六的下午3點半在黑天鵝賓館二樓的多功能廳舉行，時間為半天。週六下午3點鐘，當任信良準備驅車前往時，傅彬彬竟然冒著雨打的士來到了任信良的家，心有不甘地想讓石美珍親臨論壇的會場。石美珍是個主意一旦定下就不容易改變的人，傅彬彬的說服當然沒有見效，所以，傅彬彬只好乘坐任信良的車一同前往會場。

任信良的發言效果相當地不錯，他時而引經據典，他時而中英文互換，他時而聲情並茂，他讚美了妻子石美珍的賢慧能幹，也不動聲色地表揚了自己的英明睿智。任信良的發言讓與會者感到一個好家庭、一個好母親、一個好父親在濱州市理科狀元的產生和成長中所起的作用，任信良的發言贏得了與會人員的熱烈而長時間的掌聲。

論壇結束後，兩家新聞媒體和贊助單位專門準備了酒宴，由參加會議的市委市政府領導和兩家新聞單位的領導宴請與會嘉賓及贊助單位的代表。任信良作為有著與一般嘉賓不同的身分而特意被安排在了市委副書記、市政府副市長一桌。羨慕之詞、讚譽之詞，不絕於耳；奉承之語、套近乎之話，更是不斷。任信良在晚宴上，興奮開心的情緒得到了調動，所以，酒喝了多少，他的心裏早沒有了數。宴會結束，任信良一個人準備開車回家，當車子發動時，發現副駕駛座的位置，有一把雨傘，任信良想起來是傅彬彬下車時遺忘的，便拿起傅彬彬白天送給她的一張名片撥電話。

「傅大記者嗎？我是任信良。」

「任總，是你呀？有什麼事？」

「你是不是丟東西了？」

「我沒丟東西呀！」

「是不是，傘不見了？」

「傘？我的傘，哎呀！不好意思！」

「傘在我的車裏，什麼時候送給你？」

「我在黑天鵝大酒店的會務組哪，任總你在哪裏？」

「是這樣，我在黑天鵝大酒店的停車場哪，你在哪個房間？」

「我在1910房間。」

「那麼，你稍等，我給你送過去！」

「那就勞駕任總了！」

隨著門鈴「叮咚」一響，就聽見傅彬彬邊答應「來了」邊小跑著過來開門。門開了，是傅彬彬一個人在房間。

「任總，真不好意思，我總是丟三落四的。」

「女人喜歡丟東西，所以才被稱為女人嘛！」

傅彬彬把任信良熱情地讓進房間，電視裏正播著一部英文原聲的電影。任信良坐在床前的小圓椅上，傅彬彬則左腿搭在右腿上，雙手交叉合放在膝蓋上，傅彬彬今天穿的是一條白色的裙子。

任信良喝著傅彬彬沏的茶水，兩個人自然地說著話，從教育論壇，到家庭論壇，然後又到企業論壇，再然後又是男女論壇。任信良在交談中知道傅彬彬學的是外經貿專業，大學畢業時，傅彬彬的父親，也就是省文化廳的廳長，幫著走了關係，讓傅彬彬進了效益好、收入高、工作穩定的濱州市日報社做了編輯記者。任信良還知道傅彬彬和大學時處的男朋友，兩年前婚姻登記，不到半年便通過協議解除了婚約。談到婚姻，兩個人的談話節奏慢了下來。

電視裏的英文原聲的電影正播到胖胖的女主人，打扮妖豔地在廚房裏煮咖啡，邊煮咖啡邊對站在旁邊的男士說道：

「開車你倒是內行，打掃衛生你卻是個不及格，剛才在門前，我一腳踩在一塊瓜皮上，一屁股坐在地上，現在還疼哪！」

「是嗎？親愛的！我來幫你看看。」

說著一下子，把胖女人抱起來放在櫥櫃的臺面上。

而此時，任信良和傅彬彬的談話正好出現空檔兒，兩個人你看看我，我看看你，傅彬彬不好意思地站起來要給任信良倒水，任信良忙說：「我自己來！」說話間，兩個人的手慌亂中碰到一起，水杯裏的水濺了出來。也就是在那一瞬間，任信良一把將傅彬彬拉到了懷裏。

感情是理智的，情感是盲目的，當男女間情感發生碰撞時，那噴濺出來的往往是盲目的激動。男女雙方一次盲目的共同激動，往往是男女間友誼、愛情，和單純的男女之情故事得以延續的開始。

今天，傅彬彬身上穿了一件淡粉色的兩件套睡衣，妝化得濃了點，原本是紋過的嘴唇塗了一層深褐色口紅。彎彎的長髮披散在肩上，她睡眼惺忪地為任信良打開門，一副慵懶的樣子。她倚著牆壁，看著任信良脫下鞋然後換拖鞋的一連串動作，眼睛自下而上，慢慢地瞄了一遍任信良，眼睛斜匕著，說道：

「你總算來了！今天有時間了？」

「昨天安排的例行公事，任命前領導談話誡勉，今天大文主任找我談的話，剛談完，就急著趕來了。」說著，將脫下的西服上衣交給傅彬彬，然後進了衛生間。

「良子，你說任命下來了？那要好好慶祝、恭喜恭喜才是！」傅彬彬的口氣有些酸溜溜的。

「這人哪！千刀萬剮不能當頭一把。」任信良一邊洗著手，一邊大聲地說。

洗過手，任信良來到臥室，看到傅彬彬的眼裏已經有好多的話語。最近二十多個天，創億集團和創億股份的事情太多，兩個人沒能見上面。任信良急忙坐到傅彬彬的身邊，拉著她的手溫存道：

「情緒不高？生氣了？」

「不生氣，你現在馬上就是濱州市第一家國有上市公司創億股份的董事長了，誰還敢生氣呀？」

「那不見得，群眾不滿意是正常的，現在，領導都裝得像群眾似的，群眾都變得像領導似的。一時關心不到位，牢騷怪話就來了。」任信良看著傅彬彬，臉上怪笑著。

「照你這麼說，你今天是來關心群眾的了？」傅彬彬還給任信良一個鬼臉。

「我今天可不僅僅是來關心你的，是來關愛你的，就是關起門來愛你的。」

任信良的話拖著長音，說著把傅彬彬摟過來，將舌頭塞進傅彬彬的嘴裏，順勢把她壓倒在床上。傅彬彬嘴裏「嗚嚕嗚嚕」地發出的聲音，不知是哪個國家的語言。

靜靜地過了幾分鐘，傅彬彬推開任信良，抿著嘴笑著說道：

「我跟您說個笑話，是網上的。說的是三個外科醫生吹牛：A醫生說，有個人小時候兩腿不一邊長，經他做手術，幾年後成了世界長跑名將；B醫生說，有個患者情況嚴重，不僅腿不一邊齊，胳膊發育也不良，經他手術治療，也就兩年的時間，就被層層選拔，現在都成了全國的籃球明星了；C醫生聽了A、B兩位醫生的話後，你猜怎麼說？他說，二位的個案確實代表了當今世界的外科新技術，不過我的醫案也很典型和特殊——有位半身不遂患者，在家病休了五六年，超過五的數就需要扒拉扒拉自己的腳指頭，但是，經我主刀手術治療後，不僅上了班，還被提拔為國企老總了呢！」

傅彬彬說完，自己先哈哈大笑起來。任信良也覺得這個笑話內容挺損的，也跟著笑起來。

「你這是變著法兒地罵我呀！」

說完，和傅彬彬摟在一起在床上翻滾起來。從床頭到床尾，從床上到床下，時隔半個多月的拉力賽，終於，在半個多小時的激烈的拚搏下，兩個人都停了下來。男人打敗了女人，女人也打垮了男人。

當兩個人平息下來之後，傅彬彬趴在任信良的胸前，用舌頭舔著任信良的胸口，像一隻乖順的寵物狗，還不時地抬頭用眼睛直勾勾地剜著。

「當了董事長，事情多了，凡事由不得人了，你就沒想過，今後怎麼安排？」傅彬彬問道。

「事情是人幹的，創億集團創億股份還是一回事，責不在我，我任信良還是以前的任信良，劉董還是劉董，我只是一個道具而已！」任信良嘴角露出一絲的苦笑。

「話可不能這麼說，別讓人當棒槌使！」傅彬彬搖搖任信良的肩膀。

「那你的意思？」

任信良知道，此時的彬彬還別說，真是關心自己，他想到病故的妻子石美珍曾經對自己的關懷，一下子感覺到女人心地的善良。

「你要抓緊提出審計，儘快地瞭解家底，免得上面來人一問三不知，被動難堪。除了藥業連鎖是你親自抓的外，你在集團裏根本沒有班底。財務、財務，不是你的人；辦公室、辦公室，也沒有你的人；班子裏邊除了黨委副書記兼工會主席的湯恩泉能和你喝一壺，剩下的哪個能聽你的？」說到這裏，傅彬彬有些不屑的樣子。

「你說得沒錯，雖說我是創億藥業的一把手，可是二十多年來我一直是跟著別人後面幹，從來都是幹活的，跑腿兒的，所以，今後弄不好還是拉幫套的。但是，別忘了，在官商的遊戲圈裏，迷信什麼審計，你就是書本精神了。企業老總離任審計就像是男人娶女人做新娘子，非要先檢查鑑定一下處女膜是否完整一樣，對於後任與前任都是一件尷尬的事情。」

「這是中央下達的規定呀！尷尬也要審計，這是必須的，你難道主動說不用審計！」

審計的事，任信良不是沒想過，他只是沒把劉志恆往壞處想。雖然，傅彬彬的話不無道理，但是，任信良為了做男人的尊嚴，他還是要這樣反駁一下。

「女人因為貧窮和軟弱，成了婊子；男人因為善良和尊嚴，變成了嫖客。身不由己，可又找不到自己。成龍主演的電影《龍少爺》有句臺詞很

經典：『男人明知道是去死，也要往前走。』企業依舊在，幾度夕陽紅！審計也罷，不審計也罷，唉！順其自然吧！」任信良歎息道。

傅彬彬關於審計的話題讓任信良的內心鬱悶起來。看著任信良情緒低落了下來，傅彬彬換了個表情，便又激動起來。

她在任信良的耳邊撕咬著：「良子，咱們不說那些壞心情的事，說要緊的。美珍姐走了快一年了，你說，你什麼時候嫁過來，我給你生個小丫頭，漂漂亮亮的，長大了迷死幾個臭男人。」

「這事我希望你能聽我的，等待不是課題，時間也不是問題，相信我，好嗎？」任信良用食指刮了一下傅彬彬又尖又翹的小鼻子尖，接著說道：「你看你那點遠大理想，標準太低，立意太淺。」

傅彬彬笑著撒嬌，說道：「人家和你說著玩哪！你當真啦？對了，今天的日報看了沒有？今天刊登了我的一篇稿子，是有關你舅哥的，濱州市第二中學校長石雲開的專訪，題目是〈一位中學校長的情感世界〉，占了將近一個版面哪。」

「現在真怪，我有些納悶了，雜誌越辦越薄，報紙越出越厚，《濱州日報》比《小說月報》厚多了。我說今後呀，乾脆把《濱州日報》改成《濱州日刊雜誌》算了。除了廣告就是廣告，中學校長的情感世界，哼！我不關心，我關心你們名記的情感世界。」

「剛才說你一下，你就立刻報復，小心眼兒，什麼玩意兒？」

「這算什麼報復？你應該表揚我的金點子。」

「你那算是金點子，簡直是拿我們記者和報社尋開心！」

「錯了，大錯特錯了。沒有我的調教，你哪來的情感和靈感，和──」

受到了任信良目光的鼓勵，傅彬彬沒等任信良的話說完，便撒嬌地猛地一下子翻到了任信良的身上，將任信良緊緊地壓在身下，吻住了任信良的嘴。今天的傅彬彬內心裏越發感到有一種欲望要緊緊地抓住任信良，並把他看得死死，想跑也跑不掉才好。傅彬彬緊緊地抱著任信良的脖子，生怕他跑掉似地，熱烈地親吻著任信良。

第十三章
任命與就職

　　2005年4月26日下午1點30分，市委常委常務副市長高原在李大文主任、楊墨鑫副主任等一行的陪同下，來到創億大廈一樓的創億影院，參加創億集團公司黨委組織的全體黨員和中層以上幹部大會。大會由集團公司黨委書記陶萬琦主持，他在宣布大會開始以後，介紹了全國乃至全省「國企」改革的形勢，強調了今天會議的重要性。接下來，由李大文主任宣讀了關於創億集團公司和創億集團股份公司領導班子調整的任免決定：任命任信良為創億股份有限公司法人代表董事長；任命曲成文為創億集團股份有限公司總經理，黃永利為創億集團股份有限公司常務副總經理。

　　任信良作為新任董事長做代表性發言。

　　任信良今天與集團的班子成員步入主席臺時，有一種氣短的感覺，直到坐到主席臺上，任信良仍然感覺喘不過氣來。他知道今天是他出任創億集團股份有限公司董事長的第一次講話。

　　在陶書記富有煽動的語調中，與會的中層幹部鼓起了熱烈的掌聲。

　　在熱烈的掌聲中，任信良拿著講話稿躊躇滿志地走上講臺，他的講話內容是事先得到劉志恆的首肯的，他望著臺下的三百多黨員幹部，任信良的腦海裏忽然閃現出了當年在農村下鄉時，他被選為大隊的團支部書記，第一次大會發言，他有些氣短，憋了好半天，說了一句：「加強紀律性，革命無不勝。」惹得在座的男女社員們一陣哄笑，當時弄得他腦子裏一片空白。這個念頭閃過之後，一絲微笑滑過任信良的嘴角。二十八年後的任信良對於大會發言、小會發言這類的事已經是遊刃有餘了。

　　「我今天的發言概括起來，有以下幾點：堅持一個目標，抓住兩個機遇，發揮三個優勢，實現四個突破。」

　　任信良一開場的施政綱領發言，朗朗上口，易懂易記，振奮了在座人員的情緒。發言提綱是用A4紙列印成稿的，選用的字是宋體二號，段落分明，讓人看了清爽得很。在每個頁碼的空白處，任信良還用紅色簽字筆寫上「慢一些」、「再慢一點」等字樣。

　　「金盃、銀盃，比不上員工的口碑；金獎、銀獎，比不上群眾的誇獎。我選擇了創億，創億股份在歷史的特殊關口又選擇了我，我一定不辜負領導和同志們的信任和期望，在國資委的指導下，與班子成員一道做出不愧於己、不愧於公司的業績。」任信良的簡短發言，引得在場與會人員的一陣熱烈掌聲。

　　劉志恆在今天的會上，沒有講話，他把今天的走過場工作，完全交給了陶萬琦。

　　任信良發言結束後，陶萬琦書記說道：「下面請濱州市市委常委常務副市長高原同志給我們做重要指示！大家鼓掌歡迎！」

　　掌聲過後，高原對坐在身邊的李大文主任說：「大文主任，今天還是由你來做指示、提要求比較好。」

　　「哪裏的話，您是市領導，您做指示才對！」

　　「大量的工作是由國資委具體來落實的，我這當常務副市長的畢竟太原則！」

　　「還是市長說幾句，市長今天到會，是我們大家機會偏得！還是請市長做指示！」高原副市長和李大文主任互相謙讓了幾句。

　　高原副市長於是清了清嗓子說道：「同志們，大家好，受組織委派來參加創億集團公司黨員及中層以上幹部大會，我很高興。今天這個日子，對於創億集團公司和創億股份來說，我認為是個非常不平凡的日子。為什麼這麼說呢？因為，從今天起，創億集團和創億股份公司的深化改革從某種意義上說，正式地拉開帷幕了。市委市政府對創億股份這個濱州市第一家國有上市公司給予了高度的重視，在領導班子的配備方面，非常地慎重。可以這樣說，是慎之又慎，多方面地調查研究，多方面地聽取不同層面的意見。目的只有一個，就是為國有資產保值、增值負責，為國企員工

的合法利益負責，為企業今後的發展壯大負責。今天宣布任命的創億集團股份公司的領導班子成員，全部產生於我們創億集團公司本身，這些同志都經過並通過了多次的嚴格考核，說明我們這次選拔、調整、任用幹部，是順應了大多數創億集團員工意願的。尤其，值得一提的是，此次創億股份的新領頭人——任信良，就是前不久，咱們創億員工推選出的感動創億十大傑出創億人之一。這說明什麼？民心所向！民心就是民意，我們黨、我們的國家、我們的事業之所以有八十多年的輝煌歷史，首要的原因就是民心所向，人民擁護！我相信，創億集團股份有限公司新的領導班子和創億集團黨委班子，一定能銳意進取，開拓創新，帶領廣大員工取得令人矚目的業績。」

在一陣熱烈的掌聲之後，陶書記做了總結性的發言：「今天國資委宣布了我們創億集團和創億股份公司的新的領導集體，信良董事長代表新班子講了話，高市長為我們做了重要指示，今天會議的內容非常鼓舞人心，使我們堅定了信心，明確了任務和方向。會後，我們大家要在集團公司新領導班子的統一領導和部署下，認認真真地把我們創億集團的改制工作搞好，把我們的全面經營搞好。今天的會就開到這裏，會後為大家安排放映一部美國大型故事片《明日帝國》，請大家觀看，現在散會！」

班子成員在劉志恆的帶領下，陪同與會的高副市長、李大文主任和楊墨鑫副主任等領導走出會場，與領導們熱情話別。隨後，大家一同上樓，在會議室坐下。

「大會開完了，咱們大家再開個短會，簡單議議，抓住要緊的說。」劉志恆等大家一落座，劉志恆發話道。

「我先說兩句吧，今天咱們創億股份的新班子搭建成功，這是個大喜事，今後，就要看我們是否能擰成一股繩，把創億的事業做強、做大、做長了。創億股份的班子雖然重新搭建起來，但是我覺得對於創億事業來說，是一個輪子，而不是兩個輪子，不知我說的有沒有道理。」陶萬琦說完，看看大夥，接著說：「自己的夢，自己圓，企業的生存只能靠我們本

企業自力更生，眼睛向內挖潛力。身為黨委書記，我在這裏只能就統一思想、統一認識、加強班子建設方面的問題說一點。」

任信良看到劉志恆投過來的目光，開口道：「我談談我個人的看法，說實在的，今天的任命對於我來說，確實感到壓力很大，畢竟自己在經驗、能力、駕馭全局、處理人際關係等方面都還很不足。但是，既然大家這麼信任地選擇了我，我也就沒有退卻的必要。說兩點意見，企業畢竟不是官場，當董事長法人代表是為了大家的事業，而不是為了做官；二是儘管創億股份和創億集團這次在法人治理結構上有了新的劃分，但是，創億的事業仍然是一個，利益只有一個，目標只有一個，相信大家今後一定能夠圍繞一個中心，做好我們的工作。我說完了。」

「永利，你也說說，大家都發表一下意見！」劉志恆笑著說道，臉上的笑容顯得親切溫暖。

「我沒意見，信良說得挺好的。對了，以後，要稱呼『任董』了！哈哈，不好意思，這事鬧的。」黃永利撓撓頭，打著哈哈。

「永利，看你說的，還是稱呼『信良』自然，我聽著習慣，親切，大家可別改口啊！」任信良接著黃永利的話茬說道。

「稱呼僅僅是稱呼，大家彼此熱乎不見外才是最重要的。」湯恩泉插話說道。

「對！對！沒人的時候咱們還是稱呼『信良』，公開大場合咱們正規一些，稱呼『任董』！」曲成文顯得很親熱地笑著說道。

「剛才，信良提到幾個什麼一，一個利益，一個目標，一個事業，一個中心，這很好，說得形象，真是說到創億今後發展的點子上了。企業嘛，說到底是一個如何生存的問題，沒有生存，發展也就無從說起。提到中國的企業垮臺的原因，曾有一位香港的客戶與我聊天，談到國內的企業，國有企業也好，民企也好，浮浮沉沉，拉拉雜雜地說了一大堆，我在事後，憑著記憶給整理了下來，發現人家客戶所說中國企業的失敗或者說是死法，竟然有十七種之多（劉志恆低頭看著事先已經翻開的筆記本）。

這十七種死法是：

一、不正當競爭；

二、惡意的消費者；

三、媒體的圍剿；

四、媒體對產品的不實報導；

五、讓主管部門管死；

六、法律制度的彈性使然；

七、企業上當受騙；

八、紅眼病的威脅；

九、黑社會敲詐；

十、得罪有權的官員；

十一、得罪某派勢力；

十二、遭遇造假；

十三、企業家自身安全受到威脅；

十四、企業內部經營不善；

十五、人格變形導致的企業死法。一些企業經營者當面訓部下，背後被領導訓斥，美其名曰，公雞壓母雞，一級壓一級，上級壓下級，一來二去，天長地久，企業的上上下下都在尋找著屬於自己的人格與尊嚴，自然是找不到，結果是在不滿意之中，企業消沉了。

十六、企業分配制度的變形導致的死法。原本是多勞多得，可是偏偏要按職分配，於是真正的勞動者成了被剝削者，勞動者發現革命來，革命去，改革來，改革去，最後都是群眾受騙，大批的群眾於是選擇離開，被逼走上了做剝削者的道路。

十七、企業責任變形導致的企業死法。責任分散是中國企業的致命傷，有好處，大包大攬；有問題，連推帶躲，一推六二五，企業不是我的，企業不是你的，企業不是大家的。你好我好大家好，在同『志們辛苦！同志們好！』的問候聲裏，企業垮了。

　　上述十七種導致企業死亡的原因，聽來，令人振聾發聵，我們不妨都對照一下。會後，我讓劉沫沫列印下，發到各位的信箱裏，大家再認真品品，思考思考，找出危機的應對和防禦的對策來。我還是那句話，事在人為，說到底創億股份是創億集團的創億股份，創億集團是創億股份的創億集團，這一點沒錯吧！」

　　任信良覺得劉志恆的話在理，雖然有些拗口，但是，現實在那擺著，這是不爭的歷史，創億集團和創億股份是一艘完整的大船，怎麼切割？怎麼能切割？真正有壓力的還是劉志恆董事長。任信良想到這裏，回味著剛才劉志恆所說的中國企業的十七種死法，心裏升騰的是對劉志恆的由衷的敬意和發自內心的堅挺。

第十四章
深情的寄語

簡短的班子會後，任信良回到辦公室，屁股還沒坐穩，便聽到輕輕的敲門聲。

「請進！」任信良的話音一落，辦公室主任李琳滿臉笑紋地進來，她送來一個封好的文件袋。

「任董，劉董讓我把這個親自交給你。」辦公司副主任李琳說著，封好的文件袋放到任信良的面前，有些神祕兮兮地看了任信良一眼，告辭離開。

任信良剪開文件袋，一看，有三頁A4紙。一張是此次市委組織部的任免文件，另兩頁是兩篇文章的影本。在市委組織部的任免文的影本上是劉志恆工整漂亮的小楷體親筆贈言。

> 信良：
>
> 　　商旅倥傯間，十八年過去，創億在我們的心裏由想像變為現實，它成了我們共同的擁有鮮活生命的載體。雖然現實並沒有我們想像的那樣美好，但是，畢竟這一切都是經我們一手打造而成。有志，有為，是我對你的評價。乘風破浪會有時，直掛雲帆濟滄海，是我們的共同信念。滄海橫流，方顯英雄本色，記住今天的進步，留著做個紀念吧！另外隨送兩篇值得經常一讀的文章，共賞！

文件的右下方是劉志恆的親筆簽名。

劉志恆的字是在部隊多年當參謀的過程中練就的，一直以來被任信良所欣賞。另外兩篇複印的文章。

一篇是〈美國的「官場定律」〉，作者勞倫斯・J・彼得。

一、若事實與理論不一致，事實必須被去掉。

二、沒有必要做決定時，就有必要不做決定。

三、所謂官僚就是致力於維持早該淘汰了的現狀的人。

四、能在上司講笑話時發笑就能保住飯碗。

五、長期的好運就是厄運的前兆。

六、要在政治中取勝，則不必集中精力做出偉大的業績，只須集中
心智避免做錯。

七、地位決定立場，立場決定前程。

摘自《唯實》。

另一篇是一篇言論，題目是〈太平官的祕訣〉，作者薛聖東。

　　　　筆者不久前參加了一個往來無白丁、舉坐皆官員的老校友聚
會。席間交杯換盞，全無拘束。酒酣耳熱之際，在座的一位正身居
要職的老校友，談出了其官海風雲三十載，左右搖擺，只進不退的
祕密。該祕密被老校友總結為穩坐太平官的祕訣，其內容主要是
「三不主義」、「三圓法則」以及「論持久戰」。

　　　「三不主義」：第一，堅決不能得罪人，要做到團結一把手，
兼顧到左右手，還要注意觀察群眾的手。第二，堅決不能負責任，
出門看天，進門看臉；彼此分大小；落座有高低。要想保太平就
要不負責任或少負責任，遇到利害問題，三十六計，躲為上計。第
三，堅決要少幹少說，既不建言，也不獻策，須知幹得越多，錯誤
越多；說得越多，漏洞越多。

　　　「三圓法則」：第一事要想得圓，遇事上下左右前後，六面成
體，八面成圓，寧落一屯人，不落一個人。第二話要說得圓，嘴唇
上下貼，舌頭中間搖，氣不粗，語不硬，不能有棱角。第三事要辦

得圓，有上必有下，有前必有後，前進後退，左顧右盼。

「論持久戰」：要善於在運動中尋找「官機」，心急吃不了熱豆腐，慢了穩，快了險，寧求一分穩，不求三分險，注意慢功出細活。

筆者聽了後，頗有感慨。提到「三不主義」的核心，實際上就是極端的自私自利。為官一任，順應天義，體察民意，建功立業，造福一方，是為官者的本分。對國家和人民有益處就要敢於擔風險，不怕得罪人。和氣固然重要，但是無原則的和氣，事不關己，高高掛起，遇到難題，消極地迴避，時間長了，老百姓就會反對，甚至起而攻之；業績平平庸庸，毫無建樹，有你不多，少你不缺，上級也會拿你是問，輕則調離，重則罷官，也讓你太平不得。

說到三圓法則，作為一名政府的官員來說，講修養，講策略，講方法，對百姓和藹可親，對納稅人彬彬有禮，都是非常必需的。但是對待與國家與百姓利益不利甚至有害的行為和事情，氣也不敢粗，話也不敢硬，說一些違反原則的順情話，助長了歪風與邪氣，人民又如何給你投贊成和擁護票？

至於說到「論持久戰」，若從立大志，努力做一名對社會有貢獻，學有所長，幹有所成，有位有為的正確人生觀角度來看，原無可厚非；但是，不想做事，只想做官，每天以做官為目的，以保官為己任，凡事以保住官位和烏紗帽為前提，有位而無為，這樣的官無異於空有其名，在時代的潮流中，也是持久不了的。既是為官者，任重必然道遠，豈可只想著自己太平，而有位即安，有官求穩呢？

有為才能有位，子曰：「不患無位，患己不立。」一心只想著做「太平官」的官員們，宜反思矣！

任信良認真地讀完這些文字，又反覆地回顧了幾眼，這才把這三張紙慢慢地裝進文件袋，然後放到抽屜裏。任信良的心裏，湧動起一種感恩的激動，他的眼睛一瞬間濕潤了。他靠在大班椅子上，閉上眼睛，眼前浮

現的是十八年間，劉志恆在關鍵時刻，步步拉扯著他進步的情景。「董事長，您放心吧！我一定會讓您滿意的。」任信良心裏說道。在這種激動之中，張世陽道長的點撥和告誡、傅彬彬的勸告，以及他自己的思考和想法，一下子便在他的腦海中統統地消散了。

第十五章
瓦解上訪者

　　創億大廈一樓大堂門前，一大早就黑壓壓地擠滿了男男女女的上訪者，少說也要二百多人。大廈的保安在門前守護著，不讓更多的人進入。個別已經混入大廈的上訪者，正用手機與大廈門前的上訪者進行聯繫，人群不斷地躁動和喧囂著。

　　任信良和滕健因為是提前上班到辦公室的，所以，任信良和滕健趕緊商量對策。任信良讓滕健先通知大廈的保安值班隊長，讓其立刻報告管片的公安民警，請求維持秩序。通知各位班子成員，不要到公司門前下車，改由大廈南側的出入口由地下停車場進入大樓。由滕健出面疏導上訪群眾，統一引導至創億大廈一樓西側創億影院就座。

　　正在布置的節骨眼上，任信良的手機響了，是劉志恆的電話。

　　「信良，情況怎麼樣？」

　　「我正在布置應對，一方面通知管片民警，另一方面打算將上訪的群眾疏導至創億影院，控制局面。」顯然劉志恆已經接到了關於群眾上訪的消息。任信良簡單地說了一下處置的情況和想法。

　　「很好，很好，我們就是要每臨大事要靜氣，一把鑰匙開一把鎖頭嘛，解鈴還須繫鈴人。待會兒咱們合計合計。」電話裏傳來劉志恆的脆快的話語聲。

　　濱州市的房地產集群建築中最亮麗的建築目前仍是由創億房地產開發公司五年前開發的「歐洲楓景園」。它是濱州市一道特殊的風景線，一百五十幢哥特式二樓或三樓的小別墅，把人們想像中的歐洲印象凝固在那片綠草、花壇、梧桐樹的簇擁之中。大量的旅行團帶著遊客來到「歐洲楓景園」觀光遊覽，濱州市的老百姓或牽著寵物狗，或者結著伴兒漫步休閒。

一百五十幢別墅確實吸引了濱州市百姓的眼球，鋪天蓋地的廣告，新聞發布會，電視訪談，劉志恆和創億房地產公司董事長兼總經理黃永利由熱點變成為焦點，出盡了風頭。特別是又趕上劉志恆被評為全國「五一」勞動獎章獲得者，這下更讓劉志恆在濱州的知名度達到高峰。但是，接下來樓盤售出率不到百分之二十，這是創億集團的班子成員所不願意看到的。資金的沉澱，連續幾次的招商促銷的活動，又增添了一大筆的開支與費用，使創億房地產公司的日子舉步維艱，這使得創億房地產公司更是雪上加霜。

上訪的是都是濱州市濱美木製品加工廠家屬樓的動遷戶，其中大都也是該廠的職工。五年前，這些動遷戶從創億房地產公司的手中得到了每平方米三千五百元的搬遷補償，但問題並不在搬遷補償上。用於這些搬遷戶購買居住的樓盤偏偏位於濱州市的城邊上，配套設施不齊全，煤氣至今未到戶，房屋產權證問題至今沒有理順，雖然每平方米得到了三千五百元的補償，可是新房屋的售價也不便宜，每平方米四千二百元。再加上這兩年市內地價和房價猛漲，動遷戶便感到有些後悔和吃虧，認為眼下的結局，是上了創億房地產公司的當，要求給個說法，有的乾脆要求重新動遷。此事已經鬧騰了近兩年。

創億集團股份公司的法律顧問兼創億集團公司法律部部長徐文田律師這時走進任信良的辦公室。徐文田是任信良大學英語系非常要好的同學。徐文田作為一名英語專業的學生能寫，但是開不了口，所以在外語專業上始終拿不起來。十幾年前，同學們勸徐文田改行，徐文田也真聽話，半路出家，發憤苦讀，學起了法律，不僅拿到了法學碩士學位，而且還通過了全國統一的嚴格的司法考試，取得了律師資格。由於徐文田有一種天生的讀書人的執著，一根筋認死理兒，常常看不慣法院、檢察院、公安局的辦事作風，所以，律師飯吃得一直不香。三年前，任信良向董事長劉志恆推薦徐文田，讓徐文田進了創億集團公司。

「文田，你來得正好，咱們一起研究研究。」任信良請徐文田坐下。這時內線電話響起來，是劉志恆打來的電話。

「信良，太險了，我差點讓這幫子上訪的堵了個正著，我現在到你辦公室，咱倆碰碰。」

「別，董事長，正好文田也在，我們到您辦公室去。」任信良對著話筒，恭敬地說。

放下電話，任信良拿著筆記本和徐文田趕緊到了劉志恆的辦公室。

一進劉志恆的辦公室，劉志恆站在窗前，便指著樓下，對任信良和徐文田說道：「你們說，這叫什麼事？搞房地產，搞來搞去，結果是房東不是房東，住戶不是住戶的！」

當年，政府承諾創億對濱州市濱美木業公司進行兼併改造，濱美木製品加工廠的所屬土地用於開發「歐洲楓景園」，政府協調劃定新的地塊兒，建成商品房用於「歐洲楓景園」土地動遷的住戶，市商業銀行對濱美木業的五千萬元不良貸款做呆死帳核銷，創億集團公司承接濱美木業的近三千萬對外擔保的債務和二百一十名職工勞動統籌的欠繳款。

「這事躲是躲不過去，創億大廈在這擺著，現在，唯一的辦法還是拖。」任信良接著劉志恆的話。

「這兩年在處理濱美木業上訪的問題上，始終沒有與上訪的職工達成協定，這是個關鍵。」徐文田插了一句，再不說話。

劉志恆心裏清楚得很，處理濱美木業一直是由創億房地產負責接待處理的，並在「歐洲楓景園」附近的一處民房裏設立了專門的辦公室，這兩年採取的是「今天給點米，明天給碗湯」的辦法勉強安撫的，這也是讓劉志恆感到黃永利的不得力的主要原因之一。

「有什麼好辦法，說說吧！眼下就不要等黃永利了。」

劉志恆說著話，陶萬琦、湯恩泉、曲成文一起走了進來，眼睛裏都流露著擔心和焦急。但是，最後都把注意力集中到了任信良的身上。

「有辦法就使，責任大家頂著。」陶萬琦對任信良說。

任信良在這一瞬間，忽然感覺自己已經不知不覺地成了創億集團公司的熱點和矛盾匯集中心。他已經感到了在這個節骨眼上成為創億集團股份

有限公司的法人代表董事長，接下來意味著什麼。他的大腦思維在快速地鏈結，他要在最短的時間裏，找出化解上訪糾紛的辦法。

「我有個想法還不太成熟，大家聽一聽，看能不能有所啟發？」

「摸著石頭過河嘛！做企業又不是做學問，你儘管說，大家一起研究。」

劉志恆一邊接著任信良的話說道，一邊打開桌子上的監視器。大家也都湊過來觀看。小小的監視器上清清楚楚地顯現出創億影院內的情景，滕健、李琳、劉沫沫和法律部的辦公人員在忙著為陸陸續續就座的上訪工人發放著礦泉水。

「看來，這會兒情緒上還算穩定。」劉志恆自言自語道。然後望著任信良說：「信良，你說！」

「我感覺可以先分這麼兩步走，首先讓上訪的人選出自己的代表，負責傳達上訪和談判事宜，代表嘛擬定三到五人，今後，公司只和這三五名代表對話，這樣一來，方便問題的解決。其次嘛，畢竟是三到五名上訪代表，我們可以分頭做工作，使得問題的解決增加一些我們計畫的變數。」任信良說完後，用徵詢的目光望著劉志恆。

「是啊，當年安源煤礦工人鬧罷工，資本家也是和職工代表反覆談判的，軟硬兼施，啥招都使，花小錢辦大事，我們要善於向資本家學習，大家發表發表看法。」劉志恆掃了一眼屋裏的人說道。

「這個辦法好，有硬有軟，把握主動，分別瓦解。」陶萬琦說。

「就應該牽著這幫上訪鬧事兒的鼻子走。」曲成文也應和著。

「不過，要求上訪群眾推選出代表，搞一個授權，雖說是個好辦法，但下一步就要達成協定，可是，代表們和誰簽協定呢？領導們知道，上訪的原因由來已久，創億房地產從一開始就沒有把握住一個原則和方案，而是，採取綏靖政策，只拖不決，所以——」一直不做聲的徐文田說話了。

黃永利今天沒有到場，很顯然，繼續由創億房地產出面處理，上訪的群眾肯定不會接受。

　　「文田說得有道理，也是我要說的下一步的打算。如果集團出面，可以使歐洲楓景園平穩著陸，即便是打起官司來，創億大廈是政府的，固定資產是各公司的，集團是個空架子，相對也很安全。」

　　劉志恆聽了任信良的話後，停頓了一陣，沉穩地說道：「萬琦，你和文田去下面，闡明我們的態度，闡明利害關係，堅決要求和上訪代表有秩序地談判。我相信，局面是亂不了的。」任信良看到劉志恆的眼睛裏，閃過一絲複雜的眼神。

第十六章
喝酒第一站

　　任信良回到辦公室，拿出手機一看，裏面未讀的短信已不下二十條，其中有幾條是濱州市檢察院副檢察長王澍嘉的。

　　祝賀老弟，升官發財死老婆，男人三大喜事老弟全占啦！

　　陽光不一定燦爛，洪水不一定氾濫，朋友短信不一定難看。

　　鐵飯碗的真正涵義是走到哪都有飯吃；不退休的涵義是走到哪都當董事長！

　　任信良看了，微微一笑，覺得任命下來之後，還沒來得及給老同學打個電話，看來讓老同學挑理兒了。趕緊給王澍嘉打手機。

　　「老兄，情緒挺大？我這些天沒有給任何人回話，主要是考慮穩當點。老弟我正要給你打電話哪，什麼時候請你吃飯？我好好安排一下。」

　　「跟你開玩笑哪！怎麼樣？當上董事長啦，感覺如何？」

　　「老兄，我現在是夢裏被人愛，睡得太死，喊不出來。正想找老兄排解排解哪！」

　　「看老弟說的，老兄為你高興還來不及哪，閒話少說，今晚有空嗎？」

　　「當然，正想著請老兄喝酒哪！」

　　「那好，安排的事你就免了。」

　　「咋回事？這就挑理兒了？」任信良搶著問道。

　　「看你說的，今天晚上你只管參加，我就非常高興。咱們之間，以後

有你安排的，輕饒不了你。哈哈，信良，6點鐘在帝都娛樂城大堂等我。」

王澍嘉是任信良下鄉時，大隊青年點兒的一名插隊知青，比任信良早兩屆，跟任信良十分地投緣，一直把任信良當小老弟看待。後來王澍嘉參了軍，提了幹，十年前轉業進了市檢察院，後來當了法紀處處長，兩年前競聘當上了副檢察長兼反貪污賄賂局的局長。

任信良到底是學英語專業的大學畢業生，西方文化在潛移默化中起著作用，使他接人待物總是那麼得體客客氣氣。他在赴約前沒忘了給傅彬彬發條短信，這些日子，任信良感覺傅彬彬說話有些酸溜溜的味道。

任信良今天沒有自己開車，車子到了九州大酒店門前，司機劉海濱便被任信良打發回家了。任信良下了車，徑直走進酒店的大堂，現在是5點40分，任信良穩穩地坐在大堂沙發上坐等著。從九州大酒店步行到帝都娛樂城最多也就五分鐘的路，當任信良腕上江詩丹唐的指標指向5點50多分鐘時，任信良才站起身來，邁著從容的平行步伐朝帝都娛樂城走去。

帝都娛樂城開業有二年多的了，生意異常地火爆，據說晚間在此宴請需要提前一天預訂，被民間譽為濱州最豪華的娛樂場所。帝都娛樂城從一樓到五樓，節目層層翻新，一樓是迎賓大堂及咖啡廳和酒吧，二樓是清一色的封閉式餐廳包間，三樓是KTV包房，四樓是迪廳夜總會，五樓是桑拿浴宮，在這裏吃喝玩樂無所不及，尤其是消費標準之高，更被外界傳為觀止。任信良作為國企大公司的董事長和總經理，好歹在社會上混了快三十年，按理應該對帝都娛樂城這樣的去處不陌生，但是，任信良偏偏沒有光顧這樣的地方。任信良學的是英語，平時打交道的都是中東及西歐的客戶，談判用餐多選在四星或五星級的商務酒店，再加上社會流傳說帝都娛樂城的老闆鄭大勇有黑道背景，來這裏的人成分比較雜，因此，對於帝都娛樂城的情況，任信良也只是聽朋友們說一說而已。

任信良剛到帝都娛樂城的門前，手機便響了起來。

「信良，你直接上二樓的紫禁城廳。」王澍嘉說完便把電話掛斷了。

坐電梯上二樓，任信良在迎賓小姐的導引下，來到紫禁城包房。剛一

進門就聽得身後一陣大笑，隨著笑聲，身材魁武的王澍嘉走了進來，身後跟著兩個人。

「你快趕上本‧拉登了，神出鬼沒的。」王澍嘉擠了一下鬼眼兒，和任信良使勁握了握手。

「這位是市房產局局長張德茂。」張局長一米六多的身高，圓圓的啤酒肚兒勒在褲腰帶的外面，一張油光光的肉臉，大概由於謝頂而戴了一頂假髮，眉毛也是稀稀的，兩隻細短的小胳膊長著兩隻胖乎乎的肉手。

「幸會！幸會！久仰！久仰！」張德茂一邊與任信良握著手，大大的嘴巴一扇一扇的，兩隻外突的圓眼泡仔細地打量著任信良。

張德茂站在一米八零身高的王澍嘉和任信良的跟前，越發顯得粗矮。任信良忽然聯想到一隻大的青蛙，青蛙肚子一鼓一鼓的。

接下來介紹的是一位三十來歲的年輕人，細高的個子，眉眼分明，梳得整整齊齊的光亮的背頭，讓人一看就知道是那種可以在一分鐘之內讓人明白他的來意和企圖的人。

任信良身體微微前傾，手輕輕地伸出，與面前的兩位握手，嘴裏用平穩的語調，十分得體地說著：「您好！您好！」與對方打著招呼。

「這位是小老弟賴國輝，律師，非常地有才，法碩！現在正在攻讀博士，跟我好幾年了。」任信良和賴國輝握了握手。

王澍嘉介紹完張德茂和賴國輝，扶著任信良的肩膀說道：「這位就是我剛才對你們說起的創億股份的新任董事長任信良，今天叫任哥。」

張德茂和賴國輝幾乎同時說道：「任董，任哥好。」

任信良點點頭，回應了一下，從賴國輝的手裏接過一張名片。

紫禁城廳有三十多平方米大小，外帶一個衛生間。可以坐下十來位客人的桌子，四個人南北東西地坐著，顯得屋內有些空曠。

四人剛一坐定，門外便進來一個留著小寸頭，二十七八歲的男青年，一身的黑西裝，白色的襯衣配著深藍色的領帶，手拿對講機，進門後臉上堆滿了笑，走到王澍嘉跟前，一米八幾的大個子，彎著腰，畢恭畢敬的。

「王檢，老闆知道你來，吩咐我們一定照應好。」

「不必客氣，有事喊你。」王澍嘉跟來人說完，又對張德茂說道：「德茂，怎麼樣？開始吧！」

「那好！經理開始走菜吧。」張德茂對著黑西服平頭說道。

「這個地方沒來過吧？」王澍嘉對任信良問道。

「今天頭一次！」任信良剛回答完便覺得有些太實在，太沒面子，但是臉上沒有流露出來。

「謙虛了不是？你們這些國企老總，上哪不能去？不過這話從你口裏說出來，我信，老弟是個高雅人兒，規矩人，喜歡玩西餐，開洋葷。」

「老兄拿老弟尋開心？請客吃飯哪都一樣，內容都差不多！」任信良笑著說道。

「哈哈，說笑一下，今天大哥讓你品嘗一下中國的土菜。」

幾分鐘過去後，四碗蟹粉翅、四隻澳鮑、四隻香蕉粗細的水發大海參、四隻粉盈盈的鹽水大蝦、八瓶十五年陳釀的仙雕酒被端上來。

「沒經過領導們同意，我簡單先安排了一下，接下來你們來！」王澍嘉笑著說道。

站在一旁的服務小姐，拿著筆，等著下菜單。

「王檢，你是先吃飯後喝酒的，今天怎麼？」賴國輝關心地問，隨即跟任信良和張德茂說道：「王檢，胃口不太好，人又實在，先吃飯後喝酒，已經堅持兩年了。」說完看著張德茂。

張德茂的眉頭皺了一下，很快就又展開了。他對服務員問道：

「主食一般吃點些什麼比較好？」

「你們的主菜比較清淡，配上我們酒店的特色主食燕窩撈飯，既簡單又實惠。」服務員回答道。

張德茂看看王澍嘉，用徵詢的目光等著王澍嘉落槌。

「我沒什麼講究，吃飽就是好飯，喝醉就是好酒，解渴就是好茶，哈哈，沒講究。」王澍嘉說道。

張德茂聽王澍嘉這樣說，便又點了兩個青菜，一個蠔油菜心，一個清炒芥蘭。賴國輝象徵性地要了一碟炸花生米，讓到任信良。

任信良推不過，隨口說：「要個黃瓜沾醬吧。」

小姐回答說：「咱們酒店新推出『波黑戰爭』一道涼菜，不妨試試。」

大家聽著新鮮，賴國輝忙問：「什麼內容？」

「就是菠菜、黃瓜、木耳沾大醬。」小姐回答。

「嗨嗨！有意思！該吃。」張德茂也是一臉的笑。

任信良翻著菜譜，無意中看了一眼「波黑戰爭」的價格，是八十八元一道，菜譜上的價格最後都帶著個「八」字。任信良就想：「怪不得張德茂剛才皺眉頭哪，原來真的貴得離譜。」

喝過魚翅，吃過燕窩撈飯之後，大家才一盅一盅地互相乾起杯來。

「這酒度數低，十來度，不上頭，養胃，甜滋滋的，我挺喜歡。」

王澍嘉向張德茂介紹著仙雕酒。任信良對這個酒有瞭解，十五年陳釀的仙雕在普通大酒店裏要賣二百多元一瓶，會喝酒的人敞開了喝一頓四瓶、五瓶的擋不住。這時門外又進來一個穿著黑色西裝的小姐，操著一口動聽的四川口音，自我介紹是帝都的娛樂部現場經理，每人發過一張名片後，便湊到王澍嘉的耳邊小聲說話。

「免了，待會兒我們上樓。」王澍嘉大著嗓子說。

那位現場女經理點點頭退下去。

酒局的場面有些冷清，大概是人少的緣故，大家說的都是有一句沒一句的場面套話，倒是賴國輝有些職業特點，主動熱情跟任信良套起近乎來。

「任哥，小老弟別的資源沒有，這些年在法律界混飯吃，濱州市各區法院、市中院，還有省高院的院長、庭長們那可都是咱們朋友弟兄，官司上擺得平。去年有家企業，一個官司，我讓他們贏了幾千萬，公安檢察院裏都有咱的人。」說到「公安檢察院裏都有咱的人」時，賴國輝馬上感覺有些清醒，忙說：「反正今後有事，任哥您儘管招呼就是，老弟幫著跑跑腿什麼的沒問題。」

任信良看著賴國輝的樣子就有些發笑，怪不得現在有人說，時下流行的是先吹牛皮，後做廣告。任信良不動聲色地和賴國輝客氣了幾句。酒的

度數雖然不高，但也有一點感覺，張德茂的臉有些泛紅，油汪汪的，像剛出爐的炸麵餅。

「德茂局長，應該活躍活躍氣氛嘛！你得放開才行，你要放不開，那誰還好意思放開？」王澍嘉對張德茂說道。

張德茂聽王澍嘉這麼說，樂呵呵地說：「好吧，我給大家打個樣，講個笑話。」

於是，張德茂開始講笑話。

「有位先生去路邊擦皮鞋，坐著擦皮鞋的是一個挺著高高的胸脯穿著裙子的年輕女子，領口開得低些，站著的先生邊擦皮鞋邊說道：『啊！真是桃花盛開的地方。』低頭擦鞋的女子聽了，撩開裙子說：『這裏還是生你、養你的地方呢！』」

四個人一陣哄笑。服務員聽了便捂著嘴趕緊走出門去。

張德茂接著又講：「美國一家廣播電視臺做反宗教宣傳，說經過多年的研究，當年引誘亞當和夏娃犯罪的不是蘋果而是香蕉。」

「這個版本不可笑，太白，沒意思。」王澍嘉說道。

「王檢一般情況下還是喜歡我的版本。」賴國輝接荏說了起來。

「有個建築公司的老總，安排手下的副總去給一位局長送禮，提前在兜裏放了答錄機。進得局長的家，這位副總就說：『承蒙局長關照，公司去年幹了好幾個工程，我們吃水不忘打井人，老總讓我來表表心意。』說著拿出一個大口袋，『這十萬塊錢請局長收下。』話音剛落，局長就大聲說：『你這是幹什麼？純屬胡鬧嘛，不要胡來呀！你們這是害我知道嗎？你趕緊給我走，快走！快走！走！走！』那邊把錢『咚』的一下扔給了老婆，然後『咣』的一聲把那位副總關到了門外。這位副總也錄音了，錢也讓人拿走了，告又沒法告，啞巴被驢愛了，有苦說不出。」

幾個人一陣哄笑。

「這個笑話有啟發，德茂，你有沒有這個心眼兒？哈哈！」王澍嘉笑著說。

張德茂張著嘴喘著粗氣地笑著說不出話來，王澍嘉笑著說：「接著來！接著來！」

於是，賴國輝接著講。

「最近高院正在討論一個刑事案子。」他一臉的嚴肅。「案子說的是有一個農村青年，看上了同村的一個姑娘，有一天趁姑娘一個人在家，就來到姑娘的家裏湊近乎，一來二去，就想來粗的。姑娘一邊喊：『快來人！救命呀！』一邊與男青年猛力撕打，無奈身薄力單，讓男的扒光了褲子。正在這時，姑娘他爹扛著鐵鍬從地裏趕回來，大吼一聲：「兔崽子大膽！」一鐵鍬就揮了下來。男青年剛要起身，屁股上實實地挨了一鐵鍬。你們猜怎麼著？這一鐵鍬正好把男的陰莖給拍進了那姑娘的陰道裏。」

大家聽了又是一陣哄笑。

「男的被抓了起來，公安局以強姦罪將該男子移送檢察院。等到起訴時，律師做辯護，提出男的是強姦未遂。至於插入之說，是因為外力所至，是意外事故，為此法院將案子報到了最高院，這個案子現在還在研究呢。」賴國輝仍然表情嚴肅。

「你們這些混蛋律師，驢雞巴不長眼兒，瞎鞭（編）。」王澍嘉笑著說道。

張德茂這時討好地說：「王檢，我讓你猜個謎語。」

王樹嘉說：「你講吧！」

張德茂就說：「狗讓貓辦事，猜一個動物。」

大家你瞅瞅我，我瞅瞅你，都搖頭，猜不出來。

張德茂拉長了聲音說道：「熊貓呀！你們再接著猜猜，狗讓貓辦事，貓不辦，也猜一個動物。」

「白熊呀！」看大家猜不出來，張德茂得意起來。「貓讓狗辦事，再猜個動物。」

任信良已聽出了套路，順口答道：「狗熊唄。」

大家又是一樂。

王澍嘉說：「還是你們讀書人聰明。信良，你講兩個文雅經典的。」

於是，任信良轉身從手袋裏拿出手機，操作鍵盤，手機螢屏上，顯示過前幾條信息後，出現了一條信息，是四大系列，任信良便唸了起來：

> 四大閒：大款的老婆，贓官的錢，下崗女工，調研員。四大窩囊：贓款被盜，情人被撬，打麻將要和了，給人點炮兒，首次嫖娼被捉。四大忌諱：領導開會嘮嗑，領導夾菜轉桌，領導打牌要和了自摸，領導的私生活到處亂說。

大家都說這四大忌諱，總結得好。

王澍嘉說：「我這裏有三系列，你們聽著：上午搞三講，中午來三兩，晚上搞三響。」

張德茂問：「什麼是三響？」

王澍嘉詭祕地笑了，說：「待會兒就讓你知道什麼是三響。下面還有三個想一想：想一想收了多少紅包，想一想提拔了多少草包，想一想摟了多少細腰。」張德茂有些生硬地笑了一下。「男人找對象三忌，」王澍嘉接著說道，「一忌不能找歌唱演員，只會說不會動，二忌不能找舞蹈演員，只會動不會說，三忌不能找汽車售票員，不掏錢買票不讓上車。」

大家哄笑。賴國輝著急，問女的找對象三忌有沒有。

王澍嘉說：「當然得配套。這女的找對象三忌是：不能找飛行員，上去就不想下來啦；不能找礦工，進去就不想出來啦；不能找郵遞員，來信了，來信了，那是乾吆喝不進來啦。」

任信良說：「我這手機上還有一個文言文的，要不要傳達一下？」

大家便說：「快唸！」

任信良便唸：

> 江南某郡一男，陽具甚偉，奇異而精妙，遠近聞名矣，然則多為聞其名而聽其事，皆莫能親睹也。一日，該君得怪病，深感不適，往而就醫，醫護者皆聞訊觀焉。斯時也，該君其陽具寸許，綿綿兮，

懸也，若蟬蛹狀焉，唯不同者，上刺兩字：「一流」。眾散，竊曰：「何謂一流？如此而已。」當其時，一驚豔絕倫、風情萬種之女護士聞訊急奔而來，分開人群欲做細觀。該君與該護士四目相對，愛火迸射，體下陽物昂然而起，陽物之上現出「一江春水向東流」七字。

大家又是哄笑。

這時，張德茂站起身來說：「讓我們掀起一個高潮，今天晚上第一次與王檢、任董喝酒，我敬兩位領導一人一杯。」說著乾盡了杯中酒。

王澍嘉說：「德茂，你坐下，我想起我們部隊的一個笑話。從前有個小護士給一個男兵做手術前的備皮工作，男兵陰莖忽然勃起，小護士從未見過這陣勢，嚇得大喊大叫起來。護士長是過來人，近前一看，二話沒說，拿起一個酒精棉球，輕輕一捏，將棉球的酒精滴在男兵的陰莖上，男兵原本堅挺的陰莖立刻臥倒。護士長說，『就這點酒量，站起來幹啥？』」

三個人就瞅著張德茂大笑，張德茂自我解嘲地說：「我欠任董一杯，我乾了。」說著乾了一杯酒。

王澍嘉起身，吵著要方便，並說：「準備上樓。」說著進了衛生間，賴國輝也急急忙忙地跟了進去。

第十七章
唱歌第二站

　　帝都的三樓是KTV廣場，由於和四樓的迪廳夜總會緊挨著，所以一上樓來，便能感覺嘈雜。一個挨一個的包房裏傳來極不專業的歌聲，男女服務員進進出出。任信良一行被服務員引到8號包房。四個人剛坐下，吃飯時見過面的那位現場經理，四川妹子，便迎進來，身後跟了二十幾個小姐，進門後，在門前附近成兩排橫隊展開，顯然受過統一的訓練。小姐們搔首弄姿，頻頻地向任信良、王澍嘉、賴國輝、張德茂打著媚眼，等著被點臺。王澍嘉坐在沙發中央，平頭，大塊頭，名牌的T恤，此時的神態倒是十足的打手像。

　　「我來安排，你們倆陪他，你們倆到這邊來，你們倆過來陪我的老弟，你，還有你，過來和我一起。」

　　王澍嘉像農村裏的生產隊長分農活一樣，給每人分了兩個小姐。沒有被點到的小姐們，臉上立刻收起媚眼，沒有了表情，轉身排著隊，依次一個一個地退了出去。

　　「大家滿不滿意？」王澍嘉聲音大大地說。

　　「領導安排當然滿意，當然滿意。」張德茂趕忙應和，他此時改變了對王澍嘉的稱呼。

　　兩位穿著黑色吊帶式連衣小短裙的服務小姐，跪在茶几前，等待著點酒水和小吃。

　　「老闆大包還是小包？」

　　「當然是大包。不過，小姐不許喝飲料，只許喝啤酒。先來兩打科羅娜啤酒」。王澍嘉顯得輕車熟路。

　　不一會兒，服務員便端著托盤，陸續送上來一瓶人頭馬XO白蘭地、果

盤、苞米花、瓜子兒、開心果，把科羅納啤酒也擺到了茶几上，茶几一時便顯得滿滿的。

王澍嘉端起杯中的加冰人頭馬XO對著三人晃了一下，說道：「今天晚上，大家要喝好！玩好！」說著一仰脖子把酒給乾了。

王澍嘉似乎並不熱心唱歌，反倒熱心喝酒，與身邊的兩位小姐推杯問盞。任信良這才發現，王澍嘉身邊的兩位小姐的胸脯，是屋裏小姐中最高的；張德茂身邊的兩位小姐又是屋裏小姐中最高挑的，與張德茂那矮小的身材形成了顯著的反差。任信良想一想有些不解。屋內座次的排列依次是，王澍嘉，任信良，張德茂，賴國輝，四個人的身邊是王澍嘉選定的小姐。

「我唱一個，給領導們助助興。」

張德茂帶頭開始唱歌。什麼〈透過開滿鮮花的月亮〉、〈心太軟〉、〈一條魚〉、〈女人是個下蛋的雞〉、〈天上的雲彩帶頭巾〉，張德茂話筒一拿在手裏的，便唱了好幾首。歌曲間歇，他還忙著和身邊的兩位小姐乾上一杯。喝完了唱，唱完了喝，歌詞也被張德茂改得一塌糊塗，心太軟改成了胸太軟。張德茂唱歌時兩個膝蓋彎曲，本來個子很矮，腿一彎曲，顯得更矮了。他晃動著身體，圓圓的肚子，隨著歌曲的節奏顫動著，而兩位小姐高高的還在兩邊攙扶著張德茂的胳臂。這使任信良想起衛生間裏有些男人尿不出尿來的情景，心裏便發笑，肚臍部位便開始顫動起來。張德茂一首接一首地唱，小姐們的尖叫歡呼聲、喝彩聲，加上掌聲，包間內的氣氛倒也熱烈起來。張德茂唱過幾首之後，小姐們也加入了唱歌的行列。

賴國輝端著酒杯，來到任信良的跟前，讓小姐讓出空檔，坐在任信良的身邊，恭恭敬敬地說道：「任董，小老弟不懂規矩，以後多教教我。」

「說啥哪？自己弟兄，來乾杯！」任信良情緒也興奮起來，與賴國輝連乾了三杯酒。

末了，賴國輝湊近任信良的耳邊說：「王檢常提起任董，說你是他最好的朋友。張局與我也是多年的關係，現在有些麻煩，方便的時候，任董幫忙說說好話。」

包房內雖然聲音太大，但是任信良聽清了，他點著頭。

那邊，王澍嘉打斷了他們的話：「信良，不會的東西得趕緊學呀！什麼都得會呀，現在不是要求與時俱進嗎？你看我兩手抓，兩手都硬。」

說著，摟著兩位小姐的肩膀，從兩邊一下子抓住身邊小姐的乳房，小姐故作害羞並驚慌地大叫起來。

王澍嘉放開小姐，對任信良說：「老弟，你也唱一個，瀟灑一把！」

唱歌是任信良的弱項，推不過，讓小姐點了一首英文歌曲，美國電影《鐵達尼克號》的主題歌：〈我心永遠〉。任信良在高音部，唱得有些吃力，唱完後，全體鼓掌，小姐拿起桌上花瓶裏的一束鮮花獻給任信良。

王澍嘉說：「老弟就是層次高，淨唱洋文，不像我們唱庸俗歌曲。」

任信良說：「我就喜歡聽你唱的部隊歌曲。」

於是，大家都嚷嚷著讓王澍嘉唱。王澍嘉此時情緒高漲，也許是白蘭地的作用，他忽地站起來，讓小姐點了一首〈我為偉大祖國站崗〉的老歌。

「手握一桿鋼槍，身披萬丈霞光……」

一首歌兒唱完，感覺不錯，接著唱起了〈小白楊〉、〈咱當兵的人〉，最後索性站到了茶几上，唱起了「我站在烈火之中……」的〈霸王別姬〉歌。看著激情澎湃、放聲歌唱的王澍嘉，任信良像看到了一個陌生人一樣。因為王澍嘉轉業進檢察院後，多年來是第一次帶任信良來到這樣的場合，第一次在任信良面前如此地投入，如此地放開。「澍嘉是祝賀自己當了上市公司的董事長，心裏高興？還是藉此尋找一種平衡，想向我展示什麼呢？」一個念頭在任信良的心裏一閃而過。

張德茂趁著王澍嘉唱歌的空檔，推開門出去了一會兒，等張德茂回來，王澍嘉剛剛唱完歌。王澍嘉從褲兜裏拿出一捆百元面額的人民幣，「現在開始給同志們發獎金。」王樹嘉說著，便發放起來：小姐每人三百，服務員小姐每人一百，送冰鎮毛巾的少爺一百。看著王澍嘉發小費的樣子，任信良想起紫禁城包房吃完飯時賴國輝曾跟王澍嘉一起進洗手間的情景。

第十八章
桑拿第三站

　　四人出了KTV，沒有去四樓的迪廳，而是乘電梯直接來到五樓的桑拿浴宮。桑拿浴宮是由一個個VIP桑拿包房組成，極具私密性。洗桑拿時，張德茂和賴國輝，只是簡單地沖洗了一下便到休息廳喝茶去了，任信良和王澍嘉在桑拿房裏一邊汗蒸一邊說話。

　　「老弟，今天感覺爽不爽？」

　　「那還用說，老哥你現在可以呀，我是真的落後了，今天算是跟老兄借光，開眼了。」

　　「這裏是我的點兒，檔次很高。我告訴你，現在市裏局以上的領導都喜歡到這裏來，太好了！」王澍嘉說道。

　　任信良感到有些暈，看來洋酒的勁兒上來了。

　　「今天我叫你來，還有件事，你們創億房地產那個黃永利和財務總監李露潔的事都很具體，有信在我這裏。」

　　王澍嘉說完這話，任信良暈乎乎的腦袋一下清醒了許多。

　　「老兄，這件事現在範圍有多大？」任信良問道。

　　「我明白你的意思，你剛剛出任創億股份的董事長，副手便出事，外界會把髒水潑到老弟的身上，不是你的原因也是你的原因，現在是非觀念扭曲的人很多，群眾缺乏正義感呀！目前範圍還非常小，都在我的控制之中，正好今天國輝小老弟有點事，所以順便把你叫出來，說一聲，辦與不辦？如何辦？我聽老弟的。」

　　「澍嘉老兄，看你說的，我的意思是你給我兩天的時間，咱倆單獨研究一下如何？」

　　「行，一點問題也沒有。」

　　任信良和王澍嘉蒸洗完畢，穿上休閒服來到休息廳，張德茂和賴國輝趕緊起身讓坐，服務小姐給兩人倒上茶水。剛喝幾口，進來一位穿黑色制服的二十七八年齡的女性，大概是桑拿的領班。

　　「是哪兩位老闆按摩？」

　　王澍嘉便拉一下任信良的手說：「走！老弟，帶你放鬆一下！」

　　任信良看了一下張德茂和賴國輝，兩人趕緊說：「領導先請！領導先請！」

　　任信良和王澍嘉跟隨領班出了VIP，轉過幾個彎，被分別請進兩個房間。任信良進得房來一看，是一套布置得很溫馨的客房，席夢思床，真皮沙發，彩電，小冰箱，小酒吧，衛生間一應俱全，跟五星級酒店的高級客房一樣，唯一不同的是在雙人大床的天棚上安裝著兩個不鏽鋼的鋼管，像是倒置的體操用的雙槓。

　　任信良躺在床上，剛要閉上眼睛，「叮咚」門鈴響起來，隨著任信良「請進」的話音，進來一位穿著白色超短裙，白色T恤衫的女子，不胖不瘦，高高的個子，披肩的鬈髮，細眉大眼，少說也有一米七的身高，像個模特。任信良眼前一陣眩暈，便不敢與進來的小姐正視而是看著床前的地毯。小姐兩隻白白的腳上穿了一雙紅得刺眼的高跟拖鞋，腳指甲也塗著紅紅的指甲油。

　　小姐把大燈關了，屋裏靜悄悄的。只有牆上的一個小瓦數的壁燈發出橙紅色的光來。小姐捏著他的腳開始按摩，窸窸窣窣的聲音顯得屋子裏靜得很。小姐時不時地問一兩句，任信良也是隨聲應一下。忽然一縷濃烈的怪異的香氣隨著呼吸進入大腦。

　　「什麼味道？這麼香！」任信良問了一句。

　　「是馬來西亞的鼠尾草，熏香用的，都是特別講究的客人才要熏的。」小姐軟軟的聲音傳進任信良的耳朵裏。

　　「熏一次多少錢？」

　　「三百八十八！」

任信良索性閉上嘴眼，深深地吸氣，細細地品味這種到底是真有還是假有的鼠尾草。

十年前，劉志恆把任信良引薦給了當時的外經委主任兼黨組書記周國臣。任信良的角色當時還是濱州藥業公司的總經理。劉志恆帶著任信良參加了一次以周國臣為中心領導的例行公事的宴會，宴會過去，隔了沒幾天，任信良在辦公室裏接到周國臣的電話，說是有些飯店的帳要結一下，任信良知道這既是周國臣主任的信任同時也是一種試探。他沒有問是哪一家飯店，也沒有問多少錢，而是反應極快地請示：「是親自送支票？還是領導派人來取支票？或者是？」他明顯地感到這種方式的重要與正確，因為，他馬上從周國臣主任的語氣裏聽出了滿意。

事情過去之後的一個週末，劉志恆告訴任信良，周國臣主任晚上要單獨和他們兩個人坐一坐。通行的慣例，領導請客，企業老闆埋單，地點由領導定。

晚間活動的地點是位於市郊的一個名叫藍島的度假村。這個度假村的模式是一幢一幢獨立的二層或三層的小別墅組成，封閉，極具私密性。任信良他們吃飯的地方是一棟四層的小別墅。別墅區靜悄悄的，劉志恆與任信良坐在樓下的小客廳裏等著周國臣的到來。

「這裏環境怎麼樣？」

「不錯，不知道是什麼時候開張的？」任信良點點頭說。

「老弟就是書生氣十足，這裏都開業一年多了！這裏活動非常安全，今天這棟樓我已經包下來了。」劉志恆有些得意地回答道。

正說著話，門一響，周國臣主任在一位男青年服務員的引領下走了進來。

「兩位提前到了？」

劉志恆與任信良趕緊起身相迎。寒暄過後，服務員進來，告知隔壁包房的酒席已經準備好了。於是，三人步入隔壁房間。

　　能坐下十個人的大圓桌只坐了三個人，因此顯得有些空蕩蕩的。酒菜點得也很精細，魚翅湯、清蒸大鮑、清蒸大海蝦，一道接一道，均是一人一份的分餐制。

　　「今天沒有上下級，有的只是兄弟！」周國臣舉起一小杯五糧液說道。

　　兩人趕緊舉杯，幾乎是同時說出：「謝謝主任厚愛。」

　　推杯換盞，一瓶酒很快見了底。

　　「老大哥今天給你幾首詩，你要記下來，好好領會。志恆跟我時間長一點，有些已經理解了，下面就看你了。」周國臣興致勃勃地對任信良說道。

　　周國臣慢條斯理地隨口說出幾首古人的詩來。

　　　第一首：「酒色財氣四堵牆，人人都在裏面藏，有誰跳出圈外藏，
　　　　　　　不活百歲壽也長。」
　　　第二首：「飲酒不醉是英豪，戀色不迷最為高，不義之財不可取，
　　　　　　　有氣不生氣自消。」
　　　第三首：「酒助禮儀社稷康，色欲生靈定綱常，財豐糧足國家盛，
　　　　　　　氣凝太極非陰陽。」
　　　第四首：「無酒不成禮儀，無色路斷人稀，無財民不發奮，無氣國
　　　　　　　無生機。」

　　任信良拿出本子認真地記下來。這些詩他好像都讀過，不過把這些有關酒色財氣內容的詩集中放到一塊兒來讀，這還是第一次。

　　「人在江湖，身在官場。官場、商場、情場、賭場，什麼最重要？規矩最重要！」周國臣感慨道。

　　「是的，關鍵是懂規矩，規矩是門學問，也是一門藝術。來地方這些年，我在國臣主任身上學到的東西太多，真是受益匪淺。」劉志恆也發著感慨。

　　「哪裏，哪裏，互相幫助。志恆從部隊處長位置上轉業、轉型很快，適應能力很強，主要還是自己努力。對了，志恆，你上次和我說的那句話

是怎麼說來著？」周國臣慢條斯理地等著劉志恆接茬。

「領導自己的核心力量是關鍵一把手，指導自己前途事業的理論基礎是關鍵領導的政治取向和價值認同。」劉志恆乾淨俐落地回答道。

任信良聽著這話雖然有些拗嘴，但還是覺得有些學術性，於是衝著劉志恆點點頭。

劉志恆見任信良點頭，說道：「記不住吧，我再說一遍。領導自己的核心力量是關鍵一把手，指導自己前途事業的理論基礎是關鍵領導的政治取向和價值認同。一定要牢記，仔細揣摩。」

「對，就是這句話，說得非常在理，總結得好，非常實際。信良，你要記住這句話，對你的未來非常有好處。」周國臣對任信良關心地囑咐著。

「主任，我記下了，我會好好體味！」任信良回答道。

周國臣今天晚上很高興，情緒比較高，他端起一杯乾紅葡萄酒對任信良說：「我這幾十年的感悟很深，好人成幫，壞人成夥，人生在世不能沒有朋友啊，不粘鍋，潔身自愛，把自己搞得太純，在哪都沒法混的！現在都怎麼說的？鐵三角關係是一起分過贓的，一起嫖過娼的，一起玩過賭的。你們倆說說，我說的對不對呀？」周國臣說完看著劉志恆和任信良。

「信良，國臣主任是在說給你聽哪！哈哈！」劉志恆對任信良說道。

「志恆董事長一直提拔重用我，感激的話我就不說了，今後一定多賣力氣，領導交辦的事，我一定全力成事，讓老領導滿意。」

「信良，你很有潛質，錯不了。來，今天兩位老弟看重我，我也不能裝燈是不是？一起乾杯！」

「主任說哪裏的話，我們倆機會偏得哪！是主任高抬看重我們呢！一起乾！」劉志恆和任信良搶著說，並舉起杯一飲而盡。

三個人喝了一瓶五糧液一瓶法國進口十五年釀的乾紅。

「今天是週末，難得在一起好好放鬆一下。」周國臣說著一雙眼睛紅紅地盯著劉志恆。

「老領導的心意，我們要心領才是。信良，你先到樓上體驗一下，放鬆放鬆，我陪國臣主任說點事。」說完看了周國臣一眼，然後再看看任信

良，抿著嘴輕輕地一笑。

「我按領導吩咐辦。」任信良說著站起身來，衝著周國臣點頭示意。

　　任信良在服務員的引導下來到三樓一間客房，等他進了門，服務員便悄悄地把門掩上走了。這是一間小巧精美的酒店標準客房。任信良看見屋內的床前坐著一位穿得光鮮時髦的女子，在低頭看一本書報。聽到有人進來，便抬起頭來。當任信良與這位小姐的目光相合時，女子的表情先是迅速地焊結一下，隨即臉上便綻開歡快的笑容。任信良的心也忽悠了一下，兩隻腳像踩在了亂泥裏。原來這位女子是任信良所在的濱州創億藥業有限公司的生材科的科長喬麗麗。

　　「任總您好！是您呀！」喬麗麗主動站了起來說道。

　　任信良微微一笑，點點頭，腦海裏馬上浮現出剛才劉志恆那抿嘴的一笑。喬麗麗兩手相握，搭放在身前，自然地衝任信良低了低頭。

　　「請坐，請坐！我和國臣主任、志恆董事長喝了幾杯。」任信良說著坐到沙發上。

　　「是嗎？那你喝點水吧？解解酒！」

　　「沒事，我喝得不多！」

　　喬麗麗此時的神情已經恢復自然。喬麗麗是畢業於北京一所名牌大學英語系，外語好，經過近四五年的磨練，進出口業務做得也不錯，前年當了科長，領著手下的七八號人，一年能拿到近一千萬美元的出口訂單。不過聽說近半年來有些不安分起來，總嚷嚷著國內沒意思，提高得太慢。

　　「任總，洗澡水已經放好了，您洗洗澡吧！」

　　任信良雖然感到酒精的力量很大，渾身熱乎乎的，頭暈乎乎的，但是心裏面仍然清醒。他想到立刻撤出去，但是旋即這個念頭就打消了。他知道撤出去從此意味著告別官場和商場，退出圈子。而如果不出去，那麼喬麗麗無疑就是他任信良得以觀看官場下半場演出的入場券。

　　任信良微笑著，看著喬麗麗，挺了一下胸脯，像面對一位廝混很久的情人或者是自己的老婆一樣，對喬麗麗說：「我自己來吧！」站起身，極

自然地脫下上衣，隨手遞給喬麗麗，轉身進了衛生間。

　　任信良閉著眼睛，身體鬆鬆地躺在溫溫的衝浪大浴缸內，以至於喬麗麗滑進浴缸和他全面地接觸時，他仍是閉著眼睛。他想起澳門的一則桑拿浴廣告——歡喜金魚缸。

　　再後來他和喬麗麗上了床，他的耳邊是喬麗麗的嗲聲和嬌氣。

　　「任總，我喜歡你很久了。」

　　他不想，不能，也絕不能和她探討這個敏感而是否真假的偽學術問題。當任信良進入喬麗麗的身體內部時，喬麗麗的身子一陣的張狂，如一隻翻了身的大螃蟹，任信良此時知道喬麗麗已不是一個一般的女孩子了，他此時的感覺是逼良為娼的感覺。於是，這種感覺迅速傳遍全身，一個機靈便癱軟下來。

　　喬麗麗依偎在任信良的懷裏，她用手指溫柔地擦著任信良額頭的汗，長長地歎了一口氣。

　　「任總，你會忘記今天吧？」

　　任信良想說不能，又想說能，因為他明白其中的緣由，他不想做明知故問的事情。如今場面上有這樣的規則：「不說，什麼都對；說了，什麼都不對。」不是有一種論點叫做：革命與愛欲有一個含糊莫辨的共同點，那就是獻身。

　　「你說哪？按規矩來吧！那樣大家都不累！」任信良回答道。

　　後來當喬麗麗被市經貿委確定選拔為駐加拿大當地代表處助理時，任信良沒有向任何人談到一絲有關喬麗麗的事情。不過對任信良來說，打擊最大的是，自從那次與喬麗麗全方位地接觸後，任信良便與妻子石美珍過起了幾乎無性的夫妻生活。他得了一種性生活恐懼症的病，一聽說晚上要同房，便一趟接一趟地上衛生間。好在妻子石美珍賢慧內向，對夫妻生活要求並不高，所以一來二去，兩個人反倒習慣了沒有性生活的夫妻關係。時間過得似乎很快，任信良的思緒被按摩女的問話打斷了。

　　「老闆要不要加鐘？按摩到鐘了。」

「不需要了！」

「老闆請簽個字。」

任信良一邊簽字一邊隨口問了一句：「多少錢？」

「你做的是泰式按摩，外加波濤洶湧，全球漫遊，共九百八十八！」

「你先出去吧，我要休息一下。」

「好的，老闆，您休息好！」

小姐出去了。任信良雙手抱著自己的肩膀，回味著朦朧之中被小姐舔過的身體，想想「波濤洶湧」和「全球漫遊」的名詞，不由得肚臍部位一陣顫動，一種笑的波紋隨著顫動逐漸散開，迅速傳遍全身，這回，任信良笑出聲來。

任信良轉頭，發現真皮包面的床頭上角上，密密地有幾行字，便翻身起來趴到跟前仔細一看，是誰用圓珠筆寫的一首詩：

人本過客無來處，

休言故里在何方。

隨遇而安無不可，

人間到處有花香。

「好像是杜甫的詩吧？」任信良心裏嘀咕道。任信良此時酒也醒了，頭腦也清涼多了，又細細地讀了兩遍，認為記住了，便起身穿上休閒服走了出來。

當四個人從帝都娛樂城出來時，已是深夜1點半鐘，大家寒暄了一下，便按照場面上的規則，便各自分別坐上計程車回家。

第十九章
如何說真話

　　第二天的下午，任信良在電話裏和劉志恆溝通反貪局方面有黃永利和李露潔的舉報信的事情。

　　「這麼說來，黃永利在背後搞了不少的名堂。不過，這件事對於我們來說，把握得好，對於加強創億房地產的控制很有利。對於你來說，你現在是創億股份的法人代表董事長，上任伊始，這類事情的處理，我想不是必需，也不是必要，而是應當的問題。所以，要分清事業與工作的主次性。也別太主動，太主動會給我們自己帶來麻煩，公檢法沒有白幹活的。所以，不妨先拖幾天，觀察一下。另外，上海浦東幹部管理學院的經理培訓班下週要開班，委裏下文讓你去，時間為期半個月，我看是個好機會，一方面可以充充電，另一方面又可以藉機清靜迴避一下，以便觀望，你說哪？」

　　「這是個好主意，好久沒去上海了，正好出去換換腦筋！」任信良回答道。

　　「高市長下週帶隊去歐洲考察十天，大文主任陪同，高市長點了能源的王總、路橋照明的李總，還點了我。大文主任也來電話囑咐，沒辦法，推不開了，這樣的苦差事，我只好替大夥代勞吧！高市長這人認真呀！和他出國考察，談判、討論，緊忙乎，給這幫隨行的老總累得像毛驢似的。哈哈！這下子，公司兩位一把手都不在位，工作得好好安排一下。」

　　任信良聽著劉志恆的話，心裏不由得生厭起來。這些年來，創億集團的經營效益不佳，雖然創億藥業連鎖等公司和業務部的業績不錯，但是，整體上一攤平之後，資金上仍然十分艱難，所以，劉志恆嚴格地控制著一支筆，尤其在出國的問題上，更是嚴上加嚴，名義上是節省費用，節支節

儉。但是，市裏、委裏這幾年的出國活動，劉志恆自己又一次不落地回回參加，每次回來，還要抱怨一番，辛苦啦，麻煩啦，關係難平衡了，情況複雜了等等，所以，大夥嘴上都不說，實際上都覺得不快。

「又賣乖！啥苦差事？有什麼意思，大家又不是孩子。」厭惡和不爽的感覺在心裏油然生起，但是，嘴上卻回答道：「沒事的，董事長，我在國內，溝通方便的，你的電話也是國際漫遊，誤不了事的。」

「還有，高副市長約了我，說今明兩天想和咱們兩個單獨坐坐。我是沒什麼安排，不知老弟有什麼安排？」劉志恆說著話，停了下來。

任信良腦子裏浮現出劉志恆拿著電話，斜楞著眼的樣子。

「那還說啥？聽董事長的，我沒什麼安排。」

「是呀！領導的安排，就是最大的安排。領導的計畫，就是最重要的計畫。規矩呀！請客不到，沒面子呀！嘿嘿，我給高原副市長回個電話，就今天晚上吧！」

「好的，趕早不趕晚的事，眼瞅著事情會更多。」任信良回答道。

放下電話，任信良把劉志恆的意思及自己下週去浦東經理學院的事，編成短信發給王澍嘉。王澍嘉很快回了一條：「明白了，等你回來！」看完王澍嘉的短信，門鈴響了，任信良歪歪脖子，通過桌子上的監視器看到是滕健在門外，便按了一下房門自動開關。

滕健今天穿著一套得體的藏藍色西服，白色襯衣配著一副棗紅色的領帶，二八分頭，梳理得油汪汪，讓人忽然感覺精神乾淨了許多。

「滕健，來來！請坐！今天精神不錯嘛！」

「哪裏，簡單修飾一下！」

「怎麼？我們的鑽石王老五近來有進展啦？」

「剛談著哪！還須假以時日！」說到這時，滕健有些不好意思。

「談戀愛和摘蘋果一個道理，看見紅的、熟的，就是翹著腳，蹬梯子，也要想法摘下來一個，明白嗎？」任信良半開玩笑地說，「今天找我有什麼事？」

「劉董跟我交代，說讓我徵求一下任董您的意見，」他在說任董時格

外加重了語氣。「您的辦公室是否和十九樓曲總的辦公室調換一下？然後利用『五一』休假日再做一下裝修。」

「我和曲總調換辦公室？」任信良聽了，立刻覺得這事有些不對勁兒。

「是啊！劉董是這樣說的。」滕健坐在任信良的對面，等著任信良的回話。

「滕健，以你的感覺，你是怎麼看這種辦公格局的調整？」滕健的話讓任信良心裏畫了個弧，他沒有直接回答滕健，停了一下，反問道。

「說實在的，我倒覺得這種格局不像是企業的做法，倒有些像政府機關。當然，我說的只是個人的感覺，而且這種感覺也只能個別和任總您一個人進行交流。」滕健的臉上明明白白地流露著坦誠。

任信良笑了。「那是自然，這是我們之間的交流。我只是問問。」

「那麼，劉董問起這件事，我該怎麼說呢？」

「你就這樣說：我們對原來的格局很習慣，不打算調整！」

任信良和滕健相互對視著笑了起來。這時電話響起來，任信良舉起一根手指放在嘴邊上示意了一下。

「董事長，請講！好的，好的，明白，明白。」任信良放下電話給滕健遞了個眼色。

「沒什麼事，是董事長的電話。滕健，下週我要參加浦東管院的經理培訓班，需要十多天的時間，所以，上市公司的事情還是需要及時溝通。」

「任董您出任創億股份的法人代表和董事長的事，這已經是公開宣布了的事，但是，劉董不讓在網上披露信息，歐洲楓景園的事情，劉董也不讓披露，我有些搞不懂。」

滕健自從去年發生的「迎新年辭舊歲詩作風波」之後，與任信良成了知己，不僅工作上的事，就是心裏的事也常常和任信良訴說。

任信良看著滕健的一身打扮，忽然對滕健升起一種憐憫。工作了這麼多年，忙忙碌碌的，老婆沒撈著，房子沒撈著，票子沒撈著，年齡又老大不小的了！掛了個董祕的職務，卻是內部糧票，沒有待遇，僅僅是個做紀

錄、整材料幹活的角色。自己當董事長了，應該有自己的班底，身為老大哥是該幫幫這位真誠的小老弟了。剛才，心裏對劉志恆所說的那些假話的厭惡與不爽，一瞬間在心裏轉換成一種行動的念頭，一種施惠於人的行動念頭！

「可別出去到外面這樣說，這才任命沒幾天嘛，工商還沒辦手續哪！至於歐洲楓景園，我不知道你還記不記得上次的董事會上，劉董說過的話？」

「劉董說什麼？套話很多，沒往心裏去！」

「老弟，要抓緊成熟呀，你忘了劉董說過的『大錢靠命，小錢靠賺』。」任信良瞇了瞇眼晴，盯著滕健。

他希望滕健能立刻領會，而不至於讓他把話說白。滕健如果真的是個榆木腦袋，那也就罷了。凡事點到為止，聽得懂，算他福氣；聽不懂，算他可憐。可憐之人，必有可恨之處，算是他命裏活該倒楣不走運！任信良心裏想著。

「當然記得，當時我還琢磨哪，這是哪跟哪呀！怎麼忽然冒出這麼一句沒頭沒尾的話來，原來，任總你是說？……」

「我什麼也沒說。」任信良面無表情。任信良心裏暗暗地有些發急地說：「滕健呀！滕健！你什麼時候能含蓄一點！」

「任董，沒什麼事，我回去了！」

「好的！」

滕健走了，任信良歎了一口氣，轉身從文件架上抽出一個文件夾，打開放在桌子上，點燃一支煙，看起滕健的那篇詩作來。

去年元旦，滕健把自己寫的一首〈迎新年辭舊歲〉詩作粘貼在公司網站的職工論壇上：

當癸未年像做妾的婦人，無聲地離開；
當甲申年像猴急的男人，撒歡地跑來；
我卻像個失竊的路人，在沒有警察的派出所歎息。

那一聲一聲的歎息，像冬眠的烏龜，招攝著新年的生機。

春天不是「非典」的春天，但卻帶著愛滋的恐慌，更帶著宇宙毀滅的信息。

一場大水，狠狠地解了黃河的乾涸、淮河的更年。

人們驚呼，怪不得陰盛陽衰，

你看偉哥等性藥越賣越火，

男人的腰都一起需要進補。

犯錯誤的總是男多女少，

女人總能招來可憐和同情，

男人只好裝著堅強和勇敢。

女人的大坑像三峽蓄水一樣，規模太大，容量太深。

滿世界的上訪，滿世界的假貨，滿世界的腐敗墮落，

穿衣服的人太少太少，於是，一種聲音捲了起來：

把那些穿衣服的人扒光，把他們的頭頂染綠，

於是，忍者神龜組成了新的生命大軍。

靜靜的觀察，來自默默的忍耐；

清醒的認識，來自無畏的犧牲。

有一種腐敗叫昏庸；

有一種官僚叫公僕；

有一種墮落叫無知；

有一種貪婪叫傷害；

有一種愚蠢叫老實；

有一種無能叫憨厚；

有一種溫和叫虛偽；

有一種玩笑叫暗箭；

有一種懶惰叫認真；

有一種自私叫成熟；

有一種微笑叫陰險；

有一種關心叫陰謀；

有一種索取叫幫忙；

有一種講話叫談心；

有一種團結叫政治；

有一種批評叫警告；

有一種消遣叫消費；

有一種宴會叫會議；

有一種鍛鍊叫健身；

有一種手術叫美容；

有一種旅遊叫參觀；

有一種放鬆叫按摩；

有一種婚姻叫同居；

有一種合同叫欺騙；

有一種工資叫獎金；

有一種失業叫下崗；

有一種悲哀叫無奈；

有一種利用叫提拔；

有一種任命叫出賣；

有一種懲罰叫查處。

知識太豐富，理解太繁瑣，

另類的解釋難查找。

腦內革命跟不上與時俱進的步伐，

只有那些與錢最近的，

在炫耀自己是新奧運的寵兒。

權為民所用，他偏不用；

利為民所謀，他偏不謀，

情為民所繫，他偏不繫，

事為民所辦，他偏不辦。

和平與發展，博鰲與論壇；

中東與戰爭，布希與拉丹。

世界怎麼了，為何天天亂？

地上有坦克，水中有航母。

地球待悶了，坐上飛船宇宙遊。

學習學習，每天有學不完的文件講話；

精神精神，每天有數不完的精神與榜樣。

窮人的艱難，在等待與貶值中煎熬；

富人的不滿，在發洩與奢靡中釋放。

老虎拉不了車，卻偏偏讓豬坐車。

毛毛蟲終於爬上了飯桌，以為自己真的變成了蝴蝶。

晃動著、扭動著，毛毛蟲期待著長出飛翔的翅膀。

　　滕健詩作一經發表，跟貼、灌水的，好不熱鬧。過了有一個多星期的時間，劉志恆才在自己的電子信箱裏，看到別人轉發的滕健的詩作。內心感覺突然嚥了一大口又粘又涼的大年糕，下不去，吐不出來，一股蓄聚了很久的火種一下子竄起火苗並到了頭頂上。他把滕健找來，第一次拍著桌子對滕健發了火。

　　原來，就在幾個月前，確切地說是在秋分時節，省國資委的一位副主任領著一行人下來，進行企業改革發展情況的調研，吃飯的時候大家閒聊。

　　「我嘛，沒啥業餘愛好！吃不行，喝不行，唱更不行，平時除了工作、看書以外，也就是打打高爾夫球啦。」劉志恆說話，控制著場面的氣氛。

　　「志恆，你也別光顧了自己打高爾夫球呀，也應該照顧照顧我們這些只會打地爾夫的。」國資委副主任聽了調侃地說道。

　　「什麼叫地爾夫？」劉志恆故意問道。

「就是用拖布拖地呀！」副主任說完，大家都跟著開心地笑了。

沒曾想這時滕健插話道：「人類之所以喜歡球類運動，是因為哲學的緣故。」

「怎麼，這高爾夫球還和哲學有關？」副主任感興趣地問道。

滕健一看國資委副主任對這個問題挺感興趣，便來了情緒：「人類之所以喜歡球類運動，實際上是人的內心渴望控制他人、渴望駕馭客觀事物的一種病態情結的體現。從足球到高爾夫球運動，這是人類控制與駕馭理論的飛躍。打高爾夫球者，非真打球也，乃是將眾生當蛋兒打也。」

滕健大概是因為酒精的作用，開口就來，一套理論琅琅上口，已經把劉志恆這個董事長偏愛打高爾夫球的事一下子忘到了腦後。

「有道理！有道理！讓人耳目一新，觀點新穎呀。」副主任點著頭嘻嘻哈哈地邊笑邊說。

「這文人就是太損，怪不得文化大革命中，專整知識分子，真是整對了。以魯迅的事為例，當年文化大革命，有人問毛主席說：『魯迅先生如果還健在，會是怎樣的境遇？』毛主席當時說了二條：一是閉嘴，二是進監獄。」劉志恆的臉色有些掛不住，但是，看得出是克制著，他接著副主任的話茬說道。

滕健聽了劉志恆這句話，也覺得失言，於是，開始想急急忙忙地糊牆。他又找了個話茬，搶過去，說道：「我們劉董可是當代的儒商，他曾經跟我們說『商』字的由來，劉董引用《左傳‧宣公十二年》中：『行曰商，坐曰賈。』還有，劉董還曾經講過《說文解字》中說，所謂商是從外知內。」

滕健急急忙忙地糊牆，結果是越糊越亂，越糊越壞。

「瞎說一氣！」劉志恆說著，心裏好不自在。

滕健從此在劉志恆的心裏成了身上一種不得不撓的癢癢病。

「什麼時候能長大？能不能不書生氣？這裏是企業，不是社科研究院，你要不願意幹，趕緊給我滾蛋！」

劉志恆的臉有些蒼白，他有好多年沒有這樣發火兒。在劉志恆的眼裏，滕健就是個嘴上沒毛的孩子，相對於他自己的「上山下鄉」參軍入伍、提幹轉業、經商做老總的豐富的人生履歷來說簡直是高山仰止。劉志恆所認同的理論是：智者，優則商；商者，優則仕；仕者，商者之高境界者也。在劉志恆的心裏，他已經明顯感覺滕健是在有意無意之間，說出了集團公司員工的心裏話，這也正是劉志恆最反感的。滕健就是安徒生童話《皇帝的新裝》中那個口無遮攔、捅破了窗戶紙的孩子。他感到一種壓力，一種帶著風險的壓力。人民群眾的順口溜或者是口頭禪，沒準在什麼時候會轉變成一種真實。所以，他不能不對這所謂的論壇加以考慮和顧及，尤其像滕健這種不安分的文人和他們那胡說八道的臭嘴，更要加以惕防和嚴管。

「劉董，網上論壇，隨便灌水的，我沒想那麼多，你要是登錄一下《天涯論壇》等網站，內容更豐富。」滕健有些發懵。

「公司的網站，不是什麼《天涯論壇》，不是隨意大小便的地方，說話要經過大腦，趕緊給我清除掉！」

「明白，我馬上清除！」灰頭土臉的滕健帶著劉志恆對他的責斥，從劉志恆的辦公室裏走出來。

滕健受到劉志恆的訓斥後，雖然馬上刪除了發表在集團網站論壇上的〈辭歲詩〉，但是心裏是相當不舒服的。事情過去了，滕健和劉志恆見了面仍然熱情地打招呼跟以往一樣，但是，兩個人的心裏已經明顯地感到了彼此的距離。

而在第一時間讀到這首詩的任信良，給滕健發了封電子郵件：

> 有感而發，言之有物；敢想敢說，注意方法。

任信良的理解與平和的交流方式，使滕健感到知音般的溫暖和理解。任信良也打心裏喜歡這個年輕又富有激情的小老弟，但是又常常地替他著

急捏著一把汗，原因是滕健有時隨興而發，語出驚人，這讓任信良在滕健的身上看到了當代楊修的影子。

第二十章
市長的打算

　　任信良和劉志恆兩人一下班便提前趕到黑天鵝國際大酒店四樓的忍心齋美食坊，吃飯的地點是高原副市長定下的。兩個人喝著茶，邊嘮著嗑等著高原副市長。

　　「信良啊！今後高副市長的關係，就靠你個人直接經營了。」這句話，劉志恆在來時的路上已經說過一遍。

　　「具體有什麼事，還得董事長把把關，掌握一下火候。和領導打交道，這可是我的弱項。」任信良微微地笑著說。

　　「高這個人嘛，挺爽，有頭腦，挺好說話，也願意管事兒，處好了，挺義氣的。」劉志恆用點撥的語氣小聲和緩地說道。

　　正說著話，高原副市長走了進來，兩人趕緊站起來打招呼。高原和劉志恆握過手之後，緊緊地握著任信良的手，非常熱情地說：

　　「推介會我們喝過酒，今天又在一塊堆兒聚聚，好啊！」

　　「菜都點好了？」三人依次就座後，高原問劉志恆。

　　「按市長的意思，簡單地點了兩個菜。」劉志恆回答道。

　　「年齡不饒人呀！我們信良當上市公司的董事長了，值得慶賀。」

　　「都是領導的栽培，謝謝市長的信任。」任信良誠懇地說道。

　　「哪的話，你是脫穎而出，還是你自己努力的結果。哎呀，按照過去年輕幹部被提拔了的說法，那叫新苞米又下來啦！好事情，好事情！今天我們也啃兩穗新苞米，信良屬於大棚裏的苞米，大棚裏的苞米是早熟！早熟！」高原說完，開心地哈哈笑起來，劉志恆和任信良也跟著笑起來。

　　三個人吃了點忍心齋的時令主食野菜餃子，每人啃了一穗大棚產的新鮮的苞米，還吃了兩份忍心齋的特色豆腐菜。每人僅喝了一杯啤酒，高原

和劉志恆說話也是東一句西一句的，像是在嘮家常話。任信良也不便於主動說話，陪著笑臉慢慢地吃著。他知道這樣的安排一定是劉志恆和高原的計畫。果然飯吃得差不多時，劉志恆說話了。

「黑天鵝二十層的浴龍宮桑拿浴環境不錯，上去喝啤酒如何？」劉志恆徵詢高原的意見說道。

「志恆兄，今天開戒？」

「開戒歸開戒，我也得少喝，最近總拉肚子。不過，市長你放心，信良可是啤酒高手，十杯八杯不帶上廁所的，肯定能陪好你。」

「十杯八杯！能不去上廁所？信良，真有這事？」

「也就是喜歡喝點啤酒，哈哈，水準一般一般，不像董事長說得那麼玄。」

「那咱倆今天可要好好比量比量。」高原拍著任信良的肩膀說道。

今天的時間段兒趕得正好，二十層的浴龍宮裏，洗桑拿的顧客只有他們三個人。火龍浴乾蒸房的溫度也調整得不高不低的。

「今天難得志恆兄開戒喝酒，信良這是第一次單獨一塊堆兒喝酒，所以，一定要喝個痛快。」

「咱們不用喝太多，我少喝一點，你們倆喝的啤酒易開罐如果能摞起來到桑拿房的棚頂，我看就可以了。」劉志恆建議道。

「這個方案嘛，我看可以，有目標，有內容，便於把握住政策，又體現了原則性。你們這些幹企業當老闆的，確實屬害，處處都體現出業務，連喝啤酒都運用目標管理，我服！」

「千萬別損我們，我們這些當經理的，就知道在企業裏悶頭幹活，孤陋寡聞，水準提高得慢，市長還得多點撥我們才是。」劉志恆回答道。

「對，市長今後要多點撥，不長不短地給我們一點機會，聽聽點撥！」任信良也跟了一句。

「不長不短地聚聚，這話我願意聽，點撥就談不上了。朋友之間，貴在經常定期聚聚，太頻、太久都不合適，你們說對不對。」

「市長說得有道理！」劉志恆緊跟著。

冰鎮的易開罐青島黑啤酒被一罐一罐地被喝空，一罐一罐地羅疊起來。劉志恆忽然嚷嚷著有些熱，藉機離開了桑拿房。

「志恆自從去年動了手術，好像換了個人似的。」高原看著劉志恆的背影說道。

「董事長動完手術之後，小心多了，注意健康和保養了。」任信良迎合道。

「不就是膽沒了嘛！性格都變了，唉，又不是給騙了，你說哪？」高原說完，哈哈大笑。任信良微微一笑。

「信良，聽說香港鴻飛實業集團董事局蔡澤藩主席多年來和你的關係很近嘛！」高原問任信良。

「談不上近，業務上打交道快二十年了，市長認識他？」

「我不認識他，別人向我提起過，不知道蔡老闆近期能否來濱州一趟兒？」

「市長出面接見，蔡老闆一定會很高興，他是個挺講面子的人。」任信良心裏開始敲著鼓：「看來，關於蔡老闆來濱州的事，才是今天喝酒的正事兒。」

「你估計蔡老闆最快需要多長時間能來濱州？」

「若沒有什麼特殊情況，我估計聯絡之後，一般一週左右的時間，蔡老闆就能趕過來。」

「那你替我邀請一下，我等你的消息。」

「我明天就和蔡老闆聯繫，保證不誤事！」

「好的，有消息馬上直接通知我。」

「看來，關於讓蔡老闆來濱州，還是挺急的要緊事。」任信良點點頭，心裏說道。

任信良與劉志恆、高原副市長在酒店門前分手後，任信良看看手機裏未讀的短信，是傅彬彬的三條信息：

> 第一條：「新官場分工主義：一把手幹，二把手轉，三把手看，四把、五把手扯雞巴蛋，六把、七把手靠邊兒站。」
>
> 第二條：「做上黨的官，才知道快樂是下班；開上黨的車，才知道飯後還唱歌；住上黨的房才知道有資格上錯床；享上黨的福，才知道入黨有錢圖；希望你努力為黨工作！」
>
> 第三條：「如果快樂可以用瓶子盛裝，我會把它盛滿，每天送給你；如果幸福可以用短信編寫，我會把幸福寫滿，每天送給你！願快樂的笑容始終掛在你的臉上。」

「第一條不錯，第二條已經發過，第三條有點小資。」任信良心裏說，笑笑，便轉回到酒店的大堂，給傅彬彬打電話。

「你在哪吶？」電話裏傳來傅彬彬「咯咯」的笑聲。

「我在濱州呀！天天關注著我們任董事長的一舉一動！」

「她沒去出差，這個女人太精明了。」任信良心裏說道。

「現在什麼位置？」

「我在銀河公寓看書哪！剛才洗了個澡，給你發個短信，逗逗你！」

「我剛和高副市長喝完酒，待會兒見吧！OK！」

任信良讓劉海兵把車開到距離銀河公寓一街之隔的路邊，自己便下了車，從從容容地奔銀河公寓而來。

第二十一章
銀河新計畫

　　夜色中的濱州，霓虹燈五彩斑斕，從十八樓的窗戶裏向外俯瞰，樓下的街市宛若燈光的海洋。

　　「濱州真美！」任信良摸著傅彬彬的肩膀，望著窗外的夜景自語道。

　　「景美？你跟風景過吧！」

　　「哪跟哪！跟風景吃醋？下句話還沒說完哪，彬彬更美──！」

　　「你的嘴真甜，當初應該讀中文系。」

　　「英文系不比中文系差到哪裏，相反，我們學的都是英國文學的名著，對外國的情感浪漫懂得更多！」

　　傅彬彬兩手勾著任信良的脖子，熱烈地纏綿起來。

　　纏綿過後，傅彬彬說道：「按理我不該說工作上的話，但是，良子，我的心裏最近就是有種說不出來的感覺，非常不痛快，說了，也許對你有好處。」

　　「你說吧！我知道你心裏有我。」

　　「濱州創億集團股份公司的情況，但凡瞭解些濱州國企狀況的人心裏都該像明鏡似的，在這個節骨眼兒上，提你當創億股份的董事長，搞什麼法人治理、規範改革，誰相信？早幹什麼了？所以，我總覺得有些不順！所以，我希望你，不要高興，不要太樂觀，我看你這些日子，有些興奮大勁兒，忙過了頭。」傅彬彬的聲音有些高，眼裏透著擔憂。

　　「不好意思，是不是最近聚得少了些？彬彬，別擔心！我心裏有數。」任信良摸了摸傅彬彬柔軟的長髮。

　　「心裏有數，你就是自信。良子，別忘了自信是人生中殺傷力最大的毒氣彈，多少成功的人士最後都是栽倒在自信這顆毒氣彈之中。」

「我不會用毒氣彈把自己給熏迷糊的。」

「良子，這麼多年的打拚，其實你啥也不差了，夠吃夠喝的了。官銜、職位、級別的，照理你也應該早看開了。雖然說創億集團的班子是市委組織部考核，市委任命，但是，又能怎麼樣？濱州能源集團的班子倒是歸國資委考核任命了，你說心裏話！創億現在能不能和濱州能源相比？」

「彬彬，這就是你的短見了，創億的正職畢竟是市管幹部，這個名分可是拿錢也買不來的，地位作用不一樣。真要是有麻煩，市委就插手協調！我的大記者，講點政治！」

「誰願意花錢買你們這個虛名分？除非腦子進水，想當官都想瘋了。真要有麻煩，市委就插手協調？我問你，信良，規規矩矩做事的人能有什麼麻煩？真要是違法亂紀、貪污受賄，省管幹部也照樣抓你，陳希同、陳良宇、成克傑這樣的中央領導，還不是照抓不誤？這些大幹部哪個不講政治？」屋裏的氣氛有些緊張起來。

「彬彬，我不跟你辯駁，你說的都對，但是，你說這些有什麼用，能怎麼樣？你難道讓我立刻辭職不幹了？」

「我可沒那樣要求你，你也別抬槓。照我說，月滿而虧，花開而謝，功成而身退，見好就收，官場上，自古以來就是這個道理。『退』字最難。有些事情，我雖然說不清，但是，最好是當心一些，這真的不是給你潑涼水。良子，人家只是有些擔心嘛！別不高興！」說完，傅彬彬摟著任信良開始撒嬌。

傅彬彬的話讓任信良的心裏感到非常地溫暖，女人最難得的莫過於聰明和理解男人。傅彬彬的話，雖然說得有些生硬刺耳，但是，畢竟提醒了任信良。今天，劉志恆刻意安排的與高副市長的聚會，劉志恆在桑拿房中有意退出，高副市長又偏偏提出要求與蔡老闆相見的想法，況且，劉志恆也是熟悉蔡澤藩主席的，以他和蔡老闆的關係，也完全可以介紹的。可是為什麼單單要自己來辦呢？任信良感覺這件簡單的事情，已經不簡單，起碼有些違反辦理簡單事情的原則。任信良的內心開始盤算起來。

「彬彬，下週我要去上海浦東，參加一個經理培訓班。」

「幾天？」

「十多天吧！」

「上海離普陀山最近了，都說普陀山的香火很靈驗，我還沒去過普陀山哪！等你學習結束，咱們一塊去普陀咋樣？」

「現在還不能定，不知道具體時間上──」

「良子，你看這樣好不好？當你培訓班快結束的時候，你給我打電話，我就按時飛到浦東，然後咱們倆去普陀山好不好？」

「這樣不好，能不能再找機會？或者……？」任信良看出傅彬彬眼睛裏的不快。接著說道：「我是說，怕時間上太倉促，弄得心情太緊張，不如我們倆單獨休假時，時間上自己掌握，這樣來得放鬆。」傅彬彬眼睛裏的陰影轉瞬即逝。

「良子，人家沒去過嘛！最多也就兩天時間，不會耽誤什麼事的，你看行不行？求你了！任董，任董事長！」傅彬彬說完，等著任信良回答。

「這樣吧，你還是等我的電話。」任信良對傅彬彬說道。

「那好吧！我可等著，但願你別讓我失望！」傅彬彬回答道。

「不會讓小寶貝兒失望的！」任信良輕輕地親了傅彬彬的面頰一下，眼裏流露出一絲神祕的目光。

「良子，你要敢讓我失望，絕輕饒不了你，看我怎麼收拾你！」傅彬彬給了任信良的腦門一個一指禪。

「你能怎麼收拾我？我的大記者。」任信良故意拿話噎她。

「怎麼收拾你？你讓我感到失望！好哇，那我就想辦法讓你感到絕望！」傅彬彬嘴一撇，眼睛一瞪，兩道細眉梢一下子彎成了月牙鉤形。

第二十二章
國企滋味論

在浦東機場，任信良接到了由濱州市飛到上海來的香港鴻飛實業集團公司的董事局主席蔡澤藩先生。蔡先生拖著行李箱剛從航班入港口出來，任信良便與傅彬彬迎上前去。蔡先生放下手中的行李箱，與任信良親熱地握手。

「Long time no see, Mr. Cai」（好久不見了，蔡先生。）

「Long time no see, you, or so young」（好久不見，你還是老樣子，還是那樣年輕。」

「You, too. You are the spirit!」（蔡先生，你也一樣啊！很精神！）

兩個人用英語打著招呼。看到站在任信良身邊的傅彬彬，蔡先生眼睛一亮。

「這位小姐好漂亮呀！就是你說的女朋友啦！」

「是的，傅彬彬，濱州日報社記者。」任信良介紹道。

「蔡先生，您好！常聽信良說起過前輩。」傅彬彬亭亭玉立，得體優雅地向蔡先生伸出手。

「大記者，無冕皇帝呀，以後多多關照啦！」蔡先生與傅彬彬輕輕地握握手。

任信良順手抓住蔡先生行李箱的伸縮把手，拖著行李箱向出口走去。蔡先生、傅彬彬跟隨在任信良的後面。

「傅小姐，到上海幾天了？」蔡先生的普通話帶著粵語的長音兒。

「我是昨天中午到的浦東，信良參加經理培訓班，昨天晚上舉行的畢業宴會，我們今天早晨剛剛在酒店會面。」

「哈哈，機緣巧合，知道你們二位要去普陀進香，我很高興，我也有三年多的時間沒來普陀了，所以，我聽了信良的建議，把我們的見面放在

普陀之行上。我們見面，進香，遊覽，樣樣方便，真可以說是善妙吉祥，感應道交啦！」

「蔡先生說得是，你們將近一年多沒見面，信良剛出任創億股份的董事長，我聽信良多次說起過，前輩是最信佛的，機會難得，所以，動員信良和前輩一起去普陀許下願，結個佛緣。」

「傅小姐，信佛！真是菩薩心腸，太好啦！但願我們此行法喜萬千，感應道交，結下好的善緣。」

「蔡先生，說到信佛，我頂多是剛剛入門，初級階段，似懂非懂的，可以說就是一個不懂！哪像蔡先生您信佛，懂佛，明心見性。」

傅彬彬聽蔡先生開口幾句話，便被蔡先生的佛門專門用語所折服，自感對佛教、佛學的知識瞭解得太少，心裏佩服，不由得感歎，給蔡先生戴起高帽來。

「哪裏！哪裏！明心見性？那可不敢胡說的！千萬不敢胡說的。」蔡先生回答道。

「彬彬，這次可是個難得的好機會，蔡先生的佛學修養可是造詣很深，你要多請教請教蔡先生。你那點佛學知識，差得遠了，還不如我哪！」任信良回過頭來插嘴道。

「不懂就學嘛，聞道雖然有先後，可決定不了成功的先後，幹嘛和我這初學的比？您說是嗎？蔡先生。」

「是的，是的，傅小姐說得好，早信佛，不一定早成佛，晚信佛，不一定成佛就晚嘛！」蔡先生笑著說道。

「彬彬，你沒聽明白，我是說，這些年，我和蔡先生在一起的機會多，所以，在佛學上受到蔡先生的薰陶和指點也多！」任信良解釋道。

「這樣說來嘛，還差不多！」傅彬彬回答道。

三個人邊說，便走出航班入港口大廳。

川菜館的氛圍是熱辣辣的，蔡先生雖說是香港人，但是，喜歡吃辣子，喝烈酒，大概是幾十年走南闖北經商的原因，身上帶著些北方人的豪

氣和俠義。三個人回到酒店安頓下來之後，任信良和傅彬彬一起帶著蔡先生到了這家名為「巴蜀情濃」的老字號川菜館為蔡先生接風。傅彬彬也喜歡火辣的口味，所以，上川菜館為蔡先生接風她第一個喜歡。

「蔡先生，您沒到的時候，我就在想著為您接風的地方，知道您喜歡吃川菜，就跟朋友打聽，這不，還真找準地方了。」任信良得意地說道。

「看來，是地道的川菜老字號。」蔡先生看著菜譜邊說。

任信良與傅彬彬也在低頭看著菜譜。

「這道菜名挺有意思的，甜蜜蜜！甜蜜蜜！」傅彬彬用手指著特色菜──麻辣醬兔頭說道。

「麻辣醬兔頭為什麼叫甜蜜蜜？」蔡先生問道。

「四川人管男女青年親嘴叫啃兔頭，是說男人、女人吃這道菜時，跟男女熱戀親嘴一樣。不過，這甜蜜蜜的名字是與時俱進的產物。」任信良搶著說道。

「有意思，咱們吃這道菜好啦！」蔡先生興趣十足地說道。

「一年沒見面，今天為蔡先生接風，來！讓咱們一起乾一杯。」任信良舉起酒杯提議道。傅彬彬也隨著任信良舉起杯。

「轉眼一年過去，雖然經常電話聯繫，但是感覺還是不一樣，乾一杯！」

蔡先生說著與任信良、傅彬彬碰了個響杯，一仰脖，將杯中的白酒一飲而盡。任信良見蔡先生乾了杯，也把杯中的酒一飲而盡。

「太辣！太嗆！真的佩服你們喝白酒的人。蔡先生，您多吃菜，不能總喝酒！」傅彬彬皺著眉頭呡了口酒之後，熱情地勸著蔡先生。

「還別說，我找到戀愛的感覺了，哈哈！」蔡先生啃著兔子頭，抬頭看著任信良和傅彬彬啃兔子頭的樣子，一個勁地笑。

「好像沒有多少肉，不過，味道還不錯。」傅彬彬被蔡先生笑了個大紅臉，不好意思地說道。

「對，對，傅小姐說得沒錯的，是有味道，但是，肉太少啦！」蔡先生對任信良說道。

任信良低頭啃了一口兔頭，心裏忽然聯想起創億集團公司以及創億集團的成員企業，抬頭看看蔡先生不由自主地笑起來。

「信良，你笑什麼？又想什麼壞主意了？」傅彬彬開玩笑地問。

「傅小姐，信良真的會打壞主意嗎？」

「我是看他剛才那壞笑！」

「看讓你說的，男人吃飯都在思考經營與發展，哪像你們女人。」任信良反駁道。

「那你告訴我，你剛才笑什麼嘛？」傅彬彬發著嗲聲。

「我們男人既沒有你們想的那麼壞，也沒有你們女人想的那麼好。剛才呀，我忽然對人生的道理又有所感悟，我想到一個問題，這啃麻辣兔子頭就好比我們這些國企經理人幹企業，運氣好的攤上個肉多些的，運氣不好的攤上個肉少些的，但是，有一個共同點，就是都能讓國企經理們感覺到有滋有味的。」

「虧你想得出來這個形象的歪理兒！別說，還真是你說的那麼回事兒。」傅彬彬捂著嘴邊笑邊說。

蔡先生聽了任信良的話，沒有笑，反而變得嚴肅起來。

「信良，我和你們國企打交道有二十年了，總覺得自己算是比較瞭解國內國營企業的幹部，瞭解大陸的政府官員。不過，你剛才的高論，對我的震撼很大呀！」

「哪的話，喝酒開心，逗樂，開開玩笑嘛。」

「不，絕不是玩笑話，你這句話裏面的道理很深，很深呀。」蔡先生臉上一板正經的。「信良，你的這個高論，對於國營企業來說是很深刻了。如果哪位國企經理聽了你剛才的話，絕對會調整心態。但是，對國外和香港的企業經理人恐怕就不太好使。商場上講究利潤，講究利益。我們香港人的辦事原則是只要有得錢賺，如果沒有錢賺，是堅決不玩的，這和大陸國企經理們想的不一樣。以前非常不理解，經你剛才提到的味道的理論，讓我明白了許多。」蔡先生深有感慨地說道。

「國企經理有時是身不由己，身上有繩兒在牽著你，讓你沒有辦

法。」任信良也有些黯然。

「老弟啊，你懂得多，更要知道切割才是啦。」

「切割？跟誰切割？」任信良不解地反問道。

「我不是官員，我是個商人，我不僅知道躲避風險，只賺不賠，是做商人的永恆追求；我還知道，安全也是官場上的第一法則；讓別人吃藥，給自己治病，是現代職場上的基本法則。所以，老弟要時時刻刻做好切割的準備，保護自己才是呀。」蔡澤藩的眼睛裏充滿了關愛。

「謝謝，蔡先生，生意場上這麼多年，我很珍惜我們之間的友誼。『讓別人吃藥，給自己治病。』我記下蔡先生的名言。」

「作為旁觀者往往看得清，看得深，看得透，我相信你的真誠。這次濱州一行收穫很多，不想聽聽？等著急了吧？」蔡先生笑著說道。

任信良知道蔡先生所說的收穫是指此次濱州一行與高原副市長會面的事情。

「咱們相處這麼多年，你的老弟我的為人，您還不瞭解？我歷來奉行君子之道，子曰：『己所不欲，勿施於人。』」

「這正是我喜歡你、欣賞你的地方，說實在的，你還保持著當年到香港時的書生氣，真誠，善良，這一點非常地難得。」

「書生氣在商場和官場都是吃不開的，但是讀書人的秉性不太容易改變。至於真誠和善良，我覺得是一個人做人的本分，應該堅持。」任信良對於書生氣的評價有些不太認同。

「所以說，當我和高副市長會面以後，談了相關的內容之後，我是堅信，信良老弟，你是不知情的。」蔡先生點著頭說道。

「你對高原副市長的印象如何？」任信良瞅了一眼身旁的傅彬彬，與蔡先生對了一下眼神，問道。

蔡先生會意地一點頭，笑著說：「高原副市長屬於我見過的那種講排場的人，見面熟，馬上能領你進入主題，他非常講面子。頭天晚上為我接風，規格非常高，還專門為我準備了一份禮物，是魚龍化石，鑲嵌的紅木框，多虧了我事先也準備了兩瓶人頭馬XO，否則，還真有些不好意思。」

「高副市長是東北黑龍江人，喝酒也挺唬的，怎麼樣？遇到對手了吧？」

「是的，是的，喝得很爽，只是志恆董事長沒有喝酒。」

「這你是知道，劉董去年做過膽囊摘除手術。」

「是的，高市長說了，劉董做過手術的，高原的兩個祕書那天可是沒少喝酒。」

「兩個祕書？高原就一個祕書呀！」

「對！一個老祕書，一個新祕書，老祕書是華濱貿易株式會社的社長金光皓。」

「我說嘛！金光皓我認識，原來給高原一直做祕書，前年去的日本，華濱貿易株式會社就是濱州市政府駐日本國辦事處。」

任信良聽蔡先生提到金光皓，心裏面對高原與蔡先生的會面的用意開始清晰起來。

第二十三章
蔡澤藩講佛

「這個我知道，領導的祕書確實厲害，厲害，真的了不起呀！」蔡先生發著感慨。

「彬彬，你想不想聽聽，蔡先生講的普陀山來歷的故事？」

任信良有意岔開蔡先生濱州一行的話題，他不希望蔡先生當著傅彬彬的面，談濱州一行與高副市長所談事情的具體內容。

「當然想！太好了，蔡先生，您給講講唄？」

傅彬彬一聽，忙嚥下口裏的菜，用餐巾紙擦著嘴角。蔡先生聽到傅彬彬這樣一說，興致上來，有關佛教的話匣子便打開了。

「傅小姐喜歡聽，我就講講。我家幾代都信佛，尤其是父母，更是虔誠，家庭薰陶，耳聽目染的，所以，佛教的知識掌故知道一些。我先說說這普陀山的來歷。許多人都知道，普陀山是大慈大悲觀世音菩薩的道場，它和中國的山西五臺山文殊菩薩道場、四川峨眉山普賢菩薩道場、安徽九華山地藏王菩薩道場，並稱為中國四大佛教名山。普陀山成為觀音菩薩的道場，這中間有一段流傳許久的傳說。普陀山在過去並不叫普陀山，而叫梅岑山，因為，早在西漢末年時，有一位名叫梅福的道士在此修道煉丹。

「傳說唐宣宗年間有天竺國僧人來到此地，於修行時因自焚其十指，得以親眼目睹觀世音菩薩現身說法。」

「哎呀！疼死了，燒手指？我真受不了，感覺全身都麻了，耳朵都『嗡嗡』的，太可怕了！」傅彬彬兩手捂著臉，聳著肩膀，一副驚恐的樣子。

「佛家大修行人，大勇敢，真丈夫，他們的行為並非我們常人所能想像呀。傅小姐別害怕！觀世音菩薩不僅現身說法，還以七色寶石授予這位天竺僧人，從此，普陀山成了觀世音菩薩顯聖的地方。卻說五代後梁時

期，有位來自扶桑國的高僧上慧下鍔法師，遠渡重洋來中國深求佛法。他在中國待了很多年，朝拜遊歷了許多名山古剎。後來，慧鍔法師到了中國第一佛教勝地五臺山。慧鍔法師和五臺山的方丈一起唸經講法，參禪論道，從此成了莫逆之交。

　　「有一次，慧鍔法師在寺院大殿的後院，見到一尊檀香木雕成的觀音佛像。佛像神態安詳，鬢髮眉毛細膩，精巧玲瓏，栩栩如生。慧鍔法師站在觀音佛像前，看了又看，讚了又讚，連方丈來叫他吃飯都沒聽見。方丈見狀，便問道：『法師認為這尊觀音佛像雕得如何呀？』慧鍔法師連連稱讚道：『好！好！太絕妙了！這佛像刻功細巧，把觀音大士的神態都雕了出來。真是一尊活靈活現的大慈大悲的觀音菩薩啊！』

　　「方丈見法師喜愛連聲稱讚，便笑瞇瞇地說道：『既然法師如此歡喜，那就送給法師，由法師供奉吧！』

　　「慧鍔法師聽了，驚喜得慌忙和南稽首如上。口中稱謝不已。」

　　「蔡先生『和南』是什麼意思？」傅彬彬雖然中文功底很不錯，但是，聽到「和南」這個佛教的專門用語，聽不懂也不奇怪。

　　「彬彬，等蔡先生說完再提問嘛！你這個學生！」任信良笑著說道。

　　「噢，和南，你是說和南，和南是梵語vandana及巴厘語的音譯，是稽首、敬化、度我等意思。是對長上問訊之語，屬禮法之一。就是老百姓常說的雙手合十！」蔡澤生解釋起佛教知識來，喜歡展開和深入。

　　「噢，和南就是合十禮，我明白了！」傅彬彬一副天真的神情。

　　「好好聽！別打岔！」任信良在一旁又插了一句。

　　「慧鍔法師不經意間獲贈自己喜歡的觀音佛像，喜不自禁，心想：『方丈既然送給我，今後由我來供養，我何不將此觀音大士的佛像請回扶桑國，讓本國的信眾都能朝拜，蒙受佛恩呢？』所以，便整天盤算著如何恭迎大士像回扶桑國，建寺供養的事。

　　「一切準備妥當了，慧鍔法師便告別方丈離開了五臺山，日夜兼程，走完陸路，走水路，一路供著這尊觀世音菩薩像。慧鍔法師乘船順著長江一直向東海行駛，當船行今天浙江定海舟山群島的普陀山洋面時，突然颳

起了大風，颳得船東倒西歪。慧鍔法師沒辦法，只好把船駛進普陀山的一個山坳裏，拋錨落帆，等候著大風平息下來。第二天，風息浪平了，慧鍔法師傳令揚帆啟航，可是船剛駛出山坳，洋面上突然升起了一團白色的煙霧。煙霧越升越高，像一頂帳簾，正好掛在船頭前面，擋住了去路。慧鍔法師傳令調轉船頭，繞著煙霧朝前駛。可是帆船駛向左，煙霧飄到左；帆船駛向右，煙霧也跟著飄到右邊來。船在海上是繞過來，繞過去，最後一看還是在普陀山的洋面上打轉轉，慧鍔法師只好要求再次把船駛進山坳，拋錨落帆，等待煙霧消散了再走。

「第三天早晨，太陽從海面上升起，紅彤彤的光芒四射，霞光萬道，一派風平浪靜的好天氣，慧鍔法師心中喜悅，和南頂禮，感謝佛恩，下令揚帆啟航。可是，當船駛出山坳時，天上便出來烏雲，烏雲遮住太陽，海面上大風掀起了巨浪。慧鍔法師著急了，心想這樣下去什麼時候才能把觀音佛像請回扶桑國啊。慧鍔告訴船家頂風破浪，朝前駛去。慧鍔法師自己一心不亂地站在船頭和南頂禮誦經唸佛，祈求保佑！可是帆船行沒多久，突然停住了，好像生了根一樣，進退不得。慧鍔法師睜眼一看，只見海上湧現朵朵鐵蓮花，後人稱為蓮花洋，密密地將帆船團團地圍在中間。慧鍔法師大驚，心想：『一次一次的開船起航，都是風浪阻擋，今天又有蓮花洋圍舟封航，難道是觀音大士不願去扶桑國？』法師回到船艙裏，跪在供奉的觀音佛像面前祈禱懺悔說：『大士，弟子因菩薩聖像莊嚴，心生敬愛法喜，我扶桑國佛法未遍，佛像少見，故此，奉迎聖像回國供養。如若弟子無工不與而取，或因我國眾生無緣供養，弟子一定就此地建精舍，供養大士聖像。』

「祈禱懺悔未落，忽聽得外面『轟隆』一聲巨響，慧鍔法師跑出船艙一看，只見從海底鑽出來一頭巨大的鐵牛。這頭巨大的鐵牛是一邊往前游，一邊大口地吞嚼著鐵蓮花。一會兒工夫，洋面上便出現了一條航道，正好能夠通過一條帆船。帆船跟在鐵牛後面，沿著這條航道緩緩地前進。不久，又是『轟隆』一聲響，鐵牛沉入海底，滿洋面的鐵蓮花已經是無影無蹤。慧鍔法師定神一看，原來帆船又回到出發時普陀山的那個山坳潮音洞。這時，麗日晴空，風也停了，雲也散了。慧鍔法師走下船，經潮音

洞上岸。慧鍔法師捧著觀音佛像，登上普陀山。法師放眼望去，金色的是沙灘，綠色的是大海和山峰，與五臺山相比，是另一番景象。慧鍔法師心想：『觀音慈悲，是要在此設道場渡化此方眾生，我應順承佛意，留下觀音佛像讓當地居民供奉。』於是，在附近找到一戶張姓的漁民，張氏漁民對法師說：『你們這幾天的遭遇，我都看見了，你們走不成呀！還是請法師住些日子再說吧！』

　「慧鍔法師敘說了事情的經過和自己打算在此建精舍供奉大士聖像的想法，張氏漁民聽了非常高興，歡喜地說：『菩薩願意留在我們這個荒山孤島，說明大慈大悲的觀音大士與我們有緣，我這就把自家的茅舍讓出來築庵供奉菩薩，把全山的民眾都召集起來參拜菩薩。』庵堂建好了，觀音像也供上了，慧鍔法師根據佛經記載觀音菩薩的道場名『補陀洛迦』，是梵語音譯，因此，將此山更名為普陀洛迦山，也稱為補陀洛迦山，就是我們現在所稱的普陀山。可是法師知道，從此自己喜歡的這尊觀音佛像再也不能去扶桑國日本了，這一切都是機緣所定呀，非人力強為能成。想到自己喜歡的觀音像卻不能帶回到日本，就此回去，心有不甘。慧鍔法師轉念一想：『何不臨摹下來，帶回到日本，找能工巧匠照樣雕刻，也算了卻心中的遺憾。』於是，沐浴更衣，焚香誦經，研磨香墨，備好蘭宣，凝神靜氣，恭恭敬敬，一筆一畫地臨摹。經過三天三夜的臨摹，終於把這尊觀音像臨摹下來，然後帶著這幅臨摹的觀音像法喜充滿地乘船回國了。臨行前，法師想到這尊觀音菩薩像不肯去日本的奇異經歷，特別把留在普陀山的這尊檀香木雕成的觀音佛像命名為：『不肯去觀音』，那座小庵堂從此就被稱為『不肯去觀音院』。從此普陀山成為觀世音菩薩在中國著名的道場。說到慧鍔法師，還有一種說法是慧鍔法師沒有再回日本，而是成為普陀山第一代開山祖師。」

　「蔡先生，實在是太精彩了。蔡先生，你要是在大學教書，我一準報你的專業！」

　「哈哈，過獎，過獎，說說開心而已！對了，信良，去普陀山，事先安排好沒有？」

「我也沒去過,這些天打聽了一下,說是有一日遊的、二日遊的!」任信良回答。

「普陀山是觀音大士的道場,香火極盛,如果是陰曆二月十九的觀世音菩薩聖誕、四月初八的釋伽牟尼佛聖誕、九月十九的觀世音菩薩出家紀念日,那更是人山人海的,幾乎走路都要挨著走,我們這個時候來,還算好的。要說起一日遊、二日遊的,都是走馬觀花,普陀山島十幾平方公里,島上的名勝古蹟,著名景點非常多,一個接一個的,沒個三五天的,你是逛不出名堂的。這一次,我不知道,你們兩位打算逗留幾天的時間?」蔡先生看著兩個人問道。

「我打算逗留兩天時間,不超過三天。」任信良回答道。

「這樣的話,我的意思是咱們明天一早坐車去蘆潮港,乘船去普陀,在普陀住一晚,感受一下佛院的月夜與齋飯。後天下午從普陀返回,把去普濟寺的上香拜佛作為重點。至於法雨寺、慧濟寺、潮音洞、梵音洞、古佛洞等地方,咱們就當作景物遊覽,根據時間,隨喜一下,你們看好不好?」蔡澤藩的臉上一副老香客、熟門熟路的樣子。

「蔡先生,我什麼都不懂,我和信良聽你的。」傅彬彬說著讓人感到乖順的話。

「蔡先生,在上香拜佛方面你是老熟客了,我對此沒研究。你是知道的,我對個人信仰這類事情歷來採取的是既不熱情,也不反對的隨和態度,奉行捨己從人、順著來、道法自然的原則。這次彬彬要上香拜佛,有蔡先生引導,算是彬彬的緣分。」

「信良,你說你奉行捨己從人、順著來、道法自然的原則,看來真是萬法歸一呀!」蔡澤藩有些感慨。

「此話怎講?」任信良問道。

「剛才我說到慧鍔法師迎送佛像的故事,就是個例子。慧鍔法師不把自己的願望強加給觀音大士,明事理,順佛意,才有了今天普陀的鼎盛香火。設想如果慧鍔法師一心孤意地按自己的心意辦事,真不知道會有什麼樣的結果和災難降臨到頭上。你說,慧鍔法師是不是也奉行了捨己從人、

順著來、道法自然的原則？哈哈。」

「捨，該捨，大捨大得嘛！」任信良說道。

「說得容易，很少有人做到捨呀！」蔡澤藩歎息道。

「捨的涵義很深的，絕不是捨棄這樣的意思所能表達。『捨』字，名詞、動詞意思加一塊，古文訓詁裏有一百八十多種解釋，不過，依我的理解，真正能表達出『捨』字涵義的一是受，二是止。蔡先生，不知道我說的有沒有道理？」傅彬彬問道。

「受、止，你解釋解釋，我們聽聽。」蔡先生回答道。

「有兩個古成語，一是捨命不渝，一是功在不舍，可以說明其中的涵義。」傅彬彬發揮了中文專業的特長。

「好，傅小姐，有底蘊，這兩個成語是我今天晚上的意外收穫，哈哈，說得好！不過，我要告訴傅小姐，『捨』字在佛家的說法，確實如傅小姐所說，『捨』字意義很深，絕不是簡單的捨棄之意。佛家認為，眾生所以痛苦的原因，在於執著；信佛修行的目的就是去執，放下一切的執著和對待，要求萬物萬事平等無礙。這個『捨』字就是要求我們不要把對事對物的執著放在心裏。比如說，有的人向寺廟供養了自己的一大筆錢財，表面上，錢財確實交給寺廟了，但是，他的心裏還總想著自己曾經捐過這筆錢。所以說，簡單的有形的捨棄，並不能代表放下了心中的執著，因此，佛家在『捨』的問題上是直指人心的。」

「太深刻了，蔡先生，真是聽君一席話勝讀十年書呀！」傅彬彬剛剛為自己說出『捨』字有一百八十多種解釋，而得意，這會兒一聽，眼睛有些發直。

「怎麼樣？傻眼了吧，中文系的摳字眼，差遠啦！跟著蔡先生好好學吧！」任信良幸災樂禍地說。

「不理你，我和蔡先生說。」傅彬彬衝著任信良做個鬼臉。

「蔡先生，有個問題，你說，觀音菩薩是男的還是女的？」

「觀世音菩薩是佛教中最著名的菩薩，是大慈大悲的象徵，也是千變萬化，神力無邊，救難靈驗的佛菩薩。《千手千眼觀世音菩薩廣大圓滿無

礙大悲心陀羅尼經》中說：『觀世音菩薩已於過去無量劫中，已作佛竟，號正法明如來。大悲願力，為欲發起一切菩薩，安樂成熟諸眾生故，現作菩薩。』《大方廣佛妙法蓮華經》云：『佛告無盡意菩薩，善男子：若有無量百千億眾生，受諸苦惱，聞是觀世音菩薩，一心稱名，觀世音菩薩，即時觀其音聲，皆得解脫。若有持是觀世音菩薩名者，設入大火，火不能燒，由是菩薩威神力故。若為大水所漂，稱其名號即得淺處。』」蔡澤藩背誦起佛經來輕輕地搖著頭。

「啊！真的這麼靈驗？」傅彬彬聽了感到有些神奇不可思議。

「是的，佛經上的話乃真實不虛之語，觀世音菩薩是佛菩薩利生的法門，也就是通常所說的尋聲救苦。觀世音菩薩的形象，在我國唐代以前多是男性，在現代主要是女性形象，但在佛典描述中，是大丈夫本相，是男性。有的佛學專家考證，在印度教中，觀音就是女菩薩，說明現代觀音的女性形象是有根據的。」聽著蔡澤藩的誦唸與引經據典，傅彬彬有些著迷。

「千江有水千江月，觀世音菩薩雖然位居西天極樂世界阿彌陀佛的侍輔，但是，如果我們婆娑世界眾生有苦有難，一心稱名，觀音菩薩便無處不現，無時不顯，尋聲而救苦。」

「蔡先生，我敬你一杯，真是獲益良多，你的知識是在書本上學不來的。」傅彬彬雙手舉起杯中的酒，恭敬地說道。

「對，蔡先生，一起乾一杯！」任信良也舉起酒杯。

「好，今天高興，難得遇見傅小姐這樣熱心的同參，說得盡興，一起乾杯！」說著，舉起杯與任信良、傅彬彬的酒杯相碰，然後一飲而盡。

「蔡先生，明天上香拜佛，都需要做些什麼準備？免得不靈驗，虛此一行。」傅彬彬經過蔡澤藩的一頓酒桌輔導，現在有些上道兒，一本正經地問道。

「心誠則靈，心誠則靈，佛家講究直指人心，沒什麼特別的準備形式，今天晚上回去，沐浴潔淨，早早上床休息，平心靜氣，一心只想著明天你要在佛前發的心願，便可以了。」

「我明白了，謝謝您，蔡先生！」傅彬彬的眼裏流露著企盼和自信。

這頓飯酒足飯飽意猶未盡，當然應該得益於任信良調動話題的得當，從而讓談興大發的蔡澤藩先生，別人問一個問題，蔡澤藩能主動地回答出兩個答案，讓人感到今天酒桌上吃飯喝酒的人不是雲山霧罩、山南海北地沒話找話說，而是說話的人願意說，還願意多說；聽話的人喜歡聽，還喜歡多聽。

第二十四章
普陀山敬香

三個人吃完飯，一起回到賓館時，蔡先生讓任信良到自己的房間裏來一下，說是有件東西，要交給他。任信良便讓傅彬彬一個人回自己的房間休息，約好明天一早6點半餐廳見面，自己到了蔡先生的房間。

關上客房門，落座之後，蔡先生伸了一下懶腰，用一種得意的語氣對任信良說道：「這次濱州市一行，看來是筆大生意呀。」

「高市長找蔡先生要做生意？」

「是的！他讓金光皓和我合作，操作三國一區的藥品進口業務。」

任信良知道並熟悉蔡先生所說的「三國一區」藥品進口業務。前些年任信良曾經和蔡先生的香港鴻飛實業集團公司合作過，具體做法是利用蔡先生在廣東汕頭的藥廠進口藥品原料再加工出口，創億藥業開具遠期信用證給香港鴻飛實業集團公司，香港鴻飛實業集團公司再給美國加州一家藥廠開出三十天即期信用證購買該廠的藥品原料，美國這家的藥品再由位於廣東汕頭的藥廠申報入關。「三國一區」藥品進口業務的好處在於鴻飛實業集團公司通過該業務獲得了到銀行融資的機會，而且，藥廠的進口藥物加工後再出口的核銷環節，又可以賺一把。創億藥業通過鴻飛集團在汕頭的藥廠可以得到無關稅的進口藥品，開具遠期信用證還可以得到百分之三的手續費。看來這次華濱貿易株式會社即將扮演創億藥業的角色。

「這個業務，過去咱們做過的，現在政策和環境恐怕都不允許了吧？」

「業務方面好說，只是中間增加了一件需要鴻飛集團單獨操作的事情。」蔡先生盯著任信良，眼睛瞇成了一條線。

「金光皓提出來由香港鴻飛提供一筆三百萬美金的短期融資，用於在菲律賓的一家新建公司的註冊資本，具體方法和條件是華濱貿易株式向香

港鴻飛開出等額的一百八十天不可撤銷信用證作為擔保，並付給百分之五佣金和百分之三手續費，佣金和手續費會在接下來的三國一區藥品進口業務中予以扣除。」

「原來有這事，這倒挺新鮮的。」

「我們香港人辦事的原則是只要有的錢賺，不會過多地打聽對方的事情。當時我還想，這件事和你有沒有什麼關係，現在看來，你確實不知道。」

「既然蔡先生這麼說，那麼，就當這件事沒有和我說起，好嗎？」

「當然，我會注意，不會讓高原和金光浩知道我和你說起過這件事。」

「蔡先生，不管怎樣，此事還是在商言商的好，關係在於引薦，資金方面可不能有閃失。」

任信良感覺事情複雜起來，現代官場上的規則：知道不知道，不知道知道。所以，任信良關心地對蔡先生說道。

「二千多萬港幣的事，對我來說輸得起，錢不是問題，我只是擔心事情背後是不是還有別的事情。」蔡澤藩的眉頭蹙了起來。

「好啦！好啦！不管他，今天不早了，不說啦，咱們明天還要去普陀哪！你趕緊回房間休息吧！」蔡先生說完，站起身來，走到一邊，把行李箱打開，拿出一尺見方的紅木鑲邊的魚龍化石，說道：「信良，這份禮物送給你和傅小姐吧！留著做個紀念吧。」

「這怎麼可以，還是蔡先生留著吧！真正的魚龍化石可遇不可求的。」任信良推辭道。

「你我之間的友誼也是可遇不可求，我留著沒用，你說是吧？」蔡先生拍拍任信良的肩膀，「老弟，我很看重你，收下吧！OK！」蔡先生的臉在酒精的刺激下紅紅的。

「OK！那就恭敬不如從命，謝謝蔡先生，你好好休息吧！明天一早見。」任信良告辭，離開蔡先生的房間。

兩天的普陀遊，在蔡澤藩的帶領下，優哉游哉地感受著普陀山特有的「海天佛國、琉璃世界」的文化特質。大海的壯闊浩瀚和佛教的包容慈

悲、山林的秀美靜謐與莊嚴的佛寺建築有機地結合在一起。寺廟內外繚繞的煙雲，四處迴蕩的誦經與木魚聲，讓人心靜超然，彷彿已經置身於世外，不思回返。

三人在普濟寺裏上過香，用過素齋飯，傅彬彬說：「真想在這裏住上一段日子，靜靜的，啥也不幹，電話也關掉，電視、報紙都不看，整天就是在島上轉悠，呼吸海天佛國的新鮮空氣。」

想到傅彬彬在普濟寺上香拜佛的虔誠神態，任信良越發覺得傅彬彬這個女孩子的可愛。

「好啊！這個願望不算奢侈，應該不難實現，蔡先生，你說對吧？」任信良說道。

「是的，是的，這沒有什麼難的，機會在於自己創造，尤其是你現在已經是董事長身分啦，更容易啦！哈哈。」

「信良，聽見沒有？蔡先生說得有道理，機會在於自己創造！」傅彬彬瞅著任信良說道。

「機會在於創造，機會在於自己創造！彬彬，沒問題，放心吧！」任信良自言自語地重複了蔡澤藩的話之後回答道。

「那好！我讓蔡先生好好地給我拍一張照片，背景就是普陀山南海觀音的金身像，讓觀音菩薩在我的身後做見證！記住今天你所說的話，讓你不敢反悔抵賴！」傅彬彬笑著，滿臉的得意。

「哈哈，名師出徒快呀，這就活學活用上了！」任信良說完，三個人都開心地笑起來。

第二十五章
應對舉報信

　　辦公桌上擺了一大摞的文件，足有二十多份，有業務的，有黨委的，有紀委的，有政府的，有協會的，任信良從上海回來一上班看到這麼多的文件，便感覺有些眼暈。他按了一下電腦開關，輸入開機的密碼，第一件事便看看信件箱裏有多少封信件，電腦螢幕上正慢條斯理地接收著信件，足足有四十封。後來的幾天，因為去普陀山拜佛，所以，任信良沒有時間用電腦。

　　門鈴響了一下，任信良看了桌上的可視電子螢幕一眼，辦公室副主任李琳拿著本子，端著杯子，正站在門外。他摁了一下電子按鈕，李琳開門走進來。

　　李琳一米七零的身高，偏瘦的身段，典型的衣服架，雖說身體偏瘦，但是胸脯滿高，齊肩的長碎髮裹著橢圓形的白淨淨的鴨蛋臉，彎眉細眼，直直的鼻樑上架著一副無邊框的樹脂眼鏡，一套齊膝的三件套裝，是那種深藕荷色的，讓人感到特別而不特殊。

　　「任董事長，您好！學習結束了？」說著，把一杯調好的冒著熱氣的咖啡輕輕地放到任信良的面前。李琳也改變了對任信良稱呼。

　　「結束啦，謝謝！不好意思。」任信良接過李琳送上的咖啡。

　　「學習班時間不短呀！你這剛回來，過兩天劉董也要走。」

　　「劉董不是出國剛回來嗎？」

　　「說得是，這不才來的通知，國資委楊墨鑫副主任帶隊組織濱州市市直國企領導人去西柏坡、延安參觀，後天出發。」

　　「西柏坡、延安？安排萬琦書記、恩泉去都可以嘛！」任信良覺得不解。

「老闆，硬堅持！沒辦法，名單都報上去了！」

「劉董，在辦公室？」

「今天沒來，說是有客人。」任信良聽著點點頭。

「咖啡不錯，燒得不錯，這燒咖啡是門學問。」任信良的話不是問句，而是敘述句。

「啥學問？用心點兒，次數多了，就能把握，沒啥難的，也就是濃淡問題。」李琳在做一種回答。

「藍山咖啡的味道，我就喜歡這種純純的、濃濃的、不加糖的。」任信良端起杯，吹了吹，喝了一口，看著李琳說道。

「真的不錯？那每天定時給你送兩杯，想喝的話，隨時打電話。」李琳仍然站著說話。

十幾年的辦公室經驗，李琳一直保持著得體的辦公室文員的風格，在公司裏，她習慣了站著與劉志恆說話，即使當上辦公室副主任，她也是這樣。

「李琳，坐下，請坐，我可不是志恆董事長，咱們之間也是老同事了，今後在一起自然些，如果是那樣，有些生分，你說是不是？」

「您現在是咱們創億集團股份公司的一把手，上市公司的董事長，我們應該這樣，維護老闆的尊嚴，就是愛護我們自己的臉面。」李琳清脆地說道，嘴角帶著微笑。

「一起共事這麼多年啦，凡事只要心裏有，比什麼都重要，你要總這樣客氣拘謹，今後我可不敢喝你的咖啡嘍！」李琳的話讓任信良聽著舒服。

任信良心裏想：「怪不得，劉志恆非常得意李琳，看來是因為李琳的聰明和善解人意，而不是單單因為李琳的女人魅力。」

「那好吧！聽老闆的，我坐下啦。」

李琳坐在任信良的對面，身子挺得直直的。任信良知道，李琳的屁股起碼有一半沒在椅子上。

「國企的文件就是多，政府機關裏是個部門處室就發文，發了文就要回文，國營企業花費在這方面的人力和精力太多，真是沒辦法！」

「工作要悠著來，身體上可要注意。洪昭光醫生說：『三十努力，四十注意，五十放鬆，六十成功。』您現在正是需要多加注意的時候，您看劉董，事業成功了，身體也垮了。」

「你說得有道理，你美珍嫂子就是工作太拚，所以，唉！」

不由自主地說到妻子石美珍勞累成疾，在課堂上心臟病發作不治去世，任信良有些感傷。

「男人是吃出來的，女人是睡出來的，吃飯休息可不能馬虎，美珍嫂子走了快一週年了吧？」

「是啊！真的很快，再過兩個月就是一週年！」

「一個人過日子，別太湊合！還要自己多注意些。」

「家裏的阿姨想得挺周到的。」任信良說的阿姨是家中的保姆，已經在任信良家中工作了十來年啦。

「有個好的保姆，真是難得。其實，阿姨時間長了和自家人一樣的。」

任信良沒有回應，而是在椅子上調整了一下身姿，問道：「最近，還有什麼新的情況？」

「這些文件中每一份我都單獨夾了一張A4紙，文件材料的要點，我都用二號字列印出來，一看就清楚。政策上的事您可能都聽說了，中央的新政策，國內幾乎所有的新聞媒體都做了報導，國有企業四年內告別政策性破產。從區域上講，繼續支援東北老工業基地和中西部地區；從行業上講，主要是軍工、煤炭等行業；東部五個經濟比較發達的省市，將不再安排政策性關閉破產的新增專案，符合破產條件的一律轉入依法破產。」李琳的話有板有眼，提綱挈領地讓任信良聽得明白。

「黨的政策暖人心的時代，馬上就要成為歷史了。」任信良感歎道。

「對了，徐文田和滕健昨天找您，以為你昨天能來上班。」

「原定是前天結束的，我去了一趟北京，見了一個客戶，我給志恆董事長和滕健發過短信的。」

正說著話哪！這時隨著一陣「嗡嗡」的聲音，大班臺也感覺到了手機發出的震動。

「啊，是劉董的電話。」任信良拿起電話，做出馬上要接聽電話的樣子，眼睛卻看著李琳。

「任董，那您先忙著。」李琳聽說是劉志恆的電話，便起身告辭。

看著李琳關上門離開，任信良才按了手機的接聽鍵。

「澍嘉兄，不好意思，剛上班，正準備向老哥彙報哪！」

「得啦！你小子別來這套，那件事怎麼操作？」王澍嘉的口氣粗，但是，聽著讓人感覺近乎。

「我這些日子也正在反覆琢磨志恆董事長真實想法哪！你說，他說的那些話，讓人理解是這類事慎重一些？」任信良問道。

「他原話是怎麼說的？」電話中王澍嘉的聲音挺大。

「這個嘛！」任信良猶豫著。

「操！跟我還遮遮掩掩的，跟我說說，讓我幫你翻譯翻譯？」王澍嘉有些急。

任信良清了清嗓子，說道：「志恆原話是這樣說的：『這類事的處理，不是必需，也不是必要，而是應當的問題。要分清事業與工作的主次性，既不能太主動，也不能太被動，不妨先拖幾天，觀察一下。』」任信良把劉志恆說的那句「公檢法沒有白幹活的，太主動會給自己帶來麻煩」的話給省略了。

「老弟，這句話翻譯了十幾天沒翻譯出來？幸虧還是英語專業高材生。」王澍嘉在取笑任信良。

「嘿嘿，老兄見笑了，老弟對官場的事歷來都是弱項的，你也不是不知道。」任信良「嘿嘿」地笑著說。

「老弟，少給我裝，我實話和你說了吧！劉志恆絕對是希望檢察院辦黃永利。」

「怎麼見的？」

「官場上安全第一，救人如救火，先拖幾天是什麼話？潛臺詞就是檢察院看著辦吧！」王澍嘉的語氣帶著一種專業性的權威和優越。

「那你說怎麼辦？劉志恆知道咱們倆有關係的。」任信良聽王澍嘉這樣一說，有些不知所措了。

「哈哈，這好辦，你老兄我是幹什麼？我跟劉志恆也玩玩太極推手，找找感覺。」電話裏傳來王澍嘉得意的聲音。

「怎麼玩？」任信良問道。

「你這兩天抽空跟劉志恆過話，要不經意地說，不必專門說這件事，就說：『聽王澍嘉說黃永利的案子讓他給徹底壓下了。』他要是問別的情況，什麼也不用說，一概告知不知道，等他看著辦！」

「明白，我聽你的。」

第二十六章
跟莊有學問

　　任信良和王澍嘉通完話，沒多一會兒，滕健和徐文田兩個人一起來了。徐文田和任信良的關係自不用說，滕健當然和徐文田彼此之間也多了許多共同的東西。

　　「任董好！」滕健和徐文田兩個人一進門幾乎是同時熱情地問道。

　　「辛苦！辛苦！這些日子忙壞了吧？」

　　任信良今天專門站起身來，走到桌前，和滕健和徐文田兩個人輕輕地握了一下手。任信良感覺滕健和徐文田兩個人跟自己經過了十幾天的小別之後，已經找到了他自己想像的那種感覺。

　　「分內的事總是要做好的。」徐文田憨憨地笑著說道。

　　「坐吧！」任信良和藹地招呼著。

　　徐文田就勢坐在班臺前的一把椅子上。滕健卻沒坐下，而是直接走到任信良坐的位置，趴在桌子上，對任信良說：

　　「任董，快過來看！」說著「啪噠，啪嗒」用食指點擊著滑鼠。

　　「創億股份這條冬眠的蟒蛇開始甦醒抬頭了。」滕健有些興奮地說。

　　徐文田一聽馬上也站起身來，和任信良一起站在滕健的身邊，邊看邊聽滕健解說。

　　「你們看，整整一週的溫和放量，不顯山不顯水的入場建倉。」

　　螢幕上，在創億股份的股票行情盤面上，雖然綠線彎彎曲曲的仍呈垂頭無力的狀態，但是白線、黃線、紫線正呈逐漸向上的趨勢。任信良點點頭。

　　「依你的判斷，這是一個短線莊，還是一個中長線莊？」任信良問道。

　　「根據一週的觀察，以及關於即將公開披露的相關消息，我覺得這是一支典型的短線莊家。」徐文田眼睛直直地聽著滕健在講解。

「不管怎麼說，股票的上漲利好，畢竟對於任董的履新是個開門紅，起碼面子好看些！」滕健說完看著任信良。

「照你這樣說，股票看漲僅僅是個面子上的事，可是別忘了，股市上有這樣一句話：『讀懂莊家多少，便可以盈利多少！』」任信良說道。

「對，是有這樣一句股市名言。」滕健回答道。

「這件事你沒跟劉董說說？」任信良跟滕健說這話時，已經坐到了椅子上，口氣讓人覺得有點漫不經心。

「一方面這些日子劉董出國沒見上面，另一方面我也不想管這些閒事！不過嘛，文田可是對劉董說了一嘴。」滕健下意識地說道。

「文田，你啥時和劉董事長說股票的事啦？」

「是這樣，前幾天我聽滕健說起創億股份開始小步走、穩步漲的事以後，正好趕上劉董出國回來，喊我研究上訪職工解決方案的事，當時也沒多想，便順口問了一句劉董關於創億股票開始看漲的事。」

「劉董怎麼說？」任信良問道，臉上有些不高興。

「劉董說，月有陰晴圓缺，人有悲歡離合，股票起起伏伏，就這樣的一句話，沒再接著說下去，好像是一個心灰氣冷的人，對啥事都不太感興趣。」徐文田語速較慢地回答道。

「噢，是這樣！」任信良點點頭說道，並把目光投向徐文田。

當任信良跟徐文田兩人的目光會合之後，彼此都點了點頭。任信良又把目光轉而投向滕健，滕健的眼睛裏又分明清清楚楚地寫滿了東西，那東西也是只有滕健和任信良兩個人之間能讀得懂的文字。任信良與滕健相互看著，繼而會心地微笑了起來。

第二十七章
妻子的遺書

這幾天的日程安排有些緊，連著幾個晚上的宴請客戶，任信良有些疲憊，感覺身體像散了架一樣的難受。今天是週六，原來定好和傅彬彬中午去爬山的，所以，任信良一直睡到8點多鐘才起床洗漱。

任信良一邊聽著廣播，一邊洗漱，當任信良清清爽爽、整整齊齊、香噴噴地從衛生間出來時，徐姐已經為他準備好煎蛋麵包和牛奶。煎蛋麵包和牛奶是妻子石美珍為他親手準備早餐時的內容。如今，石美珍走了，家中的保姆徐姐還是按照老習慣照料著任信良的生活。

客廳的一角放著一副跪榻，跪榻的上方是耶穌受難像，十字架是黑色的，受難的耶穌是金色的，在白色牆壁的襯托下，顯得陰冷陰冷的，使人的心情一下子變得沉重起來。

石美珍的父母早年在教會學校讀書，祖宗三代是虔誠的羅馬天主教教友家庭，每天早晨都要做功課祈禱，80年代後期，教堂恢復了活動，石美珍陪著父母星期天去望彌撒過瞻禮日，是雷打不動的事。任信良也曾陪著石美珍去過教堂多次，他沒有要求洗禮，他只是藉陪妻子的機會，靜靜心，換換腦子。不過他有些看不慣那些等著神父準備告解的人們。他對專門聽別人內心隱私的神父也有些不放心。大概是受一部叫《牛虻》的影片的影響，每每說起這些，石美珍便和他發生爭執，一來二去，任信良也不說這些了。任信良喜歡石美珍，除了她外表的清麗素雅以外，更重要的是石美珍一貫的心態，他不理解，這也是任信良多年來在心裏默默探求的東西。

當年石美珍是任信良家所在大隊知青點的下鄉知青，隨著走後門拉關係，一些人陸續都抽回城裏了。每次送走回城的夥伴之後，石美珍便一

個人到村外的河沿上靜靜地坐著，有一次被任信良發現，任信良問她，是不是看到別人回城了感到傷心，石美珍亮出手裏捧著的十字架說，她在祈禱，她在為他們感謝和讚美天主。十字架、祈禱、感謝和讚美天主，這些物品和行為，這在當時可是反動的，要被批判的。任信良就是從那一次開始，才不斷地從石美珍的口裏獲得了大量的有關基督教信仰生活的知識，第一次知道替別人高興，為別人感謝是怎樣一回事。他被石美珍的純真所打動。

在石美珍那清澈的眼睛裏，任信良常常感到自己像一條小得可憐在魚缸子裏游來游去張著嘴不斷地換氣的小金魚。所以，當任信良後來考上了大學之後，儘管有許多女孩子追求他，但是，任信良最終還是回到了石美珍的身邊，因為，按照任信良的話說，他能在石美珍的身上獲得超然的寧靜。

「信良，這些日子，我按你說的意思把家裏收拾了一遍，美珍的東西都歸了歸類。」徐姐對坐在沙發上看報的任信良說道。

徐姐今年已經六十歲啦，在任信良的家裏已經整整工作生活了十年，徐姐身材略微有些發福，個頭有些矮小，但是，外表給人的感覺是溫和謙讓，屬於招人歡心的那種。她的手上好像還拿了一封信。任信良放下手裏的報紙，點點頭。

「徐姐，能穿的衣物，洗洗乾淨，你找個時間，送到教會去，看看有哪些教友能穿能用。」徐姐是美珍的母親十年前介紹來的，也是個天主教教友。

「這樣最好，還有，我在美珍的行李箱中找到一封信，是寫給你的。」徐姐把手裏的白色信封交給任信良。

任信良想起來，去年，也就是美珍發病的前夕，她正準備著赴美國去看望兒子雲飛，那是赴美國需要攜帶的一些物品，那個大的行李箱子是任信良出國時用過的，一個大的黑色牛津布的拉桿航空行李箱。美珍走了之後，那個箱子被遺忘在角落裏。任信良看看手中的信封，上面是熟悉的美珍的筆跡：信良啟。

「那好吧，徐姐，你先忙去吧！」任信良看徐姐離開客廳，小心地撕開信封。

信良：

　　我希望你在看這封信的時候，是在一個夜深人靜一個人的時候。因為我相信，人在安靜的時候，是有通靈的作用的。如果是那樣，你會感覺到我在你的身邊向你傾訴。

　　有人說，世界上最傻的女人就是花心丈夫的妻子，因為，她對於丈夫的一切都是最後一個知道。可我不這樣認為，因為我感覺，如果真是全身心地愛一個人，你會感知到你所愛的人內心的一切。

　　信良，你是我的初戀，也是我愛的唯一，從我們結婚起，我常常在禱告中，感謝全能的上主，我的天主，賜給了我富有智慧、才幹並且愛我、體貼我的丈夫。我們婚後的十年時間，是我感到最幸福的十年。但是一切的一切從那一刻開始了，我至今也不敢相信，或許是我的錯覺，不過，事實上我的感覺真的發生了變化。那時候，我常常心裏琢磨，該不是自己疑神疑鬼吧？一段時間之後，我知道我錯怪了你，是自己瞎琢磨。隨著雲飛的長大和工作的繁忙，漸漸地，我淡化了這一切，老夫老妻的，你工作努力，事業有成，我有什麼不滿意的？特別是我們的兒子，更是集合了智慧與英俊於一身，兒子沒有讓我們操一點點心，便如願地摘取了濱州市理科狀元的桂冠，我感謝天主的降福，感謝聖母瑪麗婭的護佑！信良，在兒子赴美讀書的前夜，我在聖十字架下禱告，希望天主聖神的召喚降臨到你的心裏，使你歸向主的懷抱，到那時，我們的家就是一個真正意義上的聖家。當然，你的身分不允許你進堂，你要顧及到許多的影響，這些我都理解，所以，我把一切的希望都交付給天主，完全聽候主的安排。我在心裏說，一切不是因為我的緣故，乃是因著耶穌基督愛人的緣故。

　　說了這許多的話，大概你能清楚，我寫信最終是要和你說什麼了吧？整整兩年的時間，我在看著，看著你，還有你們在表演。你知道你的領帶結兒那個特殊的繫法，「男人的酒窩」，是我給你繫出來的，但是，你有多少次回家，卻丟失了這「男人的酒窩」，這是因為你的領帶，有人為你重新打過。還有兩次，你莫名奇妙地換了新的領帶。兩年的時間，我在等待，等待著你和我說出這發生的一切。但是，直到今天，我沒等到，實際上我是在犯傻！我已經想開了，看開了，你在心裏不願意傷害我，又不願意放棄我們共同擁有的這個家庭。雲飛的學業很刻苦，成績也非常好，將來的去向還說不準，陪讀的事，就由我一個人來承擔吧！

　　彬彬這個女孩子，自從認識她那天起，我是拿她當孩子看的！她確實挺召人喜歡的，沒有一般女孩子那種酸鼻子、酸臉子的勁頭，有才氣，我感覺得到，她是真心喜歡你，真心愛你的，不是現在時下裏風行的那種傍大款的風騷女孩子。雖然離過婚，但在我的眼裏，她還是個孩子。彬彬是76年出生的，屬龍，那年可是發生了唐山大地震。你比彬彬大整整十七歲，你也許又要說，年齡不是距離，身體也不是問題，正如當年別人說我比你年長兩歲時，你說的那樣。生活不能沒有性，但是不能只有性，生活因為有了性而變得有意思，但是，因為人生超越了性，生活才變得有意義。

　　我有了雲飛，其他的任何東西對於一位母親來說，就顯得微不足道了。但願，你和彬彬能相處得好，是否離婚的事，我聽你的，但願彬彬她只是天使的一個信封，而不是魔鬼的信使。自己多保重！別太意氣用事，遇事多動腦子。女人問題先擱下，說說你的事業，這些年，你對名氣、地位、權力關注得太多，整天滿腦子官場與關係，掌控、利用、平衡之類的問題，而實際上，你已經失去得太多，你也聽不進去別人的話語，我們夫妻之間很少有機會在一塊兒，慢慢地交談，已經沒有也不可能有過去那樣的溝通，信良，我真的好擔心。

　　耶穌教導我們：「你們該當睿智像鴿子，機警像蛇。」男人不怕動情，就怕動心，動心會使男人喪失理智的。

　　臨別布陳，隨心而發，拉雜寫來，已不知內心何言矣！

　　願主與你同在！

珍　宇

　　任信良讀著信，不知不覺中，淚水止不住地流著。

　　「美珍，你走了，走得太突然，你為什麼不能等等我，等我在你的身邊的時候，和我說幾句話，哪怕一句話也好！」任信良內心自語者。美珍對於傅彬彬已經察覺，甚至可以說是洞若觀火，單從這一點來說，命運對美珍實在太不公平。儘管傅彬彬對自己的感情無可厚非，但是，面對美珍內心的無私和大愛，任信良讀著信，感到內心極度的不安和慚愧，他感覺石美珍就在她看不見的地方，微笑著用疼愛的目光看著，而眼睛裏卻在流著淚。任信良用面巾紙拭去眼角的淚水，合上眼睛，靜靜地在傾聽自己心跳的過程中，思索著、掙扎著，尋找著解脫的辦法。

　　手機響了，是傅彬彬打來的。

　　「良子，起床了吧？」

　　「起來了，我和你說，今天公司來了點急事，登山散步事恐怕去不成了。」

　　「去不成，咱就改日去嘛，還是工作要緊，你忙你的，我正好在家裏靜靜心，看看書什麼的。」

　　「不高興了？」

　　「沒不高興，你放心忙你的事情，等工作完了給我打電話，好嗎？」傅彬彬的善解人意，讓任信良心裏的痛苦一瞬間緩釋了許多。

　　「當然，我會即時給你打電話彙報的。」任信良調侃道。

第二十八章
官司是關係

　　劉志恆隨國資委副主任楊墨鑫帶隊組織的濱州市國企領導赴西柏坡、延安參觀考察學習組出發後的第五天，濱州市中級人民法院執行庭來人送達傳票，是關於市商業銀行資產公司去年起訴創億集團的案子勝訴後，申請執行已經查封凍結的創億藥業連鎖在上證股市購買的藍天證券九百萬法人股票。藍天證券九百萬法人股票來之不易，這是任信良用一手打造的創億藥業連鎖的真金白銀換來的，一瞬間感覺自己腦袋大了許多的任信良趕緊打電話，找來了徐文田。

　　「今天這個結果的出現是早晚的事，這與濱州市商業銀行加快深化改制有直接的關係。市政府關於深化國企改革的文件前些日子在市直企業深化改革工作會議上都傳達了，文件也已經發到相關各部門。」徐文田說道。

　　「文田，創億集團當年在商業銀行的那些貸款不是都核銷了嗎？去年咱們打官司就惹了一肚子氣，法院也不講理。」任信良有些不滿地自語道。

　　「任總，銀行所說的核銷是帳銷案不銷，這事去年咱們就議過。」

　　「我知道這個帳銷案不銷，可我怎麼就對這話感到那麼得彆扭呢？做婊子，立牌坊，當年那些貸款是怎麼貸給我們的？還不是上杆子求我們，那些行長、處長、信貸員哪個少撈好處了？」任信良罵道。

　　「什麼資產公司？就是一群瘋狗，他們拿到手的呆死帳，不是打了折弄到手的，就是政策劃撥的，一分錢不花的，資產公司現在的工作是贏一分是一分，只賺不賠，先咬了再說。我覺得當務之急是抓緊應對，積極接觸，避免被動，實際運作中應該能有一定的商量餘地的。」

　　「對，事情既然來了，抵抗是沒用的。眼下只能積極地想辦法應對，文田，你有什麼好的想法？」

「接下來，應該是臺面上、臺面下的談判遊戲，一是做資產公司和法院的工作，二是協調控制拍賣行的工作。」徐文田說。

「此事拖不起呀！這事將直接影響到創億藥業的經營。」任信良點上一支煙，狠狠地吸了一口，又使勁地噴出煙霧。

「這個案子到了現在這個地步，脖子被人掐著，主要是爭取到小的成本，別讓資產公司攪了創億藥業的局，這是事情的關鍵。」

徐文田的語氣是客觀的，平和的，他瞭解任信良的為人，所以，跟任信良說話都是實話實說，從不繞彎子。

「藍天證券九百萬法人股票的保衛戰在所難免，別人我也不找了，案件的事你認真研究研究，當年這筆錢，我記得藥業公司是占用了一部分，涉及上面的事，我來協調。面上的工作，你辛苦一下，多做一些！」

「沒關係，分內的工作，況且，有你協調上面呢。」徐文田回答道。

任信良給徐文田交代完畢，心裏正琢磨著這事該如何切入哪。王澍嘉電話過來了。

「信良嘛，我聽說你那裏正有個案子哪，是不是？」

任信良心裏不由得畫弧。「老兄，消息滿靈通的嘛！」

「濱州太大，世界太小，只要關心，時時把握新聞重點，刻刻剖析事物真相，哈哈，對不對呀！」聽電話中王澍嘉的聲音，感覺他情緒挺好。

「老兄喝磨刀水了吧？一套一套的，有內秀啦！」任信良開著玩笑。

「回頭和你開玩笑，先說正經的！」王澍嘉催道。

任信良說了一下案情，其實不說，王澍嘉也已經知道，這只是個場面上的事情。

「高瑜律師找過我，她知道你我的關係，我看，你們家這個案子這回就讓她代理吧！」王澍嘉用一種不容回絕的口氣說道。

「老兄，你是知道的，創億集團是有專職律師的，直接交給她？另外，律師代理費也是個問題。況且，老弟我這裏剛當上創億的董事長，可是，可是──」任信良欲言又止，他此時才越發地感到什麼叫憋悶和不舒服。

「老弟，這年頭，那個老闆不親自抓律師這一塊兒，律師費也不是問

題，你不用跟我哭窮，我都明白。」王澍嘉有些不高興。

「老兄，你說的都對，老闆親自抓律師這一塊兒，可是，可是，老弟我也不是老闆呀！」

「不是都公開任命了嗎？你現在是名正言順、合理合法的創億股份公司的法人代表，上市企業的董事長！有錯嗎？這個案子又是創億股份公司的，這有錯嗎？」

「說是那麼說，各家有各家的情況，創億還是過去的創億，劉董一支筆呀。」任信良辯解道。

「整了一大圈兒，原來你是假的董事長？」王澍嘉的語氣帶著嘲笑和不滿。

「假倒不假，但是，看怎麼說？關鍵是眼下志恆董事長出差在外邊，公司出這麼大的事，我覺得先報告一下才是。」任信良聽到王澍嘉說自己是假的董事長，心裏不爽，但是，嘴上卻不敢承認。

「是應該報告一下，否則容易出矛盾，我哪，就這件事再和你透露一下，高瑜和志恆的關係可是不一般，這次她繞個彎道通過我來找你，我看你得考慮考慮，琢磨琢磨。行，先說到這，回頭你給我回個話。」王澍嘉說完掛斷了電話。

高瑜律師和創億集團公司打交道也五六年了，這個女人，很能幹，從一個小律師做到合夥人，並把自己開辦的恆誠律師事務所辦成了濱州市律師行業中數得上名次的大所，而且，還成立了濱州恆潤拍賣行並親自擔任董事長。高瑜的父親原來曾擔任經貿委的副主任，雖然已經離休，但是，人脈關係還是有的，高瑜近兩年更是藉著這個優越與濱州市的領導們打得火熱，成了場面上的風雲人物。圈子裏對她的評價幾乎是共同的：這個女人不尋常，辦事爽快，成功率高，大方講究。傳聞和高瑜打過交道的領導們都成了連襟，如果讓高瑜代理這個案子，顯然具有一定的特殊優勢。

當任信良吸著煙，一時沉浸在回憶之中，考慮創億集團股份公司這場官司接下來如何運作時，高瑜的電話反倒打來了。

「任董，我是高瑜！」高瑜對自己名字的發音，非常地講究，讓人聽著有一種新鮮魚的「魚」字的尾音。

「你好！高律師。」任信良熱情地回應。

「任董，一下子當上董事長啦，應該給你好好的慶祝慶祝才行，也不露個面兒，太不爽了吧！這樣吧，改天由我來安排一下。」

高瑜的話語顯得挺不見外的，關係熟得很。任信良與高瑜雖然直接打交道不多，但畢竟也算是熟悉。

「看你說的，啥董事長不董事長的，企業一盤棋，服從工作需要，沒辦法的事情，有啥值得慶祝的！謝謝你，高律師！千萬別興師動眾的，讓人笑話。」任信良笑著說。

「任董，你別客氣，這慶祝的事就交給老妹一手來辦，咱們另選個黃道吉日，眼下，老妹有事想單獨請你坐坐。怎麼樣，應該給個面子吧？」

「高律師，這你就見外了，咱們之間有事辦事，不必客氣！澍嘉檢察長來過電話，給我說過了。」任信良主動地把王澍嘉拉出來，說事點題，避免被動。

「有些事、有些話，還得見面細說，你看什麼時候方便？」高瑜堅持著要單獨會面。

任信良心想，按照王澍嘉的說法，以高瑜和劉志恆的不一般的關係，他們之間完全可以溝通，但是，眼下卻直接找到自己，又帶上王澍嘉，這就讓事情有些微妙。自己就是出於裝樣子做文章，也要給足面子不是？既然答應給面子，不如早給面子，給人家一個好面子。

想到這裏，任信良說道：「高律師，高主任，信良是個實在人，志恆董事長這些日子出差，近幾天事情很多，乾脆往前趕，今天晚上的事情，我推掉，咱們見見面，簡簡單單的，你看如何？」任信良的語氣謙和自然。

「那當然太好了，真的謝謝任董賞臉，下了班，我接你！」高瑜乾脆地說道。

「那倒不必，我自己開車！你告訴我地點就行。」

「皇城大酒店二樓的外灘食府，包三，6點鐘好嗎？」

「啊！外灘食府？他們家的小刀子可是挺鋒利的！」

「這我知道，沒關係的，咱們兩人，花不了多少錢的。」

「讓高主任，高大律師，一位女士掏錢買單，那多沒面子，還是我來安排。」

「看你說的，你就別管了，到時候見！」高瑜脆脆地說完，掛斷電話。

第二十九章
律師的本錢

　　皇城大酒店是濱州市內少有的幾家四星級的酒店，特別是位於二樓的外灘食府更是以價格居高而聞名，平平常常的小吃一頓，每位也得上千元。包三房間是個可以容納四個人就餐的小房間，配備有獨立的衛生間，窗簾已經拉上。強烈的暖色燈光照著牆上的油畫、橘紅色的臺布和精美的白色餐具，襯托出一種親和、高貴的格調與氣氛。任信良在迎賓小姐的引領下到了包三房間，高瑜已經在等著了。

　　「任董，春節過後咱們是第一次見面吧！」

　　高瑜的身高屬於女性中的標準身高，一米六五左右，她今晚穿了一身淺黃色的裙裝，腳穿一雙淺黃色高跟皮鞋，勻稱的身段顯得挺拔高傲，她揚了一下長長的鬈髮，以一種職業女性慣用的節奏站起身來和任信良主動地握手。

　　任信良和高瑜輕輕地握握手，簡單地寒暄了一下。說心裏話，任信良對高瑜的印象還是不錯的，只是感覺高瑜的顴骨有些高，膚色黑一點，舉動上有些張揚，尤其是讓人感覺到她刻意突出的所謂優越感。論氣質，任信良感覺，高瑜比不上傅彬彬；論教養和尊貴，傅彬彬趕不上自己的妻子石美珍。比對的念頭，一閃一閃地過去，任信良微笑著坐到了高瑜的對面。

　　「任董，咱們今天吃點特色，我已經安排好了，絕對的清淡，一人一例蟹粉魚翅撈飯，一人一隻陽澄湖大閘蟹，四個清炒。」

　　「太多，太多了」任信良雖然嘴上說著，實際上心裏很清楚，高瑜的按排很好，外灘食府的菜量少得可憐。

　　「不多，多什麼多！今天是第一次任董單獨在一塊！難得好好坐坐，咱們倆今天喝紅酒。」

服務生首先端上來的是每人一例的蟹粉魚翅撈飯。

「任董，咱倆先吃點飯，這叫健康宴會法。」

等服務員把菜上齊，兩人正好吃完蟹粉魚翅撈飯，高瑜對著服務員輕輕展了展食指和中指，服務員便知趣地稍微一鞠躬，便關上包房門出去了。此時，高瑜端著高腳杯，站起身來。

「來，任董，認識這麼多年，咱倆是第一次單獨喝酒，所以第一杯酒，小老妹，敬任哥一杯！」

「別見外，坐下喝。」

任信良和高瑜碰過杯後，喝了一口加了冰塊兒和檸檬的法國乾紅，口感有些乾冽、淳香。隨著落座，高瑜換了個位置，坐到了任信良的左側。

「任哥，今天我約你，實際上也沒什麼事，主要是聊聊現在國營企業的事。」

「國營企業哪方面的事？」任信良保持著平穩。

「你一直擔任創億藥業的老總，感受一定很深，你說，企業現在辦事是不是越來越不方便啦？」

「你具體指哪些方面？」任信良還是一臉的平靜。

「比方說，國企財務帳目的處理，稅務查，財政查，紀檢查，出了事，檢察院查，所以，現在國企的老總比不上私人企業的老總辦事靈活，我說得對不對？」高瑜說這話的同時，端詳著任信良。

高瑜的話說的是實情，任信良心裏當然感觸很深，這些年，有些時候雖然是為了辦所謂的公事，也弄得心裏像是揣了隻兔子。高瑜是70後的一代，看問題更直接一些，自己在她面前犯不著端著架子。

「現在制度越來越完善了，法制越來越健全，管理程序上也越來越嚴格，是不如前些年靈活，即便是公事，帳務處理上也確實存在困難問題，不過，在這些事上出錯，真的沒必要，太划不來啦！」

「說得對！任哥是個聰明人，現在有句話，老百姓是怎麼說來著？老百姓說：『能當企業老總的人比鱉還精。』嘿嘿！」

「說得不全面。首先，我不包括在內，應該說能當頭頭的都得是個鱉

精！哈哈！」任信良笑著回答。

「來，來，來，讓我們倆為你成為鱉精乾一杯，哈哈，真的滿有趣！滿有意思的。」高瑜說話的語氣和笑聲已經轉變成港臺味兒。高瑜舉著酒杯正等著碰哪，任信良卻不舉杯。

「咋啦？我們的任董事長。」高瑜說話的語氣和發聲又瞬間回到了濱州市。

「哈哈，我是擔心，和你乾了杯，就真的把自己當作鱉精了！」任信良故意一板正經地說道。

「哼哼！」高瑜低下頭，聳動著肩膀笑了幾下，抬起頭來，「任董，你真幽默，真的看不出來，和你開玩笑哪！我跟你說吧，現在，許多國企老闆，都很重視法律這一塊兒，因為，法律顧問費和律師費雙方協商，臺面上合法合理，正大光明，連稅務、審計、紀檢也拿這塊兒沒辦法，老闆們指揮若定，坐收漁利，省心得很，瀟灑得很！」高瑜說著，臉上劃過一絲無奈。

「現在，做哪一行，都不容易，做老闆有老闆的難處，做律師有做律師的難處！你說不是？」任信良知道高瑜開始點題了，仍然裝著挺理解的樣子，繞著彎說道。

「任哥，你說話就是讓人喜歡聽，怪不得你的口碑那麼好呢！」

「誰說的？你學給我聽聽。」任信良追問道。

「我不告訴你！你要想聽，你先敬我一杯才成。」高瑜的眼睛熱辣辣的，說話的腔調完全是那些學有所成的海歸女性說話的味道

「那好，我敬老妹一杯。」任信良笑著，隨手舉起酒杯與高瑜碰了一杯。

隨著清脆的酒杯相撞的聲音，高瑜杯中的紅酒在碰杯的過程中濺了出來，玫瑰色的酒液灑了任信良的一手背。高瑜隨手拿起疊得整整齊齊的餐巾紙，沒等任信良抽回手來，便一把抓住任信良的手，慢慢地用紙巾沾著任信良手背上的酒液。任信良此時的位置，正好可以看見高瑜胸前那深而

黑的乳溝。「上面的硬體太一般了，不知道下面的硬體兒如何？」任信良心裏說。

「沒關係，我是不是碰得猛了一點。」任信良故意把責任攬過來。

「今天，真高興，多少年沒這樣爽過了！」高瑜用紙巾沾完任信良手背上的酒液說道。

「對，今天咱們倆喝酒，沒有一點壓力，首先心情上放鬆，身體上也放鬆。除了年輕時談戀愛，哎呀，說來慚愧，我還沒跟女孩子單獨在一起吃飯呢！」

任信良知道高瑜開始說假話了，便順著高瑜遞過來的杆兒，不緊不慢地往上爬，也跟著往外掏幾句假話。

「我才不信哪！男人說話沒有一句是真話，女人要是聽信男人的話，沒準睡覺起來連褲子都找不著。沒聽人家說，寧信世上有鬼，別信你們男人那張嘴。」高瑜說話的腔調又變成了港臺腔。

「哈哈！老妹，你正好說反了。受傷的總是男人，就像歌裏唱的那樣，『心太軟，心太軟，把所有問題都自己扛』，找不著褲子的是男人。」

「你說得不對！〈香水有毒〉那首歌你該熟悉吧？」高瑜問道。

任信良點點頭。高瑜用她女中音的嗓子，哼唱起來：

你身上有她的香水味，是我鼻子犯的罪，不該喚到她的美，擦掉一切陪你睡。你身上有她的香水味，是你賜給的自卑，你要的愛太完美，我永遠都學不會。

任信良也打著拍子，跟著高瑜哼唱了幾句，然後說道：「前些日子，我在網路上看了一篇文章，題目是〈男人的七大悲哀〉，這篇文章的作者忒損，給男人埋汰得不輕，不過說得都挺在理。」

「是哪七大悲哀？」高瑜感興趣地問道。

「我記得，大概是這麼幾個，第一，男人生來都是勞累的賤命。男人要靠勞心勞力的拚搏，來證明自己活在世上。而女人卻可以憑藉著打敗

男人，奪取這個世界再證明自己的存在。這是一個。」任信良抬手向手心彎下大拇指。「第二，男人生來就意味著付出。談戀愛花錢，結婚花錢，偷情花錢，打野雞花錢，男人不僅需要花錢，還要付出體力，還要陪著笑臉溫情，甜言蜜語的免費服務，結果是只出不入。第三呢？」任信良的拇指、食指、中指都彎到了掌心。「第三，男人生來愛惜面子！當女人的眼睛流淚時，男人的錢包就得流血。男人打腫臉充胖子。這第四嘛！」任信良接著把無名指也彎到掌心。「法律面前男女不平等。法律上女人永遠是弱者，強姦犯只能是男性一方。實際上存在許多女人強迫男人的現象。第五條悲哀是，男人生來沒有大經濟觀念。男人總是算小帳，反而嘲笑女人太小器。當一位成功的男人聽到心儀的女人說：『我要嫁給你，我要終生不渝』時，男人此時只知道甜蜜和全身的燥熱，並沒有想到，這樣的婚姻像是一次性全額付款買了一棟高檔住宅之後，還得每月繳納物業管理費，一直繳到永遠。」

「哈哈！真逗！哈哈！」高瑜擦擦笑出的眼淚。

「悲哀六，」任信良又翹起大拇指。「男人生來就是情長氣短。任你是呼風喚雨、扭轉乾坤的偉人、大幹部，還是腰纏萬貫的富商巨賈，都喜歡打著負責任、有責任心的招牌，冠冕堂皇地為女人服務。哪怕賺得整個世界，也得和自己的女人商量著打理，有的乾脆就是女人占有著男人的勞動成果。男人永遠歸女人管，枕邊風勝似龍捲風。男人雖然作為戶主簽字，但是，真正的戶主往往在簾子後面。」

「這才第六條，還有一條呢？」高瑜見任信良停下來，催問道。

「這最後一條，也就是男人的第七條悲哀最很是關鍵，《聖經》上說，世界先有了男人，後有了女人，而且女人是由男人的一根肋骨造的。但是，接下來呢？所有男人和女人，都得由女人生出來的。上帝造女人，用的是男人的肋骨，而且是一根男人的軟肋，所以，男人的要害永遠都被女人掌握。」

「太逗了，任哥你是男人，你是不是也感到悲哀和傷心？」高瑜說話的腔調嗲嗲的，完全的臺灣女影星的腔調。

「我沒感到，我反倒覺得，這世界上的男人女人，正是因為有著彼此的遺憾，才構成了世界的和諧，男人有長處，女人也有漏洞，就這麼簡單。」

高瑜聽了，笑笑，沒有回答，端起杯來，在任信良的眼前一晃，一飲而盡。

當第二瓶紅酒打開時，高瑜的椅子已經挪到與任信良並排的位置，任信良此時已經忘了關於高瑜的上面部分硬體太一般的印象和評價，他有些喜歡這個女人了。

高瑜的頭極自然地斜靠在任信良的左肩膀上，右手抓著任信良的左手。忽然便抽泣起來。如果說微笑是女人的常規武器，那麼，眼淚便是女人的殺手鐧和核武器了。

「想起什麼事？」任信良故意顯得關切地問道。

高瑜搖搖頭：「我高興，真的高興，就是不知不覺地控制不住。」

「咱們不喝了，說會兒話，我送你回去？」

「不！不嘛！我今天不回去！」

「你都喝多了！」

「誰說的！」高瑜抬起頭，眼裏的淚水，說著就止住了。

兩人的嘴唇不知不覺間，一下子合到了一起。高瑜連吮帶咬的力量很大，任信良感覺自己的舌頭都快被她咬掉似的。

「任哥，我還要喝！我還要喝！」

「那好吧！來，乾杯！」

「不，不乾杯！我要你餵我！」

「好的，我餵你！」

任信良和高瑜口對著口，將大半瓶子的法國乾紅，一口一口地餵給了高瑜。酒喝完了，兩個人靜靜地坐著，呼呼地喘著粗氣，忽然間便沒了話題。

「我去埋下單！」任信良欲站起來，結帳。

「你別動，我已經安排完了，這裏是我的點兒。」任信良被高瑜扯得緊緊的。

　　任信良摟著高瑜，手拉著手，短短的兩個小時的時間裏，兩個人的關係，便如同電腦處理器提速和升級一般，從奔騰系列升到雙核酷銳。

　　「我想回房間休息，任哥你送我！」

　　高瑜軟軟地像沒有骨頭架子的病號倚著任信良。任信良知道高瑜已經開好了房間，只好扶著高瑜走出包房。

　　「對於高瑜的為人，圈內的反應還是不錯的。沒聽人說過高瑜壞過人，主動害過人，高瑜熱衷於受人錢財與人消災，不樹敵、不結仇，也不擋別人的道，生意不成交情在，交情不成面子在，總之，反應還不錯，不管那麼多，一切都順其自然，權當處處朋友吧！」任信良心裏想。他曾聽王澍嘉和徐文田說過，有的女律師為了和法官、檢察官搞關係，拿到案子，有事沒事地陪著看電影的故事，並且還有看上半場以及看下半場的說法。律師行業的競爭也很激烈，都不容易，做律師難，做賺錢的女律師更難。

　　高瑜訂的客房是1015房間，一進電梯，高瑜便依偎著任信良，那樣子像是陪著丈夫參加宴會似的，自然得不得了。到了1015房間門口，任信良右手拿著磁卡開門，左手攙扶著滿是醉意的高瑜。第一次插入，門沒開，任信良拔出磁卡，一看，磁卡面反了，便又重新插入，還是沒反應，於是又拔出來，仔細一看，這次是前後方向顛倒了。當任信良準備重新插入磁卡時，高瑜身子搖晃著，一把搶過磁卡插進去，房門立刻便發出來「唄兒」的一聲，任信良一擰門把手，便把房門推開。

　　「一把鑰匙開一把鎖呀！」任信良推開門自語道。心裏卻想，這鎖頭有一個鎖頭配一把鑰匙的，也有一個鎖頭配了好多把鑰匙的，高瑜該是那種配了多把鑰匙的那種鎖頭吧？她今天是有備而請？或許，自己想得太多，人家發出的根本不是自己所想的那個信號，不過，真的是那個信號，這發展的也有些太快兒吧！或許，自己有些落伍？

　　「『今夜不設防』這句話，改為『今夜不上鎖』才有趣。」想到這裏，任信良的丹田處便一陣顫動。任信良不由得咧了咧嘴，轉身把門關上，把房卡插進電源開關中。

　　高瑜一進房間，便一下子斜躺在床上，兩腿分開，成了個「大」字形。房間裏不用開燈，也能基本看得清楚，因為，酒店大樓地面的射燈，把大樓照得通明。透過落地的白紗窗簾，外面的燈光柔和地照著屋內。任信良走到床前，打開床頭燈的開關，然後來到窗前把夾層的窗簾拉上，頓時，屋內顯得安靜，倒像是身居在山洞裏一般。

　　「任哥！任哥──」高瑜連叫了兩聲，聲音有些發嗲！還是那種臺灣女明星的腔調。

　　吃了海鮮，喝了紅酒，任信良覺得嘴裏粘粘乎乎的，於是，一頭鑽進衛生間，洗完臉，刷起了牙來。刷完了牙，便解開腰帶，轉身對著抽水馬桶撒尿，啤酒下行利尿，紅酒上行不利尿，所以，雖然尿著尿，但尿溜兒不太急。忽然，高瑜兩隻胳臂從任信良的身後摟過來，兩隻手緊緊地箍著。

　　「哎！輕點，我得尿尿！」任信良小聲地說。

　　「任哥！任哥！」高瑜的嘴裏含糊不清地叫著任信良。

　　任信良奔五十的人了，這點事還是拿捏得穩。

　　「高瑜，你喝多了，第二瓶酒就不該打開！」

　　「我沒喝多！我沒喝多！」高瑜仍然摟抱著任信良，臉緊緊地貼著任信良的後背。

　　「來，刷刷牙！清涼一下！精神，精神！」任信良邊說，便替高瑜在牙刷上擠好牙膏。

　　高瑜鬆開任信良，晃晃悠悠地接過牙刷，刷起牙來。左邊捅三下，右邊捅四下，然後，「咕嚕，咕嚕」地漱漱口。高瑜放下杯子，便一頭撲在任信良的胸前。於是，任信良半摟半抱著重病號一樣的高瑜走出了衛生間。

　　任信良把高瑜往床邊一靠，高瑜便一下子躺到了床上，身體擺成個「大」字形。應該說任信良基本上可以算是那種不是隨便就可以胡來的男人，任信良對於男女之間的關係有個基本的原則，首先第一條，也是任信良做人的一條鐵的紀律，那就是堅決不和有老公的女人扯事，平白無故、無怨無仇地讓別人家的老公戴上一頂大不大、小不小的綠帽子，太不仗

義，忒損！還容易引發是非。第二條是不能和本單位的女人扯事，兔子不吃窩邊草嘛！當然，當年喬麗麗屬於例外。高瑜不屬於第一條，也不屬於第二條，但是，開鎖頭的人似乎離鎖頭太近了。不過，此時那「大」字形，倒有些吸引人。

「你好好休息，我走了！」任信良說著話，只是身子轉動一下，腳下卻沒挪步。

「不，人家不要你走嘛！任哥！」高瑜用臺灣式國語發著嗲聲。

任信良聽清楚了，他判斷得沒錯，那是自己想像的信號。任信良自己三下五除二地脫了個精光，爽爽地躺到高瑜身邊，一隻手開始替高瑜解衣釦。

「不嘛！任哥！」高瑜的眼睛半睜半閉地，僅僅是身體晃動一下，便不反抗，嘴上仍在說著：「不嘛！任哥！」

「不嘛！任哥！」這句話反覆地響起，反倒像是吹響的衝鋒號角。任信良左一下呀、右一下地不慌不忙地為高瑜脫著衣服。石美珍、傅彬彬都是很溫存的那種，主動地給他脫衣服，那個時刻，任信良是大爺，是皇帝陛下。而此時自己給高瑜脫衣服，任信良卻感到有種獵人打了一隻兔子，然後給兔子慢慢地扒皮的感覺。不僅眼睛很受用，而且兩隻手的感覺也很受用，特別是從兩隻手開始的傳導感應。任信良完全沒想到給女人脫衣服竟然會有如此美妙的感覺和樂趣。

高瑜的酮體是健康勻稱的，兩隻乳房肉乎乎的、挺挺的，高瑜屬於70後的一代，正是熟而美的季節。有個段子說：「女人二十歲是金奶子，三十歲是銀奶子，四十歲是狗奶子，五十歲是豬奶子。」石美珍本來就瘦，年近五十的人了，胸脯平平的，像是飛機場上放了兩顆小乾棗。傅彬彬的乳房也不算大，像是沒發育成熟似的。高瑜生過孩子？還是懷過孕？在床燈發出的暖色調兒的燈光裏，高瑜的膚色並不顯得太黑。

任信良關掉床燈，在黑暗裏，與高瑜活動起來，由活動變為運動，由運動到活動。今天的夜晚，任信良完全是用一種純性欲的態度和方式投入著，多少年來，他那強烈的征服欲忽然甦醒，他們從床上到地上，從地上

到桌子上，然後又回到床上，在高瑜「任哥！任哥！你太厲害了！你整死我了！太好了！……」的大喊大叫中，任信良像訓練有素的運動員，不知疲倦地奔跑著，不斷地加速，長跑也是短跑，短跑也是長跑。高瑜開始時還是水漫金山，大水絕堤，但是，到了最後，嘴裏只有吐氣沒有進氣，兩隻胳膊軟綿綿地攤放在身體的兩側。再後來，高瑜半握著雙手，兩隻胳膊平放在左右兩肩的旁邊，像是個被打敗投降的美國佬兒。任信良感覺下邊澀澀的，有點火辣辣的感覺，便翻身下馬，一手撫摸著高瑜的長髮，一手抓弄著高瑜的乳房。

「任哥，你沒射？」高瑜有氣無力地說。

任信良沒有回答，轉身將床頭燈稍微擰亮一點。兩個人對視了一下，相互笑笑。

高瑜用手摸摸任信良仍然暴脹的寶貝：「任哥，你是不是難受得很？」

「沒關係，休息一會兒就過去了，大概是喝酒的緣故。」任信良看了一下手錶，已是半夜11點40分。

「真是不可思議，咱們倆折騰了一個半鐘頭呢！」任信良順手抹了一把腦門上的汗水，搖搖頭說。

高瑜也抬起手來幫任信良抹了把腦門子上的汗，但隨即便起身乾咳起來，像是被什麼卡了嗓子。

「怎麼了？不舒服？」

「不得勁兒，嗓子癢。」高瑜說著，又是一通的乾咳。「嗓子眼兒裏，好像有根頭髮！呸！呸！」

高瑜伸著個舌頭，用手指往嗓子眼兒裏摳著，摳著，摳了半天，用手指對著燈光邊看邊說：「是根兒頭髮！」

任信良用兩個手指接過來一看說道：「好像不是頭髮，比頭髮細，還軟乎。」任信良停頓一下，湊近高瑜耳邊，接著小聲說道：「是下邊的！嘿嘿！」任信良發著壞笑。

高瑜隨即用拳擂了任信良的肩膀一下，說道：「你壞！任哥，你太壞了！」

「哈哈！哈哈！」任信良躺在床上，開心地笑著。

「任哥，你真的很棒！典型的一級棒！我好久好久沒有這麼舒服了。」高瑜說著，翻起身來親了任信良一下。

「那就趕緊找老公結婚呀！」

「唉，再說吧！任哥，你猜我高興了幾回？」

「猜不出來。」

「我高興了三遍。」高瑜咬著任信良的耳朵小聲地說道，她此時的精神頭兒有些恢復過來。

「我得回去！」

「真的回去？」

「真的！我沒有在外過夜的習慣，在外面過夜，休息不好！」高瑜苦笑了一下，說道：「男人都是拔吊無情！」

「說對了一半兒，第一個行為是必須的，男人的東西總不能長到女人的身體裏去不是！至於有情還是無情，那得看具體人才行！」

「那你是有情還是無情？」

「你說呢？」

「任哥！那件事這樣辦，包贏，這個數，其中包括你的。」高瑜揚起一隻手掌，擺動了一下。

任信良和高瑜在幽暗的對視中沉默了片刻。

「可以，這兩天你拿個合同來。」

「OK! Easy, no problem.」

聽到高瑜說英語，任信良覺得可樂，笑著摸摸高瑜的臉，用英語回答道：「Dreams come true.」

任信良告別了高瑜，離開酒店，在發動汽車之前，任信良打開早已關上的手機，手機顯示有兩條信息未讀，都是來自傅彬彬。

第一條信息：「如果你的耳朵癢了，證明有人想念你；如果你的眼睛
　　　　　　癢了，證明有人想見你；如果你的嘴唇癢了，證明有人
　　　　　　想吻你；如果你的身體發癢了，證明有人想摸你。」

第二條信息：「生理課是大課，選在階梯教室上，老師用電腦在螢
　　　　　　幕上打出巨幅的男性生殖系統的彩圖，女同學紛紛低
　　　　　　下頭，老師大聲地說：『同學們，請不要怕，實物沒
　　　　　　有這麼大！』」

　　傅彬彬和任信良之間兩年多的時間，在溝通聯繫上，傅彬彬從來都是採取讓任信良感到滿意的方式，從不煩人，也從不死纏爛打，是那種一點就通的辦法。

　　任信良看看傅彬彬發送短信的時間，是晚上9點鐘，便沒有給傅彬彬回覆信息。

第三十章
少女無知型

　　任信良一覺醒來睜開眼，已是早晨7點鐘，因為心裏裝著早晨要給傅彬彬來個冷不防的念頭，便趕緊起床，沖了個淋浴，梳洗打扮一番。先給滕健發了個短信：「昨日陪客戶，胃腸不適，要上醫院化驗，下午到公司的。」滕健不一會便回覆了一條短信：「信息收到，領導保重。」

　　徐姐按任信良的要求，煮了碗速食麵端過來，關心地說：「昨晚上淨顧著喝酒，又沒吃飯？時間長了會出問題的，老總的身體也是肉做的，不是鐵打的！」

　　「嘿嘿，徐姐，沒辦法，當經理的就這命。」

　　徐姐笑笑，長歎一口氣，微微一笑走開了。徐姐在給任信良煮的速食麵裏，額外加了兩個雞蛋、幾個蝦仁兒和幾棵新鮮的油菜，麵湯調得很清淡，滿滿的一大湯碗。任信良一邊大口地吃著麵，喝著鮮美的湯，一邊把王澍嘉發給他的一條短信調出來，轉發給傅彬彬，等著傅彬彬回話。

　　短信：「老師上語文課，問學生，『軟』字用拼音怎麼拼？男學生起立回答：『日完……軟。』老師說：『不太準確。』這時一位女生舉手，老師請這位女生起立。女生大聲地回答：『日完俺……軟！』老師聽了高興地表揚說『：這位女同學發音準確，非常好。』」

　　短信發送出去沒一會兒，果然銀河公寓的電話便打了過來。傅彬彬的聲音懶洋洋的。

　　「哈哈！良子，昨天晚上到哪去鬼混去了？哈哈！」傅彬彬還在被短信逗得發笑。

「鬼混？這算是什麼話，憑咱搞文字的大記者就這點詞彙量？我昨天晚上陪客戶哪！業務部的部長、業務員非要讓我出面，讓客戶高興，沒辦法，生意難做，能拉來個客戶多不容易，你說！咱當領導的，不就是群眾的欲用工具嘛！」

「你真會編，只聽說過朝廷和皇帝有御用工具，群眾也有御用工具？」

「我說的欲用是欲望的欲！」

「虧你想得出！尋思一下，還挺有道理的呢！」

「既然客戶這麼關鍵，領導這時候就要衝在前邊嘛，寧肯胃上留洞，不讓業務出紕漏，我孤身奮戰幾個老外，先是白酒，後是啤酒，然後又是紅酒，紅酒之後又是啤酒，等到方便給你回信的時候，一看太晚了，沒忍心打擾你。」

「你騙人！我才不信哪！我等你的回信，到11點多才睡下。」

「真的！千萬別冤枉我，昨晚大半夜的酒醉回來，一覺起來，正打算去你那裏上班，報到呢！」

「真的？你真的過來？現在？那你給我二十分鐘的時間，早晨剛起床，蓬頭垢面的。」

「沒關係，我喜歡你的自然美。」

「不！還是聽我的。」傅彬彬十分在意自己在任信良心中的形象。

「那就好好打打呢子，裝修一下，三十分鐘後，我去驗收，不合格的話，給你翻翻臉。」任信良開著玩笑說。

「哈哈，你真貧！」電話裏傳來傅彬彬高興開心的笑聲。

　　從任信良家住的翡翠園社區到銀河公寓，開車的話，頂多也就十五分鐘的路，加上乘電梯到十八樓的時間，所以，傅彬彬所要求的二十分鐘，言外之意是讓他立刻趕過去。

　　到了銀河公寓，任信良一進電梯就把自己的手機先關了。乘電梯上樓，電梯門一聲響，十八樓到了，任信良快步向1808房間走，剛走到門

前，房門便開了一半。傅彬彬穿著一套白色的半透明套頭式的睡衣，打著媚眼地把任信良讓進屋裏，把門關上。任信良剛換上一隻拖鞋，傅彬彬就一下子跳起來，兩手抱著任信良的脖子，兩腳離地吊在任信良的後背上。任信良趕緊換上另一隻拖鞋，揹著傅彬彬走進臥室。

「老公，今天不上班了？」一陣綿綿密密的親吻之後，傅彬彬捧著任信良的臉問道。

「上班！但是今天是二班。我專門為你調的班。」

傅彬彬受到了感動，便開始為任信良脫衣服，然後把套頭的睡衣往頭頂一扯，便來了個一覽無遺。

當任信良與傅彬彬兩人一起從快樂的山頂滑下山坡的時候，傅彬彬的淚水順著眼角流了下來。

「良子，我的老公，你真的沒騙我！你真好！」傅彬彬抱著任信良的頭，口對著口，使勁地親吻了一口。

任信良明白傅彬彬所指的「沒騙我」的涵義。昨天晚上，他沒費一顆子彈便完成了一場戰鬥。而現在，傅彬彬這裏收到了希望的無數發子彈，所以，傅彬彬才說出「沒騙我」的話來。女人真是奇怪，昨晚上那不是做愛，更像是在殺豬，他感到自己心情非常地好，在不到十個小時的時間裏，他讓兩個女人死去活來地狂顛，這還是有生以來的第一次。如果說權力是最有效的壯陽藥物，金錢是最持久的大補藥物，那麼，掌控和駕馭的願望則應該是最好的溫補強身劑。比方說高瑜，她的強烈就與男人獲得權力的效應有所不同，她的強烈靠的是自身內心那種掌控和駕馭的願望。任信良不自覺中已經體驗到了傳說中的最有效的壯陽藥物──權力所帶給他的強大反應，不過，那種掌控和駕馭的欲望所能帶來的溫補刺激效應他仍然沒有體驗到。

「良子，我想搬到翡翠園去？」任信良懂得傅彬彬這句話的潛臺詞是結婚。

「再等等，我正在安排哪！我想最好是等美珍週年以後，你說哪？」

「真的？那我聽你的，等美珍姐週年以後！」傅彬彬依偎在任信良的懷裏。

　　傅彬彬和任信良有了那種關係之後，她非常尊重石美珍，沒有通常人們常說的那種醋勁兒，也不像有些女人那樣的陰陽怪氣的，這一點也是任信良喜歡她的原因。

　　「昨晚上，找我有什麼事？」任信良問道。

　　「我聽別人說，韓國女人為了讓男人身體好，常常煮牛尾湯給丈夫喝的，我和我們單位的同事還專門去了一趟韓國料理店，請教了一番。昨天我買了新鮮的牛尾，是清真櫃臺的，晚上，就把牛尾湯做好了，給你發短信，讓你這個白眼狼過來喝牛尾湯的。」

　　任信良心裏美美的，使勁在傅彬彬的臉蛋上親了一口。「行，白眼兒狼沒白喜歡你。」

　　他喜歡傅彬彬，這種喜歡相對於妻子石美珍而言從一開始就不是取代而是一種相容的感覺。有一個形象的說法，說是男人好比一套茶具的茶壺，女人則好比茶杯，通常情況下，一套茶具是一個茶壺可以配五到六個，當然特殊情況甚至配備八個茶杯，但是這種搭配的說法沒有交代清楚，那就是，究竟是指一個大茶壺配幾個小茶杯呢？還是一個小茶壺配幾個大茶杯呢？任信良感覺石美珍、傅彬彬這樣的類型應該都屬於小茶杯型，多幾個也無妨。高瑜、喬麗麗那樣的就應該算是大茶杯類型，真的要是攤上幾個大茶杯型的，身體肯定吃不消。高瑜如果不是昨晚上多喝了大半瓶的紅酒，說不定這會兒，自己還會像隻死狗似的拱在床上睡大覺呢！

　　傅彬彬一絲不掛地在屋子裏走來走去的，為任信良準備牛尾湯喝。任信良看著一絲不掛地在屋子裏走來走去的傅彬彬，不由得在心裏說：「其實女人都是有優點的，都是有可取之處，關鍵看男人如何對待。」任信良來到小廚房，也是赤身露體，來到傅彬彬的身後，兩隻胳膊一攬便將傅彬彬抱在懷裏。

　　「這就是你做的牛尾湯？」象牙白色的精美陶瓷湯煲裏，「咕嚕咕嚕」地冒著熱氣。

　　「對！這是我做的杞尾湯。」傅彬彬用湯勺輕輕地攪動飄著一層紅色枸杞子的牛尾湯回答道。

「彬彬，你搞錯了，你肯定是弄錯了。」任信良的話裏故意流露出一種不解。

「為什麼？哪兒地方整錯了？」傅彬彬扭頭看著任信良，滿臉的狐疑。

「你想啊！按照吃什麼補什麼的中醫原理，這枸杞牛尾湯應該是補後面不管前面的，所以，真正有作用的應該是枸杞牛鞭湯才對。」

「嘿嘿，你壞！」傅彬彬低頭在任信良的小胳膊上咬了一口。

「哎呦，你真狠！」一排清晰的牙印從任信良胳臂上顯現出來。

「良子，過些天，我要出趟差。」

「去哪？」

「去北京！新華社。」

「怎麼？濱州日報社準備提拔你？」

「沒有的事，是關於業務培訓的事情。為了適應全球經濟一體化和WTO的要求，擴大新聞與國際間的合作與接軌，國內二週學習，國外二十天考察交流。」傅彬彬說話的語氣非常地小聲小氣，讓人感覺聽著安靜。

「提拔也是應該的嘛！水到渠成，像你這種少女無知型的幹部，正好屬於提拔之列。」

「少女無知型幹部？這是什麼類型？」傅彬彬不解。

「少數民族、女性、無共產黨員黨籍、高級知識分子，四種條件簡稱少女無知型。」

「哈哈，這是誰說的怪論！」

「先別管誰說的，反正你這一走，這前後一個半月，我真就成了鰥寡孤獨型了！太可憐了！」

「這還不簡單，堂堂的上市公司的董事長，咱還用得著為沒有女人犯愁？你只要隨意地招招手，女人還不是到處都是！」傅彬彬的話裏明顯帶著一股子醋勁。

「哎！女人嘛，確實有得是，但是，沒有我的彬彬呀！」

「你真的這麼在意我！」

「那當然！傅彬彬同志，您就放心地──去吧！我會埋頭工作，嚴格要求自己，保證做到一塵不染，絕不把自己混同於一般的老百姓，真正在群眾中起帶頭作用！嘿嘿！」

「啥帶頭作用？男人就是嘴好！」傅彬彬撇著嘴說。

「那女人就是──好！」任信良跟著來了一句。

傅彬彬聽了，抬手擂了任信良胸脯一拳。

「說正經的，過兩天聽我的消息，把股票拋了，你要是沒時間操作，一定告訴我，我來辦。」

「你是說，時候差不多了？」傅彬彬和任信良交換著目光。

任信良點點頭。

「放心，我帶著手提電腦哪！誤不了事。」

「要知道，拋售股票，得按我說的辦法，一次別超過一百手，儘管麻煩些，但是，這樣穩妥！明白嗎？」

傅彬彬點點頭。二十幾天以前，傅彬彬按照任信良的意思，把任信良打給他八十萬塊錢，悄悄地買進二十萬股的創億股份的股票。如今，創億股份的股票價格已經翻了三番還多。

第三十一章
古董店驚喜

　　任信良從銀河公寓裏出來，看看時間還早，便開車直奔不遠處的濱州市旅遊商品城而來。旅遊商品城是濱州市去年開辦的。商品城共分四層，一樓仿古傢俱，二樓字畫，三樓旅遊紀念品，四樓古玩古董和舊貨。

　　任信良漫無目的地來到四樓，一間店鋪、一間店鋪地，悠閒逛著。來到一家古董店，任信良發現這家店鋪很有特色，古舊的寶劍兵器特別地多。店老闆的年齡和任信良不差上下的樣子，他主動地和任信良打著招呼。

　　「老闆！歡迎進來坐坐，選把寶劍怎麼樣？寶劍送英雄，英雄配美人，我這店裏的兵器，絕對具有收藏和升值的作用。」

　　「真的？假的？」任信良故意說道。

　　「那當然，比方說吧！這把寶劍──」店老闆拿下單獨擺放在兵器架上的一把褐色木鞘的寶劍。

　　店老闆兩手一拉，劍鞘與劍柄分開，露出泛著雲紋的劍面。店老闆兩隻手再同時猛地一拉一抽，一把冒著寒氣的寶劍便亮在任信良的面前。任信良接過老闆拔出的劍，劍面上沒有一點鏽斑，也沒有刻意擦拭打磨的痕跡，寶劍握在手裏感到十分地輕靈。

　　「是把好劍！」

　　「那還用說！這把寶劍出自名家名匠之手，距今整整一百多年。」

　　「怎麼知道？」任信良問道。

　　「你看這行字──」店老闆用手指點點劍鍔處。

　　任信良順著老闆的手指仔細地看著靠近劍鍔處的一行刻字──丙申年丁月光緒年春，任信良懂得光緒年是1900年前後。

　　「丙申年丁月光緒年春是西元189幾年？」任信良問道。

「是1896年！」店老闆回答。

任信良點點頭。但是他知道，單純靠弄幾行字來蒙人的事也是有的。任信良又把劍身翻了個個兒，另一行篆字映入眼簾：興陽道人劍寶。

「興陽道人劍寶！真是太老師的劍？」任信良的心裏咯噔一下，但是臉上並沒有表露出來。

「怎麼樣？是真的吧？我絕對不蒙你！多了不說，按一年二百元人民幣計算，一百年歷史也值二萬多塊錢吧？」

任信良點點頭。

「不錯，確實是把好劍，輕靈，百年無鏽跡，鋼好！」

任信良稱讚著，把劍還給店老闆。他知道，如果這把劍真的是興陽道長劍寶的話，那麼，店老闆的話確實沒錯。

「有緣和老闆相識，大家交個朋友。」

任信良既沒有說不買，也沒有說想買，而是從口袋裏拿出一張名片，雙手送給店老闆。店老闆雙手接過名片，恭敬地看看後，趕緊轉身也拿出一張名片送上。店老闆的名片顏色特別，是深藍色的，上面印著：濱州鑑寶齋古玩店總經理，景中傑。

「景老闆的名字很特別嘛，好，好！」任信良邊看名片邊說。

「慚愧！慚愧！父母沒文化隨意起的，不值一提！任董的名字才是非同凡響嘛！」店老闆景中傑回答道。任信良微微一笑。

「任總！任董！您請坐！」景中傑熱情地讓著座位。「說實在的！任董，我對您可是久仰、久仰！咱濱州人哪有不知道濱州藥業連鎖的。」

「景老闆客氣了，說哪的話？不就是賣點藥嘛！」

「任董，您別謙虛！說到這把劍，不瞞任總您說，這是一位朋友的陳貨，想換點銀子花，所以，就放到我這，等著有意的買主。」任信良邊聽邊點點頭。

「他要多少錢？」任信良問話的口氣是漫不經心的。

「他要價三萬！當然，如果您任總有意，那就另當別論，我再跟朋友說說，怎麼都好商量，交朋友嘛！既然是要賣的，放在這擱著也是閒放不是？」

「說得倒也是，不過在商言商嘛！」任信良說完又拿起寶劍，抽出寶劍來，反覆擺弄了一下說道：「景老闆，你看能不能這樣？我找個人幫我合計一下，這把劍你先給我留著，改日我再來一趟，好不好？」

「那好說，創億大廈離得近，找時間我乾脆給你單獨送過去如何？」

「那倒不必！你只要等等我的信兒，先別賣了就行！」

「這一點，任董你放心！我現在就把劍收起來等著你的消息，這事兒先緊著您，商人可不是官人，我們做生意的商人是信譽為本，辦差事的官人是信用為本！」

「嗨嗨，景老闆，有意思，第一次在你這聽到信譽和信用不一樣。」

「不一樣，大了去啦！我們商人講信譽為本，講究的是臉面，也就是名譽，名譽就是臉面。以開店賣貨為例，無論你買不買我的貨，我都要說話算數，這就是信譽。當官的不同，官人們所講究的信用為本，是說你要是有用就信你，信你也就一定用你！明白嗎？不信的堅決不用，沒用的堅決不信！絕對的相互利用。哈哈。」

景中傑哇哩哇啦地說完，任信良被他繞得有些迷糊，不過，還是聽懂了許多。

「哈哈，景老闆高見！沒想到，這麼有理論！景老闆看來對官場挺熟的！」

「哈哈，算不上熟，知道一些！嘿嘿！」景中傑連哈哈、帶嘿嘿地，有些玩世不恭的樣子。

「既然這樣，那我就放心了。咱們一言為定，景老闆，你可等我的消息喲！」

「好嘞！回見！」景中傑使勁兒握握任信良伸過來的手，把任信良送出古董店。

第三十二章
檢察院扣人

任信良來到地下停車場，想起手機一直處於關機狀態，邊走邊打開手機，走到車前還沒打開車門哪，電話響了，是滕健的電話。

「任董，你的電話總算接通了，我都快急死了。」滕健的聲音有些失常，也有些結巴。

「嗨，不好意思，沒注意，只顧著上醫院了，是手機沒電了，什麼事？別急！慢慢說。」任信良回答得十分溫和，聽著就讓人相信。

「任董，我告訴你，昨天晚——晚上，黃總和李露潔被東港區檢察院反貪局給扣下了！」

「你說什麼！」

任信良發出一聲連自己都覺得有些失常的高音，他有些不敢相信自己的耳朵。當滕健把事情的原委簡要地重複了一遍之後，任信良這才恢復鎮定。

「不要慌！堅決不要慌！要儘量封鎖消息，這件事現在都有誰知道？」任信良嘴上對滕健一邊下達不要慌的指令，心裏卻在趕著敲鼓。

「劉董和你的電話都打不通，所以，我只好給劉董、曲總、陶書記發了短信。」

「哎呀，老弟，這事你處理得有些慌亂，急啥？不該一下子立刻告訴這麼多人！應該縮小知情的範圍才是嘛！哎，行啦！事情既然已經發生了，等我十幾分鐘回公司再說吧。」

原來，東港區檢察院反貪局在清理濱州證券公司的案件時，發現一個私人的帳戶，不斷地有錢從商業銀行打進來，在短短三年的時間裏，就有一千五百多萬進項，而這些款項到帳後，並沒有用於購買股票和證券，而是在短時間內被提了現金。

　　任信良一進辦公室，徐文田也跟著進來，等著發話。這麼多年來，文田的厚道和老實，常常使任信良感到作為老同學那份情誼的寶貴。文田雖然辦法不多，但是，思路還是很清楚的，書本知識也很扎實，只是和實際接軌還有很大距離。

　　任信良示意徐文田在外面稍等一下，自己進了裏間。自從上次劉志恆提出調整辦公室之後，看看任信良沒動地方，劉志恆便專門指示物業在任信良去浦東學習的期間，對任信良的辦公室做了修整，用隔音板將房間夾成了裏外間。任信良關上門，拿起座機撥了劉志恆的手機號碼，話機裏傳來「你撥打的電話不在服務區」的提示音。連著撥了幾遍都不通。任信良只好拿起內線接通了滕健，告訴滕健寫一份情況報告，用「電子姨妹」發送出去，並且特別叮囑，劉董電話不通，並正在研究對策的事。任信良沒有讓滕健提及商業銀行資產公司向法院申請執行的事。交代完畢，任信良起身打開屋門，讓徐文田進來。

　　徐文田坐在大班臺的前的小椅子上，等著任信良發話。

　　「這件事，文田兄如何看？」在沒有第三人在場的情況下，任信良一直這樣稱呼。

　　「任總，咱們之間，我只能說不好聽的大實話。」

　　「那當然，要怎麼說是老同學哪？」

　　「情況不妙，我感覺創億集團面臨著少說也得兩場的劫難！」

　　「你詳細說說！」

　　「目前，商業銀行訴訟執行的案子，畢竟是個民事案子，時間上起碼還有六十天的時間，而創億房地產這個案子，說到底是個刑事案子，即便是最後不立案，紀委也要參與處理。我側面瞭解一下，黃總和李露潔的干係恐怕是擺脫不掉的。顯而易見的是，案件線索清晰，事實清楚，證據上就看檢察院反貪局如何認定，否則，反貪局不會幹得這麼快。」

　　「我同意你的判斷，接著說下去！」

　　「且不說商業銀行的案子，只說眼下對黃總和李露潔吧，不知集團公司什麼態度和意見？」

「文田兄，你還別說，你真把我給問住了！你是問集團公司是救還是不救？」

「正是這個問題，這個調子定不下來，接下來的工作沒法做！」

「那你說集團公司應該採取什麼態度？」任信良用徵詢和商量的語調問道。

「確切地說，是劉董本人什麼態度！」徐文田態度很堅決。

「好！關鍵時候還是文田兄有內秀。」任信良用手指點了點徐文田，接著說道：「文田兄，如果拋開劉董和集團的因素，你說我個人該採取什麼態度和意見？」任信良此時完全把徐文田當作了自己的私人法律顧問來看待了。

徐文田沉思了片刻，微微笑著說道：「任總，我個人的看法，無論此事最終的結果如何，此時此刻，你都得動起來！而且動靜還要大，還得讓創億的員工多多地知道。」

任信良聽了，點點頭，感激地望著徐文田。

「文田兄，這麼多年來，還是你最理解我！」

「應該的！作為老同學，你沒少幫我，都是我自己不爭氣，怪不得別人，要說謝謝的話，我要謝謝老同學的知遇之恩。」

「咱倆之間就別客套了，先說說怎麼辦吧！」任信良催促道。

「我是這樣想的，一是報告劉董，說你正在找檢察院的人瞭解情況做工作；二是咱們找關鍵人物看能否與黃、李兩人見面；三是做好應對檢察院反貪局進公司調查的準備，這主要是指配合問題，指定專門的人負責協調和接待，否則，你每天什麼事也辦不成！」

徐文田神情自若，有條有理。任信良聽著，覺得徐文田此時像是在神閒氣定地指揮著一場大的戰役，這些年的壓抑委屈他了，文田是很有韜略的人。

黃永利和李會計既然是反貪局傳訊一夜未歸，就說明肯定是有事，想見也難。但是，事發突然，需要在最快的時間內做出決斷，而劉志恆偏偏又出差在外。剛才聽了徐文田的一番陳述之後，一套相對及時得當的辦法清晰地在任信良的腦子裏凸現出來。

「文田，我現在開始全面協調此事，你放下手裏的其他工作，專門配合我處理此事。另外哪，商業銀行的案子，檢察院的領導和劉董的關係，我已經同意，把案子委託給高瑜律師，到時候你配合一下。」

「沒問題，你怎麼說，我就怎麼辦！」

徐文田的臉上沒有一絲的不快。高瑜的活動能力和關係，徐文田也非常清楚，眼下，商業銀行的案子一下來，高瑜便動員檢察院和劉志恆的關係，對於這一點，徐文田理解任信良。

「到滕健那裏開張介紹信，拿上律師證身分證影本什麼的，帶兩張委託函，這些你都清楚的，馬上到東港檢察院，先通過正常程序要求辦理取保放人，到時候相機行事，以集團的名義和我個人的名義辦理都可以。我現在就打電話，找人協調。順便讓滕健把湯書記叫來。」

徐文田聽了，立刻站起身來。「那就按任總的意思，我現在就去辦理。」

第三十三章
不同的心態

徐文田一走，任信良就通過電話和王澍嘉溝通上。任信良知道王澍嘉的肚子裏裝的是自己和高瑜談的結果，所以，就先說了關於商業銀行案子委託的事。

當王澍嘉聽說任信良已經答應將商業銀行執行案交給高瑜合夥開辦的的濱州恆誠律師事務所時，王澍嘉高興地哈哈大笑，連說：

「老弟呀，真不愧為是我的老弟呀，爽！太爽，好，很好！到底是真朋友，夠意思，沒說的。改日一塊兒好好坐坐。」

「咱倆之間確實是沒說的，可現在你老弟麻煩大了去了。」任信良故意叫著苦。

「有啥麻煩？能難住我老弟？給老兄說說！」

「昨天晚上，黃永利和他的副手李露潔被東港檢察院反貪局給查扣了，一宿沒回看來，志恆董事長偏偏又出差在外，我這個火上的！」

「這有啥上火的？又不是抓你老弟！前些日子黃永利那份封信我給硬壓下了，可是結果怎麼？東港檢察院辦他了吧？我說，這事兒和老弟自身扯不上吧？」王澍嘉倒是多見不怪地，有些輕描淡寫地調侃著說道。

「那當然，違法亂紀的事，兄弟咱從來不幹，我當經理這麼些年，就是個出大力悶頭幹活的主兒，這一方面，老哥你還不清楚？」

「正因為我知道這事和老弟扯不上，所以說這事兒好辦嘛！是劫，躲不過；是福，不用忙。我看乾脆就讓黃永利在裏邊兒待兩天也好，殺殺這小子威風，這小子也太他媽牛了，太他媽地狂了。」

任信良知道，上次王澍嘉壓下黃永利的舉報信，沒有得到什麼實惠，心裏看來不快。

「我知道黃永利的舉報信不少，你一直看不上他，別忘了，高原副市長可是黃永利的靠山！」

「老弟，我跟你說，啥靠山？根本沒雞巴用！如今的官場和商場上，沒事兒的時候都他媽像親生的似的，可一旦出點事，別說不認識的，就是認識的，也都說不認識了。你要是不信，你就慢慢瞧！」

「那也得活動活動呀，做些基礎性的工作，志恆董事長回來也好有個交代嘛！我這剛上任，就出這麼個大事，無動於衷、束手無策的，也不是那麼回事兒不是？澍嘉兄，幫老弟出點辦法吧！」

「老弟，你要是這麼說，那我也就明白了，這樣吧，正好還有些別的事要協調，今天晚上還是我請客，我把東港檢察院反貪局曹小軍局長喊出來，一塊兒坐坐，小曹是我一手提拔的，先聽聽情況，好不好？」

「要是這樣，那就太好了！我請客，哪有讓老大哥請客的道理？你說在哪兒聚？」

「昨天就定了個地方，晚上6點，太平洋海岸大酒樓西雅圖包間，你到點就來吧！」

「好的，大概幾個人？」

「也就五六個人吧！」

任信良放下電話，沒有多一會兒的工夫，門鈴響了，任信良在小監視器頻幕上看到是湯恩泉和滕健，便摁了一下電子開關。湯恩泉和滕健推門走進來。

「這是曲總的司機剛送來的，說曲總去外地做心臟搭橋手術，留下一封信，讓轉給董事會。」滕健遞上來一個印有「創億集團」字樣的標準牛皮紙信封後說道。

湯恩泉在班臺對面的椅子上落座，等著任信良說話。

「曲總心臟搭橋？以前沒聽說曲總有心臟病呀！沒有一點跡象嗎？是不是恩全？」任信良看看湯恩泉說道。

「是沒有跡象，沒覺得曲總有什麼地方不對勁兒！」湯恩泉也非常肯

定地答道。

「湯健，知道曲總去什麼地方嗎？」任信良一邊問，一邊看著兩人的臉色。

「不知道！」滕健回答得很徹底，湯恩泉看著任信良也搖搖頭。

「你們都不知道？」任信良自言自語地，低頭打開信封，信是用A4紙列印的。

　　劉董暨董事會各位同仁：

　　　　天命之年，身體上的毛病，可以說是千瘡百孔，這不，心臟突然出了問題，醫生建議，必須立刻做搭橋和修復手術，否則，後果難以預料！！！濱州畢竟不是中國著名的大城市，醫療條件相對北京上海等還有很大的差距，醫生建議，心臟手術非同一般部位的手術，風險很大。所以，我只好聽從醫生的建議，選擇國內大城市的名醫院名醫生來做。考慮到大家工作都很忙，如果知道我動手術的事，肯定都會放下工作來醫院看望我，這樣一來，勢必影響咱們創億的工作，創億的工作本來好好地也會因為我的手術而受到干擾，所以，我向董事會請個假，做個說明，請大家千萬不要為我的事情操心勞神，手術完後，我就立刻趕回！

　　　　祝各位身體健康，工作順利！

　　　　　　　　　　　　　　　　　　　　　　　　　曲成文

「是不是聽到了黃永利和李露潔的事？曲成文作為總經理，分管集團財務工作，可是整整將近十年哪！資金的調動、資產的整合，與創億房地產公司打交道最多的恐怕也是曲總吧？平時的業務上，李露潔作為創億房地產的副總兼財務總監與曲成文打交道最多。是暫時躲起來？還是跑掉？或許是暫時迴避一下風頭？」任信良心裏琢磨著，但在臉上沒有露出一絲對曲總在這個節骨眼兒上，突然用這種方式請假的是與非的判斷。

任信良拿出派克金筆，端正了一下身子，非常認真地在曲成文的請

假條上批示意見：「董事會成員閱知！公司辦公室要與曲總保持即時的聯繫，以便於曲總手術時提供相應的幫助！」然後，用一筆行書簽上了「任信良」三個大字。

「董事會成員都閱一下吧。劉董聯繫上沒有？」任信良邊說，便將曲成文的請假條先遞給湯恩泉。

「還沒聯繫上，每十分鐘打一個電話，短信、電子信件都發出去多封了。」

「是不是在飛機上？繼續聯繫。劉董走了幾天了？」任信良問道。

「今天是第六天！」滕健確定地答道。

「行！一時聯繫不上也沒啥關係，劉董也該回來了！」任信良說道。

湯恩泉面無表情地看完曲成文的信後，拿起任信良桌子上的簽字筆，簽了個名，遞給滕健。

「滕健，你先坐下，我還有話要說。」

任信良說完，滕健便馬上坐到了任信良對面的小沙發上。

「現在情況來得突然，劉董又不在家，局面不能亂呀！關於曲總心臟需要搭橋的事，你也用電子姨妹發送給劉董，短信也同時發。」任信良說。

「好的，我馬上辦！」滕健爽快地回答。

「任董說得是，這是必須的，還需要做什麼，任董你就下令吩咐吧！」湯恩泉接著任信良的話說。

「滕健對辦公室的人要交代清楚，李琳不在，接待方面可不能出問題，態度要好，關鍵是要鎮定。公檢法一旦來人，先備好茶水、香煙、水果，在會議室給他們穩住。我看，恩泉你辛苦一下，集團方面全權出面協調的工作，你就全面負責一下。」

「接待的事，有我和滕健沒問題。」湯恩泉和滕健同時點點頭。

「如果檢察院需要查帳什麼的，也要注意控制動靜，控制範圍。恩泉，你知道怎麼辦！一定要控制節奏。狗的嘴裏不能沒有骨頭，狼的嘴裏不能斷了肉，少了骨頭，斷了肉，狼和狗就要不安分，就要行動，這就是狼和狗的本性。你要想安全，就不能讓狗和狼的嘴都閒著，否則，你會成

為狗嘴裏的骨頭，狼嘴裏的肉。」任信良這番話倒是顯得有些語重心長，給人一種經歷坎坷、飽經滄桑似的。

「任董，這一點我明白，雖然檢察院需要我們提供的情況和材料很多，但是，那也得有條不紊地、一步一步地操作不是，想快也得能快得起來才是，對不對？哈哈。」湯恩泉心領神會地回答道。

湯恩泉的精明是沒說的，任信良對湯恩泉的能力絲毫也不懷疑，更主要的是通過上次為周國臣主任出書那件事，讓任信良感到湯恩泉對自己的積極靠近，這也是任信良不用陶萬琦而有意讓湯恩泉在眼下這個節骨眼兒上出馬，並且負責全面協調的原因。

湯恩泉和滕健走後，徐文田來消息啦。

「任總，別提了！一到反貪局就碰了一鼻子的灰，沒有一個給我好臉子。我看承辦此案的偵察員中有一個人，好多年前曾經打過一次交道，我就從反貪局出來，給這個人打電話，硬是把他叫了出來，塞了兩千元，讓他幫著先遞句話進去。」

「遞了什麼話？」任信良問。

「三句話：不要亂說話；任總今天派我專門來辦取保手續；這件事已經即時報告給劉董。」徐文田回答。

徐文田碰一鼻子灰的事，已經在任信良的預料之中，但是，徐文田後來能把辦案人叫出來，給黃永利過話，這倒是任信良感到有些小的意外，心裏也挺高興的。

「文田兄，好嘛！與時俱進了，想不到，文田兄也活泛多了嘛！這事辦得好！這錢花得值！費了銀子的問題，我給你補上，你弄張發票回來，三千五千的，我幫你處理一下。」

「那不用！該多少錢，就是多少錢！」

「行，隨你，你看著辦！」任信良不和徐文田理論，他非常瞭解徐文田的為人！

第三十四章
撈人的技巧

　　太平洋海岸大酒樓西雅圖包間的暖色燈光都是通過進口彩色的雲紋石燈罩透射出來的，電燈的瓦數一定很大，室內的亮度說明了一切。任信良到達太平洋海岸大酒樓時已是5點50分。來到包間一看，包括王澍嘉在內共計四人已經提前到了，任信良感到有些不好意思，忙笑著點頭致意。王澍嘉站起身，把任信良拉過來逐一地介紹著在座的幾位。

　　「市紀委王曉航書記。」

　　任信良和王曉航握握手，交換了一下眼色，相互說聲：「見過面。」相互笑笑，算是打了招呼。

　　「這位是市公安局政治部主任谷月平，我的老哥。」

　　任信良對這位已經完全謝頂的，看起來有五十七八歲的公安局政治部主任挺陌生。

　　「初次見面，谷主任好，幸會，幸會！」

　　「任總，你是大老闆，久仰呀！」

　　「啥大老闆，給共產黨打工吃飯的，哈哈！」任信良說著與谷月平緊緊地握了下手。

　　「這最後一位，也是我要向你重點介紹的，咱們東港區檢察院反貪局局長曹小軍，曹局。」

　　任信良知道他要見的重要關鍵人物，總算如期見到了。

　　「啊！曹局好！我總聽王檢誇你，說你很能幹，提得快。」任信良開口說著現編的話。

　　「哪裏！都是王檢栽培！」

　　客套過後，大家入座喝茶，王澍嘉手中拿著精緻的大本子菜譜翻看著準備點菜。服務員恭恭敬敬地站在他身體的一側。

　　王澍嘉用手指點著菜譜，對著服務員小姐大聲地說道：「這個！這個！還有這個！」那神態舉止像是在早晨的農貿市場買茄子、辣椒一樣。

　　任信良瞭解王澍嘉，輪到讓他埋單的時候，從來不會挑價格貴的亂點一通，如果是點了一桌子的隆重的海鮮，那肯定是讓別人買單。

　　果不其然，王澍嘉點完菜說道：「今天谷主任我的老大哥召集，所以，沒有外人，隨便坐坐。任總是我的老朋友，現在是創億股份的董事長了，介紹大家認識認識。」

　　幾個人相互之間笑笑點點頭。

　　開宴前交換手機短信，成了現在時興的套路。

　　王曉航書記挺主動，先唸了一條「新公務員葵花寶典」：

　　1.苦幹實幹，撤職查辦；

　　2.東忙西混，一帆風順；

　　3.任勞任怨，永難如願；

　　4.盡職盡責，卻遭指責；

　　5.捧拍能顯，做出貢獻；

　　6.不拍不吹，狗屎一堆；

　　7.全力以赴，升遷耽誤；

　　8.推託栽贓，滿胸勳章；

　　9.屢建奇功，打入冷宮；

　　10.苦苦哀求，互踢皮球；

　　11.會鑽會溜，考績特優；

　　12.看緊國庫，馬上解雇。

　　谷月平主任緊接著唸了一條：

漫漫人生路，誰不錯幾步；

家裏要照顧，鐵子也得處；

家裏有個做飯的，單位有個好看的；

外邊養個會賤的，遠方有個思念的；

這樣生活才是快樂無限的！

大家哄笑之後，王澍嘉唸了一條：

夫妻做愛以上班為暗號，夜裏妻子捅捅丈夫，說：「該上班了。」丈夫無力地說：「不是剛下班嗎？」妻子說：「又來新任務了，加班吧！」

「這條短信編得一般，太一般了。」王曉航說道。

於是，王澍嘉只好對任信良說：「信良，你快點來一段！我的段子受到批判了，大夥不知道，任總的段子向來比較經典。」

「對，任總來幾段！」幾個人都說。

任信良只好打開手機，唸了一條：

丈夫要出差一段時間，臨行前，妻子深情地遞給丈夫一盒避孕套，說道：「你在外面一個人挺不容易的，實在憋不住，千萬可要記住戴套啊！」丈夫聽了，眼睛濕潤了，說道：「家裏也不寬裕呀，還是留著給客人用吧！我用她們的。」

大家哄笑，都說這段短信編得還挺有戲的，有包袱，像話劇小品似的，實在經典。任信良笑笑，又接著唸了一段：

男女同事駕車出遊，停車做愛時被警察查獲。警察問男：「車是你的？」答：「單位的。」又問：「車上女人是哪的？」又答：「也

是單位的。」警察說：「哎，你們單位福利待遇真是太好了！」

幾個人笑過了，都說要保留此條短信，其實是要交換電話號碼。於是谷主任、曹局長的電話號碼都在短信轉發時被任信良輸進自己的電話通信錄裏。

曹小軍說道：「領導們的短信都這麼精彩，我也湊個數吧！」說著也唸了一段：

> 有一少婦哄孩子睡覺，孩子不願意。少婦說：「你不睡我可去睡了！」爺爺聽見了，正色道：「家長教育孩子要講誠信，你不能既哄孩子，又騙老人！」

大家也跟著哄笑，王澍嘉說道：「這條不錯，發給我！」

正等著上菜的時候，任信良放在桌上的電話發出「嗡嗡」的震動，任信良心裏估計一定是劉志恆來電，拿起來一看，果然是劉志恆的電話，便趕緊跑到衛生間，關上門聽劉志恆的電話。

「信息、信件都看到了，下午在飛機上。近來的濱州市，可是山雨欲來風滿樓啦！」劉志恆開口一說話，就是比喻。

任信良很佩服劉志恆這種泰山崩於前而不驚的大將風度，他沒有問劉志恆此時在什麼哪裏。

「董事長，我今天下午讓徐文田代表集團公司去了一趟檢察院辦理取保手續，文田找人給永利和李露潔過了話，告訴他們：別亂說；集團專門為他們在辦理取保手續；事情已經即時報告給劉董。」

「文田這話過得好，不錯！」

「另外，我安排湯恩泉和滕健做好檢察院下一步來公司查帳取證等應對工作的準備，我和王檢聯繫，王檢約了東港區檢察院反貪局局長曹小軍、市紀委王曉航書記，還有一位是公安局的政治部主任谷月平，不知你

認識不認識，現在都在一塊兒哪！」

「王曉航、谷月平都是一般熟悉，算認識，曹小軍不認識，是小年輕的吧？」

「對，王檢的老部下，歲數不大！」

「行，機會難得，交交朋友嘛！」

「曲總請假做心臟搭橋的事，知道了？」

「我知道！這件事另說。眼下，喝酒、攻關是大事。信良，威信不是吹的，能力不是誇的，今天的事幹得漂亮，場面上要做到不落項，不要怕花錢，國營企業嘛，不是你的，也不是我的，是國家的，要管好，還要用好，關於永利和房地產公司的事，在公檢法面前儘量介紹得模糊點。」

「我明白，我先做做基礎工作，等董事長回來，再做進一步研究！」

「今天，我剛到石家莊，明天參觀西柏坡，延安我就不去了，爭取後天趕回濱州！行了，電話裏有些話就不說了，你快陪客人吧！」

「出差已經六天了，怎麼才到石家莊？」任信良掛了電話後，腦子裏閃過一個問號。

任信良從衛生間裏出來，酒菜都已上齊。任信良一看，海鮮並不太隆重，以為王澍嘉是為了讓自己少花錢，所以，想著給王澍嘉抬抬門面，便說道：「王檢，菜點得太清淡了，創億集團做東這怎麼好意思？這不是讓各位領導見笑嘛！」

「哎！今天的第一站，沒你的事，你把大夥兒第二站的事安排好就行！」王澍嘉看了一眼谷月平說道。

既然王澍嘉這麼說，任信良只好表示：「沒問題，聽王檢的。」

「酒風就是作風，酒量就是氣量，喝酒不能打官司，吃飯不能講風格，服務員！把瓶中酒分一下！咱們五個人一人兩杯白酒，結束戰鬥，然後願幹嘛幹嘛！大家說怎麼樣？」

兩杯酒，意味著喝兩瓶五糧液，大家你看看我，我看看你，彼此都笑著說：「我沒問題，聽王檢的！」

　　酒喝得很平穩，這是任信良與王澍嘉在一起喝酒時很少有過的慢條斯理。

　　王澍嘉喝了一口酒後，既是說自己，也是在說別人地說道：「我從部隊轉業回來後，這些年在檢察機關工作，看著一個個的人被批捕，被起訴，進了監獄，心裏很不是個滋味。有時想，人這一輩子，真她媽的簡單，出生證明一張紙，入學通知一張紙，工作報到一張紙，任用提拔一張紙，撤職查辦一張紙，批捕法辦一張紙，媽的死亡火化一張紙，你們說人生多簡單。所以，這幾年，我是想開了，我這也是跟任總學的，厚德載物嘛。我有個原則，批件到了我這兒，除非是太不像樣的，能不批捕的，儘量就不批捕。」說完，看著王曉航。

　　王澍嘉說的跟自己學的厚德載物的事，任信良心裏明白，這純粹是找筐下蛋的做法，「厚德載物」一詞真要是讓自己說說，還真不一定能說得明白。

　　「王檢說得對，我在紀委也是採取這個態度，作為紀檢監察幹部對違法違紀問題，既要嚴厲無情，也要對幹部高度負責任，絕對要與人為善，富有同情心；除非表現太不怎麼樣的，能挽救就儘量挽救，盡可能地少查處、少查辦。查辦一個案件反作用力實在太大，一個案件可以讓一個幹部或幾個幹部的一生都毀了，連帶著的是一個家庭或幾個家庭就毀了。一個家庭幾個家庭毀了之後，結果可想而知，對這些幹部的孩子意味著什麼？哎，不過，有時候看看那些被查處的人所幹下的那些雞巴事，也確實挺可恨的。」王曉航也感慨地說道。

　　「大勇子的事，好像涉及公安局的人挺多吧？」王澍嘉看著谷月平問道，實際上是在問王曉航。

　　「今天上午市委召開常委擴大會，會議開始前，只留下書記和二位副書記、紀委書記、政法委書記，其餘與會人員都被讓到會議室外面的大會客室等待。省公安廳專案組的人給五位書記放錄影片，錄影片題目是濱州市帝都酒店總經理王大勇涉黑團夥案件相關情況。咱們紀委王書記回來只說了這一嘴。」王曉航說道。

　　怪不得，劉志恆剛才在電話裏說濱州市山雨欲來風滿樓哪！原來，濱州市發生了建國以來的一次政治大地震。以帝都酒店總經理王大勇，外號「大勇子」為首的具有黑社會性質的組織近日被省公安廳一舉偵破打掉。省公安廳專案組經過幾個月的偵查，於一週前密捕了大小頭目成員四十多人，其中包括十來個公安局的幹警，此事進行的相當隱蔽。而接下來，這個案件又能和市委市政府的哪些人員牽扯上，又成了社會關注的重點。

　　任信良多年來的行事規則決定了他對濱州市政壇上的事不太上心，不願意閒得沒事亂打聽。所以，在公司裏，劉志恆常常說他是業務簍子，腦子裏缺點政治。以任信良和王曉航的私人關係，他完全可以事先打聽一下。剛才的一番對話，讓任信良心裏馬上清楚了幾天來的濱州市究竟發生了什麼事。濱州市出了如此大的案子，身為濱州市首家上市國企的董事長，好歹也是市管幹部，對此，一點不知，自己也太固陋寡聞了。因此，任信良裝出一副本身就已經知道此事，但又想瞭解更深入內容的樣子，從容地問道：

　　「王書記，這個案子估計要擴大到什麼範圍？」

　　任信良的這個問題，可以說就王曉航目前掌握的情況看也未必說出點什麼，但是這種問法，卻滿足了王曉航的虛榮感。

　　「這件案子嘛！首先，定位上是省紀委省公安廳省檢察院聯合辦案，不是濱州市委市政府所能控制局面的！」王曉航打了個官腔說道。

　　「你們可能不知道，大勇子這幫小子膽子也太大了！據我瞭解，此案是濱州市自建國以來的最大的案子了，聽說包括大勇子手下的幾個幹將不僅私藏槍支，倒賣搖頭丸、K粉，開地下賭場，賭球，賭六合彩。他本身癮也很大，公開組織了二百多名婦女在賓館裏賣淫。他本身的毒癮、賭癮、嫖癮也都很大，這下好了！預審工作也好做多了！」谷月平接著王曉航的話頭說道。

　　「谷主任，你說預審工作這下好做了是怎麼回事？」任信良對刑事預審的業務是外行，他感到好奇。

「信良，你不懂了吧？一行有一行的業務，吸毒的人一旦被抓獲，預審人員只要在他的面前放盒煙，想問什麼就知道什麼，只要是吸毒的人所知道的，他會給你交代得一清二楚！就連你不想問的，你沒想起來問的，他也會主動說出來。」王澍嘉代替谷月平做了說明。

「現在這些幹部真是什麼錢都敢要呀！還不是個小數呢！前些年，我在位的時候，我的部下過年過節來送紅包，當然了也都是酒樓、賓館送給他們的，咱都不敢要，現在真是世道變了。據說，有的一個月領回扣都五六萬，帝都的桑拿貴賓『為愛屁卡』發出去好幾百張，有的貴賓『為愛屁卡』都是三四萬的面值，太過了！太過了！」谷月平發著感慨地說道。

任信良這才知道他已經退居二線，心裏明白，怪不得王澍嘉決定在這喝酒第一站讓谷月平簡單地埋單呢！任信良耳朵裏聽谷月平把VIP發音唸成「為愛屁卡」，心裏就覺得谷月平這個大老粗真是聰明，英譯漢水準挺高的，比信達雅的標準還高，通俗易懂，生動幽默。

政府人員事先把關係戶酒店當作自己的據點，再把要找自己辦事的客人領到據點兒裏，然後一頓狂宰，月末或定期領取百分之二十甚至是百分之三十的回扣，這一套把戲在濱州市已是再明白不過的潛規則了，如果連這條潛規則都不遵守，就別想能辦成什麼事！

「帝都酒店價格太貴，菜的味道也不好，我很久以前去過一次，再也沒去！」王澍嘉看著任信良說道。

「我們做企業的，說實在的，真的羨慕咱們公檢法工商稅務的，機會多，都說帝都豪華，我還沒撈著去哪！太遺憾了！」任信良看看王澍嘉也跟著說。

「老弟呀，沒去就沒去吧！沒什麼意思！免得惹麻煩！」谷月平套著近乎說道。

杯中的酒也喝乾了，王澍嘉對大家說：「誰有好的地方，介紹一下，安全一點，僻靜一點，現在是非常時期。」

「唱歌就算了，太扎眼。」王曉航提醒道。

　　「去洗桑拿吧！金色池塘今年新開的，很正規，洗洗休息一下挺好，金色池塘的獨立小休息室，設計得也挺好，有兩三人的，有七八個人的，挺舒適的。」

　　任信良一說完，大家都說，這個建議好，不會搞得太疲勞，放鬆一下，說說話挺好。任信良雖然喝著酒，但是頭腦很清醒，他擔心到了KTV，王澍嘉這個大嗓門來了勁兒，場面混亂，自己沒法和曹局談正經事。

第三十五章
撈人的代價

從太平洋海岸大酒樓出來，幾個人直接乘車到了金色池塘。任信良趁王澍嘉他們四人進入浴區的當口，找桑拿領班的經理交代了一下，定了兩個三人的休息室，囑咐好領班經理，一旦王澍嘉問起有沒有大的包間，就說已經滿了。

休息放鬆的計畫按照任信良的意圖落實了。王澍嘉、王曉航、谷月平被安排進了一個休息間，任信良和曹小軍進了一個休息間。

「曹局，不要見外，按摩？按腳？自己來。」

「算了，簡單一點，喝點啤酒，按個足吧！」

「行啊！隨心情，咱倆就按足！」任信良按了一下茶几上的呼叫鈴。

女領班進來。「兩位領導，有什麼吩咐？」

「找兩位手法好的來，做做足底！來兩瓶喜力啤酒，再拿盒軟中華！」

女領班鞠躬行禮之後出去了。

「嘿嘿！沒想到啊！現在連桑拿裏邊都時興稱呼『領導』啦，不稱呼『老闆』了！是不是領導們比老闆們來得多呀？」曹小軍調侃道。

「現在老闆太普遍，不值錢，便宜得很，就連大街上賣煎餅果子、賣烤地瓜的都被稱為老闆。」任信良感慨道。

「任總說的也是！看來，稱呼『領導』是叫到點子上了。老闆賺辛苦錢，捨不得瀟灑；領導就不一樣，不花自己的錢，對不對？哈哈。」曹小軍應和著。

「是的，曹局說得精闢。」任信良奉承道。

當著小姐的面，任信良不便說正事，故意閉著眼，享受著小姐按足底。曹小軍的嘴卻不閒著，逗著按足的小姐。

「你們家，除了按足，還有什麼項目？」

「除了三峽工程、城市改造、老棚戶區動遷，老闆想要什麼項目？」按摩小姐說話挺逗。

「哎呀，沒看出來嘛，業務量還挺大的嘛！」

「那當然！要不吃什麼？」

「你現在有一百萬了吧？」

「哈哈！我要是有一百萬，我讓領導們給我做足底！」

「稱一百萬，你就想讓領導做臺？做足底？我告訴你，做夢去吧！稱一千萬也白搭！」曹小軍和做足底的小姐打著嘴仗。

任信良怕冷了場，便睜開眼睛，東一句、西一句地摻和。

曹小軍說：「老兄剛才吃飯時的短信段子，確實挺經典的，還有什麼好段子，多發兩條，說來聽聽？」

任信良看看兩個正低頭做足底按摩的小姐，想了想說道：「我這個段子，到底講得對不對，待會兒還要請教你們兩位呢。」

兩位小姐抬起頭互相對視了一下，只是笑笑，沒有回話。

> 小學生上生理知識課，老師說：「人體的組織結構是對稱的，而且存在著必然的聯繫，比如說，人面部的嘴巴器官和生殖器官就是對應的，嘴的大小，決定了生殖器官的大小。」下課後，一位男生問同桌的女生：「你看我的嘴巴大不大呀！」邊說邊將嘴張得大大的。女生聽了，故意抿著嘴說道：「一點也不大！」

在任信良繪聲繪色的敘述下，兩位小姐低著頭笑個不停。

曹小軍樂得不行，坐起身來故意咧著嘴大聲地問按足的小姐：「我的嘴巴大不大呀？」

弄得足按小姐不好意思地低頭笑著不語。

任信良接著又講：「還有一個比較學術的，被稱為『哈佛行銷案例』。」

從前有個男人趕集賣豬，天黑遇雨，二十頭豬未賣成，到一農家借宿。少婦說：「家中只一人不便。」男說：「求你了大妹子，我給你一頭豬。」女說：「好吧！但是家裏只有一張床。」男說：「我也到床上睡，再加一頭豬給你。」女的同意。睡至半夜，男的與女的商量：「我到你上面去睡。」女不肯。男的說：「我給你兩頭豬。」女的聽了應允下來，但是要求上去不能動。少頃，男的忍不住，央求動一下，女不肯。男的說：「動一下給豬兩頭。」女的同意。但是男的只動了八下便停了下來，女的問：「為何不動了？」男的說：「豬沒了。」這時，女的小聲說：「要不，我給你豬。」天亮後，男的吹著口哨，趕著二十頭豬趕集去了。

哈佛點評：要主動發現用戶的潛在需求，前期必須引導、培養和激發用戶的需求，因此而產生的投入是符合市場發展規律的。

任信良繪聲繪色地講述，讓曹小軍一陣的惡笑，連呼：「精彩，太精彩了。你們這些學什麼MBA、IBM的就是有水兒，還有沒有？再講一個。」

「那好，還有一個哈佛經典教案，說的是一位公主每天中午帶領女衛隊封鎖住海邊，然後下水洗澡。有一位男士知道後，想出來個好主意。他事先在公主到大海灘前，脫光衣服，把自己埋在沙灘上。這天中午，女衛隊例行封鎖沙灘，公主下海洗澡，公主洗完澡上岸，發現沙灘上好像有個小蘑菇，她好奇地走過去用手搖搖，結果，越搖，蘑菇越大，公主就嘀咕：『也不知這變形的蘑菇是個啥味？』便用舌頭舔舔，蘑菇流汁兒了，味道還挺別致的，但是，轉瞬間蘑菇就消失了。公主覺得很有趣，高興地走了。該男子從沙灘返回後，立刻興致勃勃召集男夥伴們宣傳，令男夥伴兒們好生羨慕，紛紛準備參與嘗試。第二天中午，當公主從海裏洗澡上岸時，突然發現沙灘上都是蘑菇，於是下令，把所有蘑菇切下來帶走，回宮裏享用。此哈佛經典教案的啟示是：一、對客戶的個性化服務必須要有創意，簡單模仿只會付出巨大的代價；二、資源配置要合理，過度只會帶來毀滅性的災難！」

「這公主吃蘑菇的，不如剛才少婦來回送豬的有意思，嘿嘿！」曹小軍說道。

「對，還是上一條有趣！」任信良應和道。

做完足底，房間裏只有任信良和曹小軍兩個人。任信良簡單說了一下公司的情況，用一種徵詢的目光看著曹小軍。

曹小軍並不迴避任信良的目光：「老兄想怎麼做？或者說創億集團想怎麼做？」

「曹局，你是知道的，我剛剛出任創億集團股份公司的法人代表、董事長，對於查案子，我支持，我是想，能不能在這件事上讓我先有個面子！」

「你說說想法？」

「能不能先把黃永利和李露潔先放回來，案子該查繼續查！」

曹小軍聽了，轉過頭去，躺在椅子上，深深地吸了口煙，然後，將煙霧一股一股地吐出來。

「我是聽說有這樣做的，當然，不過，曹局方面，創億這邊可以做些事情的。」中學時，老師講幾何課，說兩點之間的直線距離就叫線段。老師做了個比喻，一隻狗看到地上有個肉包子，如何過去吃？是走個曲線呢？還是走個直線？理論上當然是直線中的線段，但是，時代在發展，如今狗吃包子，也都是繞著彎的。商道就是商量之道，當然是一條彎道；官道講究通達，說到底也是管道。任信良接著說道。

「創億現在有幾個公司？」曹小軍問道。

「五六個吧？」

「搞不搞半年審計？」

「現在，統一性的審計工作，市國資委肯定抓的。我剛任董事長，前任離任的審計也還沒搞呢。」任信良只是稍微停頓了一下，便接著說道：「不過，專項的可以靈活掌握，抓管理嘛！」

「我安排一家會計師事務所，審計一下怎麼樣？」

「當然可以！」任信良知道事情開始入題了。

「不過，別把黃永利的地產公司列進來，選個兩三家就行！」

「按曹局的意思辦！你給個數吧！」

曹小軍伸出中指和食指兩根手指。

「那黃、李的事？」

「這事得明天下午，你親自來反貪局辦理！」

「曹局，夠朋友，這次給老哥面子，今後老弟的事，就是我的事。」

任信良覺得如果黃永利和李露潔在劉志恆回來前能放回來，意義非同一般。

兩人又閒扯了一會兒，感覺也差不多了，任信良便起身來到王澍嘉三人待的休息室。

大家這時也都有了撤的意思，王澍嘉說：「今天就到這吧！」

大家都跟著出來。任信良埋完單，客氣地問問用不用送，都說自己走，於是彼此握手各走各的。

第三十六章
愚蠢的擔保

　　任信良推開辦公室外間的門，聽見裏屋的電話正響著。任信良緊走兩步來到裏間辦公室，看看電話顯示，號碼並不熟悉。任信良掏出手機輸入座機上顯示的正在呼叫的號碼，一搜索，見是高瑜辦公室的號碼，便拿起話筒。原來前天的下午，任信良聽了王澍嘉的介紹，知道要和高瑜打交道了，就找出高瑜的名片，事先把電話號碼存到了手機裏。

　　「任哥，忙什麼哪？一整天也沒個動靜！」高瑜的聲音嗲聲嗲氣的。

　　「別提了，我們集團的副總黃永利和他們房地產公司的副總兼財務總監李露潔讓反貪局給摟進去了，整整忙乎了一天！」任信良說了昨天發生的事，高瑜不再埋怨。

　　「任哥！你知道嗎？昨天我一頓惡睡，一覺醒來都下午2點了，到現在還感覺有些痛痛的！」

　　「要不要我去看看你？」

　　「誰用你看，你太壞了！」

　　高瑜說話、辦事不粘乎，這體現了她的處世風格，任信良便和她開開玩笑：「高瑜，我給你唸個段子。」

　　「又是黃段子？」

　　「別太狹隘好不好。」

　　「你說吧！」

　　「一男子問他的女朋友：『女人是不是都希望自己的男人，又大，又粗，又硬？』」

　　「我說嘛，你肯定沒什麼好段子。」

　　「想歪啦吧！聽段子要有平常心，要學會腦筋不轉彎，跟你說吧，又

大，又粗，又硬，是指財大，氣粗，後門兒硬！」

「哈哈，這還差不多，再說一個吧！」

「這一段是個廣告模仿秀：這人啊！一上年紀就想做愛，過去一天三遍地做，麻煩！現在好了，有了新蓋中蓋中華神油，一幹就是仨鐘頭，一遍兒等於五遍兒，射精都是水果味兒，真的，還不費勁兒！」

「哼哼，真缺德！」高瑜的聲音帶著嗔怪。

「不說笑了，這幾天我辦黃永利的事，那件事按商量好的辦。」任信良知道高瑜最關心的是商業銀行資產公司的執行案子。

「來得及！我去之前，給你打電話，想著給我打電話啊！」

「那當然，哎，我這來人了，回頭找時間嘮。」任信良找了個理由收了電話線。

任信良通過內線電話與湯恩泉進行了溝通，說了下午1點半左右，一起去東港反貪局辦理取保的事，讓湯恩泉事先準備好二萬塊錢的現金，以便辦理取保手續。

下午，任信良和湯恩泉兩人一起來到東港區檢察院反貪局，曹小軍的表情讓人看起來像與任信良是第一次見面似的。湯恩泉遞上香煙，沒想到，曹小軍用手一擋。

「謝謝！不會。昨天，你們創億集團的法律顧問來過了，經過研究和請示，認為黃永利和李露潔均為國企幹部，鑑於企業的實際情況和你們的請求，同意辦理交保手續。你們到一科去辦吧！」

曹小軍說完，對著站在一旁的一位三十多歲的男子，大概是個科長，遞了個眼色。那位男子隨即挺客氣地對任信良和湯恩泉說：

「兩位領導請跟我來吧！」

到了另一個辦公室，湯恩泉趕緊主動遞上香煙，並替科長把煙點上。

「科長貴姓？」

「我是反貪一科的科長魯毅，叫我小魯就行。」魯科長倒是挺謙遜的。

任信良也主動上前與魯毅握握手說道：「魯科長費心了。」

「任總，你們家這個案子可不是一般的案子呀，現在初步涉案的數是一千七百萬，目前被我們拿下的錢是六百五十萬。」魯毅說話的口氣有些像小蝦米游西湖，沒邊兒、沒沿兒的。

任信良的心裏一驚，不過仍是用輕鬆的語氣問道：「涉案款一般都如何處理？」

「一般情況下，上繳財政，這有十號文件明確硬性的規定，當然今天先談人的事。」

「對對，今天先談人的問題！」任信良和湯恩泉兩人幾乎是異口同聲地說道。

「院領導有交代，這個案子非同一般，交保可以，除了每人五千元的保證金以外，還需要有自然人出具的擔保書。」魯毅說完這句話，一副心不在焉的樣子。

「自然人的擔保？什麼意思？」任信良不解地看看魯毅，又扭頭看看湯恩泉。

「是的，自然人的擔保！一點沒錯！也就是說，擔保人要保證嫌疑人放出之後，能在調查取證期間隨叫隨到。」魯毅對著任信良一板正經地說道。

任信良對於這個新的情況感到有種不安和惹麻煩的感覺。他拿著魯毅遞過來的擔保文書，上面這樣一段文字極其醒目地映入眼簾：「擔保人以自然人的身分和人格擔保黃永利、李露潔兩人在取保候審期間，不離開濱州市區，能隨叫隨到，不做相互串供的事，並且按照檢察院的要求，認真寫好交代材料。」

任信良看完材料，看看魯毅又看看湯恩泉，並將擔保文書遞給湯恩泉。

「能不能就是以單位的名義？畢竟，畢竟──」任信良用一種商業談判中交易的口吻對魯毅說道。

「單位是什麼？單位還不是人來負責？特別是國營企業，此事不同於民事經濟案，是刑事案，情況特殊，能有現在這個辦法，已經是變通的特例了！」魯毅的態度很堅決。

「問題是，這樣的事兒，咱都沒辦過呀！」任信良慢吞吞地說道。

魯毅聽了並不做聲，只是邊抽煙邊看著任信良。

「要不，你們回去再想想？」魯毅隨口說道。

任信良看看魯毅，又看看湯恩泉。

湯恩泉馬上說：「我聽任總的！」

任信良對湯恩泉的評價是，關鍵時候義氣能衝上去，腦子也夠用。想到自己在擔保書上一簽字，這黃永利和李露潔就能立刻回家，而此事都完成在劉志恆出差回來之前，起碼在對班子成員和對國資委的交代上，爭取了主動，有了面子。

想到這裏，任信良對湯恩泉說道：「老兄，怎麼樣，咱倆就義氣一回，犧牲一把怎麼樣？把永利和李露潔打撈上來吧！」

湯恩泉也很乾脆：「我沒問題！」

任信良和湯恩泉相繼在文書上簽字後，魯毅領著湯恩泉到財務室交款。任信良一個人在魯毅的辦公室坐著，心裏此時真像是打碎了五味瓶子，心想：「聰明人作媒，糊塗人作保，但是既然做了，那就別後悔！純當義氣一把吧！況且，遇到這事，黃永利和李露潔無論如何也該領個人情不是？」

湯恩泉和魯毅回來，任信良問：「下一步，怎麼辦？」

湯恩泉搶著說：「魯科長待會兒就和我一起去看守所辦手續提人放人，永利和李露潔晚上可以回家吃晚飯了。」

「那就好！那就好！恩泉，回頭安排和魯科長一塊兒坐坐，交交朋友！」

任信良對湯恩泉交代一句，實際上，任信良知道湯恩泉會安排好這樣的事，他也就是那麼一說而已。

「任董，您放心好了，我一定陪好魯科長。」湯恩泉認真地回答道。

第三十七章
律師的點撥

從檢察院辦理完取保手續，任信良覺得自己和湯恩泉以自然人的身分在黃永利和李露潔的取保手續上簽了名，心裏感覺有些不落底兒，忽然想到高瑜的活動能力和經驗，便和高瑜通了個電話。高瑜正等著任信良的電話呢，接了電話，免不了來點嬌情。男女相處時間的長短，從來不是決定男人和女人親密程度的決定因素，一旦男人和女人有了肉體的結合，思想上也往往會加速地往一塊兒靠近。僅僅才兩天多的時間，任信良和高瑜的溝通和交流方式便如同多年的老情人。

「高瑜，我和湯恩泉剛從檢察院出來，現在檢察院辦事真夠嗆，還非要我們兩個人名義作保，才給辦理了取保手續。真沒意思！」

高瑜一聽，立刻敏感地說道：「任哥呀，我還真沒想到，你還真是個任我行，任大俠呢！」言語間，帶著不解和嘲諷。

「你還好意思笑！什麼他媽的任我行，任大俠，我現在是任我插！」任信良沒有聽出高瑜的話裏有話。

高瑜倒是認真著急起來。「任哥！我不和你開玩笑！這裏邊真有事！恐怕要出亂子了。你不是學法律的，有些事情一句話、兩句話說不清楚的，這樣吧，下班後，咱倆找個酒吧坐坐，我幫你出出主意！」

「我給你打電話，也是這個意思，下班後我去接你吧？」

「那樣更好！不過，你得把車停在法院的後面！時間別太早，稍晚一點吧！」高瑜所在的恆誠律師事務所與東港區法院門對門。

「明白，那就定在6點半吧，反正現在天黑得也晚，我到了以後，給你打電話！」

與高瑜通過電話之後，任信良在辦公室等著，看看錶，估摸湯恩泉那

邊事情辦得差不多了，便和湯恩泉通上了電話。此時，黃永利和李露潔已經被放了出來。湯恩泉現在還和魯毅泡在一起，等著晚上一起喝酒呢。

「永利怎麼表現的？」

「任董，永利情緒糟糕透了，兩天的時間，比霜打的還嚴重。」

「你沒跟他說說取保的前前後後？」

「說了，重點說了任董和我一起在擔保書上簽字的事。」

「是以個人名義擔保的擔保書！」任信良插話既是提醒也是強調。

「對，我是這麼說的。永利聽了感到非常驚訝，也很傷感，連聲說著謝謝，說回頭一定給您打電話哪！」

「沒再說點其他的情況？」

「沒有，當時魯毅科長在跟前兒，只能說點套話。」

「行，我知道了，晚上和魯毅在一塊兒，老兄可是單打獨鬥，孤軍奮戰呀，少喝酒！控制住局面，儘量多瞭解些活的情況！」

「謝謝任董關心，我會注意，領導放心好了！」

任信良在快到6點半的時候，開車來到了東港區人民法院大樓的後面，他把車停在路邊，給高瑜發了個短信之後，便在車裏等著高瑜。

車裏的CD機播放著音樂，是那種帶有韓國風情的流行曲，一位男歌手正唱著一首名叫〈燃燒〉的歌：

> 我叫你有來無回／我叫你面目全非／我叫你永不後悔／燃燒，可以讓一切摧毀／我讓你與我同歸／我讓你與我同毀／我讓你心中無悔／燃燒，可以讓一切變美／我要你閉上雙眼／我要你伸出雙手／我要你邁開雙腿／燃燒，讓我們看清自己／明知燃燒是在摧毀／我們攜手同歸無悔／明知燃燒是在摧毀／我們攜手同歸無悔／明知燃燒是在摧毀／我們攜手同歸無悔／明知燃燒是在摧毀／我們攜手同歸無悔

車裏只有歌聲，悠揚中夾帶著幾分傷感。歌詞一句一句、清清楚楚地灌進任信良的耳朵裏，這首愛情歌曲任信良聽了有一年多了，這張CD是石美珍買的。任信良以前聽這首歌並沒在意歌詞，他只是喜歡這首歌的曲子。今天，不知為什麼，這首歌的歌詞竟然讓他一下子記得這樣清楚。

高瑜敲敲車窗玻璃，衝著任信良撇了一下嘴，做了個鬼臉，拉開車門，坐到副駕駛的位置上，說了句：「體驗一下你的坐騎。」之後，便情意濃濃地看著任信良。

「下班啦，大律師？」

「這身衣服效果好不好，今天中午剛買的！」

高瑜在座位上挺了挺胸脯，對著頭上方的鏡子照照，那意思是既讓任信良看她身上的衣裳，也讓任信良注意她的胸脯。高瑜的這套女裝是兩件套的裙裝，顏色是蔥綠色的。

「款式嘛！倒也沒什麼可挑剔的，只是讓人一看，感覺挺扎眼的，覺著像是進了菜地似的。」

「你壞！準知道你沒什麼好話。」

「咱們去哪？」任信良問道。

「我沒胃口，整天吃飯、吃飯的，都煩死了，去個清靜的地方坐坐吧！」高瑜皺著眉頭。

「太陽廣場有家名叫『暗號1+1』的小酒吧，非常有特點，我陪老外去過，要不要去試試？」

「那就去『暗號1+1』，我也聽說過，但是我沒去過，我聽你的！」高瑜做著小鳥依人、大鳥聽話的樣子。

驅車到太陽廣場，要十幾分鐘的路程。但是，路上的車輛很多，車緩緩地行進著。任信良按了一下CD的操作鍵，那首名叫〈燃燒〉的歌曲，又悠揚地迴蕩在轎車裏。

「任哥！沒想到你也喜歡這首歌？看來還真是心靈感應，心心相通。」

「我喜歡這首歌的旋律，剛才等你的時候，仔細聽聽歌詞，發現歌詞也很不錯。」

　　「我是先喜歡歌名，然後看到歌詞，最後才喜歡這首歌曲的，我最喜歡的是這幾句：『我讓你與我同歸／我讓你與我同毀／我讓你心中無悔／燃燒，可以讓一切變美。』還有最後的那段，最酣暢：『明知燃燒是在摧毀／我們攜手同歸無悔／明知燃燒是在摧毀／我們攜手同歸無悔……』」

　　高瑜邊說邊哼唱。忽然又問道：「哎，對了，這首歌的歌詞你知道是誰作的嗎？」

　　任信良搖搖頭說道：「這是我家屬買的，碟片的外包裝盒子我沒看到。」

　　「這首歌詞的作者我上網查了，就是你跟我說的〈男人的悲哀〉那篇文章的作者！」

　　「是薛聖東？嘿嘿，看來真的和他有點緣分，『五一』前，劉董送給我一篇文章〈太平官的祕訣〉也是這小子寫的，滿有道理的，回頭我給你傳真過去，讓你也看看！」

　　「太平官的祕訣？我才不感興趣哪！做什麼狗屁官，也就你們這些游走在官場邊緣的人，官迷心竅的男人們，白天黑夜地盼著做官，你留著自己好好看吧！」

　　「哎，你說些什麼哪？游走在官場邊緣的人，這話怎麼講？」

　　「這你還不知道？也就是現在時興的說法，把你們這類所謂的國企的、事業的、院校的人，統統歸類為游走在官場邊緣的人，也就是說，說你們是個幹部吧，你們不是個幹部；說你們不是個幹部吧，你們有時也還真算是個幹部。」

　　「什麼亂七八糟的，這叫什麼話嘛！」

　　「說的就是這個話，怎麼？不敢承認？不敢面對？你看，你們這些人，不享受國家機關公務員待遇，級別上都是比照什麼什麼的，我沒說錯吧？你說你們是市管幹部，可是，能等於市委市政府的局長、副局長嗎？」

　　任信良聽著，覺得心裏發堵，高瑜說得沒錯，是這個理兒，自己身上確實披著一層虛假的政治官銜的斗篷。

「我叫你有來無回／我叫你面目全非／我叫你永不後悔／燃燒，可以讓一切摧毀。」高瑜又唱了起來。

「等會兒再跟你討論，我把車停一下。」

任信良選準車位，慢慢地把車停穩。兩個人下車，任信良隨手一揚，按動手中的遙控開關，鎖好車門，高瑜跟在任信良的後面走進「暗號1+1」酒吧。

「暗號1+1」酒吧的老闆是個很有創意的人，整個酒吧突出了黑色的主題，除了燈光以外，全部是黑色基調，連杯子都是黑色陶瓷的，酒水也以黑咖啡、黑啤酒，黑方威士卡為主。酒吧的大廳正播放著用薩克斯樂器演奏的樂曲〈午夜節拍〉，聲音低迴、悠揚，襯托著酒吧安靜的氛圍。

「點一份蛋炒飯，咱們兩個人吃。」落座後，高瑜和任信良說道。

「我同意，那就來一份蛋炒飯，再來一份果盤，一份黑美人霜淇淋，兩瓶黑啤酒。」任信良對服務生說著。

「請問先生、女士，黑啤酒是常溫還是冰鎮？」

「高瑜，你說！」任信良徵求著高瑜的意見。

「都喝冰鎮的吧！」

「好的！女士、先生，請稍候！」

蛋炒飯上來了，兩個人頭對著頭地吃著飯，慢慢地靠近話題。桌上的黑瓷碗裏飄蕩著燃燒的蠟燭，燭光照著兩個人的半邊臉，一邊明亮，另一邊稍顯黯淡。

「剛才在車裏，你說我們這些人是游走在官場的邊緣，而且還是官迷心竅、白天黑夜地盼著做官的男人，這話怎麼說？」

「這還不明白？七品是個芝麻官，現在要說稱得上是個官的，起碼得是個副廳級實職。雖說像你們這些大型國企的幹部比照局級幹部進行管理，但是，畢竟是濱州市的地方糧票，所以，我說你們是游走在中國官場的邊緣，這話沒錯吧？」

「你說得有點道理，我同意你的看法，我一直在國營企業裏，從業務

員坐到現在，一晃二十多年過來了，有時候真的感覺是像在黑暗中行走，本來穿不穿衣服的沒人注意，也沒人看見，可是偏偏天亮了，彼此再互相看看，便覺得不是那麼回事兒了，說是政、企分開，其實還攪合在一起，挺難為情的！」

「還好，任哥，我還以為你的腦子發懵哪，幸虧你的頭腦清醒，觀念上也很新，否則，真的是個悲劇。網路上說，入世以後，將有八種人會滯銷和被淘汰。」

「哪八種人？」

「這八種人是：知識陳舊的、技能單一的、情商低下的、心理脆弱的、目光短淺的、反應遲鈍的、單打獨鬥的、不善學習的。」任信良邊聽邊扒拉著手指頭數著。

「我算哪一種？」任信良故意問道。

「你嗎？照我看，你該屬於單打獨鬥型的！也要小心啊！」

高瑜的話音剛落，任信良放在桌上的手機震動起來，是黃永利的電話。任信良給高瑜使了個眼色，拿起電話。

「任董，說話方便嗎？」黃永利改了以往的稱呼。

「永利，回家啦？」任信良特別注意地使用了「回家」的字眼兒，而不使用「出來了」的說法。

「回家了，真的沒想到！恩泉今天來接我的時候，把事情都告訴我了，唉！真不知說什麼好？讓任董和恩泉以個人名義為我擔保，心裏真的過意不去！大恩不敢言謝呀！兄弟真的不知說什麼好。」黃永利的話顛三倒四，有點囉囉嗦嗦的。

「永利，看你說的，咱們共事多年了，這時候不幫忙，啥時候幫忙，這都是同事之家應該的。人活在世上出點事兒難免，人不小心捧倒了，要先趴著別動，總有站起來的時候！你好自為之吧，我現在有客人，找時間再說好嗎？」

「好的，任董你忙著，我就不打擾你，回頭找時間再聯繫！」

「好的，再見！」任信良結束了與黃永利的通話。

「哈哈，任哥，沒看出來呀，你說話確實挺逗的。摔倒了，先趴著！別動！總有站起來的時候！哈哈，真損！任大俠名言語錄，我記住了。」

「你別笑，你趕緊跟我說說，我和湯恩泉給黃永利、李露潔做擔保這件事，能不能有什麼麻煩？」

「這件事你們倆做得有些過！說得不好聽些，就是辦得有些出力不討好。」

「你能不能說得具體一點！」

「黃總的事我知道得不太多，但聽你介紹的，我覺得很可能要被起訴。所以，如果黃總和李露潔在取保期間不出問題，怎麼都好說；如果，黃總和李露潔兩人跑了，就要追究擔保人的責任；如果是竄通勾結，擔保人還要承擔相應的刑事責任。另外，如果被取保的逃跑後，還犯下新的案件，那麼，擔保人的刑事責任更大。還有，我瞭解劉董為人辦事特點，繞來繞去的，而任哥，你在這件事上，就比劉董嫩多了，我感覺你這件事辦得太快，也太直了點。」

高瑜說完，端起黑瓷酒杯，一邊晃動，一邊看著任信良。任信良在高瑜的目光中，感到了某種複雜，一時間心裏便有些心虛。

「有什麼好辦法沒有？」

「事情已經出了，只有走一步看一步了，但願黃永利和李露潔有點良心，否則你就被動，倒了大楣了！劉董那裏，恐怕也得落埋怨。」

「管不了那麼多了！」

任信良的情緒有些低落，兩天來的忙碌，經高瑜這麼一說，讓他不僅感覺到疲勞，還感覺到窩囊。

高瑜看任信良打了個哈欠，便提議道：「任哥，咱倆去洗桑拿吧！放鬆一下，我想來個鹽奶浴護理一下！」

「行！我看這個辦法行，在這兒乾坐著，不如去放鬆一下，去金色池塘吧！」

「你也喜歡金色池塘？太好了，咱倆想到一塊兒了！」

等高瑜選擇的那一套洗浴專案全部結束時，任信良在休息客房內已經睡了一覺。高瑜開門進屋後，轉身關好客房的門後，便款款地來到床邊，極自然地躺到任信良的身邊，盡力地往任信良的身體上靠著、擠著、擁著。

任信良聞聞高瑜身上的味道說：「是鹽奶浴嗎？」

「對呀！那還有假？六十八元一位哪！」

「六十八元？那就是牛奶有問題，牛奶臭了？」

「胡說什麼呀？人家今天做的是杏仁兒奶浴！」

任信良又使勁聞聞。「哎，別說，還真有一股苦中帶香甜的清香味」

「明白了吧？這叫回味兒香——！」高瑜挺著胸，扯著衣服，看著任信良聞著身上的味道說。

「噢，是有點回味兒香！」任信良回答。

任信良用左胳膊摟著高瑜，右手就在高瑜的身體下邊彈「吉他」，嘴巴在上面也不閒著。不一會兒的工夫，任信良懷裏的這個「大吉他」，便「哼哼、嗯嗯」起來。高瑜本來平時說話的聲音就一回兒港臺腔，一會兒北方腔兒的，雖然有些拿捏，但是嗲嗲的、憨憨的也挺好聽好玩的，如今在任信良的撥弄下，高瑜的聲音更好聽了。任信良心想高瑜所謂迷人之處，她的聲音大概占了一大半兒吧！

第三十八章
隱蔽的戰線

劉志恆回到集團公司，出人意料地是沒有馬上召開會議，只是找人個別地進行談話。劉志恆對個別談話的人員說，黃永利和李露潔的事情屬於情理之中，意料之外。震驚之餘，感到身為董事長有著失於教育管理的責任。他用這種方式，向外界傳遞著他的態度和聲音。此外，他還安排湯恩泉準備了一份材料，同時報送市紀委和國資委紀委，並讓陶萬琦和湯恩泉做好準備，隨時迎接市紀委聯合工作組進入創億集團。

就在看似平靜的幾天裏，令任信良擔心的事還是發生了。黃永利失蹤了，高原副市長也蒸發了。兩個人究竟誰在先，誰在後，是否是一起出走，在事情過去大概一週後，才有消息說，高原副市長現在已經出境，黃永利目前尚在國內，據說是在廣州、深圳一帶。任信良覺得自己的厄運來了，這厄運就開始於自己愚蠢地在那份擔保書上簽字的時候。他用手機給王曉航發送了一條短信。

領導打擾，有事相商，什麼時間方便？信良。

沒多一會兒，便有信息回覆：

近來太忙，今晚加班大幹，1點至2點間，有個空檔，來金色池塘找我，問青旅李總訂的貴賓房。

任信良看了，心裏挺高興，看著錶，等著到時候，驅車奔金色池塘。

　　任信良來到金色池塘，也顧不得淋浴一下，便脫去衣服換上休息服，三步併為兩步地隨著服務員來到約定的貴賓房。房間裏只有王曉航一個人，躺在沙發上抽煙。任信良明白所謂「青旅李總」是王曉航考慮到身分的因素故意對外說的。

　　「滿快的嗎？」王曉航笑著對任信良說。

　　「能不快一些嗎？領導好不容易有點時間！」

　　「慌了吧？我是怎麼跟你說的？遇事穩住！」

　　「我慌什麼？又沒有我的事兒。」

　　「高原市長是徹底出逃了，他給市委留了一封信，信件昨天由市委轉交給市紀委了。」

　　「什麼內容？」

　　「信件內容很簡單，感謝各位同仁多年來的體貼照顧，人各有志，只想在國外安度晚年，出走的方法，可能有些特別，但是希望理解！就這些。」

　　「出逃還寫信，挺新鮮的，他去了哪個國家？」

　　「他是經北京至深圳，然後去的香港，至於最終的目的地，初步判斷應該是加拿大，不過他現在去了菲律賓。」

　　「菲律賓？」任信良的腦海裏，浮現出蔡先生告訴自己的話，看來真的如蔡先生所說。

　　「是菲律賓！省紀委的調查判斷是這樣的！」

　　「那麼，黃永利的情況哪？」任信良問道。

　　「起碼到現在為止，各方面情況表明黃永利還沒出境，不知出於什麼原因？其實他也是有條件的。」

　　任信良沒有言語，他給王曉航的茶杯裏添滿茶水。

　　多年來，任信良和王曉航的關係是地下的。五年前，王曉航一個偶然的機會到創億藥業連鎖的一個門店去給父親買藥，手裏拿了一張寫著英文Byetta的字條，想順便打聽一下有沒有美國產的這種治療糖尿病的藥。

一個店員接過來看了半天沒弄明白，旁邊的一個店員說，咱們任總正在店裏，他可是學英文的。於是，店員領著王曉航來到任信良面前。這天是任信良來店裏檢查工作，於是熱情地做了自我介紹。

任信良拿過紙條一看，立刻就告訴王曉航：「Byetta，翻譯過來叫艾塞那肽注射液。」

王曉航聽了高興地說：「對對！是叫艾塞那——肽注射液。朋友出差去南方，聽醫院朋友說的，說這種藥，既能降低血糖，還能改善正在喪失功能的分泌胰島素的Beta細胞機能。」

「但是，這種藥目前不僅中國市場沒有獲批上市，就是在美國也一直屬於黑市交易。不過，我知道這種藥，據說效果不錯。」

「老父親糖尿病，老媽也糖尿病，你說當兒子能怎麼辦？真愁人！」王曉航皺著眉頭歎著氣。

「你是做什麼工作的？可以認識一下嗎？」任信良問道。

「我在市紀委一室工作，擔任室主任，我叫王曉航，這是我的名片。」王曉航誠懇地說道。

「這是我的名片，任信良！」任信良把名片雙手遞給王曉航。

「哎呀，你是咱們創億藥業連鎖的總頭呀！怪不得，對外國藥都門清哪！」

「哪裏！王主任，咱們到店長辦公室，我有話告訴你。」

後來，任信良通過香港的蔡澤藩先生幫助王曉航買到了這種治療糖尿病的新藥，而且價錢也很平常。這件事讓王曉航對任信良既心懷感激又刮目相看，於是，王曉航單獨宴請了任信良，任信良也沒讓王曉航埋單，就這樣，兩個人的關係算是建立了起來。但是，王曉航當時正盯著市紀委副書記的位子，行事非常地低調，他要求兩個人的關係必須是祕密的。

王曉航說：「官場就是戰場，現在的領導幹部們，反特片看多了，好像都受到過特別任務的專門訓練似的，都把過去戰爭年代對待敵人的辦法用在自己的同志身上了，為了關係、利益、職位，什麼手段都能用上。所以，非常時期要用非常手段，必須謹慎加小心，必須偷摸加隱蔽；必須要

如履薄冰，必須要度日如年；不允許有一絲一毫的閃失。官場上要成功，要安全，就必須學會和掌握政治鬥爭手段、經濟鬥爭手段、軍事鬥爭手段，而開展實施這些手段的前提，即第一要務就是把隱蔽戰線的工作放在首要的位置。」

因此，當兩人建立起祕密關係時，王曉航就提出了關於今後兩個人交往工作的要求和規矩。這些要求和規矩的具體內容是：公開場合一定要裝作關係平淡、平常甚至是初次相識的樣子；一旦研究事情也是兩個人單獨在一起研究，會面地點不固定，但會面環境必須要隱蔽私密；情況傳遞單線聯絡，堅決不向第三人洩漏兩個人的關係和情況。任信良完全聽話地自覺地堅守著王曉航提出的這些嚴格的紀律，直到王曉航成功地當上了紀委副書記，甚至又擔任了常務副書記，兩個人之間仍然保持著這種祕密的關係。王曉航成了任信良在市委領導機關中的一個內線，而任信良則成了王曉航安排在濱州市市直國有企業創億集團公司裏的一張冷牌。

「高原的事情暫且不說，就說黃永利的事，聽說是你和湯恩泉以個人名義辦的取保手續？」

「不是聽說的事，確實是！」

「這事你辦得有些臭！太不長腦子，你知道，劉志恆跟紀委王書記怎麼說的嗎？」

「他怎麼說的？」

「他說，黃永利出事時，他出差在外，等他知道時，任總已經辦理完取保手續了！」

「你說什麼？他真這麼說？」

任信良感到非常地意外和氣憤，他有些不敢相信，考慮到還有更深入的內容，所以，克制著讓自己冷靜下來。

「物必壞於內，而顯於外。老弟，創億集團的事情沒有你想的那麼簡單，別看你現在出任創億股份的董事長了，其實創億的家底你並不清楚，所以，在這件事上你要有自己的應對辦法。」

「老哥的意思是說創億出事和內部有關？」

「這件事你只能自己猜！我沒跟你說什麼，別人幫不了你。我問你，誰瞭解創億房地產的內部情況？別忘了！查辦黃永利和李露潔是根據舉報信的線索。」

「市反貪局方面上次把信給壓下了，這次是東港檢察院辦的，說是在查證券公司時發現的線索。」

「老弟，你太簡單了，檢察院怎麼可能對外說實話，這是起碼的策略和紀律原則。創億房地產的舉報信紀委前些日子也收到了，當時就讓我給放在了一邊，沒來得及告訴你。這些日子，市裏都忙著辦帝都酒店大勇子涉黑的案件，你好好猜猜吧！」

「如果按老兄的理論，那就有些太可怕了。創億股份法人代表董事長這個職務對我來說就是麻煩和災難的代名詞。」

「也不能這麼說！別人爬山爬累了，要找個拐棍兒，而你就是那根兒帶把兒的硬雜木！」

「是拐棍兒就拐棍兒吧，我倒沒覺得怎麼樣，只是感覺有種反差。」

「什麼反差？」

「當藥業的老總，我是玉米麵煎餅卷小蔥，雖然是粗糧，吃著順心。如今當了創億股份的法人代表董事長，反倒覺得是玉米麵煎餅卷小蔥換成了春餅卷雞蛋。不過，雞蛋是臭的，吃著心裏犯堵。」任信良牢騷一上來，抽象的問題現象昇華成了形象的理論概念。

「老弟這個比喻很形象呀，其實官場上的規則也是這樣的。」王曉航發著感慨。

「曹小軍那邊，老兄有沒有路子？」任信良問道。

「我想，曹小軍不會難為你，他還等著你給他辦事哪！只要你辦事痛快些，至於談到私人關係，還是澍嘉和他的關係最鐵。就衝著澍嘉的關係，我想他也會有所顧忌，只是下一步紀委工作組方面，要打打麻煩！」

「你是說，紀委要辦我？」任信良冷笑道。

「那倒不是辦你，而是走程序，讓你反反覆覆地交代當時辦理取保是

出於什麼目的和考慮！」

「什麼目的？什麼考慮？誰不清楚？還用得著使用『交代』這個詞？」任信良撇著嘴，他越發的不滿，肚子也有些脹氣。

「對，就是用『交代』這個詞，你不交代，紀委工作組去公司幹啥？難道去讓劉志恆交代問題？」

任信良聽王曉航說到這裏，心裏透亮了許多，但是，仍然發著牢騷。

「這不是神經病嗎？工作組誰帶隊？」

「國資委紀委方面人員已經定下來，一位紀委書記，一位監察處處長，還有兩名副處調。市紀委方面還沒定，也可能是王書記，也可能是我帶隊。」

「最好是你帶隊，協調起來方便！」

「那倒沒關係，你記住一點，別亂說話，要有耐心，千萬別不耐煩，紀委也是走走程序。」

「我明白了，我和湯恩泉個別交代一下，到時候再拉拉關係，老兄再過過話。」

「這沒問題。另外，待會兒幫我辦個浴卡吧！我看現在店裏正搞促銷活動哪！買一萬送兩千呢。」

「這簡單，待會兒走的時候，我辦！」

商量完事，任信良說：「按按足吧！」

王曉航說：「可以。」

任信良便按了一下呼叫鈕。現場經理是個長得端莊，穿著白上衣、黑裙子的女孩子，讓人一看，便知道受過專門的禮儀訓練。任信良吩咐經理給找兩位靚麗的小姐做足底。不一會兒，進來兩位穿著紅色吊帶裝的小姐。

王曉航看看坐下來給他按足的小姐說：「我說，你們倆長得也太一般了吧？」

兩位小姐並不介意，反倒嬉皮笑臉的。

「確實長得不咋地，湊合著用吧！長得好看的誰做這個。」給王曉航做足底按摩的那位小姐接話說道。

　　任信良不由得丹田部位一陣的跳動，差點笑出聲來。

　　「同樣是花錢，當然得縮小差距，能漂亮就漂亮嘛！」王曉航說。

　　「兩位領導要是真的需要漂亮的，也可以。但是她們不做足底按摩，她們只做腿部按摩！」

　　「我知道，你們說的腿部按摩是指第三條腿的按摩！對吧？」王曉航問道。

　　「隨你怎麼理解都行。」給王曉航按足的小姐情緒有些不高地說道。

　　「照這麼說，你們家這不是賣淫嫖娼嘛！」王曉航跟著來了一句。

　　「我們房總都說，不賣淫嫖娼，還賺雞巴毛錢！」給王曉航按足的小姐顯然心裏有氣。

　　「這麼說，你們做足底的賺錢少了？」王曉航問道。

　　「豈止是少，而是難！沒幾個客人做正規足底的！」

　　兩位小姐都低下頭不再言語。王曉航也歎了口氣，不再說話。

　　回到公司，任信良主動給曹小軍打了電話，告訴他，已找了四家連鎖藥店，一家二萬五千塊，審計的事隨時就可以展開，對於黃永利失蹤的事情也不打聽。曹小軍正等著任信良的電話哪，聽說審計的事有了著落，連價碼都出來了，所以對黃永利取保後失蹤的事也不提起。

第三十九章
唐甄之名篇

傅彬彬告訴任信良去北京出差，臨行前，發給任信良一個「電子姨妹」。任信良打開「電子姨妹」，仔細地閱讀起來。

良子，我們總編前些日子在讀一本書，書名是《潛書》，挺奇怪的一個書名。所以，好奇借過來翻翻，沒曾想，拿起來就放不下了，也因此去書店買了一本。《潛書》的作者唐甄作為明末清初時期的一位進步的思想家，他的經歷，他所思考和分析的問題，在那個時代真可以說是石破天驚之語，今天讀來，仍然感到書中處處顯露的真知灼見，直指人心，句句在理，字字見血。

唐甄寫這本《潛書》用了整整三十年的時間，最初取名《衡書》，其寓意志在權衡天下。然而，命運多舛，連蹇不遇，唐甄遂將此書更名為《潛書》。良子，你現在是上市公司的董事長了，讓你看一本厚厚的與公司的運營管理沒有直接聯繫的古文書，確實不切實際，但是，讀一本充滿哲學智慧的書並不意味著於企業的經營沒有益處，《潛書・受任》、《潛書・利才》這兩節的內容，就非常值得你抽空自己閱讀，並且能細細地思考。或許，我的這個建議，經過你閱後所產生的共鳴，能讓你感到，作為真正愛你的女人，她所關注的是什麼？

下面是《潛書》中的〈受任〉、〈利才〉這兩節的一小部分內容，我為你做了個文白對照，你一定要抽時間好好看看，我想，〈受任〉、〈利才〉這兩節對現在的你，真的非常有益處！

請注意身體，少喝酒！多休息！等我回來！你的彬彬。

《潛書──受任》原文：

能成大功者，必不敗功；能成大名者，必不敗名。且毋審其智能，毋論其權用。出身必有所主，行道必有所由。立於不敗之地，行於不窮之道，乃可以恣我之為也。功名之道，無幸無不幸。智者必成，不成必非智；智者必不敗，敗必非智。是何也？兩合則成，兩違則敗，見可成則就之，見不可成則避之。成敗去就，謹於所擇者，功名之門也。

萬金之賈，行於道塗，必挾善射者為之衛，盜至則引弓待之，不輕發也。發，必洞胸，必穿脅、必貫顱。一發不中，則刃鏃已加其體矣。天下之大，非特萬金之富也；萬人之敵，非特一盜之智也；豪傑之身，非特一矢之用也，是何輕於委身者之不如發矢也！

是故君子有不受任者五：不遇其時，不受；不得其主，不受；用違其才，不受；任屬不專，不受；權臣持之，嬖幸市之，不受。君子非不勇於受任也，其重若此者，恐其隳功毀名，辱國殘命也。士當巷居，隱見惟己，人不得致也。出而干主，任之猶輕，言之猶淺，去留亦惟己，人不得泥也。若夫入室而謀，處帷而議，食以其食，衣以其衣，屬之以心腹，傾之以密機。當是之時，國安與安，國危與危，國亡與亡，義不可去矣。

《詩》曰：靡不有初，鮮克有終。

《潛書‧利才》原文：

功名，險道也；君臣，險交也。不必直諫而險，直言亦險；不必臨戰而險，立朝亦險；不必事暴君而險，事賢君亦險。我之所謂險者，非安其位、保其爵祿也；非不慮患、不避禍也。致我之道，以任重安邦也。夫任重者，功罪同跡，信讒相參，非必為之而輒危

也，或出於萬有一危，則危矣。處險而安者，鄙夫也。處險而險者，君子也。

死者，人之所甚重也。……。

君子有四不死：權奸擅命，天子斂手，欲救而逆之，如冶爐燎羽耳。當是之時，君子不死也；朋黨相讐，有伏戎焉，自賢而非人，自白而濁人，禍不移影。當是之時，君子不死也；興廢用捨，非所以安危者則不爭，抗言爭之，或以激怒。當是之時，君子不死也；大命既傾，人不能支。君死矣，國亡矣，非其股肱之佐、守疆之重臣，而委身徇之，則過矣。當是之時，君子不死也。此四不死者，死而無益於天下，是以君子不死也。

君子有三死：身死而大亂定，則死之；身死而國存，則死之；身死而君安，則死之。自堯舜以至於今，成大功，立大名，受大封，揚名後世，澤流子孫者多矣，奚為以死期哉？

《潛書・受任》（譯文）：

能成就大的功業的人，一定不會自己敗壞自己的功業；能成就大的聲望的人，一定不會自己敗壞自己的聲望。暫且不論他的智能的高低，不論他權勢的大小。做事情有主見，有方向；立於不敗之地，不使自己處於窮途末路，這樣才能夠自由自在、達到目的。在追求功名的道路上，沒有什麼僥倖不僥倖的。富於智慧的人一定能夠獲得成功；如果不成功，一定是由於缺乏智慧。富於智慧的人一定不會失敗；如果失敗了，一定是由於缺乏智慧。這是為什麼呢？個人的智慧、才能符合客觀的需要，把二者統一起來就能成功；個人的智慧、才能不適應客觀的需要，就會失敗。認識到事情能夠成功就去做，認識到事情不能成功就不要去做。事情成功還是失敗、該不該做，要謹慎地做出選擇，這是獲得功名的門路。

所以，君子在三種情況下不接受任命：在朝廷政治黑暗的時

候，不接受任命；遇不到賢良的君主，不接受任命；糟蹋了自己才能，不接受任命；不能發揮自己的專長，不接受任命；被權臣挾持、被奸臣出賣，不接受任命。君子並不是沒有勇氣接受任命，之所以把接受任命這麼當回事兒，是因為害怕敗壞了功業，毀掉了名譽，讓國家受屈辱，白白地葬送了性命。一個人生活在尋常百姓中間，是隱居不出還是出來為國效力，只能由他自己決定，別人決定不了。出來為君主效力了，但是擔任的官職太小，說的話不被重視，這時，是離開還是留下，也許能由他自己決定，別人阻礙不了他。如果做了君主身邊的近臣，與君主一同相處、一同商議和謀畫國家大事，君主與他平起平坐，把他當作自己的知心人，把國家機密全部告訴給他。在這個時候，國家平安，他也一道平安；國家危難，他也一道危難；國家滅亡，他也一道滅亡，從道義上說則不應該離去了。

《詩經》裏說：「任何事情都有一個好的開端，但是卻很少有一個好的結局。」

《潛書·利才》（譯文）：

追求功名的道路是很危險的；君臣之間的交往是很危險的。不一定非得忠言直諫才會危險，說真話也很危險；不一定非得打仗才會危險，事奉賢明的君主也很危險。我這裏所說的危險，不是指保不住官職和地位；不是指會給直諫帶來憂患和災禍。我的意思是說不能再承擔重任、保全國家。承擔重任的人，有時立功和犯罪從表面上不容易區分，有時信任與讒言互相摻雜。不一定非得做出危險的事情才有危險，或許由於一件非常偶然的事情，就會造成危險。處於危險之中卻還在苟安的，就是個小人；處於危險之中，自己也知道很危險的，才稱得上是君子。

死亡，對於人來說是件非常大的事情。……。

君子在四種情況下不能死：奸臣專權，天子放手不管；君子想拯救國家，與他們發生牴觸，這就像熔爐裏焚燒一根羽毛一樣危險。在這個時候，君子不能死。朋黨之間互相攻擊，暗中勾心鬥角，認為自己賢能，別人不行；認為自己清白，別人污濁。任用誰、廢黜誰，如果不是關係到國家的安危，君子就不要爭辯，跟這些人頂撞爭辯，有時會激怒了他們。在這個時候，君子不能死。上天賦予國家的命數已盡，人力不能拯救。君主死了，國家滅亡了，自己不是什麼朝廷內將相一類的高官，或者守衛邊疆的重臣，卻以身殉國，這就錯了。在這個時候，君子不能死。君子在這四種情況下不能死，是因為死了對國家沒有什麼好處。

君子在三種情況下可以死：自己死了天下大亂就成平息，那就去死；自己死了國家就能保存下來，那就去死；自己死了就能保全君主，那就去死。從堯、舜時代到今天，成就偉大的功業，造就偉大的聲望，受到很高的冊封，揚名後世，造福於子孫後代的人多了，為什麼一定要巴望死呢？

任信良看著這兩篇《潛書》上的文章，越看越覺得文章上的話語就是一針見血地在對自己說的，如果把文章中的「國家」一詞在換成「企業」，「君主」一詞換成「董事長」，這篇文章那就成了專門為自己寫的了，於是，越看越覺得心裏鬱悶。但是，轉念一想，任信良又覺得自己低估了傅彬彬這個女子。傅彬彬的愛是理智地投入，理智地衝動，她愛他，不僅關心他已有的成就，更關心他今後的志向，尤其關心他的政治安全和命運。而通常情況下，長頭髮的女人們對於自己所愛的男人所取得地位、名氣、財富卻往往在高興自豪的同時，內心更多地夾雜著的是自身地位的危機和恐懼感。傅彬彬這個現代化的女性，她的思想意識和行為確實讓任信良感到由衷的自得和滿意。想到這裏，心裏不再鬱悶，反而對照著〈受任〉、〈利才〉兩篇文章中的話語，重新冷靜地思考起自己的安全與命運來！

　　「承擔重任的人，有時立功和犯罪從表面上不容易區分，有時信任與讒言互相摻雜。不一定非得做出危險的事情才有危險，或許由於一件非常偶然的事情，就會造成危險。處於危險之中卻還在苟安的，就是個小人；處於危險之中，自己也知道很危險的，才稱得上是君子。」自從那天在金色池塘聽了王曉航的話，任信良的心裏便一直感覺像是吃飯時不小心吞了個綠豆蒼蠅，原本是想自己騙自己，全當是吃了個花椒粒兒，別讓旁邊的人看笑話呢！可偏偏就在這時，站出來個所謂的好心人偏偏告訴自己剛才吃了個綠豆蒼蠅，你說心裏該有多窩火！

　　任信良思考著，掛了個電話把徐文田給叫了來。

第四十章
知心與交流

「文田，我想請你幫兄弟拿拿主意！」

任信良的語氣讓人聽著非常地親切和近乎。徐文田感受到這種氣氛，也沒有像以往那樣稱呼任信良的職務。

「信良，咱們老同學之間你總是這麼客氣，什麼事？」

「你知道的，黃永利和李露潔都是我和恩泉以個人名義取保放回來的，現在，黃永利已經出逃，這件事非常地被動，市紀委工作組馬上要來集團，所以，我想聽聽你的意見。」

「這件事發生後，是你一直在跑前跑後的，大家都看到了。我覺得如果班子意見統一，調子一致，沒有什麼說不清的！」徐文田說著大實話。

「實話跟你說吧，你可能都不敢相信，在取保黃永利和李露潔的問題上，我們的劉志恆同志竟然在市紀委書記那裏說這件事他根本就不知道！」說完，任信良狠狠地一掌拍在了辦公桌面上。

任信良第一次這樣在背後稱呼劉志恆，而且是在徐文田的面前。徐文田有些吃驚地看著任信良，一時不知說什麼好。

「所以，我現在就有些搞不懂了，紀委工作組是走程序也好，辦案也好，總之，會在這個問題讓我做出解釋。你說，我應該怎麼說？」任信良的目光是專注的、信任的、期待的。

「真沒想到！這真沒想到！太沒意思了，怎麼能這樣做人？」徐文田說完停頓了一下，抓過桌上的中華煙點上了一支，狠狠地吸了一口，然後說道：「信良，如果是這樣，本來簡單的事讓人給弄複雜了，不過，你別急，咱們一起來順一順，理個思路出來，免得被動！」

「文田，我正是這個意思，你快說。」任信良著急說道。

「咱們先說法律方面的事,後說紀律方面的。依我的經驗和瞭解,眼下不可能馬上追究你和湯書記在法律上的責任,這一點,你和湯書記完全可以不用擔心。退一萬步講,黃永利就是個犯罪分子,取保期間脫逃,要追究你和湯書記在法律上的責任,那還得看黃永利這個犯罪分子在取保脫逃期間有無新的犯罪才行。總之,追究刑事責任將是個相對漫長的過程。況且,這件取保的事情事出有因,再加上有王澍嘉檢察長的關係,所以,你和湯書記暫時不必為這方面的事煩惱。談到紀律方面,我雖然不是集團班子成員,但是,在這方面的認識還是有的,我覺得這涉及所謂組織原則、政治敏感性的問題。」

「對,說得對,分析得透徹,不愧是文田兄,書讀得多,你說到點子上了,他們就是想在這方面整事。」任信良興奮地說道。

「信良,說到整事兒,我分析劉志恆的目的其實也無外乎有兩個,一是想殺一下你的威風和得意,二是把自己擇扒乾淨,這是所有當頭頭們的一貫原則。」徐文田說這話沒考慮任信良的職位問題,話一出口,感覺打擊面太大,便有些不好意思。

「你說得沒錯,當頭頭的是這個德性!但是,我這才幾天?我他媽的有啥威風和得意?別人不知道,你還不知道?咱們的創億集團和創億股份還不都是劉志恆一人說了算,和原來沒什麼兩樣嘛!」任信良笑著隨和道。

「這個嘛,我也說不太好,都是你們領導間的事。不過,基於上述兩點,我覺得此次工作組不會整出事來,但能整出材料來。」

「哈哈,整材料?那我們就多提供些素材,事情不往心裏去了,不著急,也不上火,既不一板正經,也不嘻嘻哈哈的不當回事兒。」任信良說道。

「對,如果你有這樣心態,那就沒什麼問題了!」徐文田贊同地說道。

「那工作組就個人出面取保黃永利、李露潔的事,那我怎麼說?」

「信良,這次你要主打悲情牌!世界同情弱者,同情心最容易引起共鳴,關心人、愛護人,也最容易使自己人氣大漲。面子有啥了不起的,你不妨裝得無辜一點!」徐文田擠了一下眼睛,做了個鬼臉。

「那到時候，我就說，當時聽到黃永利、李露潔兩位同事被檢察院帶走，咱哪經歷過這種事呀，董事長出差，聯繫不上。我心想，單位應該出面協調一下，可人家檢察院不幹！偏偏要求由自然人擔保。一想到自己共事多年的同事出了這樣的事，在裏面關著，他們的家人該是何等焦心呀，所以，我當時根本沒往有問題、沒問題方面考慮，一衝動就帶頭簽了字，這件事情與湯恩泉同志一點關係也沒有，志恆董事長也確實不知道！」任信良裝作在和紀委工作組的人談話。

「哈哈，挺好，我聽著都順耳，都受感動了。」徐文田笑著說道。

「這事，我和恩泉還得通通氣，統一一下意見，免得工作組談話時恩泉一義氣，把擔保的責任全攬到自己身上，然後再一發火，把窗戶紙捅破那可就沒意思啦！那樣事情就砸了。」

「湯書記這人是個爺們，講義氣，直爽敞亮，他也挺服你的。」

「有啥服不服的，慢慢相處嘛！以心換心，為人實在，不虛假是做人的根本，咱們做到了，至於——有的人，嗨！說不知道就不知道吧，吃點虧能怎樣？死不了人！哈哈！」任信良站起身來，近乎故意地笑起來。

「嘿嘿！吃虧就是吃補，難得吃補！」徐文田也笑著說道。

第四十一章
跑贏了莊家

滕健今天穿了一身藏藍色的新西服，腳穿一雙黑亮的新款皮鞋，從頭到腳，光鮮的，精氣神十足，以往腦門子上掛著的非常明顯的「履歷表」，今天也模糊了許多，頭髮梳理得油光整齊的，身上散發著煙香味的香水味道。

滕健坐在任信良的對面，誇張地連續摸著自己的腕錶。任信良瞟了一眼，看到滕健戴著一塊經典款歐米伽金錶，對於熟悉名錶、愛名錶的任信良來說，他知道這種錶的價位是在五萬元以上的。

「哈哈，滕健穿這麼漂亮，發財了？」任信良問道。

「談不上發財，也就是搞點小經營，為國家納點稅，賣點小股票，進點小利潤。」滕健說話今天有些飄。

任信良知道滕健手中的那些創億集團股份的股票已經拋出變現。前些日子，任信良安排傅彬彬也成功地把股票變了現，帳面資金整整翻了將近四倍，當時，差點沒把傅彬彬樂昏過去。

「戰果還可以？」

「沒說的，中間我還做了一次波段，我的資金翻了這個數。」滕健伸出五個手指示意道。

「人有錢和沒錢看來確實是不一樣，有本小說叫《無規則遊戲》，那裏邊有句話說：『錢是男人最特效的壯陽藥。』」任信良說道。

「莎士比亞的戲劇中對錢有專門的論述，它能讓醜陋的老太婆變成美麗的少女，讓年邁的老頭子變成小夥子，從而成為年輕小夥子和姑娘愛慕的對象。」滕健說出口的話，給人一種玩世不恭的感覺。

「這兩天，創億股份的股票連續下跌，快到地板價了吧？」任信良問道。

「可不是，今天上午一開盤，又是一個跌停，現在的價格是2.1元，嘿嘿！」滕健回答道。

任信良對滕健說的事情，心裏清楚得很。

「有錢了，打算做點什麼呢？」

「說實在的，想想這些年在創億混的，要啥？啥沒有，可是，現在有錢了，感覺太不一樣，覺得自己喘氣都順暢，走起路來渾身都是勁兒，一句話，有錢了，最大的感受是主動多了。『大錢靠命，小錢靠賺。』這可是劉董說的名言呀，我準備用這一百多萬實實在在做點事情，但是絕不是炒股。我今天來就是想和任總說說我的事情。」

「你的事情？說說看！」任信良從滕健的神情感覺到將有某件事情發生。果然，是一件令任信良感到意外的事。

「任總，在公司這麼多年，我一直很尊重您，您不虛偽，這些就不說了，因為我要走了，所以有些話只能跟您一個人說。」

「你說什麼？要走？往哪走？」

「是的！我已經和劉董談過了。」

「劉董什麼意思？」

任信良知道自從滕健出了那次〈賀歲詩〉的風波之後，加上後來的幾件事，劉志恆對滕健不是一般的不滿意，滕健也多次發牢騷，說是要離開公司，但是，大家都沒有當回事兒，只當是滕健的一時氣話。這次滕健主動提出離開公司，並且和劉志恆正式談過，說明去意已決，而這一切，任信良竟然沒有察覺到。

「劉董說，作為公司的董祕辦公室主任，有些事辦起來還是講究點好，大家彼此給個面子了，下個臺階了。說實在的，我在公司被劉董拍了多年的肩膀，辛辛苦苦的，累死累活，啥也沒得到，感覺非常不舒服。劉董這個人太虛偽！說話從來沒有一句是真的。在國營企業裏，累死也好，累活也好，就是到頭來弄得自己的心沒處放。」

「滕健，我一直很賞識你，有激情，想幹事情，想成事情，接著幹下去，進步的機會還是有的。你看，創億的班子成員平均年齡是五十二週

歲，都不小了。」任信良勸道。

「有篇文章上說，當今是狼的社會，擺在人們面前的只有兩條成功者之路。這兩條成功之路，一是有本事讓別人成為你的心腹知己，二是有本事成為別人的心腹知己！我的性格決定了我的命運，我不會拉攏別人成為自己的所謂知己，也不會低三下四地成為別人的所謂知己。我這個人確實不適應繼續在『官不官、商不商』的創億集團公司，尤其是劉志恆這個人手下再待下去了。我是很簡單的那種，但是今天我決定複雜一下。」滕健咬了咬嘴唇，接著說道：「任總，你還記得兩年前離開公司的歐世平嗎？」

「這怎麼能不知道，不是那個北大高材生，一直在集團電腦室工作的那個嗎？」

「正是他，前幾天他給我來電話，偶然說到了劉董在北京的事。」

「劉董在北京的事？他不是去西柏坡參觀嗎？」

「不是說這件事，沒那麼簡單！歐世平調離公司後，去北京一家軟體公司做部門經理，去年國慶日期間，他陪著一位香港的客戶去北京臥佛寺上香，卻看到了劉董。」

「那有什麼！遊山玩水、湊湊熱鬧的事，你一個讀書人也往心裏裝？沒意思！」

「歐世平說了很多，你知道與劉董一起上香的人是誰嗎？」

「是誰？」任信良問道，他已經從滕健的眼神中預感到了將有意想不到的事情。

「李琳，李主任！」滕健肯定地回答道。

「李琳？開什麼玩笑，不會吧？這怎麼可能？」任信良的聲音也高了起來。

「沒錯的！雖然他們兩個人都戴著墨鏡，但是，還是被歐世平認出來了！」

「原來是這樣。」任信良覺得此事還是不知道得好，於是改口說道：「老弟，你也該結婚了！今年也是三十六七歲了，鑽石王老五不結婚，靈感也會變成敏感的！」

「任總，你是說我對男女關係敏感？不！現在這個年代，沒有人會有心在意什麼男女關係的，很無聊的。我只是感覺劉董這個人太虛偽！平時一本正經的，從來都是表現得一身正氣、大義凜然的，讓人看不透。」

「老弟，你要超脫一點！」

「我超脫不起來。」滕健語氣中既有憂鬱也有些傷感。

「女人好比是一個接一個的水池子，男人好比一條條自由自在的魚，魚在一個池子裏游累了游得厭倦了，他會跳到另一個水池子裏。一個水池裏有一條魚，游來游去的很正常，非常正常了，不過，水池裏的魚要是多了，水池裏的水就會變臭！」

「任董，你的比喻太形象了！」

「幾千年形成的思維定式，不可能一下子轉變過來，包括你在內，難道不是都在追求一種安全、穩定的生活模式嗎？」

「正因為我認識到多年來我的這種追求，所以我才覺醒，因為這種所謂的安全、穩定的生活模式實際上根本不安全、不穩定。在這種生活模式中，我的心靈在不知不覺中枯萎，人不是人，猴子不是猴子的！幾年前我就說，創億集團像棵爬滿猴子的大樹，向上看，看到的是屁股；向下看，看到的是笑臉；左右一看，看到的都是耳目，我是創億集團的一隻可憐猴兒。」滕健的話，在涵義上開始有些拔高。

「不要說得這麼傷感，這麼悲壯！我比你大十來歲，有些事經歷得多些。其實懷才不遇，和久婚不孕一個道理，非得時間久了，趕上哪個時候，才能懷孕，而且即便是懷上孕，也得夠月份，才能顯現出來，好讓人看見！」

「道理是這個道理，我只是覺得我不能整天生活在道理之中。國企是可愛的，國企職工卻是可憐的，我身為其中的一員，好就好在我可以從此不必再可憐了。」

「別太悲觀，滕健。你說劉董和你有個默契？」任信良不想和滕健做文字遊戲，他想結束談話。

「是這樣，劉董讓我寫個申請，內容是出國短期留學的申請，時間是

一年，一年內工資停發。等一年以後，再將勞動關係轉出，當然，這後一條不在申請裏出現。」

「這個辦法好，確實是不顯山、不顯水的！讓外人看了，還認為這是公司給了你福利待遇。」

「但是，歐世平的電話，讓我改變了想法和做法！創億股份這次莊家炒作，我雖然是受益者，但是，對於我為之付出和奮鬥的創億而言，我卻是一個受害者，因為，我所得到的僅僅是與偽君子作戰的戰利品而已。」

「滕健！今天我們之間的談話，已經遠遠地超出了公司同事間工作的範疇，也超出了你我彼此相信的關係，你說的話，哪說哪了吧，我也根本沒聽見。不過，作為老大哥，在一起共事多年，說句心裏話，你是三十大幾快四十的男人了，辦事尤其不能意氣用事。上香也好，上供也好，總之，說明人的心裏在追求佛、追尋神什麼的，正說明了對自己的底氣缺乏信心。人心裏都有一桿秤，信什麼是個人的私事，沒必要鑽牛角尖，你再仔細想想。反正，我聽你說了劉董的辦法，挺好的。至於因為勞動關係暫時拿不走的事，你可以提點要求，到時候我幫幫腔。」

「有任董您這句話，我謝謝您，今後有事你儘管說，我到了新單位，會馬上和您聯繫。」

「已經有了去處？什麼地方？」

「去上海！朋友給我介紹了一家美資的旗艦公司，是做醫療器械的。」

「嗯！大概是什麼時間走？」

「我想過了『八一』吧！也可能是『七一』。」

「這很好。走之前有什麼事需要辦理？」

「我想近期去一趟仙浴溝，看一看我幫助的那兩個同學，把帶不走的東西送給他們家裏，到時，請任總幫忙派個車。」

仙浴溝處濱州市的東北部的農村山區，那裏是劉志恆的家鄉。創億集團公司成立的第三年，劉志恆授意兼團委書記的滕健與仙浴溝的縣屬中學──仙浴第一中學，結成了幫扶對子，創億集團公司投資六十萬元，建立了新的校舍，還設立了扶貧助學獎學金。這些年來，仙浴中學的教學品

質、升學率都進入了濱州市教育系統的前列，仙浴中學成了濱州市的名校。滕健雖然收入不高，但是仍重點幫扶著兩名家境困難的同學。劉志恆也有幫扶的對象有十幾個，據說那些被幫扶的孩子為此還都改了名字，把名字的最後一個字都改為「志」字。

「這不成問題，我也想去看看我那兩個幫扶的對象，提前和我說一聲就行。」任信良覺得這是舉手之勞的事，所以答應得很爽快。

「謝謝任總，我就不打擾您了。」

滕健走後，任信良一個人坐著。想到劉志恆和李琳帶著墨鏡一起上香的事，覺得這事讓滕健描繪得有些像兩名中共地下工作者，在解放前夕的中國某大城市，為了迎接解放軍的順利進城，機警隱蔽地冒著風險在交通站接頭，為黨傳遞著情報。想到這裏，任信良不由得發笑，丹田處又不由自主地開始有節奏地震動。

第四十二章
傳來的噩耗

正是中午休息的時間，任信良原本打算瞇上一覺，休息一下，香港鴻飛實業集團董事局主席蔡澤藩先生的祕書打來電話，聲音急促。

「任總，任總嗎？我是蔡先生的祕書。」

「好久不見，有什麼事？」

「蔡先生出事了！」

「蔡先生出了什麼事？」任信良從蔡先生祕書那急促的聲音中，感到某種不祥。

「蔡先生一週前在深圳被害了！」

「什麼？蔡先生被害？你慢些說！」

「一週前，蔡澤藩先生的屍體在深圳萬金龍國際大酒店的客房內被服務員發現。」

「為什麼現在才通知我？」

「蔡先生的家屬也是剛剛得到通知的，沒辦法啦！蔡先生，走得不明不白，是誰下的這樣的狠手。」

「蔡先生的死因查清沒有？」

「警方報告的結論是被人下了有毒性的麻醉藥。」

「警方破案沒有？」

「還沒有，不過聽警方說，已掌握部分線索。」

任信良聽到這些，只好和蔡先生的祕書說些安慰的話語，另外，也告訴了蔡先生的祕書眼下集團發生的大事，希望理解難以脫身弔唁的苦衷。

最後，蔡先生的祕書說道：「蔡先生半個月前，交給我一封信，說是要過一段時間寄給你。現在蔡先生走了，我想快遞給你。」

「那就趕緊寄給我。」

「好的，這兩天我就辦理。」

與蔡先生祕書通話後，任信良的心裏久久不能平靜。他想，以蔡先生在國際藥業的影響，媒體應該有所報導，於是，任信良在互聯網站上，打入「蔡澤藩」三個字，一搜，還真的出來關於蔡先生遇害的介紹。其中一個網站上的新聞標題是：「香港藥業大亨遇害深圳酒店身亡遺屍。」任信良趕緊點擊，圖片文字顯現出來：一幅酒店房間的照片，照的是酒店房間內凌亂的床面，房間裏沒有人物。文字部分寫道：

> 據警方透露，三天前在深圳萬金龍國際酒店客房內遇害的無名氏老年男子的身分已經被確認，該男子為著名的香港藥業大亨，香港鴻飛實業集團董事局主席蔡澤藩先生。據警方法醫介紹，死者死亡時間大概是在半夜12點左右，有酒店錄影顯示，半夜11點35分伴隨蔡先生回房間的是位年齡在二十多歲的女子，這位女子是在半夜12點40分時離開房間的。房間登記人正是該女子，但是所使用的登記身分證件是假身分證件。目前，警方正在對這名女子展開調查。另據警方介紹，死者護照、身分證件、隨身錢物均被拿走，警方稱不排除女嫌疑人假扮賣淫女，以色情勾引為誘餌，俟機投毒以圖財害命的可能。

接著是一幅女子身分證的照片，照片有些模糊，照片上女子的頭型非常過時，灰頭土臉的。照片下的文字說明是：該女子假身分證上的姓名是李悅，警方提醒廣大線民，有知情者和認識照片上該女子者，請即時與深圳警方聯繫，提供線索利於破案者視情況獎勵人民幣三萬至五萬元不等！

以蔡先生和創億集團公司多年的客戶淵源以及與劉志恆的關係，對於蔡先生遇害這樣的大事件，任信良按照常規應該馬上即時地報告劉志恆，但是，那天，在金色池塘與王曉航的一席談話，使得任信良打消了這個念

頭，他開始學會動腦筋了，按王曉航的建議是遇事多動動腦子轉轉。以劉志恆的辦事風格和沉穩的深度，尤其是與高原的關係，或許，劉志恆早已提前一步知道蔡先生遇害的事，也未嘗不無可能。任信良打定了靜觀的主意。

第四十三章
一曲成讖語

　　集團班子成員一下子缺席了兩個人，所謂班子會開不開，已經意義不大，劉志恆誰也不見，整天地躲在屋子裏網上辦公，只有辦公室副主任李琳能進出他的辦公室。從往來的「電子姨妹」內容來看，劉志恆沒有滲透和側面點點關於蔡先生方面的情況和消息，所以，任信良也守口如瓶，裝著和沒事兒人似的。

　　關於對外說滕健出國短期留學的事，劉志恆用徵求意見的方式和幾位商量，是否讓辦公室副主任李琳接替滕健的辦公室主任的工作，至於滕健的董祕一職建議由企管部經理顧小明兼任。劉志恆這種「電子姨妹」式的滲透，其實，就是打招呼，所以，包括任信良在內都異口同聲地表示同意。任信良心裏清楚，這又是劉志恆的一次平衡術；不過，他也有些不解，既然李琳和劉志恆能有一起祕密上香的關係，劉志恆為何不能爽一點，乾脆都讓李琳把滕健的職務全部接過去呢？李琳也是科班財經大學科班畢業的呀！

　　市紀委和國資委紀委聯合工作組終於按計畫進駐創億集團公司了，確切地說是進駐創億集團和創億房地產公司。王曉航是聯合工作組常務副組長，市紀委王書記掛名聯合工作組組長。這樣的組合安排讓任信良心裏感到很踏實。不過，接下來的工作，讓創億集團公司的班子成員感到很不輕鬆。按照聯合工作組的部署，首先創億集團公司的班子成員每人必須寫出不少於五千字的廉潔自律方面的總結和體會，按照紀委的話說是自查自糾階段，這個階段結束後是整改階段。時間安排上為半個月。

　　這天，任信良一個人在辦公室準備上面布置的五千字的廉潔自律總結，一份從香港發來的快遞郵件送了進來。任信良趕緊打開郵件袋，蔡先

生留給自己的親筆信信件原封不動地放在快遞信封中。任信良一個人在辦公室裏靜悄悄地看著蔡先生留給自己的這封親筆信。

　　信良老弟：

　　　　普陀一別，我仍然回憶起機緣巧合、感應道交、法喜圓滿的短短兩天。傅小姐也給我留下了深刻的印象，這是個很真誠、重情義、聰明好學、可以相伴終身的女人，好好珍惜，我祝你們幸福！

　　　　昨天，我的手下人把高原市長要求安排的三百萬美金，打入菲律賓的戶頭。你一定想像不到，這個菲律賓的銀行戶頭的名字，竟然是高原市長本人的名字。這也是我一開始的時候所不知道的，因為正好有位朋友有一個在菲律賓做生意的夥伴，我便讓他打聽一下，結果才知道，這個所謂的叫「ARK」的菲律賓公司的老闆就是高原。所以，我憑我的敏感意識到我不知不覺中已經捲入了涉及到政治經濟的漩渦。這件事情，自始至終都是我在操作，你並不知道這些事情，但是，我因此為你擔心。你我將近二十年的合作關係，不能說彼此，只能說我們共同賺了很多的錢，我為自己賺錢，你為共產黨賺錢，這是我們的差距。

　　　　今天，我接著給你寫信。昨天講到我們彼此的差距，其實這麼多年來，香港人對大陸人尤其是國企幹部的看法是不斷變化的，前些年，也就是改革開放之初，是大陸的幹部羨慕香港的商人，而香港的商人有些自豪和優越感。這些年就不同了，特別是97回歸之後，大陸的國企幹部們都已經完成了所謂的原始積累，腰包也鼓了起來，反而有些看不上香港的商人了。以前和大陸的國有企業幹部打交道，給我的感覺是氣粗、腳下不空；現在正相反，我對現在大陸的幹部們辦事印象是氣不粗了，但是腳下虛空了。

　　　　當以金錢為目的時候，任何一種經濟形式，都好比是你們北方的醃菜缸，新鮮的、不新鮮的都放在一個缸裏，結果都是一樣的濕鹹。

　　我和你說過，我能去濱州市與高原副市長見面，是因為你的介紹和關係，我願意和高市長以及他所能控制的日本華濱株式會社發展合作關係，但是，這些天來的事情，讓我感覺，事情恐怕並沒有那麼地簡單，小老弟當心呀！

　　專此

老蔡（草）於即日

2005年6月20日

　　這封信是一封比較平常的信，但是，信中已經隱隱約約地向任信良傳遞了某種複雜的見不得人的信息。任信良的腦海裏忽然顯現出這樣一幅場景：

　　蔡先生接到一位神祕人物打來的電話之後，便獨自一個人急急匆匆地趕赴深圳。

　　深圳萬金龍國際大酒店的夜總會裏燈光幽暗，五彩的各式燈光忽閃忽閃地，蔡先生與一位始終不喜歡抬頭的中年男子一杯接一杯地暢飲著，夜晚的時光在舉杯交錯中，快速地流逝著。中年男子招招手，一個絕佳的年輕女子一步三搖地走過來，一雙情切切、意辣辣的眼睛緊緊地盯著蔡先生。蔡先生對眼前這位細高個子、白白淨淨、長長的碎髮、飄逸不飄浮、妖豔張揚中還摻著幾分穩重的女孩子很感興趣。女子一落座，便與蔡先生舉杯相碰。杯中酒一飲而盡之後，年輕女子就立刻把蔡先生的脖子圈了個緊緊的。年輕女子的胸脯特別地大，鮮紅的嘴唇，假睫毛上的睫毛膏像是擦鞋的鞋油。又是一番暢飲過後，蔡先生便醉醺醺地隨這位年輕女子乘電梯到酒店裏事先開好的房間。進了房間，年輕女子風情萬種、媚態百出地服侍著蔡先生進衛生間洗浴。蔡先生洗浴後一出衛生間，年輕女子便溫柔地遞過來一杯飲料，蔡先生情致勃勃地接過飲料一飲而盡，然後抱著女子倒在床上。床上的雲雨巫山過後，蔡先生疲憊地瞇著眼，喘著粗氣，接下來就出現了蔡先生的神祕死亡。

　　任信良想到這裏心情變得沉重起來，一股寒氣冰涼地從後背慢慢地升上來，任信良不由得打了個機靈。

　　任信良的腦子裏又開始放著電影：普陀山觀音菩薩金身塑像處，任信良、蔡澤藩、傅彬彬三個人駐足休息，蔡澤藩憑欄遠眺，海風陣陣地吹著。蔡澤藩模仿著京劇名家楊寶森的雲遮月般的聲色，嘴裏悠然地唱出：《空城計》的【西皮慢板】：

> 我本是臥龍崗散淡的人，
> 評陰陽如反掌抱定乾坤。
> 先帝爺下南陽御駕三請，
> 算就了漢家的業鼎足三分。
> 官封到武鄉侯執掌帥印，
> 東西戰南北剿博古通今。
> 周文王訪姜尚周室大振，
> 俺諸葛怎比得前輩的先生！
> 閒無事在敵樓我亮一亮琴音。

　　「唱得真棒！蔡先生好雅興！」傅彬彬稱讚著說道。
　　「隨興而發，不由自主，隨便哼哼了一段，我就喜歡楊寶森的雲遮月的音色，喜歡他唱的《空城計》。」蔡澤藩笑著回答。
　　現實中究竟是誰在唱《空城計》？顯然不是蔡澤藩自己，假如真的是高原副市長唱了一齣「雲遮月版」的《空城計》，蔡澤藩地下有知，他一定會發出「去普陀山拜觀音菩薩真靈」的感想，因為，在普陀山，他自己竟然一曲成讖語！

第四十四章
民主生活會

　　劉志恆事先通過「電子姨妹」和內線電話與陶萬琦、湯恩泉、任信良分別進行了交代和部署，對開好班子民主生活會事宜，具體重點地提了要求：陶萬琦身為黨委書記要唱主角，湯恩泉要唱好配角，任信良因為剛剛走上創億集團股份公司董事長的崗位，本身還兼任著創億集團藥業連鎖公司總經理的職務，所以，側重有所對照、有所對比地重點談談如何當好集團子公司經理的體會。任信良聽了劉志恆如此安排，心裏便徹徹明明白白了，他徹底地懂得了劉志恆關於提拔任用自己的棋路子，劉志恆就是讓他規規矩矩地幹好創億藥業連鎖這個表面上獨立，實際上是一統到底的分公司經理。

　　第一次民主生活會選在了聯合工作組進駐集團的第五天的下午。民主生活會在1點半鐘準時召開。劉志恆臉上帶著永久的微笑終於出現在大家面前，這是劉志恆赴西柏坡出差後第一次和大家正式見面。

　　陶萬琦作為黨委書記，今天是唱主角，心裏知道該怎麼辦，看大家都落座，便客客氣氣徵詢王曉航的意見。

　　「王書記，咱們開始開會？」

　　王曉航沒有說話，只是用眼光掃了一下在座的幾個人，隨後點點頭。任信良看著王曉航的舉動和表情，心說：「不服不行，這當了領導幹部之後，就是會端架子，得抓緊學呀！」丹田處便開始顫抖起來。

　　陶萬琦開始說話。

　　「我首先代表創億集團黨委和班子對市紀委和國資委紀委聯合工作組進駐創億集團和創億房地產公司表示歡迎和感謝。連日來聯合工作組的領導和同志們分頭工作、調研談心很辛苦，咱們大家也都按工作組的要求做

了認真的準備，今天按程序規定召開民主生活會，對前幾天的自查自糾情況進行總結。」陶萬琦的開場白，是照稿唸的。

「作為集團黨委書記，集團出了這麼大的案件，我首先感到震驚和痛心，同時也感到自己責任的重大和不可推脫。說實在的，多年以來，創億的班子成員從剛剛組建時的十二人，逐漸減為六人，說明這些年來，創億的班子是個不斷調整完善的集體。我們的志恆董事長，身為一把手多年來一直注意營造民主和諧的氛圍，有話當面說，叫做把心敞開，把問題擺開，把話說開。他要求我們每個班子成員每次例會必須發言，而且必須是做有準備的發言，不能人云亦云，要言之有物，可以說錯話，但是不能不說話。提倡批評無障礙，不僅要做到願意接受批評，還要做到敢於批評他人，勇於批評自己。志恆同志本人一直嚴格要求自己，對大夥要求也很嚴格。」

這時，劉志恆忽然自然地輕輕咳了一聲。任信良知道這是劉志恆提醒陶萬琦別亂拍，要抓緊轉入正題。果然，劉志恆咳嗽聲過後，陶萬琦轉了話題。

「說到黃永利，雖然我們大家都在一個班子裏，說實在的！說實在的！他是不太喜歡和願意與大家打成一片的，加上黃永利是從市五礦公司合併進來的，所以，大家對他不太瞭解。黃永利嘛！歸納起來有三個特點：一是攀高枝說大話，平時說話辦事，總是市領導、省領導的，根本不把班子成員放在眼裏。尤其是『歐洲楓景園』項目的興建，更是一度助長了他飛揚跋扈的個性，好像集團公司是他的分支子公司似的。對於他的言行，大家平時開會，也沒少話裏話外地敲打他。開始嘛！他聽了後，當時還挺謙虛，可是，漸漸地就不把大家放在眼裏了。所以，這兩年我們大家也都不怎麼說他了。單就這一點來說，我是有責任的，不能因為有的同志不喜歡聽，便不願意說，自動放棄了對身邊同志的誠勉，我身為黨委書記知難而退，這是不應該的，這一條教訓應該仔細地總結。」說完，便不再做聲了。

陶萬琦突突出這一席話後半天再就不言語了。

王曉航一看，說話道：「這次的民主生活會，自我解剖、自我批評是一個方面，但更重要的是挖掘一下在這黃永利這件事上，作為單位應該吸取什麼教訓？」王曉航說完，看看陶萬琦和劉志恆，「兩位領導，我這樣說不知合適不合適？」會場馬上顯得有些冷場。

陶萬琦看了一下劉志恆的眼色之後又接著說道：「我這些日子，想了很多，在寫材料的過程中，我就在思考。要是說集團公司制度不健全？管理體系不完備？這顯然有失公允，我感覺黃永利這件事出得太突然，所以，讓組織上顯得比較被動，影響很壞。如果，如果，黃永利不出來，也許，也許——」陶萬琦說到這裏，故意拉著長音。

湯恩泉此時接上話茬說道：「黃永利在班子裏論年齡是最小的，做的項目也是公司最大的，客觀上助長了他的虛榮心。人呀！我感覺有點成績千萬別得瑟，稱倆子兒就不知東南西北了。」

湯恩泉說完感覺自己的開場白有些猛，於是調整了一下語調接著說：「黃永利的錯誤危害是巨大的，影響是惡劣的，在這件事情中，首先我感覺自己沒有給領導當好參謀。什麼如果呀，也許呀，萬琦書記，把話說白了吧！一句話，在取保候審這個問題上，是我頭腦不清楚，責任主要在我。」

湯恩泉說到這裏，話中帶著氣憤，直接把窗戶紙給捅開了。

「哎呀！我的恩泉老兄！不是都囑咐過嗎？千萬冷靜，怎麼就沉不住氣呢？」任信良雖然心裏這樣說，但是聽著湯恩泉這麼說話，心裏還是熱乎乎的，感覺湯恩泉是個骨頭硬的男人。

「恩泉書記，是誰的責任就是誰的責任，我身上的肉粘不到你的身上。黃永利和李露潔這件事情的發展目前出現這樣的情況，我認為這是大家都不願意看到的被動局面。給檢察院和紀檢辦案造成如此大的困難，我也很苦惱和鬱悶。劉董出差在外，我第一次在家主持召集工作，沒有經驗，也沒有即時和市領導、委領導報告彙報，當時一聽到黃永利、李露潔兩位同事被檢察院帶走，咱哪經歷過這種事呀，董事長出差，聯繫不上。我心想，單位應該出面協調一下呀，可人家檢察院不幹！偏偏要求由自然

人擔保。一想到自己共事多年的同事出了這樣的事，在裏面關著，心裏就想他們的家人該是何等焦心，所以，我當時根本沒往是有問題還是沒問題方面考慮，一衝動就帶頭簽了字。當然，如果早知道黃永利是這種寡義廉恥的背信棄義的人，我說什麼也不會帶頭簽這個字。這件事情與湯恩泉同志一點關係也沒有，志恆董事長也確實不知道！起因在我，操作在我。恩泉為了公司的影響小一點，跑前跑後的。說到責任，我是要全面負責的。這些都值得我好好總結的，我願意為此接受組織處理。」任信良打斷湯恩泉的話說道。

任信良這番話是說給劉志恆聽的，他說完低頭看了一眼旁邊的陶萬琦書記。他看見旁邊的陶萬琦書記此時正用手指按摩著腳脖子，任信良知道陶萬琦正在進行工作、保健兩不誤地點穴。

話說到這裏，沒有人接話，劉志恆低著頭在筆記本上寫著什麼。任信良便接著說道：「說到對這件事的反思，我今天不想過多地說什麼，但是，黃有利的事情，又確實讓我想到了許多，引發了一些思考。昨天，湊巧得很，我看了一篇寓言小文章，寓意較深，聯繫自己思考了許多，所以，覺得咱們這些幹企業的、幹政工的，都應該看看。我這就給大家讀一讀，也算是我個人的一點認識吧！」

任信良說著，從本子下面，拿出列印的一張紙，讀了起來：

狐狸的故事。盛夏酷暑，一群口乾舌燥的狐狸來到一個葡萄架下。一串串晶瑩剔透的葡萄掛滿枝頭，葡萄架很高，狐狸們被饞得直流口水。

第一隻狐狸跳了幾下摘不到，從附近找來一個梯子，爬上去滿載而歸。

第二隻狐狸跳了多次仍吃不到，找遍四周，沒有任何工具可以利用，笑了笑說：「這裏的葡萄一定特酸！」於是，心安理得地走了。

第三隻狐狸高喊著「下定決心，不怕萬難，吃不到葡萄死不瞑目」的口號，一次又一次跳個沒完，最後，累死在葡萄架下。

　　第四隻狐狸因為吃不到葡萄整天悶悶不樂，抑鬱成疾，不治而亡。

　　第五隻狐狸想：「連個葡萄都吃不到，活著還有什麼意義呀！」於是找了棵樹上吊了。

　　第六隻狐狸吃不到葡萄便整天破口大罵，被路人一棒子打翻在地，一命嗚呼。

　　第七隻狐狸抱著「我得不到的東西絕不讓別人得到」的陰暗心理，準備一把火把葡萄園燒了，結果遭到其他狐狸的共同圍剿。

　　第八隻狐狸想從第一隻狐狸那裏偷、騙、搶些葡萄，也受到了嚴厲懲罰。

　　第九隻狐狸因為吃不到葡萄氣極發瘋，蓬頭垢面，口中念念有詞：「吃葡萄不吐葡萄皮……吃葡萄不吐葡萄皮……」

　　另有幾隻狐狸來到一個更高的葡萄架下，經過友好協商，利用疊羅漢的方法，成果共用，皆大歡喜！

　　「這則故事告訴我們，一個人的心態決定著一個人對待事物問題和解決事物問題的方式和結果。黃永利個人出問題，事發了，他不是主動配合調查，老實交代，而是採取消極的跑的方式，對於法律紀律而言，他最終要負責任，但是，從事情的根源和心理承受方面說，我覺得正如上面這個寓言故事一樣，歸結為一點還是個心態問題。」任信良一氣兒說完，便低著頭，不再言語，也只管在本子上寫著字。

　　湯恩泉算是小聲地笑了出來，陶萬琦沒有一絲反應，劉志恆只是微微地做出點笑模樣，會場的氣氛一下子變得緊張了起來。

　　「任董的發言很風趣嘛，第一次聽任董發言，感覺耳目一新呀！哈哈！」王曉航說了話，並對任信良的發言做了肯定，還帶頭一笑。

　　陶萬琦一看便立刻回應上了：「咱們信良說話確實風趣，有水準，這是我們大夥平時一致公認的！對不對？」陶萬琦看著劉志恆說道。

「不錯，信良講的這個小寓言還別說挺有哲理的。」劉志恆總算插了一嘴。

「身為國企領導人，管錢管物，一步一步地成長進步到今天的成功地位，我們是有值得驕傲和滿足的地方，但是，我們的驕傲不該落實在行動上，什麼該做？什麼不該做？身為黨員領導幹部應當時刻繃緊這根弦，做到嚴格守法守紀，只有這樣才能確保成功的果實，永不衰敗。只有這樣，我們的國有企業才能做穩，做強，做大！我們的國有資產才能安全地保值、增值。創億出了黃永利這個案子，是很有代表性的，市紀委非常重視，這個案件所涉及問題也很典型，我們就是想通過此案挖掘出有教育意義的材料，以便廣泛宣傳，加大反腐倡廉的宣傳聲勢和力度，請大家都廣泛地發表發表見解，今天這樣的機會，我想應該是比較難得的。」王曉航試圖調節一下會場的氣氛。

劉志恆看了看王曉航，開始說道：「今天大家在一起召開民主生活會，確實機會難得，這也是一次難得的思想和感情的交流，即便沒有出黃永利這件事，咱們大家一塊堆兒坐坐，把心敞開，把話講開，把問題擺開，最後把解決問題的方法講足，也是非常好的一件事情嘛。說到責任，我身為董事長，首先責無旁貸地應該負有領導的責任，負有用人不當、用人輕察、用人疏管的責任。今天王書記帶領工作組深入創億集團，經過幾天來的工作考核，我想一定會有感受，那就是黃永利與我們今天在座的各位有著涇渭分明的區別。如果確實讓我們總結經驗教訓的話，不外乎有兩條：一是平時的監督沒有跟上去，制度建設上存在漏洞；二是在取保候審的問題上，我們確實處理得有些倉促欠考慮，法律意識方面還比較淡薄。另外，黃永利的出走也說明他這個人的人品和良心存在問題，按時下的說法叫不講究，沒有一點責任心，完全是自私自利，絲毫不為別人考慮。」

劉志恆用了一個「我們」，極其巧妙地既點了取保一事的要害，又在表面拉近了與任信良、湯恩泉在取保問題上的認識差距。

「今天這個會既是一個自我反省剖析問題的會，我想也是一個振奮精神戰前動員的會。為什麼說這是一個振奮精神的戰前動員會呢？原因很簡

單，因為創億集團公司的改革發展已經到了最後攻堅的階段，今天當著市紀委國資委紀委聯合工作組各位領導的面，我代表班子表個態，創億集團出現令人震驚的違法違紀案件，危害大，影響深遠，教訓深刻，但是，作為創億的領導班子全體成員決心做到以下六點：

第一，堅持解放思想，與時俱進的思想堅決不動搖。

第二，堅持發展壯大濱州市的國有經濟的決心堅決不動搖。

第三，堅持把創億集團公司的國有企業改革引向深入的決心堅決不動搖。

第四，堅持國有資產保值、增值的神聖職責堅決不動搖。

第五，堅持發揮國有企業黨建政治優勢堅決不動搖。

第六，堅持把創億集團公司建設成『學習研究型、改革創新型、和諧穩定型』的現代化國有企業的大目標堅決不動搖。」

劉志恆的話音剛落，陶萬琦便第一個使勁地鼓起掌來，邊鼓掌邊：說「太振奮人心啦！」

陶萬琦的帶頭鼓掌，起了很大的感染作用，於是，大家也都不約而同地鼓起掌來。

第四十五章
扶貧仙浴溝

　　王澍嘉得知任信良和滕健要去仙浴溝第一中學扶貧，便嚷嚷著要求一起去一趟，藉此散散心。三個人週五中午吃過午飯便驅車上路。

　　由公司出發到仙浴溝有將近四個多小時的路程。任信良調了一臺中巴由滕健駕駛。滕健的車雖然開得不緊不慢的，但是給人感覺很平穩。任信良和王澍嘉坐在車尾部的座位上，兩個人都伸展著腿，放鬆地說著話。

　　「這幾天讓紀委的人折騰得夠嗆！」王澍嘉說完，歎著氣。

　　「怎麼，犯錯誤了？」任信良問。

　　「還不是帝都酒店的事！」

　　「你真的領回扣了？」

　　「你老哥還不至於那麼傻吧！不過，帝都這幫土八路，誰去吃飯？誰領卡了？電腦裏都給記著」

　　「最後，怎麼辦的？」

　　「這次多虧賴國輝這個小老弟，關鍵時候起了大的作用。因為每次的宴會預約，都是由賴國輝攬下來的，我哪！只是朋友介紹隨緣參加而已。我寫了份個人檢查，主要是認識自己的錯誤行為和主要責任是過多地參加不該有的高消費娛樂場所活動，今後，生活上一定要檢點嚴謹，時刻認識和牢記領導幹部的社會屬性和組織角色。檢查交上去之後，紀委和市政法委領導找我，又進行了戒免談話，也就算過去了，唉！」

　　「是上次吃飯那個小夥子？高瑜恆誠所的律師？」任信良對那個年輕人有印象。

　　「對，是他，我在帝都酒店的每次紀錄都寫他的名字！」

　　「他是不是慘了？」

「那倒不會，只是律師協會有市裏的精神所以已經放風要給他處分。國輝這個小兄弟太夠意思了，我說，你找個機會，給他找點什麼彌補彌補！」

「如今這年月，真正的朋友太少了，特別是像這樣仁義的。老哥，你的意思我知道，我想著這件事。」

任信良通過王澍嘉的話，知道王澍嘉終於安全地躲過了濱州涉黑第一案這一劫，他深深地佩服王澍嘉的大粗若細的政治韜略，心想要是換了自己，說不定就要漏底兒。想到這裏，不由得恨自己太簡單，自己都讓人家轉讓了好幾個來回啦，還他媽的認真地幫人家點錢哪。

「高市長外逃的事，檢察院內部反響大不大？」

「大不大的，和咱們沒關係，反正有要倒楣的。」

「黃永利跑掉的事，曹小軍跟沒跟你說？」

「那能不說嗎？他下邊的人想為難你和老湯，讓他硬壓下去了，小軍說，他做了不少的工作，挺麻煩的。」

「這些都是看在老兄的面子上的，這個情，兄弟我一定記著。」

嘮會兒嗑，瞇會兒覺，仙浴溝就到了。仙浴第一中學的門前，模仿中央黨校弄了一塊兒長方形褐色的大石頭，石頭上刻著中學的校訓：「大志惟恆」四個紅色隸書大字，落款是劉志恆題。這一切都是當年扶貧建校時，劉志恆的創意。

「大志惟恆，大志惟恆。」王澍嘉自言自語地讀了兩遍。轉身對任信良和滕劍說道：「看來這農村人就是有理念，我們要向農村人學習！農村人上進呀！」

「老兄，左一個農村人，右一個農村人的，農村人有什麼不好！你不還下過鄉嗎？」任信良給王澍嘉遞個眼色。

滕健聽了臉紅了，低著頭去看腳下的蟲子，是螞蟻還是什麼別的蟲子。

「剛才我是在想呀，仙浴溝這個如此窮困的山區，當年有人能給劉志恆起這麼個好名字，不簡單呀！」王澍嘉知道自己剛才的話說得不太合適，便自己打著圓場。

滕健抬起頭，若有所思地說道：「窮文富武啊！農村的孩子更容易發憤讀書，更容易出成績呀！」

「那不一定！信良，你們家條件優厚，雲飛讀書就很好，照樣成了濱州的理科狀元，說明窮不一定都能學習好。」王澍嘉接著話說。

「那當然，雲飛這孩子，從小就愛讀書，天生的，確實沒讓我操心！」任信良話語中帶著幾分的自豪。

學校的校長鄭培任和教導處霍主任趕出來。

校長拉著任信良的手說道：「恭喜，恭喜呀！任總，太好了，當董事長了，我們幾個班子成員正準備找時間去祝賀你哪！領導來也不先打個招呼！」

「沒什麼可祝賀的，一份兒操心的差事，沒什麼變化。這次來是小事一椿，大家是自家人想來就來，我不想給大家添麻煩。」任信良握著鄭培任校長的手顯得很誠懇的樣子說道。

「說哪的話，還是見外。」鄭校長笑著使勁兒又握了任信良的手一下。

任信良和學校教導處主任認識，知道他姓霍，隨便打打招呼，向他們介紹了王澍嘉。王校長和霍主任一聽是市檢察院的副檢察長，喜悅的神情好像是又來了一位財神。

「王檢光臨，難得，太難得了！這是我們仙浴第一中的榮幸。」

「鄭校長言過！」王澍嘉笑著又拱了拱手。

「各位領導，咱們還是進屋說吧，別在外面站著。」鄭校長說著要把任信良一行人讓進學校裏去。

「不必坐了，還是先辦完事再說。」

任信良把滕健要離開濱州市的情況告訴了校長。於是，王校長安排人去喊來任信良和滕健的幫扶對象，是四位高二年級的女孩子。滕健幫扶的那兩名女高中生聽說滕健要離開濱州，便不由得傷感地抽泣起來。

「滕叔叔，我們不想讓你離開濱州！」兩個小姑娘擦著眼淚說道。

「幫人幫到底，我會盡自己的能力，幫你們讀完高中，等你們考上大

學，我也會幫你們。我希望你們加油努力！」滕健攥著拳頭對著兩位女孩子晃著，顯得有些傷感。

「明年就考大學了，我會替滕健來看你們，今後有什麼困難，可以來找我！」任信良在一旁安慰著。

在校門前幾個人分別用相機拍了幾張照片，留了幾張合影，這才坐著車，給四家幫扶對象一家接一家地送東西。滕健的冰箱、彩電、洗衣機、電腦以及被褥等床上用品都做了分配，任信良事先為幫扶對象的家裏準備了米麵和大豆油，知道王澍嘉臨時加入，所以，為王澍嘉準備了四份內裝五百元錢的紅包讓王澍嘉扶貧。

走完這四家幫扶對象，太陽也偏西了，校長始終在一旁陪著，看看事情辦完了，便說：「住的地方，我已經安排好了，今天王檢、任總、滕主任來到我們仙浴第一中學，我們校領導班子成員要好好陪一陪領導們，」

「千萬別太麻煩！簡簡單單地。做點燉菜、笨雞、笨蛋、笨苞米什麼的，來點就行，吃不了多少的。」任信良應和著。

「對，千萬不要太麻煩。」王澍嘉也說道。

「任總您放心，咱們這些班子成員個個都精打細算，從不亂花錢！」

任信良聽這著句話，感覺是大會小會上流行的一句話，心裏說道：「淨扯雞巴蛋，裝得像真的似的，說得跟唱的似的，從不亂花錢，可是也從不少花錢呀！」

吃住都安排在仙浴溝縣仙浴溝鎮旅遊生態園裏的一家小賓館。沒想到，校長已經私下裏通知了鎮政府，結果鎮黨委書記李裕民提前便和副鎮長劉志業趕到了。劉志業是劉志恆的小弟弟，在劉志恆九個兄弟姊妹中，劉志業排行老九，所以，「老九」成了劉志業的小名。劉志恆非常喜歡他這個弟弟。劉志業經常往濱州市區裏跑，所以，任信良自然比較熟悉劉志業。這些年，劉志業在劉志恆的關照下，從小學老師，到鄉鎮政府的祕書，一步一步地進步前進，兩年前出任副鎮長。去年，聽說又搞起個白酒

廠，開發生產「原生態環保綠色養生健康系列的苞米碴子原漿酒」，銷路不錯，還成了仙浴溝鎮的旅遊產品。

說到李裕民書記，任信良也是熟悉的，李裕民平時也沒少往創億集團公司跑，當然，也就沒少往創億集團公司裏送人安排人。任信良與李書記和劉志業寒暄過後，趕緊把王澍嘉做了介紹，這才你推我讓地進了飯店。

校長鄭培仁，校黨支部書記錢正希，兩位副校長，一位叫王勘，另一位叫王立泉，加上教導處霍主任，都在包間裏等著任信良一行。

王澍嘉坐了一下午的車，再加上和鄉政府、學校的領導們第一次打交道，所以，端著架子當領導。

「信良，咱們到學校裏來，怎麼好意思讓學校破費哪！」王澍嘉說話語重心長的，顯得很貼近群眾。

「是啊！王檢說得對，應該簡單一點。大家不瞭解王檢，王檢在市檢察院對手下人要求嚴格是出了名的。」任信良跟李書記和校長說道，主動為王澍嘉做著配角。

「平時我們也沒有這樣的機會，今天算是借領導的光，沒安排什麼大菜，突出鄉村特色，季節特點，幾樣小菜，吃頓便飯，另外，把鄉領導也請過來，大家一塊堆兒坐坐，熱乎熱乎，哈哈。」鄭校長笑著說道。

「王檢，咱們今天就入鄉隨俗吧！別考慮那麼多了！」任信良說道。

「那好！入鄉隨俗，哈哈。」王澍嘉也不再客氣。

菜端上來了，果然是笨雞、笨蛋、笨苞米之類的，還上了一小盆喇蝦蝦做的豆腐。

「不錯，確實很有特點。」王澍嘉看了連聲點頭說。

校長受到表揚，興致高起來。鄭校長說過開場白，起了杯後，熱情地招呼著大家吃菜，自己抿了一口苞米碴子原漿酒後，拉著長音，慢悠悠地說道：

「這幾年呀，仙浴中學從等著扶貧，轉變為我們要扶貧，變化很大呀，品牌出效益，學校的升學率也高了，名氣大了，人氣也旺了，日子當

然也好過多了，現在一中的主要收益已經不再靠捐資助學這一塊兒了，我們主要是靠擇校生、借讀生，和復讀生，沒辦法，要想辦學出效益，對待那些想讓孩子學習好的家長們，我們也只能下手狠點了。」鄭校長嘿嘿地笑著。

「信良，你投資，我當校長，咱們辦教育吧！檢察院那邊，我辦內退。」王澍嘉故意顯得吃驚地說道。

「我看行，沒問題，怎麼樣？滕健，辦辦教育？」任信良對著王澍嘉笑笑，問滕健。

「我一直有這個願望，不過不是現在。」滕健一本正經地回答道。「我這有條短信，挺又趣的，我給大夥唸唸。」滕健邊說邊掏出手機。

「快唸，快唸！」王澍嘉聽說有段子，就挺著急。

於是，滕健拿著手機唸了起來：

> 這年頭兒，教授搖唇鼓舌，四處賺錢，越來越像商人了；
> 商人現身講壇，著書立說，越來越像教授了。
> 醫生見死不救，草菅人命，越來越像殺手了；
> 殺手出手殺人，不留後患，越來越像醫生了；
> 明星賣弄風騷，給錢就上，越來越像妓女了；
> 妓女楚楚動人，明碼時價，越來越像明星了，
> 警察橫行霸道，欺軟怕硬，越來越像地痞了；
> 地痞各霸一方，敢做敢當，越來越像警察了。
> 流言有根有據，基本屬實，越來越像新聞了；
> 新聞捕風捉影，隨意誇大，越來越像謠言了。

「唸完了？」王澍嘉故意問道。

「唸完了！不過這還有一段，也挺好。」

「趕緊接著唸！」王澍嘉催促道。

「請聽詩朗誦〈在一起〉。」

罰款和創收在一起，

聽證和漲價在一起，

改制和侵吞在一起，

考察和觀光在一起，

義診和賣藥在一起，

諮詢和推銷在一起，

講座和廣告在一起，

打折和陷阱在一起，

礦難和官商在一起，

畢業和失業在一起，

紅包和醫術在一起，

創作和剽竊在一起，

走紅和賣身在一起，

真理和謊言在一起，

官員和大款在一起，

腐敗和體制在一起！

朋友和朋友在一起！

我們是好朋友，我們要永遠開心在一起！

　　滕健的短信調動了氣氛，鄭校長這時站起來說道：「接著滕主任的短信我說幾句，今天相聚的都是好朋友，我們要永遠開心在一起！我提議為我們永遠開心地在一起，乾杯！」

　　鄭校長話音一落，大家也都紛紛起立，相互碰杯飲酒乾杯。

　　王澍嘉用餐巾紙擦擦嘴角，說道：「我知道滕健是創億的大才子，你這兩條編得太不全面了！我說高材生，你接著把咱們創億集團公司和仙浴第一中學給編一編，整個段子我們聽聽！好不好？」王澍嘉開著玩笑。

「好，太好了！滕主任你給編編，讓我們開開眼！」劉志業雙手連拍著五指掌。

「滕健，接著往下編一編，開心一刻，調節一下情緒，有咱們大家補充呢！哈哈！」任信良笑著也跟著起鬨。

「我先喝杯酒，提提神，誰陪我先走一杯？」滕健興致也上來了。

「我陪你走一杯！」劉志業端起酒杯說道。

「我也陪你走一杯！」鄭校長一說話，校黨支部書記錢正希、王勘副校長、王立泉副校長、教導處霍主任也都異口同聲地回應。

「滕主任，你看！我們仙浴第一中領導班子就是有著一股合力，我們班子集體陪你走一杯！」鄭校長有感而發地說道。

滕健喝完杯中的酒，在大家吃菜的當口，稍微停頓了片刻，接著說道：

「我原創一段，大家聽聽：

企業天天講文化，越來越像學校了；

學校天天講效益，越來越像企業了；

經理天天講讀書，越來越像教授了；

教授天天講經營，越來越像商人了。」

滕健說完，大家聽了都是開心一樂，看樣子都沒有把段子對號入座，當成真事兒。

鄭校長說：「我這也有一段。」拿出手機調出資料來唸道：

> 某領導將手放在女祕書的腿上許久沒有移開，女祕書說：「你看過《鄧選》第二卷第361頁第11行嗎？」領導當時便慚愧地趕緊把手拿開。回到家裏，拿出《鄧選》翻開一看，只見該頁上寫道：「領導幹部嘛！膽子要大些！」

大家都說這一條編得挺下功夫，王澍嘉當時便讓鄭校長發送了該條信息。

　　「一個時代造就一個時代的人物，80年代，中國多思想家；90年代，中國多企業家；進入20世紀，中國多學問家，所以，現如今不管是從政、從商、從教，都得懂點學問，我們佩服鄭校長，太有才了！哈哈！」任信良說完，大家也都跟著哈哈一笑。

　　李裕民書記這時端起酒杯說道：「今天能和王檢、任東、滕主任在一起相聚，剛才這幾個段子，配上這幾杯酒，感覺別有一番情調和氣氛，這是我從來沒有感受到的。這杯酒有兩層意思，一是今天三位領導來到我們仙浴溝鎮，到了我們仙浴溝人為之驕傲的仙浴第一中學，我代表鎮黨委鎮政府表示歡迎和感謝；第二層意思是借剛才滕主任段子的話說，我們是好朋友，我們要永遠開心在一起！所以，我提議咱們一起乾杯！」

　　「來！乾杯！」大家都站了起來，在熱烈的相互碰杯之中，酒宴的氣氛達到了高潮。

　　第二天吃過早飯，劉志業趕來送行，特地為任信良一行每人準備了二箱仙浴牌兒「原生態環保綠色養生健康系列的苞米碴子原漿酒」。

　　任信良覺得劉志業很實在的，並不是刻意地送東西，便說道：「劉鎮長，你單獨來送行，我就不叫你鎮長了，我叫你老九，既然都是自家弟兄，我們可就不客氣了！酒雖然收下，單是，推廣宣傳的任務我們會記在心裏，絕不白喝我們劉鎮長的原漿酒。」

　　「哈哈，任董，看您說的，咱們之間啥關係？只要任董、王檢肯喝原漿酒，帶頭喝原漿酒，給朋友領導送原漿酒，這就是我們夢寐以求的宣傳了！而且，今後，我保證隨時免費供應！」

　　「淨瞎說一氣！老九，我和王檢可不是占小便宜的人，放心，我們不會白喝！」

　　「說笑，說笑！」劉志業憨憨地笑著，和三個人握手話別。

第四十六章
小別為新婚

　　傅彬彬經過一個月的時間，終於要回來了，電話裏說好，任信良去機場接她。飛機是晚上7點鐘降落的，任信良等在候機大廳，看著進港的旅客陸續地出來，竟沒看見傅彬彬的身影，看著旅客走光了，只好把伸長的脖子放鬆一下，掏出電話準備撥號。「信良！」隨著熟悉的呼聲轉身一看，面前站著一位打扮得出位的小姐。

　　「真的是你？」

　　任信良有些不相信自己的眼睛，傅彬彬的頭髮錋染成了金黃色，鼻樑也墊高了，細細的眉毛，一看就知道經過了處理。

　　「那還有假？」

　　「哇噻！都她媽的整容了，還說沒有假？」

　　「好不好？你不喜歡？」

　　任信良點點頭，小聲地問道：「隆胸了？」

　　傅彬彬攬著任信良的胳膊，反問道：「你說呢？」

　　任信良直接把傅彬彬拉到黑天鵝酒店頂層的旋轉餐廳，相隔一個多月，任信良從心裏想念傅彬彬。

　　「你撒謊，根本沒出差！」任信良不高興地說道。

　　「我要是不撒謊，你還不得攔著我。」傅彬彬回答道。

　　「那也不至於和我耍小心眼兒呀！」任信良的情緒實在地低落。

　　「哎呀！好啦，好啦，反正已經做了嗎？生氣也沒用！」傅彬彬噘著嘴，陪著笑臉，哄勸道。

　　「算了，不和你治氣。說，花了多少錢？」任信良嘴上說著話，但是

心裏的煩悶掛在臉上，還是被傅彬彬看出來了。

「你不問我遭了多少罪，卻問我花了多少錢？心裏有啥不高興的？說給我聽聽！」傅彬彬有些不高興。

「沒啥不高興的，真不講理，我要是知道，打死我，我也不會讓你去遭這個罪，還怪我？」

「真的心疼我？那就趕緊告訴我！」傅彬彬的臉是陽光的但卻有片陰雲。

「女人為了美麗會奮不顧身，男人為了美麗又會喪心病狂失去理智。」任信良譏諷地說道。

「我是為了自己心愛的男人去美麗，和你說的為了美麗而奮不顧身的女人不一樣！」

「好像不一樣，其實奮不顧身的勁頭兒是一樣的。你說呢？」

「我不跟你犯貧，這一個月，連吃帶住，加上雇人照料，從上到下正好花去十萬塊。」

「沒錢了，開始哭窮了吧？今天晚上我就扶貧！」任信良對著傅彬彬做著鬼臉。

「今天可不行，明天是個重要的日子，我有禮物送給你。」

「明天？」

「明天是你的生日！」

任信良讓傅彬彬這麼一說，這才意識到明天是自己陰曆的生日，多年來，家裏為他過生日都是選在陽曆的。

「別過生日，過一歲老一歲的，老男人有危機感，更何況你現在經過裝修，更讓我感到壓力！」

「胡說什麼呀！我喜歡我的老男人，人家遭了這麼大的罪，那些天，疼得我連死的心都有了，你真沒良心！」

「別生氣，說著玩的。今天回去好好休息，明天晚上我好好陪你！」任信良拍拍坐在對面的傅彬彬放在餐桌上的手背。

「你還沒告訴我到底都發生什麼事哪！」傅彬彬不快地撒著嬌。

任信良低下頭，沉吟了片刻，抬起頭來深深地歎了口氣，說道：「我告訴你，蔡先生，出事了！」

「啊？什麼時候？」

「前些日子，在深圳遇害了！」

「遇害了！怎麼可能？」傅彬彬的嘴張得大大的，一時說不出話來。

任信良把蔡先生遇害的事情經過簡單地敘述了一遍，最後，搖著頭說了一句：「我也是真的沒想到。」

「不！信良，你應該想到！這是謀殺，謀殺你知道嗎？」傅彬彬激動地終於說出自己心裏話來。

任信良覺得傅彬彬的話就像是自己心中的話一樣。

「是謀殺！你說得完全正確。」任信良和傅彬彬的目光交會在一起。

「蔡先生！蔡先生！普陀一別這才幾天呀？」傅彬彬搖著頭自言自語道。

任信良看到傅彬彬的眼中有淚水、有點擔憂、有一種欲言又止的疑問。兩個人都意識到聲音有些大，所以，任信良把食指豎起放在嘴邊，輕輕地吹了一下，衝著傅彬彬故意眨了一下眼睛，小聲地說：「這件事有時間再說。」

任信良下了班，像五好丈夫趕回家做飯似地早早地回到傅彬彬的身邊。任信良推開銀河公寓那間小愛巢的門，眼前的一切讓他一下子愣住了。鏡子上貼著大紅「喜字」，窗戶玻璃上也貼著大紅「喜」字，連那間不大的小廚房也都貼上了「喜」字。臥室裏、客廳裏天棚的燈上還掛上了用彩紙剪成的彩帶，屋子裏的布置就像是學校班級裏開聯歡會。

「你這是演的哪一齣？」任信良感到有些莫名其妙。

「雙喜臨門！慶祝生日，共入洞房呀！」傅彬彬一下子抱住任信良，像個終於找到了組織的地下黨員，那神情就好像說：「我可找到你們了！」

「真能開玩笑！虧你想得出來？彬彬，我說過了，這件事，我是有安排的。」任信良以為傅彬彬又在催著登記結婚的事，笑著說完在傅彬彬的

粉臉上親了一口。

「婚宴登記、請客吃飯、搬入翡翠園、蜜月旅遊等等，那都是你的安排，信良，我不是你所想的心裏著急，而是我已經想明白了，想開了，那些形式上的東西，已經不再是我刻意追求的了。屬於我的，終歸是屬於我的，不屬於我的，再忙，再等也沒用。但是，我要有我自己的安排。」

「你自己的安排？」任信良不解地問道。

「是的，我自己的安排。信良，你知道一個女人愛一個男人，最大的心願是什麼？」

「你說，我說不準！」

「如果一個女人愛一個男人，這個女人最大的心願是讓這個男人永遠地記著她，想著她。我說對不對？」傅彬彬歪著頭，眼睛斜看著任信良。

「對，是這個理兒，這跟一個男人想讓一個女人愛他是一個道理。」任信良點點頭說道。

「所以我選擇在你生日這一天，特別地做了個安排！怎麼？你不喜歡？」

「你如果這樣說，那我喜歡，真的喜歡。」

任信良和傅彬彬並肩坐到小飯桌前。飯桌上擺了四個菜，一隻烤得有些發狠的黑紅的燒雞反撐著脖子趴在盤子裏，一條面目全非的乾燒大鯧魚躺在盤子裏，四隻大海蝦倒是粉豔豔的整整齊齊排著隊擺在盤子裏，最後一盤是用高壓鍋蒸出來的活海參，一個個海參捲縮在一起，足有十五六個。任信良知道這是傅彬彬發揮了她的最佳烹調技術水準。

傅彬彬起身拉上窗簾，點燃桌上酒杯裏飄浮的蠟燭，端起已經倒滿乾紅葡萄酒的高腳杯說道：「老公！我祝你生日快樂！」兩隻水汪汪的眼睛在蠟燭光的映照下，亮得讓任信良心裏一陣的發顫。

「謝謝你，彬彬，你讓我感到了前所未有的幸福。」任信良不由自主地說著。

剛才傅彬彬的一聲「老公」，實實在在讓任信良有些感動。兩個人在一起兩年了，這是傅彬彬第一次如此深情地稱呼自己。他聽得出，他也體

驗得出，這稱呼是傅彬彬發自內心，而不是一般意義上的親熱話。

任信良摟著傅彬彬說：「剛才我一進門，忽然想起一個段子，說的是一位公司老總平時很辛苦，員工們就想著慰問慰問老總，便讓一位女職員去請公司老總到自己家裏來做客。老總聽了很高興，到了女職員的家裏後，女職員對老總說：『老總，我先進臥室，五分鐘以後你再進來。』老總一聽有門兒，就在外屋看著錶等著。五分鐘時間一到，這位老總便三下五除二，脫光了衣服，一絲不掛地衝進裏間臥室，進得屋來，便聽『生日快樂！』的喊聲，一屋子裏的人圍成一圈，全都是公司的員工。」

傅彬彬笑得岔了氣說道：「我可不是你的員工！」

「對！你不是我的員工，我是你的員工！」

「你也不是我的員工，你是我的老公！」

「那不都是一樣的，都是幹活的嘛！」任信良故意說著笑話。

「跟你說正經的，還有一件事不知是喜事，還是壞事！」

「什麼事？說給我聽聽！」

「今天上班，上午在社裏轉了一圈，結果被我們報社的機關黨委書記叫去了。這個機關黨委書記平時根本就沒啥聯繫，也不打交道，一見面，書記說起話來一板正經的，開口就是『傅彬彬同志』，我還以為什麼事哪，心裏七上八下的。書記說：『傅彬彬同志，論業務你是咱們報社的骨幹，工作進步了，政治上也要上臺階嘛！』我聽不懂。說：『領導，上啥臺階？我自己管好自己挺好的，我可沒有當官的念頭。』書記聽了，笑著說：『我說的上臺階是指你的組織問題，要抓緊向組織靠近，爭取早日被組織納新。』我一聽這才明白，原來這是徵求我的意見，準備發展我入黨呢。」

「什麼黨？民主黨還是共產黨？」任信良插話問道。

「機關黨委書記找你談話，你說是什麼黨？《濱州日報》是黨報，是黨的喉舌，直接歸市委宣傳部管，市委書記副書記都親自抓的，當然是發展共產黨嘍！」

「這是件好事嘛。在這一點上你比石美珍幸運，當年找石美珍的都是民主黨，什麼民盟、民進的，九三學社的，並且告訴石美珍加入民主黨

派，還有優惠政策？」

「什麼優惠政策？」

「民主黨派可以實行雙軌制，也就是加入了民主黨以後，仍然可以申請加入共產黨，明白嗎？即便是那樣，老石也是不為之所動。我問她這是為什麼，你知道她怎麼說？她說：『這些人真是太有意思了，對待政治像對待生活似地，對待生活又像對待政治似地，什麼雙軌制，簡直是作風不正派！』」

「美珍姐真逗，換了我，我也會和她一樣。你知道嗎？機關黨委書記說：『傅彬彬同志，你這兩年工作業績不錯，群眾反映嘛也很好，年輕人要靠近組織，要主動接近領導，積極彙報思想，交流上要暢通，交往上要密切，同事要處成同志，同志要處成朋友，是朋友更要處成好同志。』我聽著，橫瞅豎瞅地覺得我們機關黨委書記色迷迷的，算什麼呀！我又不是小孩子，入不入黨的，還用得著你機關黨委書記親自談嗎？純粹是越位行為，找我談話、徵求意見應該是支部書記，我看他沒懷什麼好心！沒憋什麼好屁！」

「說書記色迷迷的，我估計是和你此次美容裝修有關，至於發展入黨的事情，我看哪，管他好心、壞心的，好屁、壞屁的，先入了黨再說嘛！你入了黨，咱倆之間可就成了國有獨資企業了！」

「這是什麼意思？」

「你看哪！我們倆的愛巢也就是辦公場所是公家的吧？辦公設備是公家的吧？我們倆做愛的時間也經常是辦公時間吧？我當老總，你當書記，或者你當老總，我當書記，總之是老總和書記結合在一起的企業，所以，我說是國有獨資企業。現在註冊一個國有獨資企業可是不太容易，從這一點上說，我們都是這個新國有獨資企業的員工，來！讓為我們即將誕生的屬於我們倆的國有獨資企業，乾杯！」

「你就是嘴貧，我說不過你。」傅彬彬笑著和任信良乾了一杯。

「老公，我說過今天既是你的生日，也是我們倆的新婚之夜。」

「今天是新婚之夜？」任信良一時有些懵懂。

「對，沒錯，就是我們倆的新婚之夜，因為今天晚上，我要送給你一樣特別的禮物。」傅彬彬非常肯定地說道。

「在一起都兩年了，老夫少妻的又玩什麼花樣？」任信良笑著問道。

「不是什麼花樣，是我想了很久的創意。因為，今天晚上和你入洞房的新娘，不僅是精神上的處女，而且還是肉體上的處女。」傅彬彬的後一段話是把嘴靠近任信良的耳邊小聲說的。傅彬彬的眼睛開始瞇縫起來。

「告訴你吧，此次美容，我不僅做了面部的，而且在北京做了國際一流的處女膜修復手術。」

傅彬彬在說最後一句話時，聲音很小，那聲音像一隻小蟲子般鑽進任信良的耳朵裏。任信良沉默了，神情也肅然起來。

「彬彬，我沒想到，你對那個為什麼這麼在意！彬彬，我告訴你，我本身就是個二手的，我不追求這些，我只要兩個人真心相好、相愛，這比什麼都重要！」

「不！信良，兩年啦，我知道你是個好男人，要不美珍姐也不會這麼愛你的！我不是亂來的女孩子，你是一個追求成功的男人，成功的男人都不想落下遺憾，雖然，雖然，但是信良你應該理解我的心情，我是認真的。」

「彬彬，我有個主意，再等一段時間，雲飛回國，我和他做個交代，畢竟孩子大了，然後召集幾個朋友搞個小型的婚宴，咱們低調地把婚禮辦了，我是說低調，你看好嗎？」

「我聽你的，只要爸爸媽媽在場就好，我沒有別的要求，真的！」傅彬彬乖順地說道。

「謝謝你，彬彬！」任信良說完，望著傅彬彬柔情脈脈的眼睛，深深地吻了下去。

一瓶紅酒喝光了，任信良情緒很高。「今天晚上高興，咱倆要一醉方休。」

他想再喝點，傅彬彬不讓了。「記住，今天可是你我的新婚之夜，我不想讓自己的丈夫喝得像個醉貓。」

「對，醉貓不好！據說醉貓給條鮮魚放在嘴邊都置之不理！哈哈！」

「你才是條鮮魚呢！嘿嘿！」傅彬彬用手指在任信良的腦門上愛上加愛地來了個一指禪。

任信良抱起傅彬彬走進裏間的臥室，小心翼翼的樣子像捧著一顆即將到點的定時炸彈，他輕輕地把傅彬彬放在席夢思床上。今天，傅彬彬沒有替任信良脫衣服，而是瞇著眼看著任信良為她脫衣裳。任信良今天脫著傅彬彬的衣服，那是一件真絲的墨綠色的睡衣，兩個吊帶兒滑過肩膀，便可以一下子從上蛻到底。任信良手很輕，似乎傅彬彬就是一位重傷患，他怕弄痛了傷患的傷口似地，小心翼翼地把傅彬彬的睡衣蛻了下來。傅彬彬的身上沒帶乳罩，沒穿內褲。白皙光滑的皮膚，修長的身體，原來淺淺的乳暈在做了隆胸手術之後，顯得更加嬌嫩，長長的清水掛麵頭髮，烏黑油亮地散在肩膀上。傅彬彬此時已不是剛才的重傷患，她雙腿交叉疊放在一起，更像一條美人魚剛被非法捕撈者打撈上岸，因為缺氧嘴裏冒著泡泡兒。任信良趕緊三下脫了個精光，他要立刻搶救美人魚的生命，他要給美人魚人工補氧、人工補水。

「老公，你不看看嗎？」

「我不看，我看過的，我認識那玩意。」

「那你更要看看！」

「那好吧！我看！你閉上眼睛！」

任信良像個潛水夫，兩手開路，兩眼搜索，終於，他看清了那個讓中國七千年來的所有男人們一致特別關注的，象徵著一切真，象徵著一切善，象徵著女人底價的那個似皮非皮，似肉非肉，富有一定韌度的軟組織──處女膜。任信良一邊看著，一邊在記憶的腦海裏鏈結著當年石美珍的處女膜，他記憶中的石美珍的處女膜是不規則的，好像也不美觀，而今天這個號稱國際一流的貨真價實的人工精品形狀規則美觀。

潛水作業完畢，任信良浮出水面，他想好好親吻一下傅彬彬。

傅彬彬卻把臉扭到一邊說道：「把燈關了吧！」

「燈光刺眼？」暖色調的臺燈光線本來是柔和若暗若明的。

「我不喜歡開著燈。」傅彬彬說這話時，任信良想起一個歌名：〈羞答答的玫瑰〉。於是，任信良關了燈。

在傅彬彬慢慢地發出呻吟聲的時候，任信良輕輕地將鑽頭放到井口上，猛地一用力，井鑽便穿破了泥層。

傅彬彬叫了一句：「不好，媽呀！」便哼哼著叫起來。

任信良一邊打井，一邊想著當年的一部老電影《創業》：隆隆轟鳴的高速旋轉的石油鑽井的鑽桿，混合著泥漿，不斷地往地下的深處衝擊著，衝擊著。

當傅彬彬忽然身體一挺哼哼唧唧起來時，任信良一邊打著井，腦子裏想起一句「假貨真好」的話來，心想如果把「假貨真好」唸成「假貨真——好」來，該有另一番意味的。

汗水順著任信良的脖子和背上淌下來，傅彬彬用手替任信良擦了一把汗水，說道：「好了嗎？」

「好了，但是，井裏還沒有打出油來！」

「老公我累了！」

「我也休息休息，等半夜的時候，再打井吧！」

「好的！」傅彬彬熱吻了一口任信良。

兩個人癱軟地睡了過去，不知睡了多久，反正是兩個人中間一起醒來，加了個夜班。在這個夜晚裏，任信良不僅打了井，還把國際一流水準工藝修復的井口弄得破損不堪，末了還往井裏灌滿了油。

因為是週六，所以，任信良與傅彬彬一覺睡到上午9點半鐘。傅彬彬看任信良醒了，便起身穿衣去廚房裏忙乎。

不一會兒，傅彬彬便喊上了：「老公，快點起來，吃雞蛋。」

任信良穿上衣服，來到客廳一看，傅彬彬為他做了一碗荷包蛋，昨晚上吃剩的海參也都和荷包蛋放在了一起。

「一夜夫妻百日恩，百日夫妻似海深，為人妻，守本分，彬彬，你不像70後的人，倒像是50前的人，傳統，太傳統！比我們家老石還傳統。」

「你不高興？你不喜歡？」

「我當然喜歡！不過有福要同享，咱倆一起吃！」

「我早晨不喜歡吃東西的，還是你吃吧！」傅彬彬噘著嘴耍著嬌。

「那不行，昨天說什麼來著？你要不吃，我今天就不跟你一起去！」

任信良覺得女孩子的壞毛病、壞習慣要改，所以想起昨天晚上，兩人商量好的事。按照傅彬彬的計畫，今天已經約好去照一套婚紗照。對於這件事，任信良開始覺得有些過了，後來聽了傅彬彬的話，任信良感覺傅彬彬是真心的，她並不是要任信良立刻給她名分，她也不需要任信良整天都得陪伴著她，相反，她倒認為兩個人獨立些好。傅彬彬說，要在放大的那張合影上，寫上「佳緣」兩個字，而且還要把這幅大的合影照片掛在臥室裏，天天地看著，想著。傅彬彬聽任信良這麼一說，趕緊變得乖巧地和任信良你一口、我一口地把一大碗荷包蛋加海參吃了個乾乾淨淨。

第四十七章
勸退費插曲

濱州市恆潤拍賣公司是高瑜投資與人合辦的，這次藍天證券法人股的拍賣經過內部運作，就由濱州市恆潤拍賣行一手具體操作。徐文田受命負責有關具體的工作。經過了兩次登報公示後，拍賣馬上就要進入程序。任信良這些日子覺得高瑜辦這事挺省心的，加上傅彬彬的回來，所以，心情非常不錯。可是，徐文田帶來的消息讓他變得躁動煩悶起來。

「任董、恆潤拍賣行今天一早來消息，來了一家新公司要求參加競拍，保證金已經交到高律師高總那裏，她讓我們拿主意。」

「這什麼意思？」

「據高總的意思，這是一家攪局的公司，需要提前擺平它。」

「攪局？有這樣的事？」任信良對拍賣行的事不太瞭解，只是聽別人說過，現在拍賣行內部的門道兒很多，沒有公檢法的關係，沒有法院技術處、執行局的配合根本就賺不到錢。

「是，就是攪局，而且還是靠攪局為業的。現在，有這樣的公司，靠著消息靈通，到時候就帶著保證金裝模做樣地一板正經參加競拍，硬是把標的物的價格哄抬到很高很高，讓真心實意想競拍的一方出血，加大成本。」

「那怎麼辦？」

「沒辦法，這都成了潛規則，為了減少麻煩和損失，真心想競拍的單位只好背地裏溝通，出些銀子打點一下，美其名曰『勸退費』，到時候把它們打發走了了事。」

「這都是什麼事，太他媽的缺德。高瑜怎麼說的？」

「高總說，反正現在申請的也就是咱們兩家，對方也不是真心想買，所以，讓咱們主動找他們。」

「消息封鎖得很嚴的，我們是在星期天的報縫刊登的消息，情報可真夠靈通的啊。」任信良自語道，徐文田沒有說話。

「那得需要多少錢呀？」任信良問道。

「估計需要一兩百萬吧！那還要看談的效果如何。」

「高瑜說沒說這是一家什麼單位？」

「說了，好像是金色池塘餐飲娛樂有限公司。」

「金色池塘餐飲娛樂有限公司？好，我知道了，你現在這樣，馬上先電話和對方溝通，然後去面談一下，在二百萬以內的前提下，不斷往下壓，最主要的是保證我們名下的藍天證券法人股的安全。」

「好的，我馬上去溝通洽談。」

對於橫生的枝節，任信良其實有一定的思想準備，商場的事哪有那麼容易便宜的，高瑜儘管誇下過海口，但是，任信良心裏跟明鏡似的，他已經想過可能出現的情況和不可預見的費用。看來讓他想著了，只是，不知道最終的結果如何。再出一百萬的話，並不算吃虧，再出一百五十萬，也值得的，如果是二百萬，怎麼說呢？若算政治帳，當然也有必要出這筆錢。

任信良對金色池塘的桑拿洗浴是很熟悉，這家桑拿洗浴今年春天剛一開業，任信良就成了這裏的常客。但是，要說金色池塘餐飲娛樂有限公司的具體情況，任信良就不熟悉了。任信良給工商局的朋友掛了個電話，說明自己想瞭解一下金色池塘餐飲娛樂有限公司的具體情況，沒過半個小時的時間，工商局方面便發來電子郵件。

隨著右手輕輕地敲擊電腦鍵盤，十九寸大螢幕液晶顯示幕上，立刻出現濱州金色池塘餐飲娛樂有限公司工商註冊的資料頁面。第一投資方：深圳世達偉業經貿有限公司。

「嗨，註冊資金，還他媽的不少，整整三千萬元人民幣。」任信良心裏說著話。

「深圳世達偉業經貿有限公司法人代表：杜明鵬。經營範圍：餐飲娛樂、商貿、旅遊。」法人代表杜明鵬的名字，任信良覺得非常眼熟。「杜

明鵬」三個字與大學時的同桌杜明鵬的名字一字不差，會不會是同一個人呢？

　　杜明鵬也是濱州市區本地的考生，一入學便和任信良成了合得來的好朋友，兩個人在大學的時候除了談戀愛，兩人總是形影不離、不分彼此的。杜明鵬生活上有一種優越感，學習上有一股子邪勁，總是和身邊的同學比，任信良就是杜明鵬明裏比、暗裏攀的對手。當年的大學畢業生分配政策是從哪來回哪去的基礎上，要麼自己找用人單位，要麼等著人事局甩檔案。臨近畢業的時候，大學生們都一下子變成了地下工作者，四處祕密活動，上下聯絡關係。但是同學們彼此之間卻互不溝通。結果，任信良卻被分到濱州醫藥保健品進出口公司當業務員，杜明鵬被分到中學做了一名英語教師。畢業後，任信良也時常抽空去找杜明鵬，可是每次同杜明鵬見面，都是三言兩語，不冷不淡的，好像兩個人剛認識不久似的，一來二去的，兩人都感到見面後彆扭，沒話說。任信良覺得這和畢業分配的結果有關，杜明鵬是那種見不得別人強過自己的人，是感覺臉上沒面子。所以，任信良也不再主動去找杜明鵬，兩個大學裏非常要好的同學從此便沒有了相互的聯繫。後來，任信良從同學那裏得知杜明鵬在大學畢業後不到兩年的時候，便辭去中學教師的公職，隻身一人去了廣東，從此再也沒有了音信。杜明鵬是大學同班同學中與自己個人關係最要好的，忽然間也不聯繫了。偶然聽老同學們別人提起杜明鵬，任信良的心裏總感覺不是個滋味，甚至有一種深深的失落感。不過，任信良對杜明鵬的評價一直還是非常高的，他認為在同班同學中，精明、有思想、集智慧和英俊為一身的也只有杜明鵬了。

　　「濱州金色池塘餐飲娛樂有限公司法人代表：房媛媛。」任信良的腦海裏，浮現出一個精明機靈、打扮得入時的職業女性。他不僅見過她，而且，因為辦理了幾個洗浴貴賓卡還多次打過交道的。對，和房媛媛通通話。想到這裏，任信良找出房媛媛的名片，撥了房媛媛的手機號碼。

　　「房總嗎？我是創億股份的任信良。」

　　「啊！任董呀！任董！您好！」房媛媛的話音中帶著警覺。

「房總，是這個樣子，前幾天，我和幾個大學同學聚會，無意間聊起過去的同學，有位同學說，我的大學同桌與你們金色池塘的投資方老闆是一個名字，都叫杜明鵬，一晃多年不聯繫，十分想念老同學，所以，打電話問問，看是不是自己的老同學。」

「是這樣，我沒聽杜老闆說起過任董，不過，我可以把這事告訴杜老闆，你看如何？」

「這樣最好，我等你和杜老闆的消息。」

任信良在近十年來，日常的所謂朋友圈主要局限於生意方面的，與大學同班同學的來往更是少之又少。參加了幾回同學會，發現同學之間的話也不投機了，同學相見，不是相互打聽收入，就是打聽彼此能辦什麼事，女同學們則關心對方老公的工作現狀，所以，任信良感覺乏味得很，一來二去地推辭下，也少有同學與任信良聯繫了。這樣一來，任信良心裏也高興，落個清清靜靜。沒曾想自己大學時的同桌杜明鵬忽然間冒出來。雖然，現在還沒有最後確定此杜明鵬就是彼杜明鵬，但是，任信良在心裏憑著對杜明鵬心機的理解，他有一種預感：投資金色池塘的就是杜明鵬。

這天晚上，當一個來自深圳的固定電話號碼呼入任信良的手機時，任信良的心跳稍微加快了一點。

任信良先吸了一口氣，接通電話：「喂，請找哪位？」

「良子嗎？我是明鵬呀！」

「果然是杜明鵬的電話。」任信良心裏說道。

「明鵬，你這個傢伙，總算從地下鑽出來了！」

「一晃快三十年了，非常想念老同學呀！」電話裏傳來杜明鵬的聲音，明顯地厚重了許多，大家都快五十的人了，能不老嗎？

「明鵬，你小子總算冒出來了，還記得老同學？」任信良開著玩笑。

「咱倆可是同桌，別忘了還同過床呢！都怪自己沒本事，一直混得不好，一言難盡，所以不好意思跟你打電話。」

「這哪跟哪呀？我記得你可是濱州市土生土長的，連農村都沒去過，

什麼時候變得小心眼兒了？是不是去河南了？哈哈。」任信良和杜明鵬開起了玩笑。

「我哪也沒去！一言難盡，等我找時間詳細和你談談，我還打算回濱州發展呢。」

「是嘛，咱哥倆，又可以經常在一起啦！」

「美珍現在怎麼樣？」

「怎麼說哪！美珍去年病逝了！」

「啊，太突然，真想不到呀，想想美珍的樣子，好像還是在昨天似的。孩子多大了？該上大學了吧！」

「兒子雲飛，今年上大三，在美國哪！」

「這挺好的，夠你自豪的！好了，先不提這些，說點你現在的事情。」

「我挺好的，在國企上班哪！」

「公司叫什麼名字？」

「小公司，小噸位，濱州創億集團股份有限公司。」

「啥小噸位，上市公司呀，當副總哪？」

「哈哈，沒那麼大，董事長！」

「任信良你這傢伙，什麼時候學得虛頭滑腦起來。好，很好，當董事長好！」

「好？什麼好？給國資委打工哪！」

「給誰打工沒關係，關鍵是順心，開心！」

「明鵬，既然是咱倆是老同學，大學裏又是同桌，我問個問題，你別瞞我行嗎？」

「看你說的，雖然多年不見，咱們倆是誰跟誰呀！有事請說，只要我能辦的。」

「你先別說大話，我問你，藍天證券的九百萬法人股，你真的準備競拍？」

「藍天證券的九百萬法人股，你是說這件事，這可是媛媛一手辦的，我聽她說是在幫她一個小乾姊妹的忙，所以，沒細問，反正是白撿的買

賣，由她辦吧！怎麼？這事情和你有關係？」

「豈止是有關係！要求回購藍天證券九百萬法人股的單位就是我，知道嗎？老同學！」

「原來是這樣……那好說，我給房媛媛打個電話，趕緊讓她撤出來。」

「別，千萬別！我求你，千萬別撤出來，你要是撤出來，我和你急我告訴你！我現在巴不得老同學你參加呢。」

「我讓你搞糊塗了，到底你是怎麼想的？」

「明鵬，信良是什麼樣的人，你應該瞭解，兄弟絕不會擋你的財路對吧？」

「是呀！那是當然，要怎麼說咱倆好呢！」

「反過來，你也不會讓兄弟我難堪對吧？」

「那是當然！」

「那好，你聽我的，這事你就裝作什麼也不知道，我已安排人和房媛媛去洽談活動費的事，一百萬，你讓房媛媛競拍會上走走過場！」

「錢數，我可以做主，不過，如果說我裝作什麼也不知道，恐怕不可能，房媛媛可是個鱉精，鱉精你知道嗎？另外，我還沒跟你說哪，房媛媛，你得稱呼二嫂。」

「二嫂？媽的，都有二房啦，你小子太有本事了，那她肚子裏的孩子，也是老兄的了？」

「那是自然！」

「佩服！佩服！感情老兄你這些年音信皆無，功夫都用在這上面了。」

「哈哈，哈哈。信良，我有自己的生意的，我不會賺老同學錢的，這次是媛媛幫她乾姊妹的忙，你放心，事情結束，我一準把收的佣金全額還給你，請你相信我。」

「你說什麼哪？明鵬，在商言商，你告訴我，房媛媛的乾姊妹是不是姓高，叫高瑜？」

「好像聽她說過，是姓高，是個幹律師的，我沒細問。」

「那好，明鵬，關於這件事你千萬別跟房媛媛點破，明白嗎？」

　　任信良的心裏，翻騰著，翻騰著，他感覺一陣陣地反胃，心裏火燒火燎的，但是，他同時又感覺異常地興奮。

　　「那我明白，等我回濱州以後，咱哥倆好好聊聊。」

　　「那好，我等你，有事打電話，發短信。」

　　「好的，我給你發條短信，順便告訴你我的手機號碼。」

　　「OK。」任信良爽快地回答道。

　　任信良放下電話，原本因為事情橫生枝節出來個攪局的公司，導致心裏一陣陣的焦灼，而眼下杜明鵬的出現所帶給他的興奮，與原來心裏的焦灼混在一起，這種焦灼中有興奮、興奮中有焦灼的滋味讓任信良感到一種前所未有的難受。

　　杜明鵬的短信來了：

　　　　朋友是人生的一份榮耀，是忍不住想撥的號碼，是悠閒時最想喝的
　　　　那杯清茶，是忙碌時也不能忘懷的牽掛，等我回濱州，咱倆一醉方
　　　　休！明鵬。

　　任信良看看微微地一笑，把杜明鵬的手機號碼保存到了手機裏。

第四十八章
重逢的背後

徐文田這幾天工作進展得很順利，他並不知道任信良背後也在做房媛媛的工作。經過幾次商談溝通，徐文田和房媛媛最終達成了口頭協議，創億集團藥業連鎖公司出現金一百二十萬，讓金色池塘餐飲有限公司配合創億藥業連鎖在預期的價位競拍成功，獲得最後競拍的勝利。

藍天證券法人股競拍開始的前一天，杜明鵬趕回了濱州市。創億集團藥業連鎖競拍勝利後的當天晚上，任信良和杜明鵬這對兒分別二十幾年的大學同學在金色池塘四樓的小包房中重逢了。

「明鵬，你沒怎麼變樣兒，我比你老多了。」

「看你說的，什麼老不老的，我們都是奔五十的人了，再年輕，也不是小夥子了。」

「那倒是。」

「任董，您現在可正是風華正茂的時候。」

房媛媛穿了一件連體的黑色裙裝，兩隻手自然地扶著肚子，仰著頭，感覺自己很重要的樣子奉承著任信良。

「嫂子，你可真會說話。」

任信良端詳了一下房媛媛，心裏在想：「房媛媛是怎麼和杜明鵬結合在一塊兒的？」心裏想著，嘴上說道：

「明鵬，咱們哥倆簡單一點，我現在看見盤子多了，就眼暈。」

「不多，八個菜，四葷四素，老同學重逢，我們要圖個吉利。其實，不光是你有暈盤子病，這種病現在商圈、官圈裏流行得很普遍的，哈哈！」杜明鵬笑著說道。

「也就是你們當官的、當大老闆的暈盤子，我們這些幹餐飲的，還巴不得天天能暈盤子呢。」房媛媛接著話頭說著。

「信良，我還得重新介紹介紹你這小嫂子，我還沒來得及跟你說，媛媛和我相識快十年了，我們倆一直在深圳打拚，去年，媛媛想著回家鄉發展，所以就投資辦了這個店。」

任信良聽著點著頭，心裏邊基本都明白了，這年月，沒必要什麼事情都刨根問底的，英雄不問出處，男人不問財路，管那麼多幹嘛！若不是老天有眼，自己在高瑜那個大坑裏還不知道要跌多大的跟頭呢！

「還是家鄉好，落葉歸根嘛！」任信良說完這話，心裏覺得自己的話沒水準，因為，說不定人家根本沒打算生根的事呢。想到這，便趕緊問道：「這次回來待多久？我得和老同學多喝幾杯。」

「我能住幾天呀？那邊的生意也得打點，忙得很，沒辦法，不像你們國企的老總，出國啦、開會啦、休假啦，滋潤得很，我說得沒錯吧？」

「也許吧！反正，我沒體會到，也許今後有機遇？哈哈！」任信良情緒不高地回答道。

「是得抓住機遇呀，現在有個詞不是叫抓住機會，而是叫『抓住機遇』，好好，挺逗的。」杜明鵬一副調侃的樣子，顯得有些高傲。

「與時俱進嘛。」任信良回答道。

「看看，就是不一樣，國企領導說話就是有水準，來乾一杯！」

「來乾杯！」任信良仰脖一飲而盡。

放下酒杯，任信良說道：「明鵬，想當年，咱們在大學讀書的時候，十塊八塊的就能在飯店喝頓好酒，真是不可思議。熱的、涼的，白的、啤的，咱們倆都能整全了！」任信良念舊的習慣又犯了。

「確實不可思議，當年的物價，便宜得很，十塊八塊的，嘿嘿！」杜明鵬也嘿嘿地笑著，「他媽的，當年誰見過一萬塊錢？誰見過十萬塊錢？更別想一百萬啦！哈哈！」杜明鵬的興致非常高。

「明鵬，看著你言談舉止，還是和當年一個樣子，就是年齡大了些！」任信良感慨地說道。

「本性難移，本性難移呀，與生俱來的東西不容易改變，尤其是我們讀書人！」杜明鵬有所領悟地說道。

「對！你說得沒錯，讀書人特有的情懷。明鵬，你還記得當年你在學校參加演講的情景嗎？」

「哈哈，咋不記得？一想起來，就覺得年輕人傻透了，哈哈！」

「不管母親多麼貧窮困苦，

兒女對她的愛也絕不會含糊。

我只喊一句『祖國萬歲』！

更強烈的愛在那感情深處。」任信良大聲地朗誦著當年杜明鵬在臺上演講時的詞句。

「不管母親多麼貧窮困苦，兒女對她的愛也絕不會含糊。我只喊一句『祖國萬歲』！更強烈的愛在那感情深處。」杜明鵬也飽含深情地朗誦道。

「哈哈，太有意思了！真不敢想像，你們當時是那樣？真是腦子進水了！」房媛媛不解地笑著說道。

「這就是代溝。我們這一代人單純充滿激情，李燕傑老師演講的詞句，被大夥引用來、引用去的，我們這一代人最大的特點就是輕信！」杜明鵬說道，話語中透著傷感。

房媛媛看著兩個人把杯中的茅臺酒又是一飲而盡，款款地站起身來，為任信良的酒杯斟滿酒。

「謝謝您，任董。」房媛媛說完這句話，看了杜明鵬一眼，這一細微的動作，任信良都看在眼裏。

「謝我幹什麼？我有啥好謝的。」任信良裝著不解的樣子回答。

「對，謝謝任董，謝謝任董經常地來小店捧場！」房媛媛又看了杜明鵬一眼，雖然動作很快，但是，還是被任信良看在眼裏。

「對了，信良，這次我從南方帶回來點新茶，我聽媛媛說你經常來金色池塘玩茶道？」

「只是喜歡喝點，另外，也是陪陪客戶。」

「喝完酒，拿一盒子新茶回去！沒事兒品一品我送你的茶。」

「好的，那就不客氣了。」

「說得是，咱倆誰跟誰呢！」

杜明鵬的話說到這份上，任信良一杯茅臺酒下肚，肚子裏暖暖的，腦子裏繃得挺緊的弦兒此時鬆了許多。

任信良這天晚上喝了不少的酒，他覺得兩個人，你一杯我一杯的，誰也沒有比誰多喝多少，但是，等房媛媛派車把任信良送回翡翠園的家裏時，任信良忽然覺得自己有些喝多。

「哎呀，信良，又喝這麼多酒，身體受得了嗎?來，小心點！」徐姐說著話，把任信良攙扶到沙發上。

「我沒事兒，徐姐，你睡吧，我再喝點水！」任信良斜躺在山發上說道。

「舌頭都長了，還說沒事，給你水！你多喝些水解解酒！有事喊我吧！」徐姐把兩大瓶子冰鎮礦泉水放到茶几上，轉身離開。

任信良坐起身來，扭開礦泉水瓶子的蓋子，「咕咚咕咚」地喝下幾口礦泉水，然後便躺在沙發上喘著粗氣，不經意看見茶几上放了一個大禮盒，上面寫著「御品鐵觀音」幾個金色大字。他忽然想起來，這是杜明鵬送給他的茶葉，房媛媛的司機替他拿回來的。任信良坐起身來，把茶葉禮盒從禮品袋中拿出來，感覺分量有些沉甸甸，便準備打開茶葉禮盒，發現禮盒用透明膠帶封上了，不由得一笑，舌頭長長地自語道：「在南方待久了，變得細膩啦！嘿嘿！哈哈！」說著慢慢撕開膠帶，打開茶葉禮盒一看，原本應該是放著兩盒茶葉的禮盒裏擺滿了一捆一捆的百元面值的人民幣。任信良趕緊把禮盒蓋子蓋上。

屋裏靜靜的，徐姐已經回屋休息了。任信良此時酒徹底地醒了，他站起身拿著茶葉禮盒快步回到自己的臥室，關上房門，再打開盒子，數了數，整整二十捆。任信良面對眼前忽然冒出的嶄新的二十萬元人民幣，掂量著二十萬人民幣的分量與來頭，腦子裏飛速地過著電影：高瑜下了個套兒，讓任信良鑽進去，於是，任信良出的一百二十萬的勸退費現金到了

房媛媛的手裏，然後，高瑜和房媛媛平分秋色，不，確切地說，高瑜分到五十萬，眼下這二十萬應該是杜明鵬親自參與導演的新產品。高，實在是高。任信良不得不在心裏佩服杜明鵬在商場上運籌的韜略。多麼完整的局，杜明鵬他完全可以不用出這二十萬，但是，二十萬也罷！一百二十萬也罷！這原本都是創億藥業連鎖自己的東西呀。任信良感覺懊喪得很，他覺得自己像是一頭被蒙了眼睛的蠢驢，被人家牽來牽去，心裏的沮喪瞬間轉化成一股仇恨的怒火。「高瑜呀、高瑜，你這個臭婊子，你就慢慢地等著瞧吧！」任信良在心裏恨恨地罵道，兩隻手慢條斯理地合上茶葉禮盒，又把茶葉禮盒裝進禮品袋中。

第四十九章
悲痛也做愛

　　濱州市中心一條繁華的街道，大小機動車一輛接一輛地穿流著，過馬路的行人只能等車輛稍微少的間隙，急速而過，紅綠燈成了擺設。

　　一位帶著墨鏡，留著背頭，頭髮已經稀疏的老者，大模大樣、斯文地隨著過馬路的行人步入斑馬線。老者的氣質是高貴的，讓人一看就知道是一位有著相當資格的離退休的領導幹部，但是，老者的斯文與不緊不慢，偏偏在今天遭遇了一臺老式桑塔納快速直行的殘酷挑戰。伴隨著急刹車發出的尖利刺耳的聲音，行人的視線一下子集中到斑馬線的中央，桑塔納停車處，老者躺倒在地上的血泊中，臉上的墨鏡飛到了幾米開外。突遭車禍身亡的老者是濱州市原經貿委的副主任——高瑜的父親。

　　正當任信良這些天來為吃了個競拍勸退費的啞巴虧，而感覺心裏悶悶不樂時，劉志恆通過短信給任信良傳來了高瑜的父親昨天上午遇車禍不幸身亡的消息。高瑜的父親原來曾擔任經貿委的副主任時，曾和周國臣在一起搭班子的，到年齡退休，在家安度晚年。高副主任比周國臣的年齡大許多，資歷老些，威信也不錯，劉志恆與高副主任有些私人感情也是正常的。任信良接到這個消息，心裏一時間痛快許多，心裏說：「巧得不能再巧的事情往往就發生在人們的意料之外，真是人不報，天報。」不過，轉念一想，心裏又說：「高瑜和自己玩陰的，讓自己吃了個啞巴虧，可是人家高瑜的父親也沒招惹自己呀，犯不著這麼小人似地得意。」於是，就掂量著想為高瑜做點什麼。告別高瑜父親遺體的儀式劉志恆肯定參加的，自己與高副主任沒什麼深交，當然最好不去，還是各自處各自的關係，這樣比較好。更何況，這年月關係好的也不一定必須出現在追悼會上。想到商

業銀行資產公司案子的律師代理費還沒付，任信良感覺此時應該爽快一把，便讓徐文田到創億藥業連鎖的財會辦理了轉帳支票。然後，給高瑜發了個短信：

> 如果天上掉下一滴水，
> 那是我思念你的淚水；
> 如果天上掉下兩滴水，
> 那是我的心在為你陶醉；
> 如果天上掉下無數滴水，
> 千萬別以為那是在下雨，
> 落下的水是我在奉獻著自己，
> 珍重吧！節哀！
> 幫不上你什麼忙，我只能隨時聽候你的安排，另外，律師費已全額辦理，等見面時把支票送給你？任。

任新良的短信發出後幾分鐘，回信來了：「短信收到，父親罹難，家中大亂，等後天處理完喪事，給你電話，謝謝任哥，瑜。」

任信良是在下班後，趕到高瑜的住處的。高瑜所住的房子位於海藍陽光花園內，任信良知道高原副市長的家就在海藍陽光花園，所以，心裏感覺怪怪的。

當任信良邁進高瑜的家時，高瑜剛剛洗過澡，臉上還沒來得及化妝。

「忙了三天，只吃了一頓飯，剛剛洗個澡，還沒來得及化妝呢！」

高瑜穿著白色的浴衣，手裏拿著毛巾，兩隻眼睛水腫的，眼皮像是做了割雙眼皮的手術剛拆線似的。高瑜看了任信良一眼，表情有些不好意思，蒼白的臉上寫滿了傷感。

「我又不是外人，沒化妝就沒化妝唄！」

任信良來到屋裏，這是個三居室的房子，裝修也氣派。

「滿不錯嘛！我們的高大律師也是身居豪宅嘛！臥室是哪一間？」任信良邊說邊挨個屋子地巡視了一遍。

「我都不想活了，肇事的司機倒是態度很好，認賠認罰，但是，人沒了，要錢有什麼用？」高瑜跟在任信良的身後說著，眼淚又湧了出來。

「別哭壞了身子，人沒了，要錢有什麼用？這話可是你剛剛說過的，把支票收起來吧！」任信良摟著身體開始有些癱軟的高瑜說道。

「代理費一次全付了？」高瑜看著用票據印表機列印過的支票，不禁問道。

「咱倆之間不就是合同嘛！」

任信良話讓人聽著充滿關愛和體貼。高瑜的身體還在繼續地癱軟著，任信良似拖非拖、似抱非抱地，與高瑜一起倒在床上，高瑜的手一揚，支票從高瑜的手裏飛落到地上。

高瑜獨特的親吻方式已經讓任信良深深地領教過，又狠又猛，又撕又咬，像是餓急了眼，在啃著一塊兒帶皮帶肉的筋頭把腦的骨頭一樣，而且還要發出大大的聲響。兩個人熱烈地快速升溫地交融在一起。

當任信良和高瑜一起爬上快樂的山坡，又登上快樂的山頂時，高瑜忽然急三火四地哇啦哇啦地要往山底下滑下去，任信良只好努力地控制著下滑的速度。

當高瑜快速滑落至快樂的谷底時，「啊──」的一聲，開始喊叫起來時，任信良忽然故意問道：「我的瑜，你還想不想爹了？」

高瑜在任信良的身子下面，閉著眼，眼裏流出幾滴淚水，身體控制不住地扭動著振顫著說道：「想，噢！你壞！……不想，你壞！」剛說完「你壞」，又拚命地大叫起來。

任信良想用手去堵，卻被高瑜拚命地扒開，任信良只好口對口地將高瑜的嘴堵上，高瑜叫床聲音太大，任信良有些吃不消。

「你吃我的肉，我就喝你的血，這是大自然賦予動物界的法則。男人發洩的是精液，女人發洩的是淚水。做愛是一劑靈丹妙藥，它可以使真悲傷、假痛苦的人忘記悲傷而快樂，它也可以使真痛苦、假悲傷的人忘記痛

苦而瘋狂。」此時這種思想在任信良的心裏升騰著，升騰著，並像一股巨大的能量在他的脊髓中間上下竄動著。任信良在猛烈的動作中，忽然產生了一個的念頭，心裏說道：「我就是你爹！」隨著心裏說道的「我就是你爹！」這句話，任信良的丹田處又是一陣的顫動。多虧了高瑜叫床的時候一直是閉著眼的，否則，通過任信良的眼睛，高瑜一定能感覺到任信良心裏故意的壞笑。

任信良和高瑜都喘著粗氣。特別是高瑜，看來這幾天把她折騰得夠嗆，精力不如平常，所以，反應上弱一些，她枕著任信良的胳膊，恢復著體力。

「我前兩天收到一個短信。」任信良說道。

「又是黃段子？」

「不是，是關於官場感悟的，叫官場幹部的九死一生。」

「唸給我聽聽！」高瑜說話故意發出臺灣強調，聲音發著嗲。

「天天開會坐死你，領導高調哄死你，民主評議整死你，事事彙報煩死你，擇優提拔騙死你，混蛋同僚害死你，上級檢查累死你，年年體檢嚇死你，退休讓車壓死你，遠離官場活一生，這就是官場幹部的九死一生。」

「誰這麼缺德，編得太損。」

「我倒覺得，這條短信有些深意在裏面，做官當幹部，吃飯聽差，幾千年來根深柢固的傳統。老百姓常說：『當官不自在，自在不當差。』所以，我說還是做自由的商人比較清爽單純，起碼能有獨立的人格意志。」

「那就做商人吧！我喜歡你這個商人。」高瑜又開始放賴撒嬌起來。

高瑜閉著眼瞇了一會兒，睜開眼對任信良說：「我有些餓了，我做飯咱倆吃吧！」

「做啥飯？你剛才不是吃過了嗎？」任信良一臉壞笑地說道。

「就喝了一點湯兒，不算。」高瑜說著用指點了一下任信良的腦門，接著說道：「你真色！你在家裏和老石也這麼說話嗎？」

「那不能，你和她不同。」

「對了，我倒是想問問，你們男人對待老婆和情人到底是怎麼看的？」

「有這樣一條潛規則比較有學術含量，也就是對待老婆就要像對待情人一樣，對待情人就要像對待老婆一樣，這樣她們才能找到自我，並且能感受到一種內心渴望的皈依感。但是，我覺得這條潛規則學術含量有些太多了，你知道嗎？學術含量多了，往往技術含量相對就差些，實際可操作性就不太強。所以，現在不是有腐敗官員對情婦們實行MBA的管理，樂挺多的！結果據說也不理想。所以，若是按照我的想法，老婆嘛！上面封頂，下不保底；情人嘛，上不封頂，下不保底。」

「這話聽著咋這麼彆扭，像是談招聘員工的工資待遇似的！任哥，你也夠損的，上不封頂，下不保底？哈哈，你們男人都不是些什麼好東西。」

「你這麼看我？」

「你嘛，差點兒，還不算壞男人！」

「那我謝謝你！」任信良撫摸了一下高瑜的頭髮。

高瑜和任信良赤條條地邊說著話邊來到廚房，高瑜從冰箱裏拿出一袋速凍的小籠包子放到蒸鍋裏。

「家裏沒啥玩意兒，湊合吃頓小籠包子吧。改天我給你做好吃的！」高瑜仰著臉說道。

任信良從高瑜的身後攔腰一抱，隨手抓住高瑜的乳房說：「這小籠包子不是現成的嗎？用得著先蒸嗎？」

「別鬧了，仗著樓層高，掛著窗簾不容易被人看見，咱倆就放肆了。」高瑜分開任信良的手，往屋裏走。

任信良跟在後面說道：「有些事就是這樣，有人說彼此看不見就是黑暗，其實並非如此。就好比咱們倆一樣，外面的人看不見我們，我們卻能看見外面，你說我們在黑暗裏還是在光明裏？」

「你越來越像哲學家了。」高瑜揶揄道。

「我如果是哲學家，也是個下崗的哲學家。」任信良忽然覺得自己這個提法挺好笑。

「對了，這兩天我就把費用提出來送給你。」高瑜說完，躺在床上呈一個「大」字形。

「什麼費用？」任信良不解地問道。

「一碼歸一碼嘛！你幫了我，我也要報答任哥你呀！這是行規！」

任信良聽高瑜這麼說，明白是回扣的事。

「這算什麼事？咱倆之間沒必要，你留著吧！」任信良輕鬆地回答道。

「不！我不！哎，任哥，你過來！」高瑜張開雙臂，招呼著。

「電磁爐上有小籠包子呢，我去把電源關了！」任信良對撒嬌的高瑜說道。

「沒事兒，我開的低檔，你不是想吃現成的小籠包子嗎？」高瑜嬌嗔地說道。

任信良只好笑笑俯身趴在了高瑜的身上，伸著舌頭舔起帶汁的「小籠包子」來。舔著「小籠包子」，任信良忽然想起王澍嘉和他說起黃永利發明的一種──老闆推獨輪車的做愛姿勢。於是，起身對高瑜說：「親愛的，你翻過身去，讓我們試驗一種新的運動方式，增加一些技術含量。」

「你又玩什麼花樣？」

「這是我聽來的，叫老闆推獨輪車。」任信良笑著說道。

「老闆推獨輪車？真能想得出來，不嫌乎累，那就推吧！」說著屁股朝上，翻過身來。

任信良站在床邊，兩手端著高瑜的膝蓋，晃晃悠悠的猛一使勁，隨著高瑜「哎呀！」一聲，出乎任信良的故意，他捅的不是原來捅的地方。

「你壞，你整哪了？」

「既然是不小心，那就乾脆將錯就錯吧！」任信良心裏想，也是當初應該問王澍嘉，黃永利捅的是後面還是前面。高瑜「哎喲」一聲疼痛過後似乎感覺好了許多，慢慢地適應了一會兒快、一會兒慢的推車運動。任信良兩手端著高瑜的膝蓋，左拐彎兒、右轉彎地，一會兒上坡，一會兒下坡，一會兒在平路上奔跑。

「有趣兒嗎？」

「嗯！嗯！」

「真的有趣？」

「你壞！別說話！」高瑜趴在床上，臉朝下說道。

於是，任信良只管推著車猛跑起來。他閉著眼睛，他想著電影裏人們推車勞動的場景，他也想著在農村生活時修公路修堤壩的場景。他的腦海裏，前面是塊兒窪地，手推車正晃晃悠悠地向前行進著。他有些體力不支，於是咬緊牙，猛跑幾步，猛地便把小車掀翻在窪地裏。

「啊，咋不推啦？」高瑜對著趴在自己後背呼呼直喘的任信良問道。

任信良平息著急促的呼吸，說道：「沒勁兒了！嗨！這推車法技術含量也不高，還是屬於勞動力激烈型的，你感覺怎麼樣？有意思嗎？」

「說不上來。」

「這是什麼意思？」

「我感覺後面好受，但是前面著急。」

「真的嗎嗎？」任信良做了一下鬼臉。

「我的後面，可是第一次！」

「這麼說來，你有兩次初夜，讓我趕上一次真難得！」

「那當然！你要給我記住了。」高瑜說著翻過身來，摟著任信良狠狠地親了一口。

此時的高瑜早已走出了喪父的痛苦，沉浸在男女性愛的快樂與快感之中。

第五十章
寶劍的祕密

　　兩天之後的上午，高瑜致電任信良，告訴任信良務必在辦公室等著，她要派賴國輝過來，有具體事情同他商量。任信良問是啥事，高瑜說，賴國輝到了再說，便把電話掛斷了。於是，任信良只好等著，不到二十分鐘的時間，賴國輝來了。因為彼此有過一次相聚，所以顯得自然了很多。賴國輝一進任信良的辦公室，就顯得熟門熟路的一點也不拘謹，像一個幾日不見的老朋友。

　　「來，國輝，請坐！我給你沏杯茶！」

　　「不用，任董，我不喝，您別忙乎！」

　　「沒事！你們高主任給我打電話，告訴我務必等你過來，不讓我出去，說是你有事情。」

　　「哪裏，沒啥事，是高主任的一位朋友去廈門出差剛回來，給高主任帶了盒大紅袍，高主任說，任董喜歡玩茶道，就讓我趕緊給任董送來了。嘿嘿！沒什麼事的話，那我就先回去，找時間再一塊兒聚！」賴國輝說話像是提前背了多次似的。

　　任信良一聽說道：「那怎麼好意思！讓你們高主任留著自己喝吧！」

　　「任董，朋友之間，客氣啥？高主任想著你，這是好事呀！」

　　「既然這樣，那好！我就收下！代我謝謝高主任，我今天就不留你，改日約老弟坐坐。」

　　「行！我聽任董的。」賴國輝回答道。

　　任信良原來想說兩句王澍嘉私下裏交代關照他的話，但是，話到嘴邊也只好嚥了回去。客客氣氣地送走賴國輝，任信良便把門關好，一個人打開賴國輝拎來的紙袋。這是個通常能看到的那種會務口袋，上面印著「濱

州市恆誠律師事務所」字樣。口袋裏還套有一個口袋，是專用的茶莊口袋。任信良拎出一看，還真是大紅袍茶葉的特製商品袋。商品袋裏裝著個紅顏色的寫著古詩詞的精美硬盒。任信良打開茶盒，茶盒裏是個報紙包，再打開報紙包，整整齊齊的五捆百元人民幣。只有人民幣沒有大紅袍，任信良看著手裏的東西，差點就笑出聲來，他覺得高瑜的聰明有些與眾不同。

任信良把手裏的報紙攢成個團，隨手扔進紙簍。然後把成捆的五萬塊錢裝進LV的手提包裏。腦子裏已經在瓜分這飛來的閒錢了。

任信良找出前些日子濱州鑑寶齋古玩店總經理景中傑的那張深藍色的名片，撥通了電話。

「景老闆嗎？我是濱州藥業的任信良，還記得我嗎？」任信良口上說著，心裏暗罵道：「什麼雞巴姓，景經理？多他媽的繞嘴呀！這是算計好了讓別人稱呼自己老闆的。」

「哎呀！任總，我是小景，咋不記得，還想給您打電話哪！」

「是嗎？那把劍還在吧？」

「在，都在，都給任總您留著哪！怎麼，給您送過去？」

「可以，要送就現在過來吧！我跟門衛說一聲。」

「那好哩！待會兒見！」

任信良通過內線向門衛交代了一下，隨手便打開電腦音響，是一首〈狼愛上羊〉的歌曲在屋子裏迴蕩著：

北風呼呼的颳，雪花飄飄灑灑

突然傳來了一聲槍響，這匹狼他受了重傷

但他僥倖逃脫了，救他的是一隻羊

從此他們緣定三生，互訴著衷腸

狼說親愛的謝謝你為我療傷

不管未來有多少的風雨，我都為你去扛

羊說不要客氣，誰讓我愛上了你

在你身邊有多麼的危險，我都會陪伴你

就這樣，他們快樂的流浪，就這樣，他們為愛歌唱

狼愛上羊啊愛得瘋狂，誰讓他們真愛了一場

狼愛上羊啊並不荒唐，他們說有愛就有方向

狼愛上羊啊愛得風光，他們穿破世俗的城牆

狼愛上羊啊愛得瘋狂，他們相互攙扶去遠方

狼說親愛的謝謝你為我療傷

不管未來有多少的風雨，我都為你去扛

羊說不要客氣，誰讓我愛上了你

在你身邊有多麼的危險，我都會陪伴你

就這樣，他們快樂的流浪，就這樣，他們為愛歌唱

狼愛上羊啊愛得瘋狂，誰讓他們真愛了一場

狼愛上羊啊並不荒唐，他們說有愛就有方向

狼愛上羊啊愛得風光，他們穿破世俗的城牆

狼愛上羊啊愛得瘋狂，他們相互攙扶去遠方。

　　「每個人的心裏實際上都有許多說不清的東西，會在說不定什麼時候莫名其妙地蹦出來。所以說，人最難侍弄，光是吃飽喝足了還不行，心和腦袋還要滿足。就說這錢吧！沒有的時候，想著數它，而一旦大筆的錢一下子到了手上，卻感覺錢是個東西了，是個可以扔來扔去的玩意兒。當然，錢可不是廢紙。」任信良心裏邊品悟著。

　　鑑寶齋古玩店總經理景中傑來了，任信良關上門，並沒有急著讓景中傑把帶來的黑色細長皮包打開，而是把景中傑老闆讓到沙發上，給景中傑斟上一小杯鐵觀音。

　　「怎麼樣？生意還好吧？」

　　「託任總吉言，生意不錯。東西帶來了，現在看看？」

　　「先喝點水，不急，先聊聊！」

「那行！我喜歡和任總您這樣的人打交道，檔次高，品位高，格調高，有深度。」景中傑盡可能地說出自己知道的恭維詞。

「我又不是什麼古董，哪來什麼品味呀、檔次、格調和深度的！」任信良故意開著玩笑。

「任總幽默了。」

「我想問個問題，景老闆不知肯不肯照直說？」

「您儘管問，我逢知必答，絕不虛假！」

「我是想知道，那把劍的來歷。」

景中傑趕緊起身拉開黑色皮包，拿出來那把寶劍，輕輕地拔出劍來，放到茶几上。

「您想知道，這把劍的來歷？」景中傑的神情有些怪異。

「是的，我不僅對劍感興趣，而且對劍的來歷也感興趣。」

「如果上次你問我，我不會告訴你，現在倒是可以跟任總您交個實底，也是為了交您這個朋友！」

「儘管放心，我這個人不會惹是非的。」

「告訴您吧！這把劍是高副市長委託我賣的，我店裏的不少東西都是當初高副市長的老伴兒跟我交代的。」景中傑小聲地說著。

「這是高市長的古董？」任信良沒想到竟然會有這麼湊巧的事情。

「那有什麼奇怪的？我告訴你，咱們商品城的好多家古董店都有固定的關係戶領導，也有固定的關係戶老闆。有時候古董剛從店裏拿出去不到個把禮拜，這古董呀，嘿嘿！它又都回到古董店，大家都開店，人少的時候，互相轉轉，看到自己賣的古董字畫又轉到別人家，都開玩笑：『怎麼著？這物件兒又跑你家來了？』剛開始的時候，大家還樂合樂合，當個笑話，等到後來時間長了，大家也都心照不宣的，瞅瞅走人了事！」

「高市長怎麼說的？」

「高市長倒沒怎麼說，只是說這把劍是當年紅衛兵破四舊的時候沒收的，因為晚上值班，聽見『嗡嗡』的聲音，是這把劍發出來的，所以，感覺是個玩意兒。秋謹不是有首詩句，『壁上龍泉夜夜鳴』嘛！」

任信良再次拿起劍來。「如此說來，這把劍是真的嘍！」任信良的丹田處開始震動，他為能找到太老師的劍而高興。

「給個實價吧！」任信良對那些領導們賣古董字畫套現的勾當並不感興趣，他感興趣的是這把劍的成交價。

「話都說到這份上，咱們之間就別做買賣，咋來，咋去，算是幫高市長的忙吧！底價一萬塊。」

「一萬塊兒？」任信良重複了一句，看著景中傑。景中傑滿臉的莊重，沒有絲毫的猶豫。

任信良笑了，一聲大吼：「成交！」說著站起身來，走到自己的老闆椅子上坐下來。

當任信良低著頭準備從高瑜送來的那五萬塊錢中取一萬塊錢時，任信良的心裏忽然滑過一個念頭，他抬起身來，故意裝著想起什麼事兒似的，又站起來，來到屋子的另一側，用鑰匙打開一個白色鐵櫃的門，從裏面翻動了一會兒，拿著個信封走回到沙發前。

「這是一萬塊錢，你數數！」

「數啥數？不會錯的！嘿嘿！」

景中傑嘴上說著接過錢來，還是認真地數了一遍，站起身來再次來到黑色皮包前，把錢放進包裏，從裏面又拿出一把日本戰刀來。

「寶刀送豪傑，寶劍獻英雄，這把日本戰刀有軍刀號的，是少佐級佩戴的，送給任總，留做紀念吧，也算小老弟的見面禮！」

「怎麼好白要你的禮物，做生意不容易的！」任信良故意賣著關子。

二十多年的商場，官場的打磨，使任信良摸出了一套規律：主動送上門的不是什麼好買賣。主動獻殷勤，非奸即盜，這些人基本上是三部曲：一想念，二吹捧，三辦事，四搗亂。不過，景中傑的這一舉措還是讓任信良感到有些不可思議。

「真的是誠心誠意的，這是後配的緞面口袋。這是有關這把劍的說明資料。」

「中傑老弟，咱們挺投緣的，說話也對路子，你實話跟我說，是不是

有什麼事情？你要不實話說，我不會要的，無功不受祿嘛！」

景中傑也並非道行淺的人，只是因為有求於人所以變得被動一些。

「任總，您不愧是大老闆，啥事兒瞞不過您。是這樣的，我的小表妹在創億醫藥的連鎖店裏當收銀員，也好學習，也努力，自學了個本科會計專業，我想請任總幫幫忙，給她調調崗，讓她做個出納什麼的。這是她的簡歷，人品絕對沒問題。」

任信良看著履歷表，履歷表上專門貼了張照片。照片上的女人一進入任信良的眼簾，任信良就想了起來。濱州市內十幾家創億藥業連鎖藥店在任信良的腦子裏門兒清得很，員工也都認識，對於收銀員當然印象更深些。照片上的女人是個三十三歲的大齡未婚女子。

「我知道她，王曉梅，名字叫來叫去，聽著成了王小妹，特好記，表現是不錯！沒想到還有這層關係！是真表妹？」任信良故意問道。

王曉梅的履歷表上，家庭成員及社會關係沒有姓景的。

「遠房親戚，遠房親戚。任總儘量成全此事，曉梅重情重意的，工作一定會成為一把好手的。」景中傑不好意思地解釋著。

「我這兒還真需要人才，這事兒有點譜兒，回頭聽我的消息吧！」

任信良的心裏已經在盤算著，他已經想到濱州房地產出了黃永利的事後，財務要換人，正好安排一個自己的人進去，這個人沒有背景但有關係，關係還不硬，王曉梅正是這種合適的人選。

「大恩不言謝！不過事成之後，我請任總一起慶祝一下！」

景中傑最後這句話，任信良愛聽，他覺得景中傑說話有技巧，讓人聽著自然不俗。

「高副市長有消息？」任信良裝著隨便的樣子順口問道。

「有消息，高市長在我這裏還有百十來萬的貨沒出手哪，能沒消息嗎？十天半月的來個電話問問。另外，我告訴你個消息，高原家的小保姆方方的肚子，是高原整大的，小姑娘還挺癡情，堅持要把孩子生下來呢！」

「有這事？嘿嘿，一個願意整，一個願意生，誰也管不了呀！哎，對了！你賣了貨，錢怎麼交給他？」任信良問道。

「廣州有地下錢莊，手續費稍微高點，信譽沒問題。不過，最近濱州出了大勇子的涉黑案件之後，市場特蕭條，一個禮拜開一張，沒人送禮了，仗著店裏的貨大多都是代銷的，否則真能把人壓死！」

「官場決定市場，這話真有道理，要怎麼說上層建築對經濟基礎有反一作用呢！哈哈！」任信良拉著長腔說道，並和景中傑相視哈哈一笑。

景中傑剛走，任信良便趕緊關好門，三步併兩步地來到辦公桌，俯身從廢紙簍裏把那張已捲成團兒的報紙撿了出來，然後細心地展開弄得平整，又把那五萬元重新按原來的樣子包好，放進原來的大紅袍的盒子裏。當這一切都恢復原樣時，任信良的丹田處又一陣微微的震動，笑的波紋隨著顫動逐漸散開，迅速傳遍全身，他的臉上保持著原有的平靜。

任信良拿上失而復得的太老師的劍寶，急急忙忙地開車來到清風觀。

「老師，老師！你看，我給你帶什麼來了？」

任信良一進觀門，也顧不上和黃牙門房打招呼，便拿著寶劍興沖沖地往裏跑。還好，張世陽道長正在雲水殿裏飲茶、讀書哪！聽見喊聲，趕緊迎出來。

「信良，什麼事，讓你這麼慌張？」

「老師，您看，這是什麼？沒想到吧！」任信良雙手捧著劍，興奮激動地說道。

當張世陽道長的目光落在寶劍上的時候，張世陽道長的目光一下子定格在了任信良手中的寶劍上。

張世陽一手抓著劍鞘，一手用手掌來回地在劍鞘上摩挲著，一句話也不說，臉上的神情由凝重逐漸變得興奮。

「太好了，真的是咱們自家的東西呀！」張世陽自語著，他因為任信良找到這把已經失去近四十年的自己老師的劍寶，高興得精神大爽，那神情簡直像是換了個人。張世陽拔出寶劍，是左端詳、右打量的，像是看個稀有的寶貝，嘴裏還不停歎著氣。

「好劍啊！寶劍啊！」

張世陽說完，用一種意味深長而且充滿神祕的目光注視著任信良，直到任信良被這種目光注視的敗下陣來，眼睛不敢對視為止。

「信良，你知道這把劍裏藏著的祕密嗎？」道長張世陽的聲音中帶著一股悲愴的情緒。任信良搖搖頭。

「你在這稍等一會，我去一下就來。」

道長把寶劍小心地放到桌上，轉身離開了雲水殿。五六分鐘的時間，世陽道長回來了，他的手裏拿了一把錘子和十字花改錐。

「來！幫一下忙！」

張世陽道長讓任信良扶住劍身，然後用改錐對準劍鐔上的一個鉚釘，用錘子輕輕地敲打著，十幾下過後，鉚釘被敲掉，原來劍鐔上的鉚釘是個活動的插栓。鉚釘插栓拿掉後，劍柄在張世陽的手裏輕輕一拉便與劍身分開了。張世陽道長將手中的劍柄在桌子上便輕輕地敲動著，隨著震動，劍柄裏慢慢地露出發黃的紙卷來。張世陽道長把露出黃紙卷的劍柄擎到任信良的眼前。

「看見了吧！就是這玩意兒，祕密都在這兒。」

「真沒想到，這把劍裏還藏著機關呢？」

「是啊！師父當年和我說起這事的時候，還是在農村下放的時候，師父說，實際上也沒什麼，心訣早已背在心裏了，這不過是個念想！」道長的眼睛瞇縫起來，像是在回憶著什麼。

「也罷，今天你把丟失近四十年的寶劍能給找回來，這就是你的造化，是你的緣分，這把劍你就好好留著吧！做個紀念，我是個快走的人了，留著沒用。」張世陽道長說著用一種不容推辭的氣勢把劍柄交過來，任信良急忙雙手接住。

任信良小心翼翼地把發黃的紙卷從劍柄抽出來，又把紙卷放在桌子上慢慢地一點一點地展開。只見上面畫著九個道士盤膝打坐的圖，道士的兩手擺出不同的手勢，豎著一行字是工整的毛筆小楷書寫的：「道家武當劍仙法派純陽九劍傳派圖譜。」

　　「這就是道家武當劍仙法派純陽九劍的傳派圖譜，是法派內宗傳的信物，根本不是俗世所說所用的劍。」世陽道長清了一下嗓音，接著說道：「劍仙派講究聚氣成形，煉氣成劍，御氣殺賊，常常奪人性命於丈外，真的難得，你找到這把劍，緣分，緣分，你好好留著吧！沒準你能悟出點東西，倒也說不上。」世陽道長的最後幾句話，說得有氣無力的。

　　任信良聽著道長的話，點著頭，當道長說完話後，任信良小心翼翼地把捲好的紙卷又放回劍柄，重新將劍柄和劍身完整地組合在一起。

　　世陽道長望著殿外的芙蓉樹，那深邃的目光讓任信良琢磨不透，任信良忽然想起當年道長教他習劍時常說過的話：「劍在心，柄在意，鋒在眼，有形化作無形，無形化為有形。」任信良在時隔近三十年之後，一下子解開了對劍學的疑惑：真正的劍術高手不習有形之劍。

　　「老師，學生明白了，謝謝老師慈悲教誨！」任信良站起身來，深深地行了個鞠躬禮。

　　「哪的話！自悟自度，自度自救，自修自得，全在自己用功，我沒幫你什麼忙！不必客氣。」世陽道長捋了一下下巴上的黑亮的鬍鬚，擺了擺手，眼也不睜：「行啦！回去吧！好自為之吧！」

第五十一章
周國臣葬禮

　　2005年8月1日，周國臣去世了，這件事並不突然，那本《工作活力與養生保健》的書出版發行後沒過多久，周國臣便住進了北京解放軍301總醫院，隨後就做了胃腫瘤切除手術。

　　由於周國臣曾擔任過濱州市的外經委主任，而現在國資委所屬的市直企業中有近十戶企業都是當年外經委系統的。所以，市政協辦公廳給創億集團公司發了周國臣去世的訃告通知。

　　任信良幾口吃完早餐，便匆匆下樓，司機劉海兵和湯恩泉已在車裏等著。見任信良下來，司機劉海兵趕緊下車打開車門，等著任信良上車。

　　「任董早！」

　　任信良剛鑽進後車門，坐在副駕駛位置上的湯恩泉轉過身來打著招呼。任信良坐在駕駛座位的後面，隨口「嗯」了一聲，車子便開動了。

　　「今天天氣不錯嘛！」任信良隨口說了一句。

　　「不錯，秋風吹起來了。」湯恩泉答道。

　　任信良按動了一下上方的開關，對著小鏡子看看自己。鏡子裏的任信良白淨瘦削的長方臉在白色襯衣黑色領帶的映襯下顯得有些蒼白，眼睛略帶憂鬱，雖說沒有謝頂，但是頭髮有些稀少。烏黑泛著光澤的頭髮，自然地斜分梳到後面，騰出了寬闊而油亮的額頭，那是一種界於分頭與背頭之間的髮型。任信良拿出事先準備好的墨鏡戴上，對著鏡子照了照，然後低頭看了一下腕錶，江詩丹唐顯示的時刻是7點整。

　　「任董，湛青的西服，紮上黑色的領帶，戴上黑色的墨鏡，就像電影裏的黑幫老大！哈哈」湯恩泉打趣地說道。

　　「咱任董本來就是老大嘛！」劉海兵也接著話荏說道。

「什麼老大老小的，對了！恩泉，聽說殯儀館今年又裝修改造了，弄得挺豪華的，是真的嗎？」任信良問道。

「那還有假？現在生孩子花錢，死人也花錢。老百姓說現在生得起人，死不起人。濱州市殯儀館不到十年的時間，動遷新建了兩次，今年初又搞了一次大規模的環保裝修改造，可以說是一次比一次環保，一次比一次豪華。儘管豪華，可是豐儉由人，有大小、豪華、普通多種不同的告別廳供人選擇。所以，普通老百姓所說的『生得起人，死不起人』的說法，那還得看是對誰說，反正，濱州市殯儀館的八個豪華級告別大廳的預約是天天報滿。依照我的說法，這生人是一種消費，死人也是一種消費，要想死後場面辦得體面，你照樣得走後門，找關係。這些年，當工會主席別的沒學到，這裏邊的道理可是明白了不少。」湯恩泉感慨道。

「你說的這個道理，我信。所以，我覺得人不能只想著活，也必須想到死才行，你說是吧？」

「對！對！任董，您這話可是驚世駭俗。這人呀，是得做好死的準備，不能光想著活。」湯恩泉笑著說完，三個人都開心地笑了。

黑色的VOLVO 90轎車平穩疾馳進了位於濱州市西北郊山坳裏的殯儀館。今天早晨原本是個晴朗的天氣，但是當車馳進山坳的殯儀館時，天一下子就變得灰濛了起來，只見光不見太陽。

「海兵，先找個地方，觀察觀察！」任信良對司機劉海兵說道。

「好！明白！」

劉海兵一邊大聲回答，一邊開著車，左轉右彎，折騰了五六分鐘，總算把車停在了斜對著一號告別大廳正門的位置上。

在這個位置正好便於觀察來的車輛和人員。停車場上，各式各樣的轎車、麵包車停了一大片，一號大廳的門前已經擠滿了人。任信良的嘴角難以覺察地動了一下，他深吸了口氣，輕輕地瞇上了眼睛，車內靜了下來。

就在這時，有人敲了一下車窗，任信良睜眼一看，是集團黨委書記陶萬琦低著頭透過車窗玻璃在看他，董事長劉志恆也站在車外。

「任總真是踩著鈴聲到的，您看，7點30分整，太正點了。」

任信良剛下車，陶萬琦便打著招呼，臉上的笑紋快速熱鬧地擠在了一起。

「走吧！咱們進去吧！」隨著董事長劉志恆的話音，幾個人都板起臉來，心情沉重地向告別大廳走去。

幾個人剛剛邁上臺階，身後傳來一陣轎車喇叭聲，大家轉身一看，有十幾輛車牌為S打頭的黑色奧迪A6轎車在一輛白色警車的引導下，緊排著長隊慢慢開過來。黑色的車隊一條白頭的粗黑巨蟒，一下子擠到一號大廳的門前。緊隨在奧迪車隊後面還跟著一個車隊，足有二三十輛。忽然間又不知從哪鑽出來二十幾名警察，拿著對講機，哇啦、哇啦地講著話。隨著一連串「砰砰」的車門聲，任信良看到省委常務副書記、分管工貿的副省長、省政府祕書長，省政協主席等領導陸續下車，後面跟著的是省委省政府省政協各相關廳局的代表。後面車隊拉的人，無疑是濱州市市委、市政府、市人大、市政協四大班子及隨從了。人們讓開一條路，按照省領導、廳局領導、市領導的順序，在治喪委員會工作人員的引導下，先後步入告別大廳，在大廳入口，有工作人員為前來弔唁的人們的胸前戴上一朵小白花。

能夠容納八百人站立的一號大廳，幾乎被站滿了，任信良站立的位置在中間靠前一點。他抬頭看見，正面的牆壁上，掛著一幅一米見方的周國臣半身站立照，身後的背景是大海。他知道，這幅照片是周國臣四年前剛到政協不久，出訪美國時的照片剪裁製作的，原來的照片，任信良在周國臣的家裏看過好幾次，那是一幅有著金色的鏡框，有二十四寸大小。照片背景的遠方還有一個小島，島上有一個紅色的航標燈塔。周國臣那一頭染得黑黑的頭髮，被風自然地吹向後面，周國臣的眼睛稍微瞇著，眺望著遠方。照片整體構思十分細膩，抓、拍、等、碰，時機掌握得非常恰當，確實是一張上好的攝影佳作。當時，大夥曾開玩笑說，這幅照片很像偉大領袖毛主席的一張照片。

周國臣的遺像兩旁，貼著兩副挽聯，左聯是：「國臣，我愛你！」右聯是：「您太累了，休息吧！」不用猜，這挽聯的詞是周國臣老伴兒的話。

　　追悼會由市政協祕書長主持，悼詞由一位政協副主席出面朗讀。悼詞宣讀完畢，是向遺體告別的儀式。伴隨著樂曲聲，人群緩緩移動著。播放的樂曲不是哀樂，而是小提琴獨奏〈友誼地久天長〉，人們按照逆時針順序緩緩地走過周國臣的遺體。

　　一米八零的身高，一百八十斤的體重，素來以身材魁梧、高大、偉岸、大器、有風度、有派頭著稱的周國臣，今天躺在鮮花翠柏之中，卻成了一個穿著整齊的瘦弱短小的小老頭兒。任信良簡直有些不相信自己的眼睛。

　　生命無常，歲月無情。當周國臣病重住院時，開始還有人說，老領導身板兒硬著呢，不會是想找藉口蒐集「文件材料」吧？可是當胃癌晚期的結果被確診時，任信良又聽到了人們關於「領導幹部絕不會拿生命和金錢開玩笑」的說法。

　　考慮到手術的成功和安全，更重要的是體現地位和待遇，所以，作為市級領導的周國臣毫不例外地選擇了進北京治療，在解放軍301總醫院做胃切除手術。如此一來，探望的人只好乘飛機進京。短短的幾天時間，來探望周國臣的人們在病房裏進進出出，地上、窗臺上都被五顏六色的鮮花和各種營養精、滋補素等慰問品堆得滿滿的，不大的病房弄得好不熱鬧。

　　官場如商場，花小錢辦大事，更何況現在是到了花了錢也辦不成事的時候，所以，來的人多是礙於情面，心裏頭裝的是不能不來，又不能不送的念頭和想法。任信良和劉志恆作為周國臣當年一手提拔的幹部，在周國臣手術後的第二天專程趕到了北京。當然，這之前，任信良與周國臣以及周國臣的老伴兒，沒斷了電話聯繫。

　　任信良和劉志恆送了四萬元錢，這當然完全是兩個人自己掏腰包的錢，與公款無關。周國臣的老伴兒也推讓了幾個來回，最後還是收下。

　　周夫人照料了幾天的病號，休息不好加上擔心和焦慮，所以越發顯得憔悴和蒼老，沒有了原來的風采和風度。

　　「前兩年老周住院啥的，多省心！哪來這麼多的麻煩事，你們看，這滿屋子的東西，讓人怎麼辦？」周夫人半是感慨半是牢騷的說。

多省心指的是當時周國臣住院，收的大都是紅包和信封。

望著一屋子的大盒小盒、大筐小筐，任信良和劉志恆也不由地相視苦笑。

「老大嫂，你別急，這事我們倆處理。信良，你北京那幾個小老弟，不是路子廣嘛！幫幫忙，找幾家店處理處理，變變現。」劉志恆看著任信良，眼睛裏既是商量的目光，也是告訴他看著辦，給個面子，要個心情。

「董事長，你是真能給我找個好活兒幹。」任信良笑著答道，他看了一眼可憐巴巴正望著自己的周夫人說：「大姐，這事你別愁，明天我就找人來和你商量。」

後來，任信良的北京朋友聯繫了301醫院附近的兩家鮮花禮品商店，硬是把滿屋子的鮮花禮品給包下了。周夫人拿到了這些說值錢又不值錢，說不值錢又是人民幣買來的鮮花禮品換來的一萬元現金人民幣，又開心起來，電話裏一個勁地對任信良說著熱乎近乎的感激話。

周國臣是5月份做的手術，據說手術很成功。不過，自從周國臣手術之後，濱州市的各大媒體上，就再也沒有出現有關周國臣的名字和消息。他的身體需要化療，所以，只能在家休養。這幾個月來，創億集團股份公司的一大攤子的事，讓任信良忙得有些不亦樂乎，所以，沒顧得上過問周國臣的身體。

伴著人們緩緩的腳步，悠揚的〈友誼地久天長〉在弔唁大廳內迴蕩著，任信良的腦海裏猶如數碼攝像機在快速地後退，一幕幕的畫面和文字迅速地顯現，迅速地消失。

名人似乎死得太多，也可能是以前沒太留意，這兩年名人之死一個接一個的。領導幹部逝世的訃告，省部級以上的可以上中央臺和《人民日報》，廳級幹部可以在省臺省報發篇訃告，而名人逝世發布消息可以不受級別的限制。如今，演員名人出頭露面越來越像領導了，領導們出出進進、上上下下倒越來越像演員了。

　　任信良童年時正流行著讀蘇聯作家——奧斯特洛夫斯基的小說《鋼鐵是怎樣煉成的》，那時候，他就懵懵懂懂地常常想：「鋼鐵到底是怎樣煉成的呢？鋼鐵到底是怎樣煉成的呢？」那本小說看了不知多少遍，他那時年齡還小，即便是到了成年人，鋼鐵到底是怎樣煉成的他也沒弄清楚。如今，四十多年過去了，他有些明白了這個道理：一種事物轉變成另一種事物，最便捷的方法就是燃燒！燃燒理論與腐爛理論其轉變過程其實都是一種事物轉變為另一種事物的毀滅過程，但是，在此過程中，有崇高而偉大的事物，也有低級骯髒的東西。就拿紙棺中的周國臣來說，一小時後會變成灰燼一樣。灰燼就是泥土，泥土就是灰燼。你原是泥土，終歸於泥土，泥土的成分是什麼？應該有碳元素成分吧！拿命換錢時，錢就是命；拿錢換命的時候，錢就是紙。人情厚如紙啊！

　　看著躺在玻璃棺中的周國臣，任信良的眼睛竟不由自主地濕潤起來，他強忍著，才沒讓眼中的淚水湧出。

　　從殯儀館返回的路上，任信良想起設置了振動的手機，這一陣工夫的時間竟然「嗡嗡」地在衣服口袋裏邊振動了多次。他拿出手機，螢幕上提示三條未讀的信息。

　　未讀信息之一，來自王樹嘉。

　　　領導幹部十大死亡法：
　　　體質弱的累死，
　　　心胸窄的氣死，
　　　智商低的愁死，
　　　膽量小的嚇死，
　　　酒量小的喝死，
　　　性欲差的急死，
　　　住了院的病死，
　　　判了刑的悔死，

安全型的美死，

全能型的爽死。

未讀信息之二，來自王樹嘉。

上聯：該吃吃，該喝喝，遇事別往心裏擱；

下聯：做著愛，看著錶，舒服一秒是一秒。

橫批：不能白活著。

未讀信息之三，來自王澍嘉。

機關工作寄語：如今的工作呀！反應慢的會被玩死；能力差的會被
閒死；膽子小的會被嚇死；酒量小的會被灌死；身體弱的會被累
死；講話直的會被整死；能幹活的會被用死；因此，同志們哪！不
能太實在了，不能太敬業了。想想吧！董存瑞的炸藥包就是拿得太
穩了；劉胡蘭的嘴巴就是咬得太緊了；邱少雲的埋伏就是趴得也太
死了；黃繼光的槍眼兒就是堵得也太準了，白求恩的外科技術就是
會得太多了。所以，我們的原則和口號是：不求有功，但求無過；
遠離疾病，身體健康；有酒有肉，天天快樂！

第五十二章
臨終無真言

　　劉志恆參加完周國臣的追悼會，便託病赴京治療。對班子成員只是說，去年手術之後，肝臟功能不太好，今年春天以來又一直拉肚子，所以，赴北京找專家好好會診治療一下。並規定除辦公室主任李琳需要往返北京負責聯絡和交通以外，謝絕一切探視。

　　劉志恆在北京治病轉眼就是一個多月過去。一天，李琳從北京匆匆趕回來，她帶回來的消息讓任信良吃了一驚。

　　「劉董得了胰腺癌，而且是晚期，這次讓我回來專門請你去趟北京。」

　　李琳坐在任信良的辦公桌的對面，兩隻眼睛無神地看著任信良，蒼白的臉上掛著無奈。

　　「不是說肝功能不好嗎？怎麼？怎麼會？」任信良身子前傾，雙手扶著辦公桌幾乎一下子站起來，他感到突然和意外。

　　「經過了兩次專家的會診，確診罹患胰腺癌晚期，唉！沒辦法。任董，你還記得他一直拉肚子嗎？其實那就是徵兆，當時是當作胃腸炎來治的。去了北京，等專家確診之後，他又堅決不讓說！」

　　「為什麼不讓說？這麼要緊的事不讓說！無法讓人理解嘛。」

　　「唉，沒辦法，劉董確實強得很，還是我反覆動員他，他才答應讓我給李靜芳發了傳真，李靜芳和劉董的女兒也是前幾天才從澳大利亞趕到北京的。我估計劉董的時間不多了，劉董是想交代事情。」

　　「劉董說沒說，除了我還需要誰一同去？」

　　「他特別囑咐交代，這事就你一個人先知道！」

　　「那好！你馬上給我訂一張去北京的機票，咱們今天下午就走。」

　　任信良是在晚上8點多鐘和李琳一起趕到了劉志恆入住的解放軍武警總院。白色的日光燈，把病房裏的一切照得冷冷、淡淡的。劉志恆躺在病床上，沒太變樣，只是臉上沒有一絲的生氣。

　　「嫂子，你好！」任信良向從床邊站起來的李靜芳問好，並同李靜芳握握手。

　　「信良，李主任，你們來啦！辛苦啦！」李靜芳的眼睛是紅腫的，頭髮也有些凌亂。

　　「董事長，我來啦！」任信良拉著凳子，靠近劉志恆，輕聲恭敬地說。

　　「信良，什麼時候到的？吃過飯沒有？」劉志恆伸出手，用力地握了握任信良溫熱的手，像是吸取能量似的。

　　「我們在飛機上吃過了。」任信良回答道。

　　劉志恆不再說話，任信良坐在椅子上，李靜芳和李琳站在床邊，屋子裏一時間靜得能讓人聽到自己的喘氣呼吸和心跳聲。

　　「信良，李主任，喝點水吧！」李靜芳轉身從床頭櫃上拿了二瓶依雲礦泉水遞給任信良。

　　「謝謝嫂子！」任信良衝著李靜芳點點頭。

　　「靜芳！李琳！」劉志恆開口叫了兩個人的名字，但是，沒有接著說下去。

　　「信良，你和志恆先談著，我和李主任出去一下。」李靜芳看了一眼劉志恆，馬上知趣地和任信良招呼一下，挽著李琳的胳膊從病房裏走了出去。

　　看著李靜芳把病房的門關好，劉志恆深吸了一口氣說道：

　　「信良，幫我一下，把床搖高些！」

　　任信良聽了，趕緊到床尾搖動轉柄，隨著床頭慢慢地升高，劉志恆成了半坐半躺的姿勢。

　　「好的，這個姿勢挺好的。」劉志恆這時勉強露出一絲笑容，停頓了一下，劉志恆深吸了一口氣說道：「信良，結果你都知道了？唉，沒什麼！我們是男人，男人你知道嗎？我早就說過，是虎就要傲視群雄，是

鷹就要鵬飛展翅。當年,我說你是沒長牙的虎,沒長毛兒的鷹,你還記得吧?」

再強大的動物在瀕臨滅亡的時候,也都會變得脆弱、溫和、柔順。對劉志恆來說,他非常清楚胰腺癌晚期的結果,憑著他對生命和生活的理解,劉志恆此時的頭腦是清醒的,他在任信良面前表現出來一種常人少有的鎮靜和忍耐,表現著讓外人看來超乎尋常的正常與自然。

「嘿嘿!董事長過譽,我從沒想過做虎啊、做鷹啥啊的,做人好!普普通通的,一路實實在在、順順當當地走過來,再走下去!」任信良苦笑著說。

「不!此言差矣!市場就是戰場,天之法則,弱肉強食,優勝劣汰。一個生活中的成功者,必須有舉世不知而我獨知之見識;始能有舉世不為而我獨為之志氣;有舉世不為而我獨為之志氣,始能有人所不到而我獨到之境界;有人所不到而我獨到之境界,始能有舉世不見而我無悔的胸襟。一定要把自己變成虎,變成鷹,因為,你要時刻記住,商場戰場除了利益的輸贏與利益間的妥協之外沒有別的東西,老弟記住啊!」劉志恆快速地說完,一陣地咳嗽。

他緊緊地抓住任信良的手,那是一隻冰冰涼的手,那涼意傳遞到任信良的身上,讓他不由得打了個冷戰。任信良聽著點點頭。

「1934年8月,德國的總統興登堡去世了,阿道夫·希特勒當上了總統,他當時對著歡呼的人群回應道:『我們絕不投降!不!絕不!我們也許會毀滅,但當我們毀滅的時候,我們就會把整個世界捆在一起,一同跳入火坑!』哈哈。」劉志恆揮了一下手,笑著,那笑聲有些瘆人,說完,又是一陣的咳嗽。

「董事長,慢點說話!你先喝點水!」

「不用!信良,我找你來,有兩件事要交代!」

「董事長請講,我聽著哪!」

「我這病,你都知道了,醫學上的絕症,沒什麼,我對這種事看得淡。」劉志恆的臉上露出一絲冷冷的微笑。

「董事長的境界高，早就不懼死亡。」

「我的後事，越低調越好，佛曰：『快樂與痛苦乃人生之緣起與緣滅，人死如燈滅，萬事歸空。』這樣很好。」劉志恆有氣無力地說著。

「再一件事，便是公司的事情，我不想因為黃永利的事，引發更多的複雜事。黃永利給我來過一封信，讓我放他一馬。可是，他自己的事，公司怎麼左右得了呢！這些年，有些事兒，我們做了，但是，百分之百的為公司。所以，這最後一件事，便是不能因為人抓了，公司亂了，一定要求穩，明白嗎？信良，其實也沒什麼，都是法人行為。我們這樣做，既是為大家，也是為自己。」

劉志恆在說最後幾句話時，嘴角刻意動了一動，給人的感覺是輕鬆而無所謂的，但是，眼睛裏冷冷的透著一股寒光，陰森森的是一股殺氣。

「我知道了，董事長放心，我會按您的囑咐把握好！」

任信良心裏明白，劉志恆表面看似平常而簡單的遺囑，包含著非常深刻的涵義與內容。那中間包括創億集團公司的蓋子和建設創億大廈過程背後的黑洞，那一切或許與周國臣那一層或者更高的領導有關，他知道黃永利寫信的事，他甚至知道黃永利走之前的祕密。

王澍嘉告訴過他，黃永利在走之前曾經找過劉志恆密談過一次。

黃永利的原話是：「董事長，這次，看來真的有些麻煩，領導是不是幫助運作一下？」

「永利，男人要敢於面對任何挑戰，要主動向組織說清楚。」劉志恆回答道。

「可是，董事長！你看好多事情，可都是事先請示過你哪！」

劉志恆臉色一變：「話不能這樣說，我什麼時候聽過你的彙報？涉及到什麼事就說什麼事！哪還有什麼好多事情！」

黃永利後來寫信，那是在出走之後的事了。這些事兒，任信良通過老朋友那裏，瞭解得非常詳細，但是，他裝著不知道。因為，任信良知道，接下來這種能讓人看破門子的魔術表演，就要輪到自己親自上場了，由不得他自己，也並非他所願，也並非他不所願。任信良有時感到，包括自己

在內，劉志恆、曲成文、黃永利、高原等人，在這場表演中，有時就像是磨盤上的豆子，隨著磨盤不停止地向心轉動，正在陸續地順著磨盤旋轉的方向，向磨眼兒裏快速滾動。有時又像是粉碎好的豆子，隨著磨盤在做離心運動，陸續地快速脫離原有的軌道。

任信良溫暖的手在劉志恆的手裏也變得冰冷起來，這種冰冷一直傳遞到任信良的全身。

十幾年前，任信良擔任濱州醫保公司的副總經理，是出口進口業務的創利帶頭人，這一年，任信良創下了公司年度業績排名的第一名。

年終發放獎金的時候，劉志恆拉著任信良的手，眼睛濕潤地說：「老弟，我對不住你，外經委有規定，公司領導幹部發獎金不能超過工資總額的限制，真的沒辦法。」

任信良當時被那雙溫暖的手捂熱了全身，感動了、理解了。

「總經理，別說了，你有難處，我理解你。說錢多是虛偽，嫌少是沒水準、不夠意思；錢是人掙的，我不計較！」

於是，在那番感動人心的話語中，承包獎金數額從三十萬變成三萬。但是多年之後，當任信良進入周國臣的圈子之後，一個偶然的機會，任信良得知當年根本沒有所謂外經委關於企業承包獎獎金發放數量限制的規定之說，那一年，也就是任信良拿三萬獎金的時候，劉志恆所拿的獎金數量卻在二十至三十萬之間。也就是從那時起，任信良的激情冷了下來，他感覺就像是一個誠實善良的城裏人，被一個從農村來到城裏收破爛的人給欺騙了一般，人也一下子變得成熟、理性、高深起來。他把官場、商場當然包括情場的一切，都看得一清二白。不過這一切，並沒有影響到任信良對劉志恆的知遇之恩的感激之情。

他從劉志恆的手中抽回那隻涼透了的手，站起身來，轉身望望漆黑的窗外，說道：「董事長，我以為此次見面，你會和我說些別的什麼，沒想到，真的沒想到，我在來的路上，還滿懷著希望，唉，董事長，你太令我失望和傷心了！」任信良眼睛裏那無奈的淚水幾乎要湧出來。

「信良，在我人生的終點，我能把你一個人找來，原因很簡單，這一切都在不言之中！」

「哼！確實都在不言之中，讓我收拾殘局。」

「你願意這樣想，我沒辦法，這既是為了大家，同時也是為了自己。」

「還說這種讓人摸不到邊的話，有意思嗎？為大家？大家有好處嗎？為自己，自己又有什麼好處？我都沒覺得，我倒是覺得是我們大家為了你自己。」任信良雖然氣憤但是保持著低沉的聲音。

「算了，信良，你要是這樣理解，算是我白說了。說到為了誰，我曾經說過，國企員工分三個層次，最普通的是做工的，中層幹部骨幹是做事的，班子成員和各分子公司的一把手是幹事業的。我們不是一般的中層幹部，我們是有責任的，我十八年的商旅生涯，國企打拚，培養了包括你在內的一批人，造就了創億集團和創億股份，這一切，我無怨！」

「你說無怨，留著下半句，等我接著說無悔？」任信良雖然聲音比較低，但是氣勢上咄咄逼人，對於任信良和劉志恆兩人之間的關係來說，話既然說到這個份上，就意味著已經撕破了臉。

「無怨也好，無悔也罷！我沒必要強求你，我只表達我自己的想法。」劉志恆還算平穩地說道。

「董事長，蔡先生的事，你知道吧！」

任信良在問這句話時，心裏轉悠了好幾回。他想問：「蔡先生死了或者遇害了，你知不知道？」但是，一轉念，他擔心劉志恆說出「什麼？蔡先生死啦？」的感慨句或驚訝句來。他想問：「董事長是不是參與過蔡先生的事情？」但是又覺得這樣的提問太直白，太生硬。所以，他想到這樣的問法，如果劉志恆反問「什麼事？」這會有兩種可能，一是蔡先生的事與劉志恆毫無關係，二是蔡先生的事與劉志恆有絕對的關係。

「老蔡嘛！糊塗，小聰明，老蔡僅僅是個商人而已！」劉志恆的嘴角流露著不屑。

劉志恆的回答分明說他知道整個事情的原委。任信良明白了，他不是具體的行動者，很可能是其中的一個知情者或者分錢者。

「董事長當年不是特別推崇過商人嘛！你不是說商人就是可以通過第一桶金的獲得，使強盜變成紳士，使其不擇手段變成冠冕堂皇，而且商人沒有原罪不是嗎？」

「小商人以賺錢為目的，靠的是運氣，真正的大商人憑的是命運，應該是政商合一，除了金錢入帳以外，還有對金錢和權力按照自己的願望駕馭和控制的樂趣。你難道連這一點都不懂？」劉志恆反問道。

任信良轉過身來，看著病床上的劉志恆，心裏很不是個滋味。他不是難過，而是感到痛心和不理解，自己二十載共事的董事長劉志恆，讓他感到陌生和冷酷。

「董事長，二十年啦！我在董事長身上學到了太多的東西，可是，我仍然留戀和喜歡十年以前的董事長。」

「我和十年前有區別嗎？」

「起碼，董事長那時候的理論和思想我還能聽得明白。」

劉志恆聽了，沒有回答，他輕輕地搖搖頭，歎了口氣說道：「商人的成功是輝煌的，但是，不是一陣風吹來的！機會機遇、社會關係、個人能力、團隊規則等等，這些綜合的因素少了哪一樣都不可以，而且，更重要的是還要必須付出個人的不得已的犧牲。以你為例，你的能力、你的才華、你的閱歷是如何展現的？到什麼時候都不要忘了，自己是如何成長起來的！」

病痛的折磨使得劉志恆在說完話之後，沒有氣力笑，只是臉上的皮肉抽動了一下。任信良看著氣息微弱的劉志恆，忽然感覺眼前一陣恍惚，彷彿眼前躺著的是一隻褪光了毛的老虎，奄奄一息，用那雙無神的眼睛，留戀地環顧著山下的景色。

「董事長，你說得沒錯，到什麼時候我都要記得自己是如何成長起來的！」

「這就好！我知道我沒看錯人！我相信你！」劉志恆的聲音是無力的。

「對，董事長用過的人哪有一個自己看錯過！」

「你這話什麼意思？」

「董事長，你說你相信我，說句心裏話，在你的心裏，你這輩子從來沒有相信過任何人，甚至包括你自己，你所說所做，都僅僅是為了證明你自己的高明。」劉志恆聽到任信良說出這樣的話來，目光中流露著驚異。

「我說這話，董事長你可能不願意聽，但是想想你做的事情，對於誠心誠意對待你的我來說，你真的好意思永遠裝下去、瞞下去？」

「信良，你到底想說什麼？不妨說出來。」

「董事長，我把你當作我的榜樣，我的師長，我的恩人，我感激你，愛護你，維護你，我非常珍惜我們之間那些美好東西。可是，為什麼美好的東西到了最後都要變味兒？我很矛盾，也很痛苦，我真的不敢相信董事長一直在玩弄陰謀。」

「我有什麼陰謀可以玩弄，信良，你今天是怎麼了？我沒想到你會這樣看我！」

「非得讓我點透也好，董事長，你能告訴我，創億藥業回購藍天證券九百萬法人股這件事，你覺得誰是贏家嗎？」

「在商言商嘛！無所謂贏也無所謂輸，吃虧、不吃虧的已經不重要了。」劉志恆的削瘦蒼白的臉上閃過一絲冷笑。

「在商言商？很好！創億股份大漲大跌，也是在商言商了嘍？董事長這件事幹得再精彩不過啦。不僅選時，而且選勢，還做無名英雄，而商場上都在說任信良幹得漂亮，這樣的不朽傑作，這樣的功勞卻落上我的款，董事長是不是太謙虛了？」

「信良，不要感情用事，不要書生氣，凡事動動腦子！說話要有證據！」劉志恆瞇縫著眼看著任信良鎮靜地說道。

「董事長，今天是我們倆最後的談話機會，我的內心很沉重，很難過，按理不想說這些，可是，我想您知道我內心對您的感情，所以，我想和董事長說幾句心裏話。」

「請講。」劉志恆的聲音是微弱的。

「生與死是每個人都免不了要經歷的過程，每個人都有自己的活法。首先聲明我不覺得我自己的活法就一定可取，但是，說句心裏話，我對董

事長的這種活法並不認可。董事長，今天的這一切對於你來說，你覺得滿足和成功嗎？假如一切都可以重來，董事長，你還會這樣追求嗎？」

任信良說完，等待著劉志恆的反駁。但是，劉志恆沒有回答，他只是從嘴角露出一絲冷笑。

「董事長，你這一輩子我覺得你心裏想著的只有一件事，就是使自己沒有遺憾。可是到頭來哪？我該說的說完了，儘管我不該把這層窗戶紙捅破，但是，一想到你對我的那些好處，我還是不得不說。是你培養了我，幫助了我，也是你讓我學會了複雜，學會了憤恨和恐懼。我記得你對我的好處，任信良知道感恩，知道廉恥，任信良只有一個，過去沒有任信良，今後也不會再有任信良。放心走吧，董事長！我會無怨有悔地把你交代的事情處理好，你放心安心地走吧！如果有來生，我們再見！中國人有句話，死者為大，我給你鞠躬！」任信良撤後一步，深深地為劉志恆鞠了一躬。

劉志恆的面部呈現出一種從未有過的複雜與難堪，表情是醜陋的，兩隻眼睛流露著呆滯無神無奈的目光。他合上雙眼，兩隻眼裏擠出兩滴黃黃的淚水，他伸出右手，做出V字型手指，擺動了一下，但是沒有說話。

任信良退出病房，他在想剛才劉志恆的兩個手指。他想起有個段子：「伊拉克總統薩達姆被美軍包圍在地窖裏時，他的保鏢探頭窺望，回過頭來對著薩達姆總統做了個V字型手指，薩達姆總統問道：『怎麼？是戰爭結束了嗎？』保鏢回答：『不，戰爭沒有結束，現在只剩我們兩個人了！』」劉志恆剛才做出的V字型手指擺動了一下，是在說：「出去吧？」還是說：「不管怎麼樣，我勝利了？」誰能知道？誰來翻譯？看來只有上帝知道了！

任信良走出病房，看到李琳和李靜芳站在門外，任信良衝著兩個女人點點頭，兩個女人都沒有說話，大家都只有面對面看著，深深地歎著氣。

「任董，你打算什麼時候回濱州市？」還是李琳打破沉寂。

「後天吧！我還要見個客人。你留在北京吧，讓大嫂也好有個幫手。」

　　任信良說完，看著李靜芳。李靜芳的表情不冷不淡的，讓任信良感到怪怪的。

　　「我聽任董的。」李琳爽快地回答道。

第五十三章
反目皆是恨

　　任信良因為和幾位生意上的朋友見了見面，所以，在北京多待了兩天。這天早晨，他準備買機票返回濱州時，辦公室主任李琳打來電話。

　　「任董，您好！我是李琳，您回濱州了嗎？」李琳的聲音，今天聽起來有些沙啞。

　　「啊，李琳，你好，我還在賓館，正準備買機票回濱州哪！有什麼事？」

　　「我們一起回去方便不方便？」李琳的口氣是無力的。

　　任信良笑著說道：「那當然好，有啥方便不方便的，讓咱們李主任做伴同機返回，當然是件好事。」

　　「那太好了，咱們直接到機場，我負責買機票，就乘坐11點30分的班機吧！我在入口等您。」李琳的聲音聽起來，感覺她高興了許多。

　　「好的，謝謝！機場見！」

　　任信良結束和李琳的通話，心裏不由得琢磨起來。那天，和劉志恆在醫院告別之後，接下來的這兩天時間裏，李琳、李靜芳、劉志恆之間又說了哪些牽扯到人、牽扯到事的敏感話語？李琳的聲音明白地告訴自己，李琳和劉志恆之間，或者李琳和李靜芳之間，確切地說就是與劉志恆之間發生了什麼不愉快的事情？

　　任信良趕到機場候機大廳的入口時，看到李琳已經在等著了，李琳穿了一套煙灰色的套裝，臉色青青的，黑黑的眼圈，眼瞼也有些浮腫，看到任信良趕到，臉上掛上一絲的苦笑。

　　換登機牌、安檢、登機，直到在飛機座位上坐下來，整個過程中，李琳沒有說一句話。任信良也不願意自找沒趣，他知道李琳的心裏有事，心

情不好。

　　飛機平穩地飛行著，空姐推著車，開始為乘客發放飲品和速食。

　　「這位女士！您需要喝點什麼？」空姐甜甜地問著。

　　李琳眼睛看著前面，一副走神的樣子。

　　「給我們女士來一杯橙汁！給我來杯咖啡。」

　　「謝謝！先生！」空姐衝著任信良點頭示意。

　　任信良接過咖啡和橙汁，對空姐說聲：「謝謝。」

　　「李主任，喝杯橙汁吧！最近，太辛苦了！」

　　「不辛苦！領導辛苦！」李琳開口說話。

　　「照顧病號，不是一件容易的事情，比上班辛苦！」任信良目視前方小聲說道。

　　「任董，還是你體貼人。」

　　「男人嗎？應該的，尤其是對待女人。」

　　「是對所有的女人？」

　　「倒不是對所有女人，但起碼應該有對所有女人的體貼胸懷。這麼說吧！如果一個男人拯救了一個女人，那就相當於世上少了一隻流鶯，哈哈。」

　　「男人拯救女人？說得好聽！是先整後救，真整假救！全是鬼話連篇。」李琳的嘴角歪著撇著，一副分明的不屑。

　　「嘿嘿！李大主任，我們都是過來人，男人、女人方面的事說到底也是個平衡問題，Balance！」任信良隨口說出英文單詞。

　　「Balance！什麼事情不是Balance！如果有的人懂得這個道理，恐怕也不會這樣，報應！報應！報應！」

　　李琳接連說出三個「報應」的聲音有些高，不過還好，也只是任信良覺得。任信良看到李琳的臉上流露出一種魚死網破的神情。任信良想起滕健說過的李琳和劉志恆一起到北京上香的事情，他曾經設計過的場景：劉志恆、李琳兩個人戴著墨鏡，神祕，機警，像兩位地下工作者，為了迎接解放軍大部隊的進城，冒著被發現被逮捕的危險，前往寺廟接頭傳遞情

報。想到這裏，任信良的丹田處又是一陣微顫。他用餘光掃了一眼李琳，心裏開始琢磨著說點什麼澆油點火的話。

「哎，我說，李大主任，我有些糊塗，你說滕健調走，這次既然對外說是出國短期培訓，為什麼不讓你把滕健的職務都兼下來，反而，格外提拔了個顧小明，我真不明白劉董是如何想的，這不明顯地讓大夥看穿幫了嘛！」

「哼，這個人總是自以為聰明，別人都是傻子！一個董祕的職務，我還不稀罕呢！」李琳的臉色已經開始有變化。

「你是名牌大學科班學財經的，顧小明人不錯，可是，畢竟才是個黨校外經貿專業的大專畢業生。」任信良不緊不慢地說道。

「顧小明，你說顧小明會什麼？除了在劉志恆面前立正、稍息，說『是！明白！』之外，懂什麼業務？」李琳的臉色已經徹底地變了。

「嗨！不管怎麼說，副的變正的了，你這副主任也幹了六年了！」

「任董，你怎麼和劉志恆一個腔調？」

「我和劉董一個腔調？」

「劉志恆跟我說，你現在是副部級變正部級啦！哼，真把自己當皇帝了，當國家領導人了，真可笑！騙得了誰呀！」李琳一臉的不屑與鄙夷。

「嗨！這次與劉董見面，我原本以為這臨終遺言會是知心話、真話和實話，可結果，呵呵，太令人失望了！讓人傷心呀！真不知他心裏到底想什麼？」任信良自語道，當然是說給李琳聽的。

「偽君子的嘴裏怎麼可能說出真話！」

「可是，我這人幻想太多，所以，看誰都是聖人君子！」

「什麼是聖人？什麼是君子？任董你能解釋一下嗎？」

「聖人是能夠做到思想和德行合一的人，也就是說聖人不僅思想正派，而且表裏如一，行動上也和說的一樣；至於正人君子，起碼要做到：仁、義、禮、智、信、忠、孝、三綱五常的，循規蹈矩絕不走樣。」

「這樣說來，做到聖人和正人君子是很不容易的啦？」

「是的！做起來難呀！因此，現實生活中，有些人就願意裝聖人、裝正人君子，儘管很累，也還是要裝！」

「真是可笑，何苦哪！做不成聖人、做不成正人君子就不做唄，做個真實的普通人有啥不好？」

「說的是呀！人這一輩子呀，怎麼叫成功？什麼叫做事業？什麼叫做追求？整天都煞費苦心地折騰些什麼？忙來忙去的，還不是一場空，眼瞅著要進火葬場了，結果還裝！究竟誰占了便宜？想開些吧！」任信良原本是不打算說下去的，但是，不知怎麼的，嘴上就忽然冒出來這番感慨。

「任董，你這話說得對！折騰，鑽營，全是小聰明，小把戲，什麼也別怪，只怪自己瞎了眼，買錯了票，看了一場讓自己噁心，做噩夢的鬧劇。」

任信良沒有往下接話茬，他知道，火已經燒到時候，而且還在蔓延，不需要再添柴了。他閉上眼睛，丹田處又是一陣的顫動。

李琳說看了一場讓自己噁心、做噩夢的鬧劇，那麼，這場鬧劇的舞臺就是由創億集團公司和創億集團股份有限公司共同搭建成的。十年前，濱州藥業公司通過聯姻的方式整合了濱州市另外五家國有工貿企業，所以，有了創億集團公司，而六家國有工貿企業的國有資產盡收創億集團公司的囊中，再後來是有了創億集團股份有限公司，有了拔地而起的創億大廈，再後來是風格別致的歐洲楓景園，然而，原有的資產還在嗎？真正的價值有多少？劉志恆作為一個從貧窮的仙浴溝裏走出來的一無所有的農村青年，他也把自己的人生如同婚姻一般地掌控、駕馭、擺布著。他首先把自己嫁給國有企業，然後再通過聯姻的方式成立創億集團公司，於是便擁有了對創億股份公司的掌控和駕馭。商業的聯姻的背後往往是圖財的陰謀，這究竟是一套邏輯呢？還是一套謬論？有這樣一句格言：「男人用征服一片世界來征服一個女人，而一個女人僅征服一個男人便征服了一片世界。」李琳是個游走在聯姻邊緣的女人嗎？她算是失敗嗎？可是對方並不見得屬於成功的一方。李琳應該算是失落吧！因為，以投資論也算不上損失了什麼，只不過真實的現實和理想的距離差得大了些？任信良心裏想著。資金流失的背後是相應的國有資產的空虛，而國有資產的空虛與蒸發最終將要撼動的是國家資本。劉志恆是個即將要死的病人，他可以雙腿一蹬，一死了之，然而，活著的我，又該如何面對呢？任信良的內心中有兩

個不同的任信良撕扯在一起，相互爭鬥著、爭鬥著，直到筋疲力盡地掙扎著。任信良進入了夢的世界。

任信良已經做好了心理上的準備，因為，與劉志恆最後交流的時候，畢竟，自己他太嫩沒能沉住氣，捅破了那張已經沒必要捅破的窗戶紙。但是，讓任信良沒有想到的是，他感到的那正在燃燒蔓延的火忽然轉了風向，竟然燒到李琳自己的身上。

李琳從北京回來便告假一週，假由是看病。但是，在她休假的第三天晚上，李琳外出開車回家，當她進入大樓的地下停車場，停好車，鎖好車門，向電梯間走的時候，一輛小轎車呼嘯著把她撞倒在地。大樓的地下停車場是刷卡式自動進入的，而那天晚上，停車場的門口卻沒有保安，警方在後來的監視錄影中看到，撞倒李琳的是一輛黑色的普通桑塔納轎車，車牌被事先遮住了。法醫鑑定，李琳被撞倒後，當場死亡。

很顯然這是一起故意殺人案，而且是一起並不精心策畫的謀殺，其手段近似於公開的殺戮。什麼人？究竟是什麼仇恨？導致這樣的兇殘？任信良的心裏在感到恐懼的同時，也感到一種殺戮的殘酷與冰冷，雖然此時此刻他只能猜一猜，但是，仍然不敢往自己猜的地方深想，不過任信良相信，警方一定會輯拿兇犯，早日破案，李琳被害案一定會水落石出。

向李琳遺體告別的儀式舉行得非常簡單，這一天從頭一天晚上便下著淅瀝瀝的雨，任信良和在家的班子成員都參加了。李琳是獨生女，李琳結婚後沒要孩子，夫妻關係一直緊張，兩口子近幾年一直處於分居的狀態，但是，沒有離婚。李琳的丈夫也就是李琳一般的個頭兒，據說是濱州市國貿商城的業務部經理，人長得胖乎乎的，看著挺老實厚道的，一看就讓人覺得是屬於那種沒啥闖勁，安於本分的主兒！

玻璃棺槨中的李琳面部表情是安詳的，像是睡著了。

任信良與李琳的丈夫握過手之後，心裏有一種怪怪的說不出來的感覺，他為李琳剛剛才三十六歲的短暫的生命感到遺憾和惋惜，他同時又為

李琳的丈夫能全然不覺地戴著頂綠帽子來為自己的妻子送行而感到不平。他不解的是李琳本身就是個受害的弱者，而正是這樣的弱者卻扮演了一個傷害另一個弱者的腳色。任信良忽然在心裏模仿著小品大王趙本山的臺詞說道：「該！要錢不要命！耗子給貓當三陪，你真是要錢不要命呀！」

第五十四章
追悼劉志恆

　　李琳走了，辦公室沒有牽頭的人，湯恩泉便主動請纓，把辦公室的工作接過來，劉沫沫也很積極地聽著湯恩泉的招呼，顧小明和徐文田也主動地跑前跑後，這讓任信良感到心裏很溫暖，心想：「什麼朋友哥們的！什麼同志同事的！什麼庸才人才的！往往閃光的、感人的是起碼的職業責任和職業道德，這一切都可以從湯恩泉和徐文田這些身邊人的身上找到答案。」儘管如此，任信良從北京一回來就沒有了工作的勁頭，無精打采的，像一隻瞎了眼的家雀，東飛西撞地混著日子。

　　劉志恆向任信良交代完遺囑後的第十三天，他去世了，從發病到去世，整整四十五天的時間，這非常慶幸地讓劉志恆免去了普通癌症患者去世前必經的太多痛苦，也讓劉志恆十分慶幸地逃過了「創億集團公司和創億集團股份公司」這條人工拼接成的國企航母擱淺時的難堪與混亂，而且，他還履行了他曾經的諾言：最後一個下船。

　　劉志恆的遺體被送回濱州市的第二天舉行了追悼儀式。劉志恆的追悼會簡潔、簡短、簡單。除集團公司所屬的中層以上幹部外，國資委部分領導、市委及市委組織部的領導都來了。跑前跑後，負責招呼劉志恆家屬親友們的是劉志恆那位擔任副鎮長的弟弟、老九劉志業，他是劉志恆家中社會地位僅次於劉志恆的人。

　　追悼會會場裏布滿了綠柏鮮花、花圈挽聯，一派莊嚴肅穆。劉志恆的愛人、女兒及兄弟姊妹的家人站立在會場的一側，劉沫沫攙扶著劉志恆的愛人李靜芳，兩隻眼睛哭得像個爛桃核兒，外人一看那樣子還以為是劉志恆至親一般。李靜芳的表情反而是出奇地平靜，臉白白的，像蠟像一樣。

　　劉志恆躺在棺槨中，人瘦得出奇，瘦削的樣子比起任信良去北京探望的時候，又狠狠地瘦了一大圈，像一具按著一顆沒有進行防腐處理過的現代人頭顱的乾癟的木乃伊。

　　陶萬琦書記主持了追悼告別儀式。悼詞也是由陶萬琦本人親自起草。

　　　　劉志恆同志追悼會現在開始！請大家肅立默哀！

　　　　各位領導，各位同志：今天，我們懷著無比悲痛的心情，在這裏沉痛悼念我們的好領導、我的好搭檔，中國共產黨的優秀黨員，著名的企業家，濱州市創億集團公司、濱州創億集團股份有限公司的發起人和締造者——劉志恆同志。

　　　　劉志恆同志，性別：男；民族：漢；1949年11月1日出生於濱州市仙浴溝縣仙浴溝鄉雙堆子村。因病醫治無效於西元2005年9月17日6點05分在北京中國人民解放軍武警總醫院去世，享年：五十六歲。

　　　　劉志恆同志1968年入伍，歷任班長、排長、連長、團作訓股股長、營長、副團長、集團軍司令部作訓處處長等職，並先後榮立二等功一次，三等功五次。1987年從部隊轉業後，歷任濱州市醫藥保健品進出口公司副總經理、常務副總經理、濱州醫藥保健品進出口公司法人代表、總經理，公司黨委副書記等職。1995年1月，發起組建濱州創億集團公司，任集團公司法人代表、董事長、集團公司黨委副書記。隨後成立濱州創億集團股份有限公司，任公司法人代表、董事長。並於1995年10月28日，將濱州創億集團股份有限公司運作上市，使之成為了濱州市第一家國有上市企業。

　　　　劉志恆同志身為國有企業一把手，在長期的工作中，他銳意進取，意識超前，率先完成濱州市第一家國企的上市工作。他思想解放，胸懷開闊，大膽地培養和啟用新人，培養了一大批優秀的業務骨幹和中層幹部，其中有的還走上了創億集團公司、創億集團股份有限公司的重要領導崗位。他勤懇敬業，任勞任怨，以銳意改革的精神，帶領公司全體員工，不斷取得新的進步。工作扎實，平易近

人，在構建和諧班子，建設學習型團隊的過程中，以身作則，嚴於律己，展示了卓爾不凡的領導藝術。他精神頑強，常年帶病忘我堅持工作，為創億集團公司的改革與創新，發展與穩定，嘔心瀝血，付出了全部的心血，用生命實踐了自己對「八榮八恥」的堅定承諾！用生命書寫了一首國企攻堅戰的壯烈詩篇！用全部的心血贏得了集團公司員工的一致擁戴！

劉志恆同志是中國共產黨優秀的共產黨員，他擁有強烈的市場觀念和創新意識、較高的決策水準與經營管理能力，具有遠大的理想和忘我的獻身精神，是改革開放以來湧現出來的傑出的企業家，是堅定地奮戰在國有企業戰線上的一名傑出的企業領導者。他在妻子面前是體貼入微的好丈夫；在女兒面前他是責任心強的好父親；在父母和弟妹面前，他是孝順的好兒子，是溫厚的好兄長；劉志恆同志走了，他懷著對家人、對親友、對我們創億集團公司、創億集團股份有限公司的事業和對廣大公司員工的無限深情永遠地離開了我們。

劉志恆同志的逝世，讓我們失去了一位好領導、一位好同志、一位好親人！讓我失去了一位可遇而不可覓的好搭檔。讓我們的國企戰線失去了一名好先鋒，讓我們企業界失去了一位好朋友。劉志恆同志的逝世不僅給家人、親友和公司的員工帶來巨大的悲痛，同時，也給我們創億集團公司、創億集團股份有限公司今後未竟的事業帶來了不可估量，無法彌補的重大損失！

劉志恆同志的一生是奮鬥進取的一生，他始終不渝地堅持鄧小平理論和「三個代表」重要思想為指導，堅定不移地走國有企業做強做大的發展道路。他生命不止，奮鬥不止，在生命的最後時候，仍然關心著創億集團公司、創億集團股份有限公司的企業改革與發展大計。

劉志恆同志雖然離開了我們，但是他的精神還在，他的音容笑貌、他的精神將鼓舞著我們的創億人在今後能夠知難而進，讓我們化悲痛為力量，共同完成他未竟的創億事業！

劉志恆同志安息吧！你的精神永垂不朽！

今天，前來參加弔唁並送花圈的有濱州市委、濱州市委組織部、宣傳部、國資委、市財政局、市國稅局、市地稅局、濱州市各直屬國有企業的領導；創億集團公司駐美國、日本、香港、韓國的駐外辦事機構還發來唁電，以不同的形式表示沉痛的哀悼！

向劉志恆同志的遺體三鞠躬！

一鞠躬！

二鞠躬！

三鞠躬！

當鞠躬儀式完畢，哀樂奏響起來時，任信良不知不覺地已是淚眼模糊，他站在向遺體告別人群的第一行第一名，他必須帶頭開始行走，帶頭來向劉志恆的遺體告別。劉志恆的悼詞，陶萬琦著實下了很大的功夫，但是任信良是左耳朵聽進去，右耳朵冒出去，他根本沒記住，隱隱約約地記著好像有什麼優秀的中國共產黨黨員、著名的企業家、生命不止、奮鬥不止等字眼兒。他一步一步地緩慢地移動著，淚水伴隨著心中的深情與眷戀終於無法抑制地流淌出來。

十八年的一幕一幕，劉志恆的那些提攜、指導、關愛，朝夕相處的場景如同放電影膠片一般，快速地放映。

陶萬琦書記跟在任信良的身後走出告別大廳，他上前拉住任信良的手。

任信良只好站住說：「萬琦書記，有事？」

陶萬琦表情顯得很沉重，他緊緊地抓住任信良的手使勁地握著：「信良，你對志恆董事長的感情可是不比一般，我非常理解，大夥也都非常清楚，但是，人死不能復活，我們每個人都是生命長河中的一滴水，所以，關鍵是活著的人一定要活出品質，這樣才能告慰死者的靈魂，千萬節哀珍重！創億這一大攤子還都指望著你來撐起大局哪！」陶萬琦說完，又使勁握了一下任信良的手。

　　任信良抑制住眼裏的淚水，說道：「萬琦書記，謝謝你的關心。」轉身向停車場走去。一邊走一邊在心裏說道：「真他媽的敢比喻，還敢把自己比喻成生命長河中的一滴水！真夠酸臭了！」

第五十五章
生病的智慧

　　劉志恆病逝後，曲成文便開始抱病休假，一去不歸。說起來病得很奇怪，因為，曲成文的愛人轉來一封信件，說曲成文得了一種「暈床恐怖症」的病。說是曲成文只要是一躺到床上，便立刻感到天旋地轉的，心裏恐慌得很。濱州市第一人民醫院經過檢查和診斷認為，此病與美尼爾氏綜合徵有許多相同的症狀，但是，又與美尼爾氏綜合徵有著明顯的不同，為此，建議到外地找專家看病診斷。為了提高醫療品質和效果，謝絕探視，暫時不告知求醫的去向，請大家諒解。

　　任信良將來看過後，微微一笑，批示道：「請班子成員閱知！萬琦書記注意保持與曲總家屬的溝通和聯繫。」並簽上了「任信良」三個字。

　　陶萬琦開始整天忙起來，辦公室找不到人，上下活動，左右游動，基本上是聽得見聲音見不到人。劉志恆的司機張曉自劉志恆進京看病起就閒著沒啥事，這兩天讓萬琦書記抓著跑了幾趟車，於是，陶萬琦書記忙著辦理提前退居二線的消息，便首先傳到任信良的耳朵裏。任信良的心裏明鏡似的，他一方面讚歎曲成文的精明與聰明，另一方面理解陶萬琦的處境和心境。創億集團公司、創億集團股份有限公司的全面工作就這樣自然地落到任信良的肩上，沒有相應的任何法律文件，沒有哪位領導找他談話，他的這種承擔和承接沒有理由，沒有商量，沒有可以推辭謙讓的官場套路，沒有一點可以讓任信良考慮的餘地。創億是個棘手的刺蝟，是個燙手的山芋，沒有哪個領導沒事找事地主動把麻煩往自己身上攬。

　　這一天，任信良上班後，打開電腦，發現一封沒有主題的陌生「電子姨妹」，任信良以為又是出售發票之類的垃圾姨妹，想電擊刪除，可

是，不知怎麼手指頭指揮著游標竟然就點擊了閱讀。「電子姨妹」一展開，讓任信良意想不到的是這電子姨妹竟然是分別了十多年的喬麗麗發來的。

　　任董：您好！

　　濱州市一別，一晃十多年啦，您大概早就把喬麗麗這個人忘得一乾二淨了吧！說真的，當年離開濱州時，我的心情是非常複雜的，因為，我的心裏始終有揮之不去的陰影。這些年在海外拚命地忙碌，就是想把壓著自己喘不過氣來的一切忘掉，但是，偶爾閒下來，便不由自主地會回想起過去的一切。儘管過去了十年，藍島度假村別墅的夜晚，仍然歷歷在目，猶如就在昨天。

　　我從一個大學生，進入國企，從一般的業務員努力到科長，這對於我來說，已經付出了很多，但是。為了更遠更大的目標，我選擇了繼續付出更大的資本，哪怕是下賭注我也心甘情願！但是沒曾想，在我的人生道路上，我遇到的是劉志恆。作為公司的一把手，他在我要求到國外駐在的問題上，拿捏得非常藝術，他先是把我當作禮物送給了周國臣周主任，這之後，周主任、劉志恆又把我作為一張進入官場圈子的門票特意地送給了您。

　　我後來看了一部反映特工內容的小說，書中的一句話讓我一下子徹底開了竅，從此，我的內心安靜安穩了許多，再也沒有因為過往的行為而在夜深時夢魘而醒，或者暗自悔恨而流淚！那段話是這樣說的：「為了實現你的目標，達到你目的，你唯一的可能就是不擇一切手段，哪怕這種手段受到世俗道德的強烈譴責。」想想事情的經過，仔細回味一下，發現我們兩人當時其實都是被別人掌控和利用的對象，都是劉志恆和周國臣棋盤上的棋子，只不過是名稱不同的棋子罷了。想通了，也就放下了。所以，這些年來，我一門心思做著屬於自己的事情，賺錢、購物、進豪華餐廳、買房產、買首飾、旅遊，然後，繼續賺錢，心中沒有恨，也沒有愛，只有感官的

快樂，這一切非常地簡單。互聯網時代把地球縮成了村子，再隱祕的事情也會被互聯網一網打盡，這就是互聯網時代的好處和便捷。周國臣的死，劉志恆的死，都沒有因為距離的原因，不能讓我同你們一樣在第一時間獲知這些信息。

任董，儘管我如今的心態徹底地放下了，不再因為投入過女人最大的資本——青春和美貌而陷入產出多少的算計而矛盾，也從心裏抹去了對周國臣、劉志恆之類的道貌岸然的偽君子、禽獸的鄙夷和痛恨，但是，當我獲知周國臣、劉志恆死了的消息時，我還是不由自主地想到了你。

藍島的夜晚，儘管你表現得似乎很從容，甚至，表現得有些玩世不恭，但是，我仍然從你的眼睛裏讀到了人心尚存和良知未泯。在海外這些年，商場打拚，更讓我感悟到人心尚存和良知未泯的可貴。我非常清楚創億集團公司的狀況，我更瞭解劉志恆提拔你，把你推到前臺的用意，大廈將傾，獨木難支呀！如今國內經濟形勢的發展越來越趨向市場化，而且也越來越趨向全球經濟的一體化，不要再死抱著國有經濟不放，因為，未來的形勢發展會導致經濟體制的融合與模糊，無所謂國有，無所謂民營，只要依法經營、依法納稅，能夠賺錢就是成功的企業。任董，讓我稱呼你信良吧！我知道你是個國有經濟情結很深的人，一路從國有企業成長走來，你珍惜你的努力，你珍惜你的進步，你也珍惜你的所謂成功，但是，請你接受一個朋友的忠告吧！全身而退，儘快地遠離創億集團公司這一是非、痛苦、災難的漩渦！以你的智商、能力、人脈、人格，你完全可以有一個自由、寬鬆、快樂的新天地。如果有需要幫忙的地方，但願你能告訴我，我會盡我的可能，為你去分擔！

早下決心！多多保重！

喬麗麗即日書寫於蒙特利爾

2005年9月23日

　　任信良將喬麗麗的信看了兩遍，苦笑了一下，他沒有給喬麗麗回信，因為，他沒有一點閒情逸致。過去的一切都過去了，過去了就權當作故事吧。

　　創億集團的情況發展到今天的結局，他似乎在冥冥之中預先感覺到，看到過。面對這些，任信良的內心反而不同於以往的平靜。儘管他自己的內心犯著堵，受許多事情困擾著，但是，任信良一想到人生的交代，心裏便想著劉志恆的知遇之恩，便想到自己的工作是一種因果和因緣，所以，內心便平和了許多。按照任信良自己心裏那本兒帳，劉志恆是前任，作為後任的自己來說，後任理前任的帳是遵守社會通行的慣例，於公於私都說得過去，尤其是對於社會輿論來說，也是有益無弊。從周國臣的病逝到劉志恆的病逝，任信良像是一下子開悟了似的，對以前的許多事情他忽然間又明白了許多。尤其讓任信良感悟的是他找到了自己煩惱和痛苦的根源：年近五旬的自己實際上一直生活在自己編織的羈絆之中，在良心和道德的束縛下，他循規蹈矩，為此他成了無規則遊戲的玩偶和犧牲品。短短的半年時間裏，他從看清、看透，到看開，他的內心豁達了許多，所以，他並沒有覺得自己悲哀和可憐。他覺得，自己不能欠任何人，欠債就要還，是單就要埋，有良心的人對於債，遲早都是要還的，尤其是情債。對於這一點，他不覺得自己愚忠，一人一個活法，這就是命，人在幹，天在看，每個人都要為自己的行為付出代價，因為，上帝是公平的。劉志恆、周國臣、高原、高瑜、黃永利、李琳等人的一幕幕生活畫面，讓任信良更加堅信物質動態守恆定律的正確和不可顛覆。

第五十六章
加州陽光浴

　　美國的西海岸，南加州陽光海岸的一處度假區的休閒海灘，晴朗的天空下是蔚藍的海水，就連空氣也變得藍藍的。午後的太陽是熱烈亢奮的，把藍天和碧海照射得融合在了一起。一個大大的遮陽傘下面，擺著兩張有著花色圖案的帆布躺椅，和一張長條形白色金屬小茶几，高原副市長戴著一副大框的墨鏡，在帆布躺椅上悠閒地躺著，曬著陽光浴。

　　金光皓左右手各端著一杯放著冰塊兒的威士忌酒，挺著前突並有些下墜的肚腩，晃晃蕩蕩地踩著柔軟的沙灘走了過來。

　　「老闆，酒擱在茶几上了！」金光皓對高原的稱呼已經改過來。

　　「好的，你先喝！」高原回答著，兩隻腳的腳趾頭在不停地亂動著。

　　「老闆，劉志恆死啦！你已經知道了吧？」金光皓在旁邊的帆布躺椅上側身坐著，臉朝著高原，兩個人的中間隔著一個長方形的茶几。

　　「昨天上網看到的！我還看了他們那個黨委書記陶萬琦致的悼詞，嘿嘿！真能整詞，陶萬琦拍馬挺下功夫的。」高原回答道。

　　「我也看了，評價挺高呀！用生命實踐了自己對『八要臉、八不要臉』的堅定承諾！用生命書寫了一首國企攻堅戰的壯烈詩篇！哈哈，看來這個陶萬琦真是下大功夫了！真難為他了！」金光皓發著感慨。

　　「是八榮八恥，你可真能瞎掰，你們這些當祕書的，腦子就是會轉，竟然能把八榮八恥說成是八要臉、八不要臉，嘿嘿！」

　　「嘿嘿，我覺得八榮八恥用在劉志恆這些人身上不太合適！太高雅。通俗些吧，八要臉、八不要臉對他們更合適些！」

　　「合不合適能咋地？再下功夫能咋地？評價再高又他媽能咋地？還不都是死了？哈哈！中國的優秀人物都在悼詞裏。」高原有些不屑。

「是的，老闆說得沒錯！事兒得看結果？成功是最關鍵！」金光皓應和著。

「劉志恆這個人應該算是個人物，我和他有十幾年的交情，從某種意義上說，劉志恆還是我們的貴人哪！」

「老闆，這話怎講？」

「不知道了吧？嘿嘿！你看這是什麼？」

高原側起身來，拿起事先放在茶几上的一個黑色真皮文件夾，拿出幾頁疊著的已經泛黃的複印紙來，「嘿嘿」地發出一種神祕的笑聲，低頭眼皮上翻，通過墨鏡框與眼睛的間隙看著金光皓。金光皓放下酒杯，雙手接過這幾頁複印紙，翻開一看，是四大頁從《中國輕工》雜誌1996年第七期上複印的該雜誌《焦點透視》欄目的文章。文章標題是：〈企業家于志安「出逃」啟示錄〉，作者沈泓。

「好好看看，拜讀，拜讀，這篇文章是當年劉志恆和我在一起喝酒時，送給我的，我一直保存著，並且最終派上了用場。一句話，是劉志恆為我們提供了海外轉移的路線圖，劉志恆，高人呀！只是有些太可惜了！」

「是嗎？那我好好看看！老闆真是個有心人呀！」

「有心人，那倒算不上，不過，對這篇文章，我確實動腦子琢磨過，嘿嘿！」

金光皓沒有接話，低著頭看著。文章開頭第一段是這樣寫的：

　　據《報刊文摘》1995年12月7日載文稱：「今年5月，原武漢中國長江動力公司（集團）董事長、總經理于志安出人意料地『失蹤』了。後經駐外使館證實他在菲律賓。此時，人們才發覺『長動』在菲律賓的註冊資金五十萬美元、年電費收入一千萬美元的電廠，早在建造之初就是于志安個人名義註冊的，從法律上說，這家電廠是于志安的私人企業。」

　　一時間，從傳媒到社會各界沸沸揚揚，就強烈譴責于志安的「出逃」，或為他的所為扼腕歎息、「令人痛心」，執法界人士甚

　　至認為：「『于志安』現象是一種打劫式的犯罪……」

　　「于志安事件」觸及到了中國改革最深層最本質的東西，為目前議多於行、議而不決、徬徨於困境的中國企業的深層次改革從另一個角度提供了新的思想。從某種意義上講，他敲響了真正搞活國有企業、深化改革的警鐘。

　　「老闆，我知道這個人，當時轟動非常大，于志安在2004年的中國五十巨貪排行榜上名列第十位哪！哎，對了，老闆，于志安後來也從菲律賓移居美國了。」金光皓看了看複印的文章抬起頭來說道。

　　「沒錯，有關于志安事件的後續報導和評論我一直關注，但是，寫得比較透的還是我們手上的這份。如果有緣分，我們在美國與于志安還能見上一面，我是真的想和他敘談敘談呀！」

　　「那是再好不過了！噢！老闆，我好像記得于志安是住在YuccaValley翻譯過來是：亞克瓦里市，對！就是亞克瓦里市，我們應該有機會見到他的。」

　　「其實，于志安的手法也不算成功，因為早在1997年的春天，從菲律賓就傳來消息：菲律賓有關方面承認了我國公證機構開具的一份公證文書。這份文書是為中國長江動力公司（集團）依法開具的，並經外交領事認證的。也就是說，發生在1995年的轟動全國的中國長動集團國有資產流失案最終是比較圓滿地畫上了句號，流失到國外的價值六十五萬美元的國有資產已全部追回。」

　　「還真有這回事兒！」

　　「所以，就這一點來說，于志安並沒有占到國家的便宜。相反，落得個海外飄零、受人非議、被人通緝的地步。因此，比較而言，我們是青出於藍，而勝於藍，哈哈。」

　　「老闆！你可能也知道于志安事件挺有爭議的，有報導說，于志安初到美國身上只有一千三百美元，這個發明狂和工作狂，在海外的十幾年裏，又從零開始，發憤圖強，搞出了多項發明專利，像什麼『輪胎熱裂

解』項目就獲得美國聯邦政府專利。」

「于志安這個人確實是個人才，中國的第一臺手扶拖拉機就是他憑著到上海參觀了一次日本工業品展覽會，看到了兩張手扶拖拉機的廣告照片而研製成功的，當時，他是武漢通用機械廠第一副廠長主持全廠工作。他因此成了全國的新聞人物。」

「有報導說：于志安是一個『怪』老頭，偏執倔強，極具個性，不懂享受，不懂娛樂，不講吃穿，是個只想著發明創造的『狂』人。還有的報導說：于志安是中紀委樹立的全國唯一的反腐倡廉的典型。于志安被腐敗勢力逼迫出走後，武漢市檢察院立案調查了一年多，結果是一分錢的經濟問題也沒有；又過了十多年，仍然是一分錢的經濟問題也沒有！這在中國也算是一個奇蹟了。老闆，既然于志安在菲律賓租賃賓加電站註冊用的五十萬美金和十五萬美元押金，都證實已全數退回，那麼于志安貪污一億元這個數是從哪裏來的呢？」

「這件事肯定背後涉及比較複雜的官場利益，于志安當時是中國長動集團的董事長、黨委書記兼總經理，同時還兼著武漢市經委副主任、全國工商聯常委、湖北省人大代表、武漢市政協常委等多種職務。雖說是武漢市的副局級幹部，但是當時在武漢的行業系統內，他可是權重一時，炙手可熱，難免招到非議，這也是難免的。」

「這人都是有弱點的，顧了這一頭，就顧不上另一頭啦！」

「是呀！于志安就是這樣的人，不過，要善於學別人的長處，要善於昇華。『有所為，就要有所不為；有所不為者，才能有所為。為人所不為，為人所不敢為，為人所不能為。不道德的生意不做，違法的生意不做，賠本的生意不做。』你說這些話，多好！多有哲理，這些都是于志安常說的話。」

「哈哈！說得太好了！老闆，你的腦力驚人，簡直把于志安給研究透了。」

「哪裏，哪裏，談不上！」高原坐起身來，端起酒杯，晃動了幾下，優雅地喝了一口威士卡，接著說道：

「說到人的弱點，你說劉志恆這人怎麼樣？」高原問道。

「劉志恆雖然直接打交道不太多，但據我瞭解，這個人可以說幾乎沒什麼缺點，一天到晚地弄得滴水不漏似的！」

「你說得沒錯，他這個人是經常給人一種面面俱到、老成持重、老謀深算、老實厚道的印象，但是，他的致命的弱點就是放不下！我給你說件事，挺他媽逗的，是張凱從劉志恆的司機張曉那裏聽來的，我聽了都笑噴了！」

「張凱怎麼說的？讓老闆樂成那樣。」

「張凱說，有一次我和劉志恆吃飯，這兩個小子在大廳用餐，張曉就發牢騷，咬著牙根兒罵劉志恆，說劉志恆狗屁一個，吝嗇得很！就像一個相聲段子裏說的那樣——有個人特節儉，從不浪費，一天，在家裏吃飯哪，忽然一個蒼蠅趁他不注意的時候，叼起桌上的一個飯粒兒飛窗外去了，這老夥計一看，說了聲『他媽的』放下筷子，穿鞋就追出屋去。一路猛追之下，把那蒼蠅追進了長途客運站。蒼蠅叼著飯粒兒一下子鑽進了長途客車裏，吝嗇鬼一看，說道：『我讓你跑！』立馬打了個計程車，一路追到北京去了！」

「哈哈！哈哈！哈哈！真他媽的能埋汰人！太邪乎了！」金光皓揉著眼角的淚水說道。

「嘿嘿！有意思吧！我當時聽了也覺得他太邪乎、太埋汰人了！可是，轉念一想，我覺得問題來了，一個平時辦起事來滴水不漏的老闆，連司機都這麼埋汰他，不說明問題嗎？中國人埋汰人、損人的本事古來就有，有本清朝書《笑林廣記》你讀過吧？作者是遊戲主人，這個作者在書裏，分十二個部類，專門罵人、挖苦人，沒有他沒罵到的人，原因為啥？就是這人心裏頭有氣兒，但有一條，他不罵他自己的媽！有人說司機是領導的狗，狗嘴裏能有啥好話？錯！大錯特錯！狗怎麼啦？狗也通人性，狗也有狗品，所以這件事讓我心裏一直不解的事呀，一下子都整明白啦！」

「老闆！啥事心裏一直不解？」

「他媽的，早幾年，我就和劉志恆暗示，讓他趕緊倒出地方來，把自己整得乾淨兒的，輕鬆地轉身！誰願意幹，讓誰幹！當然，我沒跟他暗

示讓給誰！但是，這老夥計，把創億集團和創億股份掐得死死的，說什麼再等等！這倒好，臨秋末晚地把任信良提起來了，我還以為他能順利交棒哪！可結果呢？還是搞什麼內部一體化，一盤棋，一鍋飯。幸虧他這是死了，否則，還不知道自己怎麼難堪呢！你說這是不是放不下、小器、目光短淺？人家司機說得沒錯吧？」

「是，老闆說得對，凡事不能看表面，像這種啥缺點看似沒有的人，其實弱點往往是致命的！」

「性格決定命運呀！劉志恆還常說什麼『一命，二運』啥的，竟他媽的扯淡！沒一句話是說給他自己聽的。現在好了，又出來個任信良這個大傻屄，還蹶著屁股忙著替人家收拾殘局呢！嘿嘿！創億那個臭馬糞桶！」高原不屑一顧地說道。

「性格決定命運，劉志恆偷驢，任信良拔橛子，任信良的弱點讓劉志恆抓住了，這也算是他的過人之處！」金光皓說道。

「過人之處？自己整天做賊似地提心吊膽，表面上省吃儉用的，忙活半天，一死了之，就這交棒法兒，絕對的失敗！包括于志安！讓世人笑掉大牙！哎，你說他們忙活了半天，折騰這麼一輩子，圖啥？」

「是呀！圖啥？」金光皓也跟著說道。

「究竟圖啥呢？唉！管他們圖啥呢！劉志恆最後把本錢搭上了，我們卻把家當帶出來了，這就是我們與他的不同。我跟你說段《笑林廣記》裏的小故事──有一個窮鬼，看上一個頗有姿色的婦人，準備娶她過門當媳婦，便賄賂媒人說家裏富有。於是，這婦人被忽悠成了，等到過門那天，婦人一看，家徒四壁呀，啥毛沒有，還揚言啥富有呢！夫人知道上當中計便號啕大哭，咋勸也沒用。這個窮鬼，關上門，脫了褲子，把豐偉異常的陽物拿出來，放在桌子上連著敲了數聲，說道：『娘子，聽見沒有，別哭了，不是我吹牛屄，別人的本錢都只能在家裏放著，而我的家當卻能帶在身上。娘子如果不願意，乾脆回去吧！我不攔你！』扭頭不理新娘子。結果不曾想，新娘子聽了，擦著眼角的眼淚說道：『發什麼火呀！人家不是也沒說你什麼嘛！』」

「哈哈，哈哈，好，太有意思了，還挺有哲理的，老闆，我這有副對聯不知你聽沒聽說過？」

「世界上對聯多了！我上哪知道去！你真會問！」

「嘿嘿！你聽：

早退晚退都得退；

早死晚死都得死；

橫批有兩個，一個是：早退晚死。

一個是：晚退早死。哈哈，哈哈。」

「就這個，你聽聽我的，

上聯：官大官小沒完沒了，

下聯：錢多錢少都是煩惱。

橫批：健康是寶。」

「哈哈，高，實在是高！」

「老闆，您就是有才，凡事都高屋建瓴。中共正陽省委算是瞎了一隻狗眼，剩下一隻玻璃花眼珠子，他們可真好意思，讓你幹了整整十二年的副市長，我們今天的結局，還不是讓那些王八蛋給逼的！老闆，如果你出任正陽省委副書記，不，就是書記，那會是一幅什麼樣的天地？」

「誰逼你了？咱們現在不是挺好嗎？什麼正陽省委書記副書記的，沒用。不是有這樣的說法嗎？『錢多錢少夠用就好，權大權小管用就好，早退晚退看開就好，名大名小出名就好，誰對誰錯能贏就好。』哈哈，咱們不提那些了，對了！光皓，上次去深圳辦事的那個上官亞男後來情況怎麼樣？」

「我估計現在應該在北海道札幌舉行婚禮了吧！」

「噢，是嗎？這麼快！這件事你成全得好呀。有時候，人的積極性就是要靠調動，靠挖掘，靠激勵！否則，哪來的動力？有誰能想到一個小女子能辦這麼大的事！」

「老闆說得對！關係好不算好！感情好才算好！利益好真正好！上官亞男來日本出勞務，從她來日本開始，我就慢慢地發展她！她也挺上道兒的。」

「別小看農村女孩子，比城裏的孩子明白事理，我上次看照片，這個丫頭長得可以嘛！」

「那是！那是！老闆你沒看真人，哎呀！有味道呀！」金光皓說到「有味道」時，竟然情不自禁地閉上眼睛，晃起頭來。

「光皓，這麼說來，你小子和這個上官亞男的還不止有一腿！是吧！」

「嘿嘿！老闆，嘿嘿！反正日本人不會去計較。對了，老闆，等找機會，我和她聯繫一下，讓她到美國來，也好好陪陪你！怎麼樣？」金光皓討好地說道，他端起酒杯要和高原碰杯。

「來不來美國的不重要，重要的是她別回中國！這才是個大事！」

「老闆，你放心吧！亞男在萬金龍大酒店登記的身分證包括照片都是假的！沒事兒！」

「身分證照片是假的，酒店登記看不出來？」

「酒店還真沒仔細驗看！」

「那不是還有酒店監視攝像嗎？」

「那也沒用！亞男妝化得濃，假髮，墨鏡，攝像看不清楚！」

「最好告訴她，近幾年還是不要回國！」

「那當然，她巴不得永遠不回她們老家那個窮地方呢！」

「那就好！」

「老闆，這事你就放心吧！國內那幫警察肯定會把這件事當作賣淫女麻醉搶劫，亞男從日本飛上海，坐火車到深圳，事完後，坐大巴去廣州，再由廣州飛北京，再由北京飛東京，前後五天的時間。」

「好，不錯！很周密！光皓，做事情就應該要這樣，不顯山不顯水的，講究的就是最後的成功，來，乾杯！」

「乾杯！老闆！」

清脆的碰杯聲好像在清靜開闊的海灘上空傳出去很遠、很遠。高原的兩隻腳的腳趾頭，也在清脆的碰杯聲中歡快地亂動著。

第五十七章
應訴堪稱絕

2005年9月26日，星期一，上午8點半，任信良負責的創億集團藥業連鎖有限公司，接到了東港區法院送達的傳票，通知創億集團藥業連鎖有限公司十日後的下午1點到庭應訴。起訴方是香港鴻飛實業集團公司駐汕頭辦事處。訴訟請求是：創億集團藥業連鎖有限公司立即歸還位於濱州市上海路二十四號銀河公寓1808單元屬於香港鴻飛實業集團公司駐汕頭辦事處的房產。

任信良看了傳票立刻憋了一肚子的悶氣。想起上次去仙浴溝的途中王澍嘉的交代，便給賴國輝打了個電話，

「國輝嗎？我是任信良！」

「你好！任董，有事請吩咐！沒說的！」

「前些日子去仙浴溝，澍嘉兄特別和我說過，老弟關鍵時候真夠朋友！有好事想著老弟些，所以，這事我一直在心裏記著呢！」任信良把王澍嘉的人情給抖落了出來。

「沒說的，做老弟的應該的！謝謝王檢，謝謝任董。」

「哈哈，別忙著謝，還沒說是啥事兒哪！」

「錯不了！我相信我的感覺！」賴國輝自信地說道。

「是這樣，正好我這裏有個小案子，才來的傳票，是我們的一個香港客戶，十幾年前總來濱州市跑業務，為了方便，我們就在銀河公寓買了這個單元，當作雙方的辦事處，二十三萬元的房款是我們公司出的，但是，由於當時外經貿委對於企業購置汽車、房屋等固定資產實行控購政策，要層層審批，挺麻煩的，所以，當時劉董就吩咐與客戶商量用客戶的名義。所以，買房子落戶時，就寫成了香港鴻飛實業集團公司駐汕頭辦事處。這

件事是我一手辦的，房款就在財務往來項目上掛著。後來，業務少了，客戶也不來啦，這些年房子也就擱那了。前些日子，對方老闆突然遇害，我估計是家族裏開始清算財產了！」

「嗨！有意思啊，你們沒先告他們，他們反倒是倒咬一口！」

「像這類權屬之爭，是不是要吃啞巴虧？」

「還真有些難辦！因為人家耍賴也是有理由的，誰讓產權證上寫著人家單位的名字那！再者，你們的購房款掛在往來上，這已經多少年了？早過時效了！」

「是呀！所以，請老弟幫幫忙！」

「案子不複雜，但人很複雜，得想個方案出來，否則，房子歸人家了，二十三萬購房款也打水漂了！我說對不對？任董！」

「老弟說得對，但我覺得，做人總要講理吧，誰花的錢，就是誰花的錢是不是？」

「法律不講理，法律講證據，也許任董你覺得你自己說得沒錯，但要知道十來年過去啦！咱們市的房地產價格可都是翻了一番還多呢！別說香港這些生意人，換誰也得紅眼！」

「說得是！這件事有些鬧心！我在想如果能把二十三萬要回來就行，這本身就是個勝利。當然，如果能把房子更名，重新確定我們的產權是最好的。」

「你這樣說，我明白！任董，東港法院關係還行，我先和分管的二院長溝通一下，看看怎麼辦好不好？」

「國輝，我聽說物權法吵得沸沸揚揚的，對方會不會藉這個大做文章！」

「物權法？等著吧！人大都討論三回了，仍未通過，評論說何時頒布要假以時日呢，猴年馬月能頒布也不好說！哈哈！所以，這個你不用擔心，我想對方第一步應該是先把你們的購房款給賴掉，這樣就虧大了！」

「對，你說得有道理！」

「另外，即便是咱們官司贏了，也不能把關係搞得太僵，因為還得讓

對方配合咱們更名過戶不是？」

「是的，那當然，不過，如果房子真的判回來，再過給創億藥業，我又擔心生是非！涉及房子過戶，怕有人要說事兒，你知道嗎？這都得費嘴皮子解釋！我的意思是⋯⋯」

「明白！我明白！我一定幫你拿個雙方滿意的方案出來！這樣吧！時間來得急，你給我兩天的時間，回頭聽我消息，你看好不好？」

「行！好的，國輝老弟，那我聽你消息了嘍！你就按規矩辦吧！」

「好，任董再見！」

與賴國輝通過電話，任信良想了想，又把徐文田給找來啦！

「信良，有什麼吩咐？」徐文田顯得實實在在的。

「文田，我有幾件事情想和你交代一下！」任信良一臉的深沉。

「你說吧！只要是我能做的。」

「第一件事，藍天證券九百萬法人股票的拍賣回購案件，高瑜送來五萬元的回扣。」

「是嗎？哈哈，有這等好事！」徐文田開著玩笑說道。

「是的，我還寫好了一份事情經過，是專門給市紀委的。」

「讓我送紀委？」

「不，你先聽我說，還有一件事，十幾年前，劉董是藥業一把的時候，我們和香港鴻飛實業集團做貿易，公司出了二十三萬元現金，買下了位於濱州市上海路二十四號的銀河公寓1808單元的一套公寓房做雙方的辦事處使用，但是，房子的產權名稱落的是香港鴻飛實業集團公司駐汕頭辦事處，二十三萬元現金掛了財務的往來帳。這件事主要是當時為了省去外經委控購的審批程序，這樣的事情和做法在當時那個年代很多的，比如好多單位買車就採取這樣的辦法，過去多少年了，誰也沒在意。而且，這件事當時只有劉志恆和我知道，如今，劉董不在了，成了我的一塊心病。湊巧的是，客戶老闆不久前遇害，客戶單位現在已經提起了訴訟，要求我們把房子交給他們。」

「太不要臉啦！信良，這件事沒這麼簡單，你想如果房子真的是他們的，他們會理直氣壯地破門而入得了，犯得著還起什麼訴嗎？明擺著心虛，想通過訴訟重新確權，另一方也想把二十三萬往來款給瞎了！我說得對不對？」徐文田張口便直奔問題的關鍵部位。

「你分析得很直接，我也是這樣想的。」

「那你的意思是？」

「這件事，我和高瑜他們所的賴國輝說啦，賴國輝前些日子在市裏處理涉及帝都酒店案件的幹部過程中，幫了王檢的大忙，王澍嘉特別關照，想辦法照顧照顧賴國輝，銀河公寓這個案子，我看正好是個機會，就讓賴國輝辦吧！」

「信良，這件事我聽你的。」

「文田，謝謝你，你是我唯一信任的兄弟，劉董去世後，局面你都看到了，創億集團的班子成員，一個逃，一個死，一個躲，一個忙著退；恩泉的情況是在觀望，看我撤不撤，一旦我要撤，那他也得趕緊調動。這兩件事，我把相關材料和高瑜送來的五萬元回扣都放到你那裏，何時交出去，看事態發展，我想你會把握的。」

「信良，我明白，沒說的，涉及你的政治生命，我會盡我的能力保護好自己的兄弟！」

「文田！我的好兄弟！」任信良站起身來，走到徐文田的身邊，左手扶著徐文田的肩膀，右手握住徐文田的手，緊緊地握著，兩隻眼睛在一瞬間濕潤了。

第二天，賴國輝便有了回音。

「任董，我想出了個方案，說給你聽聽。」

「你說！」

「按照你說的情況，我覺得此案可以這樣運作，創億藥業收回二十三萬購房款，給鴻飛實業五萬元名義使用和打官司的補償，此案就算完事兒！」

「那律師費？訴訟費？這些怎麼辦？」

「上面所說的所有費用，創億藥業都不用再出一分錢！」

「什麼？不用出一分錢？」任信良問道。「天下有這樣的好事？」任信良嘴上問，心裏卻嘀咕：「天下有這樣的好事？」他一時間有些糊塗。

「對，我說得沒錯，此案，創億藥業可以不用出一分錢！也就是可湯下麵。這個案子直接包給我，由我通盤運作，任董啥也不用操心。」

「是這樣，你是和法院聯手，把房子拍賣？」

「對，正是這樣考慮的！讓對方也無話可說。」

「可以，我同意，這個方案是挺高明的，確實有水準，澍嘉兄沒白抬舉老弟。」

「嘿嘿！任董誇獎！」

「不過，房子現在正由我的一位朋友住著哪！我看，關於房子拍賣的事，我也和朋友說說，看看朋友對房子感不感興趣，你看如何？」

「沒問題，任董，該不會是金屋藏嬌吧？嘿嘿！」

「沒有，沒有的事！」

「還有，高瑜那裏，說得平淡些，就說是王澍嘉一手安排的。」

「明白，高總這人是只要有錢賺，有業務做，一般不願意亂參和。」

「那就好！那就好！」任信良放心地說道。

第五十八章
必然的徬徨

　　任信良趕到清風觀想和張世陽道長談談。迎接任信良的是黃牙門房。

　　「老師在嗎？我打過電話，但是沒人接，所以——」任信良說。

　　「道長得病了！唉！」黃牙門房一聲歎息，眼睛紅潤起來。

　　「那快讓我進去！才一個多月的時間，怎麼就病了？」任信良一邊吃驚地說著便往觀裏邊走。

　　「道長不在觀裏，前些日子被他的一位師兄接到江西三清山治病去了。」黃牙門房一臉的愁雲。

　　任信良的兩隻腳在一瞬間像灌了鉛一樣，沉重得很。

　　「道長的病很奇怪，兩隻眼睛在大白天忽然看什麼都是一片漆黑的，送到醫院後，醫生說，這叫黑視病，濱州市的醫院沒辦法醫治。」

　　「黑視病？老師為什麼沒給我打個電話？」

　　「事情發生後，道長非常地沉靜，他囑咐我們任何人都不要告訴，就連市民宗委都沒有通知。他只是安排我們給他的師兄打了電話，後來道長的師兄從江西三清山趕來，便把道長接走了。」

　　「是嗎？道長走的時候沒說些什麼？有沒有提到我？」任信良心裏有些空落落的感覺，他感覺有種不祥的預兆。

　　「道長給你留有一封信，你稍微等一下，我給你取來！」

　　黃牙門房從觀裏出來交給任信良一個信封，任信良沒有馬上打開，而是和黃牙門房打了個招呼，拿著張世陽道長留給自己的信離開了清風觀。

　　當車行馳到山腳下的公路口時，任信良把車停了下來。他小心地撕開信封，抽出一張專用的黃宣紙信箋，張世陽的毛筆手書赫然現於紙上：

煩惱是聽出來的，

錯誤是說出來的，

麻煩是幹出來的，

災難是貪出來的，

愚蠢是看出來的，

安全是睡出來的。

無可奈何花落去，

一縷青煙雲霄間。

信良賢契珍重！

張世陽

2005年9月10日

雋永的小楷，是老師張世陽的親筆！老師不是生病了嗎？怎麼會寫信留言？難道是生病前寫的？難道是張世陽道長有意躲避自己？任信良忽然心裏畫起弧來。

五代後梁高僧大肚布袋和尚，傳說是彌勒菩薩化身，雲遊各地，笑口常開，度化世人。一天，布袋和尚受田家齋飯布施，田家向他求道。布袋和尚答曰：

「手把秧苗插滿田。低頭方見水中天，六根清淨方為道，退步原來是向前。」

任信良看著張世陽道長的信，此時忽然想起張世陽道長曾經說起的這首偈子，心裏感歎不已。

「黑視病」？「暈床恐怖症」？兩隻眼睛在大白天看什麼都一片漆黑？只要躺在床上便天旋地轉，恐懼異常？世上人間的病真是千奇百怪！世上人間的死真是千姿百態！張世陽道長對自己的點化已經不止一次，還要求老師再說什麼？路是自己走的，事情是自己幹的，他不想說悔，他也不想說怨，道理誰都懂，誰都明白，前人告訴世人一條明擺著的道理：人生在世，忙來忙去，轉來轉去的，最後都必須回到原點上來。但是，真正

行起來一個字「難」，兩個字「太難」。

　　濱州市唯一的一座天主教教堂，紅磚紅瓦，建於八十多年前，是由一位叫藤田進的日本人帶頭籌資興建的，藤田進是一位熱心的羅馬天主教徒，他熱愛和平，是日本反戰同盟會的祕密會員，在戰爭期間做了大量有益於中國人民的事情。雖然戰爭給人們送來了硝煙和災難，但是，讓戰爭的發動者始料不及的是，天國的福音伴隨著硝煙和災難而傳播。濱州市的信教的教友，都是那時開始代代延續下來的。

　　濱州市的天主教教堂位於市中心的地方，距離創億大廈有五百多米遠的地方。

　　任信良是在下午4點多鐘的時候一個人開著車，來到教堂。任信良剛準備拉教堂的門，身後傳來問話的聲音。

　　「這位先生，現在不是望彌撒的時間。」說話的是位看樣子有七十多歲面容和善的老先生。

　　「我想進堂裏坐坐，我的愛人石美珍是咱們教會的教友，她去年去世了。」任信良用徵詢的目光看著這位老先生。

　　聽任信良說完，老先生的目光變得更加溫暖和親切：「哦，是石姊妹的愛人，他們全家都是教友的，我還記得她的教名是『亞維拉』。你請進吧！神父在辦公室哪，有事還可以找神父。」老人熱情地說著，隨手替任信良拉開教堂的大門。

　　「謝謝！我一個人坐一會兒就好！」任信良向老人鞠了個躬。

　　教堂裏靜靜的、空蕩蕩的，只有祭臺上亮著一盞小小的燈，任信良知道那裏供奉著主耶穌的聖體，他聽石美珍說過的。

　　很多年以前的一個夏日，任信良曾經陪同石美珍來教堂望過一臺彌撒。那天，能容納二百人左右的小教堂裏，擠得滿滿的，教堂內的溫度很高。四周牆上的電風扇，「嗡嗡」地旋轉著，攪動起來的還是悶熱的氣流。

　　他和石美珍選了位於後排邊上兩個位子，靜靜地坐著。石美珍說要辦神工，把任信良一個人留在座位上。任信良知道石美珍是去告解了，他的腦海裏便浮現出電影《牛虻》裏的場景：一個小黑屋，神父隔著掛著黑色簾布的小窗口，在聽教徒的懺悔。

　　主祭在臺上說道：「全能仁慈的天主，你以水維持我們的生命，並洗淨污穢；你藉聖子基督，以水和聖神，滌除我們的罪過，賜給我們的新生。現在求你降福這些水，使我們藉這水的灑滌，感念你救贖的大恩，蒙受聖神的恩寵，得到身心的更新，好能手潔心清地事奉你。因主耶穌基督之名，求你俯聽我們的祈禱。」

　　滿堂的信眾齊聲：「阿門！」

　　任信良對天主教的崇拜儀規不太懂，他只能隨著石美珍的一舉一動，起立坐下的，在整個望彌撒的過程中，石美珍似乎已經忘記任信良就坐在她的身邊，她時而低頭，時而仰望，面頰上是成行的淚水，直到信眾們開始領受聖體的時候，石美珍還是靜靜地坐著，任信良在不知不覺之間，感到了一種從未有過的寧靜，他感覺面頰上有些發癢，順手摸一把，原來不知何時，他自己也流了淚。

　　今天，教堂裏空空的，靜靜的，只有他一個人在回憶著二十多年來的一幕一幕。

>　　我不會變的
>　　大理石雕成塑像
>　　銅鑄成鐘
>　　即使是破了、碎了
>　　我片片都是忠誠

　　任信良想起石美珍當年抄給他的一首詩，是香港人何達寫的，石美珍說這首詩是愛情的見證和誓言。石美珍前些年還把她喜歡的另一首詩也抄

給他。

> 來生我做一棵樹，
> 沒有悲歡的姿勢。
> 默默地站成永恆，
> 一半在土裏安詳，
> 一半在風裏飛揚。
> 一半沐浴陽光，
> 一半灑下蔭涼兒。

　　她說這首詩應該是理想人生的寫照。

　　美珍的善良像一面鏡子，純潔更像一汪清澈見底的泉水。任信良想起大學讀書時，他和石美珍常常在週末的晚上，騎著借來的自行車沿著筆直的海景大道兜風，兜風累了，兩個人便坐在海邊看海。筆直的海景大道如刀砍的那樣整齊，遠遠地望去，一邊是堅硬，一邊是柔軟。真的分不清究竟是陸地被切齊了，還是海被切齊了。他們曾為這個富有哲學意味的命題爭論，而始終沒有統一答案。

　　那個年代的單純和純真，一晃早已經成為夢中的回憶，二十幾載光陰在彈指之間，恍惚中又有如昨日一般。人從哪來？人到哪去？人活著工作奮鬥、操勞忙碌，這一切不都是為了吃好點、穿暖一點、幸福快樂一點嗎？天地間如果真的沒有造物主的存在，世人的折騰與鑽營應該有個圓滿的結果結局才對，可是劉志恆、高原、黃永利、高瑜、周國臣、曲成文、蔡澤藩等等，他們確確實實在追求著，可是他們的圓滿結果和結局，又在哪裏呢？難道他們追求的圓滿結果和結局僅僅是最後的物質燃燒？

　　我該怎麼辦？張世陽道長得的黑視病，世上真的有嗎？或許是道人看破紅塵故意在指點迷津？我該怎麼辦？是進還是退？美珍你能幫我嗎，你能藉著天主的啟示轉達給我嗎？空蕩蕩、靜悄悄的教堂裏，彷彿有雷聲響起，細細地聽聽，那聲音既像雷聲，又像是沉悶的鐘聲，又過了不知多

久，任信良才回過神來，他聽到了自己「咚咚」的心跳聲伴隨著自己喘息的聲音。

第五十九章
難免的劫難

辭呈

國資委黨委暨市委組織部：

受組織的信任，半年前，我被任命為創億集團股份有限公司的法人代表、董事長。我當時的心情是激動的，內心也是充滿信心的。但是，我上任後公司發生的一系列事件，使我不得不冷靜地捫心自問和反覆思考。首先讓我感到任命困惑的事情是，明明集團公司和股份公司做了分離，但是，集團公司和股份公司卻遲遲沒有相應的資產評估；明明公司對內、對外已經提出了要深化改革、完善現代企業機制和制度，可是，我們的創億集團公司仍然在維持著計畫經濟下的管理模式。尤其不能理解的是，我們的集團仍然推行著一種慢節奏的生存方式。這種慢節奏的生存方式，按照職工的說法就是維持、等待，過一天算一天。就在這樣一種氣氛中，組織上對於我的任命從某種意義上說是一種權力的遊戲和政治的平衡，我的存在僅僅是某人的影子。所以，當黃永利副總經理出逃，當劉志恆董事長病故，當曲成文總經理病走，當陶萬琦書記要求提前內退時，我面對一千三百多名國有制企業員工的生存生活，我感覺更多的不是一種所謂身為領導肩上的責任，而是更多地感到自己其實和這些員工一樣，正遭受著因為人禍所帶來的痛苦和折磨。

半年多來，我盡自己最大的可能履行著一名企業領導幹部的責任，即便是明知不可為的事情也千方百計地努力去做了，對組織、對企業、對員工，我捫心無愧。我是一名普通的幹部，拯救一個企業，拯救一千多名員工，這個使命和責任對於我來說實在太不相

稱。所以，今天我向組織提出辭呈，要求辭去在創億集團公司、創億集團股份有限公司內所擔任的所有職務，請組織上予以批准！

辭呈人　任信良
2005年10月17日

任信良終於下定了決心，他精心地寫了一份辭呈，並委託湯恩泉立刻向國資委轉交了自己的這份辭呈。在交出辭呈的第二天，任信良便接到國資委的通知，並在接到通知的二十分鐘之後和國資委主任李大文主任面對面地坐到了一起，這是任信良上任之初接受李大文談話後的第二次單獨會面。

「信良，創億集團今年一下子發生了這麼多的事情，無論是從哪個角度來說都是一個嚴峻的考驗，都是一個難邁的溝坎兒。但是，作為組織培養教育多年的企業領導，在這種危急關頭，應該責無旁貸地挑起擔子、力挽狂瀾才是，怎麼能一走了之呢？外界會如何評價？你說？」

「如何評價？我想有些人一定會說，任信良有什麼能耐？他最大的能耐就是能把創億集團這個好端端的國營企業給幹黃了！」

「信良，千萬不要意氣用事，功過是非自有客觀評說。我知道你心裏有委屈，請你放心，組織上是掌握情況的，組織上是信賴你的。」

「主任，以前，我對有些事看得不清，現在，我總算弄明白了，我們的事情做不好的原因在於，一直以來，我們的問題出在把金錢裏面加入了感情，又把感情裏面加入金錢，常常把工資轉變成福利，又常常把福利算作工資，而且，這種攪和總是那樣地不合時宜。員工們不領情，領導們不落好，以至於我們這些企業領導人多年以來陷入了徬徨迷茫的狀態。也就是說，不知道我們所做的，究竟是為了金錢呢，還是為了一種情感。其結果是讓某些人藉機鑽了空子。我現在弄明白了，活得很客觀，沒有目的的事情堅決不做。」

「信良，你說得很實在，國有企業的管理與經營確實存在著合理合法的激勵機制與約束機制相互之間不太對稱的問題，這是我們國有企業發展

壯大完善的瓶頸之一。認識到這一點，正需要我們通過今後的大力發展逐步加以解決嘛！創億的班子中，你最年輕，你今後的路還很長嘛，做人做事不能太老實。我看過你在履新儀式上的發言材料，什麼堅持一個目標，抓住兩個機遇，發揮三個優勢，實現四個突破，抓住五個關鍵環節啥的，很有創意，非常有遠見，讓人聽了很振奮的。如今創億的班子一下子空出好幾個位置，正好可以選拔吸納工作合得來、服從領導、認同你理念的同志加入，國資委在搭班子、建隊伍方面，會完全尊重你的意見，這一點你理解嗎？」

「主任的意思我明白，你是說我可以從此擁有和建設屬於自己的班底，這是國企公司的老總夢寐以求的事情。」

「你明白就好嘛！班底不班底的，只要有利於創億的發展，我們就一定全力支持你。說實在的，做企業需要的就是像你這樣有思想、懂業務、想幹實事的幹部。風物長宜放眼量，幹國營企業多好呀？有些人想來還來不了，政府機關的局長、處長們，挖門搗洞地想下到企業裏去，為了啥？還不是圖舒服？拿年薪？」

「主任，你說的有些是實情，我也承認這種怪現象，這有點像圍城，裏面的想打出來，外面的想打進去。但是，說到拿年薪舒服，我今天和你說句實話，我在創億集團這些年，從來沒有主任所說的那種舒服的感覺，相反，還感到迷茫、痛苦，找不到自我，真的！我時常在想，我努力奮鬥這麼些年，到底為了什麼？尤其是近年，到底算是在幹什麼的呢？我覺得我僅僅是一個收拾殘局的專家而已。在創億集團這些年來的感受，一個字：假；兩個字：彆扭！三個字：不舒服！所以，我希望組織上同意我的請求。」

「信良，人各有志，話都說到這個份上，既然你仍然堅持，我也不好再勉強你。但是，在組織上做出決定以前，你還要一如既往地工作；即便是組織做出了決定，我還希望你能配合做好相關的交接工作。」

李大文主任的話語中充滿著無奈，眼睛裏透著一種冷冷的目光。對於那個目光的涵義任信良讀得懂，他沒有因為這種目光而改變想法。

「這一點請主任放心，我就是再不舒服，也一定配合組織的工作。」任信良淡淡的語氣配著淡淡的微笑。

任信良和李大文主任緊緊地握了握手。

「主任，多保重吧！」

「你也多保重，我還沒問你，離開創億打算怎麼發展呀？」

「暫時還沒有想好，不過，有婆婆的公司我肯定不會去的；純個體民營的公司，我更沒打算考慮。我希望能到一家單純些社會化的企業中做些事情，當然，如果有適合的國有企業我也會考慮！」

「那好！我祝你成功！」李大文主任微微笑著，優雅地站起身來和任信良的手軟軟地握了一下。

「謝謝！主任，我走了！」任信良恭敬地回答道。

任信良和李大文主任談話後的第二天晚上11點鐘，任信良拿起手機準備關掉手機的電源，正準備入睡時，手機響了，呼入的是一個陌生的電話號碼。

「喂！你好！找哪位？」任信良問道。

「信良，別說話！你聽著，你現在馬上下樓，我在你的社區外邊的哪！快點！」電話掛斷了。

任信良趕緊穿上衣服，便往門廳裏走。

當任信良準備開門時，徐姐披著衣服走出來。「啊呀，我剛聽見動靜，信良，你這是要出去？」

「公司有點急事，一會就回來！沒事，不用等我，你休息吧！」

「好的！」徐姐應道。

翡翠園住宅社區的半夜是靜悄悄的，一陣微風吹過，任信良不由自主地打了個寒顫。任信良走出社區大門，便看見一輛小轎車停在社區大門的十幾米處，車裏亮著燈，他知道這是王曉航在車裏等他。

「領導，大半夜的有啥事？」

「我他媽的能有啥事，是你有事！」

「我有事？」

剛才接到陌生號碼撥進來的電話時，任信良立刻就聽出來是誰了，但是，王曉航一句「不許說話」，讓任信良的心裏馬上就覺得奇怪，腦子裏便在一直地畫著問號。

「信良，不到萬不得已，我不會這樣，情況太複雜了！」

「究竟什麼事？」

「今天，國資委的李大文主任和紀委書記一起來到市紀委，轉給我們一封關於你的舉報信。」

「什麼？舉報信？開什麼玩笑？都舉報啥？」

「你聽著，主要有四件事：一是利用外聘律師辦案收大筆回扣；二是用公司的貨款支付給客戶，用於購買公寓作為辦事處。三實際上，用公司的貨款購買的公寓辦事處，一直以來為你個人所用，而且，你用該公寓包養情婦！四是暗中操縱創億股票等。你說有沒這些事？」

「果然不出我的預料呀！」

「怎麼，真有這事？你都知道了？」駕駛室上方的車內燈照著王曉航一副表情複雜的臉。

「呵呵，領導，讓我告訴你吧！這應該是劉志恆死後發出的舉報信，都是劉志恆一手安排的！」

「我讓你說憷了，這事和劉志恆什麼關係？」

「你聽我說，第一，利用外聘律師辦案收大筆回扣的事，確實有這回事，但是，錢和情況說明我早就交給我們集團的法律顧問徐文田處，看時機和事態發展再及時地交給市紀委。而外聘律師的事是劉志恆玩的雙簧戲，高瑜接公司的案子是他背後一手策畫的。」

「高瑜？就是今年才死的高副主任的女兒？」

「是的，就是她！僅憑這一件事我就可以肯定地說是劉志恆的所為，這是其一。」

王曉航聽著，點點頭，表情正常了許多。

「其二是買下銀河公寓的單元當作辦事處，是十多年前劉志恆當藥業總經理的時候，劉志恆特批的，具體是我承辦的，主要是為了省去控購審批的麻煩，這件事當時也只有我和劉志恆知道。前些日子，客戶提起訴訟，要求我方歸還正在使用的辦事處公寓，我已經委託律師保證打贏此案，確保公司的這筆資金安全地回來，我想最近就會有結果，不會有太大的問題。劉志恆去世後，對於購買銀河公寓單元的相關材料我也都準備得很詳細，就是為了唯一的審批人劉志恆不在了，這件事要對組織、對公司有個交代，不能說不清楚。」

王曉航專注地聽著，點著頭。

「其三，說我利用這所公寓包養情婦，這個說法太他媽的缺德，有影沒影都敢說。啥叫情婦？我的女朋友在濱州日報社工作，去年，我愛人去世後，我們正式確立了戀愛關係。我女朋友過去一直住在報社的單身宿舍裏，覺得有些嘈雜不靜，晚上寫不了東西，正好公寓辦事處空著，我就讓她住進去了！事情就是這樣！沒啥複雜的。」

「沒啥複雜的？你也不想想李大文主任為什麼要這樣重視地親自和紀委書記一起到市紀委來，這件事他完全可以找你單獨個別交流嘛！如今哪個領導希望自己的部下出事？李大文這樣做有違常規常理，今天他上我這裏之後，又直接去了市委副書記、政法委書記的辦公室，所以，我覺得這件事絕不那麼簡單。」

「領導讓你這麼一說，確實複雜了。我告訴你一件事，昨天上午我和李大文主任談了一個多鐘頭。」

「談了什麼事？」

「是關於我遞交辭呈的事。」

「你要辭職！真的不幹了？」

「不幹了，也沒辦法幹了。你也看到了，劉志恆扔下創億這個亂攤子，扔下一個我根本不知道家底的亂攤子。班子成員一個逃，一個死，一個躲，一個忙著內退，一個觀望等著調整，剩下我這個傻屄，不撤退還等啥？」

「老弟，我明白了，你壞了官場的規矩，犯了忌，所以，你要有麻煩了！」

「我壞了規矩？犯了忌？我這是要求辭職，可不是要求提職呀？」

「老弟，你真是太實在、太書生氣了，這壞規矩、犯忌和辭不辭職、提不提職的，沒有任何關係。符合規矩的、不該提職的也能提職，符合規矩的你不想辭職也得辭職。你個人說了不算，你懂嗎？」王曉航表情嚴肅地說道，任信良點點頭。

「老弟呀，我不知道你這點頭是真懂還是假懂，劉志恆要讓人收拾殘局，李大文要讓人穩住大局，這就是規矩。尤其是李大文已經五十八歲了，周國臣死了，政協副主席的位子空出來一個，多少人在盯著哪，大家都知道李大文呼聲挺高的，他也在上下活動，在這節骨眼上，你不老老實實、穩穩當當地替他堵住創億集團這個臭氣熏天的馬桶，偏偏要提出辭呈，這不是明擺著拆他的臺嗎？李大文能高興嗎？你說？換了你，你能高興？嗨！」王曉航一口氣說完，長長地歎了口氣。

「媽的，怪不得昨天談話到最後，李大文用那麼一種冷冰冰的眼神盯著我，我還以為李大文故意顯威風哪！這樣看來，事情就全明白了！他們需要的是一隻替罪羊，是一隻能背負著創億集團國有資產黑洞的一隻替罪羊，如今，我不想做這隻替罪羊，那麼他們就要把我這隻羊變成一隻祭奠用的雞，變成一隻待宰的用來警戒其他猴子的雞。」

「老弟，明白就好，啥也別說了，學習黃永利，趕緊到外地避避風頭，過一段時間再回來！」

「可是，領導！我的辭呈，還沒批下來哪！」

「不要幼稚了，都啥時候了？批不批的有什麼意義？安全要緊！」王曉航的語氣是焦慮的。

任信良聽了，沒有馬上回答，他望著車外夜半的黑暗，沉默了一會，乾脆地說道：「那好吧！領導，我聽你的。」說著，從後褲兜裏掏出錢包，取出一張銀行卡來。

「領導，這是我的工行牡丹卡，裏邊還有十來萬，密碼是我手機號碼

的後六位，你拿著辦點啥事吧！」

「信良，我不用，你收好，咱們之間用不著的，見外了！」

「領導，時間考驗人，事件考驗人，沒說的，大恩不言謝！相信我任信良做的事情，卡裏的錢是合法的，別再爭了，我又沒給你送現金！」

「那好吧！你也趕緊回去休息吧！」

「好的，後會有期！」

「後會有期！」任信良和王曉航緊緊地握了一下手。

王曉航的汽車伴隨著發動機的運轉聲，快速地馳離翡翠園社區的門前，消失得無影無蹤，社區門前又回復了夜半的寂靜，一切好像都沒發生，風陣陣襲來，任信良不由自主地又打了個擺子。

　　第二天，任信良在沒有等到組織上的通知和決定的情況下，便召集陶萬琦、湯恩泉、徐文田、顧小明準備做簡單的工作布置和交代，陶萬琦藉口有事沒來公司，任信良只好和湯恩泉和徐文田、顧小明簡單地做了離開公司的說明。儘管湯恩泉、徐文田、顧小明都苦苦地勸說，但是，任信良還是堅持著自己的決定。

　　湯恩泉、徐文田、顧小明離開後，任信良把電腦打開，刪掉電腦中的所有文件和信件，在MSN個人留言欄內，鍵入：「天下皆白」四個字之後，關掉機器，把鑰匙包中的那把辦公室鑰匙卸下來，拋向眼前的上方，鑰匙在空中畫了一道曲線，「叮噹」一聲，落在了辦公桌子上。需要帶走的除了妻子石美珍送給他的那本老舊的《英漢詞典》外，辦公室裏的書籍、文件、文房四寶，所有這些對任信良來說都已經不再需要了，他要輕輕地走，悄悄地離開，及早地離開，他不準備帶走屬於創億的一張紙片。任信良站起身來，拿上妻子石美珍送給他的那本老舊的《英漢詞典》，緩緩地向辦公室門外走去。辦公室的門在任信良的身後隨聲關上了，他始終沒有回頭。

　　第三天的晚上8點鐘，任信良和傅彬彬一言不發地靜靜地坐在機艙內，等待著飛機的起飛。任信良顯得十分地疲憊，自從那天離開自己的辦

公室，三天來，他關閉了手機，除了惡睡，還是惡睡。他忽然覺得當自己離開了為之奮鬥二十多年的工作單位之後，整個人便像是中了魔法，如同神話故事中一個健壯的男子忽然被狐狸精或是蛇精偷偷地吸走了身上精氣，又像是一塊兒電量十足的電池突然被釋放乾淨需要重新充電一般。一直等到第三天的一大早，他把傅彬彬找來，把事情的經過說了一遍，告訴傅彬彬他準備去上海的朋友那裏待上些日子。傅彬彬一聽當即就火了，而且是第一次這樣地發怒，那神情像一隻發情的小母獅子。傅彬彬的臉漲紅著，滿嘴的髒話。

「你腦子進水了？腦袋被驢踢了？腦袋被門夾殘了？你真是白練了，堂堂的上市公司董事長，你的智商連孩子都不如！」

任信良一下被傅彬彬罵傻了，呆呆地，眼睛直勾勾地看著傅彬彬，一句話也說不出來。

「看！看！看！看什麼看？你死到臨頭了，任信良！趕緊走！」傅彬彬此時說話像一名軍隊的指揮員，在果斷地下達著命令。

任信良像是被打醒過來一般，說道：「好！我們馬上去買機票！」

「真能讓你急死！反應太慢！」傅彬彬一邊發牢騷埋怨，一邊趕緊幫著任信良收拾行李。

任信良閉著眼睛，等待著飛機的起飛。他感覺自己旋轉著正進入一個隧道，昏沉沉的似睡非睡，他想睜眼，但是眼皮太重。模糊中看到眼前站著許多人正小聲地說話，那聲音就像是一首催眠曲，他隨之進入了一個長長的沒有盡頭的隧道，而且光線越來越淡，最後完全黑暗下來。這黑暗的隧道就是商道嗎？就是自己走了整整二十五年的商道？遠遠地有個碗口大的亮點，那就是出口吧！他忽然又感覺自己在拚命地爬著梯子，梯子很高、很高，他爬呀，爬呀，終於他爬到了梯子的頂端，卻忽然發現梯子放錯了牆，那面有窗的牆正好在自己的身後哪！他頭上、身上淌著粘粘糊糊的汗水。任信良醒了，但他不願意睜開眼睛，他在靜靜地聽著飛機發動的聲音。再等一會兒，飛機就會飛上藍天，他將告別濱州這塊兒讓他身心疲

愜的是非之地。他的腦海裏浮現出唐人李商隱的詩句：

> 曉鏡但愁雲鬢改，夜吟應覺月光寒。
> 蓬萊此去無多路，青鳥殷勤為探看。

飛機開始發動了，並開始行進，但是慢慢地轉著彎，接著又停了下來，不過發動機的轟鳴聲並沒有消失。

任信良忽然感覺耳朵裏，傳來「任信良」三個字的聲音，雖然聲音不大，但感覺距離是那樣地近。任信良睜開眼睛，機艙裏的燈光有些刺眼，他眨了眨眼睛，在他座位旁邊站著兩個人，一個是濱州市紀委副書記王曉航，另兩位穿深藍色西服稍微年輕一點的男子，他不認識。

「任總，我就不必多說了，這兩位是市檢察院的同志，收拾一下隨身的東西和提包，跟我們下飛機吧！」王曉航說道。

任信良此時仍然處於自己構架的一種想像之中，他不由自主地解開安全帶，站起身，打開行李箱，拿出自己的風衣和黑色LV皮包。傅彬彬一臉的驚愕和怨恨。

「信良，信良！這是幹什麼？」

傅彬彬雖然走之前有所預感，但是此時仍然不知所措，眼裏噙著淚水。

任信良轉身拉起傅彬彬的手，平靜地說道：「放心！沒事的，回頭你去文田那裏，他會告訴你怎麼辦。別擔心，相信我，黑的，就是黑的；白的，就是白的，雖然，白的可以被黑的同化，哈哈。」

「信良！」傅彬彬喊了一聲。

任信良拍拍傅彬彬的肩膀。傅彬彬此時茫然，驚恐，無助，眼角湧出成串的淚水。

當任信良走下舷梯時，他看到一位法警正在搬運自己托運的行李箱。兩輛白色的警車和一輛黑色的奧迪A6在距飛機十幾米的位置一字排開。

「任總，啥也別說了！你跟他們走吧！配合一下，把問題說清楚！」王曉航的臉上掛著苦笑，搖搖頭，把手伸了過來。

　　任信良握著王曉航的手，用力握了一下。他分不清到底是誰的手熱、誰的手冷了，他甚至沒有與王曉航的目光會合一下。他有些本能的，但又是隨意地轉過頭去。

　　漸漸遠去的波音747客機越來越快地駛向跑道的起點。飛機的兩翼和尾翼上的紅色信號燈一閃一閃的，顯得格外的耀眼。秋風涼了，白天變短了，又到了添加衣裳的時候了。男人總是需要別人的照顧，「不知雲飛現在怎麼樣了？」在上警車的那一瞬間，任信良首先想到的是兒子任雲飛。

　　這天是西元2005年10月22日，是任信良被任命為創億集團股份有限公司的法人代表、董事長的第一百八十天。再有六天就是創億集團股份有限公司成功上市的十週年。

第六十章
舉頭有神明

廣東省南海市大瀝鎮，一個五金器材經銷部的倉庫樓上，黃永利在房間裏吃著速食麵，電視裏正播放著中央電視臺一套午間新聞節目。自從離開濱州市，黃永利一直待在這裏。他每天兩頓飯，除了睡覺、看書，就是看電視。

「大哥，今天怎麼樣？要不要出去瀟灑一下？」黃永利的朋友葉超傑推門進來。

葉超傑是黃永利打過多年交道的生意夥伴，歐洲楓景園的建設開發過程中，黃永利在五金器材銷售上幫了葉超傑很大的忙，所以，黃永利當時出逃時，首先想到的是重交情的這位廣東朋友。

「沒啥意思！還是你們去瀟灑吧！我是沒心情。」

「沒事的，咱們廣東人最講究和氣生財，大家都給面子，沒人管閒事的，只要是朋友，都互相照應，你沒有必要擔心的！」

「超傑，好兄弟，我知道的，我只是想清靜清靜。」

「唉，大哥，真拿你沒辦法，整天速食麵，酒也不喝，女人也不要。再這樣下去，精神是要垮的，人都是活了一個精神！」

「超傑，我沒事，別為了我牽扯精力分心，影響了生意，我在這裏住著已經給兄弟添麻煩了！」

「這是說的什麼話？大哥，前些年，我最困難的時候，眼看都要跳樓，一點信心都沒有啦，我做夢都不會想到，大哥會幫我渡過難關。我葉超傑重情重義，大哥是我的恩人，這兩年，我的生意好過啦！我不能忘記你！」

「看你說的，朋友之間別說這些！」黃永利隨和低調的說話方式，與幾個月前幾乎是判若兩人。

「好的，大哥，那我就不強求你，你要是有什麼需要，儘管跟我說。」葉超傑擺擺手，關上門走了。

黃永利對葉超傑這些話，耳朵已經聽出了繭子。這幾個月來，他在激烈地反思，從劉志恆，到高原，再到這些年來開發「歐洲楓景園」的每一個事情的過程，當然，他也想到了任信良，想到了創億集團公司的每一個人。黃永利近些日子，漸漸地從這些回憶中逐漸地理清了自己的思路。他忽然發現這些年來，他有時候自以為得意的事情，原來都是別人一手導演的節目，自己不過是導演劉志恆指揮下的一個演員，而且這個演員的角色不是男一號，甚至連男二號都算不上，有時候，自己的角色簡直就是導演豢養的一條啞狗，一條賴狗，一條瘋狗。劉志恆死了，高原跑了，自己不僅什麼也沒有撈到，反而，成了一條喪家的狗！黃永利看著新聞，新聞中正播出2006年農民工返鄉過年的春運消息。「不能再這樣躲下去了，劉志恆死了，他以為一死百了，沒那麼容易！他能把自己當狗一樣地用，我黃永利就能把他當骨頭啃！」黃永利想到這裏，用葉超傑買給他的外地神州行手機卡，撥通了王澍嘉的手機電話。

「王檢，我是黃永利！」

「黃永利？你現在在什麼地方？」

「王檢，你先聽我說，事情的前前後後我都想清楚了，道理我也弄明白了，該是誰的問題，就是誰的問題，躲著不是個辦法。」

「很好，你明白就好！你知不知道，你小子一跑，最倒楣的是任信良和湯恩泉。對了，信良被抓起來啦！你知道吧？」

「信良被抓了？」

「是的，我瞭解了一下，是劉志恆做的扣故意舉報的。事情都能說得清楚，我覺得最後不會拿任信良怎麼樣的。」

「都是些什麼事？」

「有那麼五六件事，我看都站不住！什麼包養情婦，什麼收回扣，什麼做黑莊操縱股價、謀取不義之財、矇騙股民等。」

「王檢，你說任信良做黑莊操縱股價、矇騙股民？」

「對！舉報信上有這一條！」

「操！劉志恆太缺德了，別的事我不知道也就算了，可是，這件事徹頭徹尾就是劉志恆自己自編自導的，那個操盤手我都能給幫著找出來，我有充足的證據！」

「永利，你真的有充足的證據？那你趕緊回來，這是你立功自首的絕好機會，太好了。你聽我的，我也幫你，你要是抓緊回來，不僅你自己有自首重大立功表現，而且還能幫助信良。信良個人出面為你取保做擔保，夠意思，你要為他想想，信良這個倒楣蛋子，太雞巴窩囊了！」

「王檢，我聽你的，這兩天就趕回去，向你報到。」

「好，幾點飛機，告訴我，我親自去接你！」

「謝謝，王檢！」掛斷電話，黃永利感覺自己身上的沉重感忽然間釋然了許多，心裏也輕鬆多了！

「劉志恆死都不怕，我還怕回家嗎？」想到這裏，黃永利嘴上自語道：「回家，我要回家！我要回家！」最後一句「我要回家」，黃永利大聲地喊了出來。

任信良被從機場截住之後，便被直接送進了市區北郊的第一看守所。王澍嘉主動在任信良的案子上提出了迴避。儘管徐文田接到傅彬彬的消息後，立刻行動和反應，把任信良囑咐交代的裝在大紅袍茶葉盒中的五萬元錢和事情經過與檢查材料送到了市紀委，但是，由於這個案件經過了李大文主任特別地周旋，政法委、紀委、檢察院都參與進來，導致一個非常簡單的問題變得複雜起來，這正是辦案的目的和效果。簡單的問題變得複雜之後，過程就會變得漫長，結果並不重要，重要的是過程，時間是把軟刀子，這一切都是為任信良準備的。

任信良開始的時候是每天過堂，後來是二三天來一次，反反覆覆地問著那些讓任信良感到噁心和厭惡的栽贓陷害。每次過堂，任信良都像一隻活猴一樣被關進審問事的鐵籠子裏，無休止地審問，無休止地交代，讓任

信良感覺憋悶、壓抑、委屈。他不停地辯解著。但是，法律是個不講理的地方，你說你是清白的，拿嘴說不行，得拿證據來！他請求辦案人員查帳，他甚至還畫出了查帳的路線圖。但是，檢察人員告訴他，洗刷罪名只有一個辦法，那就是趕緊把操盤手交代出來，用事實說話。可是，事情都是劉志恆一手操縱的，這讓任信良犯難了，即便是要證據，也得檢查機關從頭查一遍，認定一遍，這就是辦案。可這一切都是需要寶貴的時間，而時間對於一個正處在幹事業狀態的人來說，無疑是毀滅性的打擊。經過了幾天之後，尤其是當任信良被告知，已經被依法批捕時，他的心態反而一下子調整了過來。他開始和審問人員和氣地交流，甚至有時還忍不住順口來個段子。

　　儘管任信良的那份個人檢查在市紀委那裏一下子變成了線索舉報信，可是案件仍處於僵死不動的狀態。

　　這天曹小軍局長帶著兩名手下，提審任信良。

　　「任信良，這些日子待得怎麼樣？」

　　「能怎麼樣，慢慢待著唄！」

　　「伙食還行？」曹小軍想儘量用一種自然的方式接近訊問的主題。

　　「吃飽就是好飯，喝醉就是好酒，我這人要求不高。」

　　「這就好，人活著就是個心情，有的人是心隨物轉，有的人能物隨心移。」

　　「曹局，你說的這是練氣功的不同層次。嘿嘿，你沒聽說練『發懶功』的，更邪乎，閉著眼睛嘴裏唸、心裏想，要啥有啥，更是人定勝天的範例。」

　　「那是法輪功，邪教！不是發懶功！」

　　「哈哈，咱先不管他什麼法輪功、發懶功的，單說物隨心移吧！我從進來開始，每次接受訊問，都感覺自己是個活猴兒被你們關在籠子裏，可是後來一想，活猴兒就活猴兒吧！反正人是活猴兒變的，也不磕磣。再後來，我忽然發覺籠子裏邊的我不是猴了，因為，籠子外邊那些即將歸案的猴子們正大批地等著進到籠子裏來哪，然後把我換出去。哈哈，有意思。曹局，你說我理解得對不對？」

「哈哈，你能有這個心態和境界還真是不簡單，我是第一次聽到你這麼說。」

「唐朝的大詩人杜甫有一首詩：『斧鉞下青冥，樓船過洞庭。北風隨爽氣，南斗避文星。日月籠中鳥，乾坤水上萍。王孫丈人行，垂老見飄零。』請你注意『日月籠中鳥，乾坤水上萍』這句，太妙了，納日月於籠中，於浮萍看乾坤。嗨，你說古人厲害不厲害？」

「任信良，古人厲害不厲害的，那都離題太遠，我們現在的當務之急是蒐集證據。你還是趕緊想辦法交代找到你說的操盤手才行，否則，你還得在這裏待著！」

「是呀，算我倒八輩子楣了！待著吧！著急也沒用！」

事情的發展出乎人們的意料，正當案件處於僵死不動的狀態時，黃永利意外地主動歸案了，這讓濱州市政法委、檢察院、紀委懸著的無法進行下去的案件一下子變得柳暗花明起來。王澍嘉為此還受到市委常委會的表揚。市委常委會在表揚王澍嘉的材料中說：公檢法工作就是要與時俱進，突出人性化，做細緻地能夠深入犯罪嫌疑人和罪犯內心的思想感化工作，要善於發現什麼是對方的弱點，什麼是對方的痛點。黃永利的主動投案自首，就是一個成功的追逃範例，為今後濱州市的追逃破案工作提供了寶貴的經驗和有益的啟發。

隨著黃永利的主動歸案，劉志恆雇用的操盤手被從上海緝拿歸案，曲成文也很快地被抓進了看守所。一起涉及到濱州市商業銀行一名副行長的假銷售、套現、洗錢、做黑莊以及貪污挪用隱匿轉移國有資產的集團經濟犯罪案終於開始浮出水面，創億集團公司的黑幕終於被一層層地剝開。

王澍嘉親自參與審問了黃永利和曲成文。這天曲成文被帶進審問室關進籠子裏等待審問。

王澍嘉和兩位辦案偵察員走進來，在鐵籠前面的桌前坐下。

「曲總，我聽說你得了一種怪病，叫暈床恐怖症，現在，病情如何？」王澍嘉問道。

曲成文沒有回答。

「看守所沒床，屬於日本風格，既然沒床，估計也就不能暈床了，你說是不是？你總不至於暈地板吧？」

曲成文仍然沒有答話。

「不暈了，好啊！恐怖症是不是也跟著消失了？」

曲成文只是低頭仍然不開口。

「曲總，曲總經理，我聽說前幾次審問，你就非常地不配合，所以，今天我來看看你。」

「王檢，我沒什麼不配合的，你們問的事情，我根本不知道，都是劉志恆和任信良他們辦的，我根本不清楚！問我根本就沒道理嘛！」曲成文終於開口了。

「你說我們問得沒道理，那我今天就讓你懂道理！」王澍嘉語氣嚴厲並堅定地說道。

曲成文露出一臉的不解和疑問，隨之，他聳起兩個肩膀，佝僂著背，身體縮成了一團。

「任信良進來後，也非常不配合。我就不明白了，你們這些國企裏當老闆的，平時裏瀟灑得很，想花錢就花錢，夠自由了，還不知足，好漢做事好漢當嘛！平日瀟灑的勁頭都到哪去了！現在出事了，就憋茄子了，趕緊把事情往別人身上推。就憑這一點，我就非常瞧不起你們這些所謂的國有出資人代表。」

「王檢，實話跟你說，你可以到國資委和公司上下打聽一下，我工作三十多年來，咱們是規規矩矩，老老實實，對於國有資產我是不丟不撒的，這都是有目共睹的。說我腐敗，說我以權謀私，這簡直是無中生有。」

「你說我們無中生有，好，那我問你，知道黃永利吧！他已經主動投案自首了！」

「他自首和我有什麼關係？」

「黃永利自首和你沒關係，那麼，操盤手楊錦屏總和你有關係吧？這個叫楊錦屏的人可是已經被我們從上海組拿到案！你明白嗎？」

曲成文的身體開始舒展開來，眼睛有些發直。

「曲總，想抽煙？」

曲成文點點頭。

王澍嘉站起身來，走到鐵籠子跟前，遞給曲成文一支香煙，一邊用打火機替他點煙，一邊說：「我好像記得曲總是不抽煙的。」

「沒人的時候抽一支！」

「有意思！抽支煙還帶偷偷摸摸的！怎麼？這樣增加刺激感？神祕感？」

「王檢真會開玩笑！」

「曲總，我聽劉志恆常常誇你！」

「我有啥值得誇的？」

「唉，可別這麼說，劉志恆最賞識你，我記憶中印象最深的是好多年以前劉志恆說的，關於你曲總提出的國有資產是冰棍雪糕的理論，你太有才來了。」

「什麼國有資產冰棍雪糕理論，我怎麼不記得？」

「嗨，老曲，這就是你的失誤了，這麼偉大的原創學說你竟然讓劉志恆盜版去了，哈哈。你說，這國有資產就好比拿在手裏的冰棍雪糕，你要是咬一口，那是堅決不允許的；但是，你規規矩矩地拿著，冰棍雪糕化了，蒸發了，那是可以的，還沒責任。這是你說的吧！」

「這，這是很久以前開玩笑的話！」曲成文臉上的肌肉微微顫動著。

「我再點撥你一下，你今年跟集團公司請假說是去外地心臟搭橋，實際上你根本沒有病，你去石家莊見了劉志恆！」

曲成文嘴哆嗦著，想說什麼，但是，乾動嘴就是不發聲。

「李琳你不陌生吧！李琳的丈夫把李琳寫的日記和沒寫完的舉報信都交給了檢察院。李琳的日記上清楚詳細地記錄著你慌慌張張到石家莊與劉志恆見面的情景，雖然李琳的材料中沒有你們的詳細談話內容，但是，操盤手楊錦屏的口供、黃永利的口供、李露潔的口供，都足以證明你和劉志恆直接操縱了創億股票的做莊陰謀。說！李琳的死跟你有沒有關係？」王澍嘉一拍桌子。

「啊，那都是劉志恆的意思，我沒有，李琳，我不知道！」曲成文前額和臉頰上冒出了汗水。

「還狡辯！等撞死李琳的罪犯完全交代完畢，我看，你也不用再交代了，到時候，就沒有從寬的機會了！你好好想想吧！」王澍嘉說完站起身來，欲擒故縱地說：「今天審問結束，我們走！」

「別！王檢，我說，我全說。」曲成文在王澍嘉虛虛實實的攻心戰術的作用下，終於，徹底地垮了下來。

經過三個多月的審理、調查、取證，濱州市檢察院終於查明自2002年3月至2005年7月之間，劉志恆、曲成文，黃永利，李露潔、楊錦屏等人，相互勾結，在劉志恆的授意下，先後三次，操盤做莊，操縱股價，矇騙股民，嚴重擾亂金融市場秩序，從中非法獲利。非法獲利總額兩千三百四十餘萬元，其中，一千八百多萬元，被劉志恆轉移至國外，其餘的獲利大部分被私分和用於行賄。用於做莊操盤的資金主要來自「歐洲楓景園」地產在濱州市商業銀行的重複抵押貸款，再通過套現進行做莊，做莊後，通過拉升股票，打壓股票，再拉升股票，然後大批拋售，接著通過快速轉帳、對沖、提現等方式洗錢。在這一系列案件中，濱州市國有商業銀行行長范立本收受劉志恆、曲成文、黃永利、李露潔給予的大量人民幣、美金，為這個系列犯罪案件提供了巨大的幫助。在查證屬實的受賄人員中，副市長高原，政協副主席周國臣，濱州市房產局局長、土地開發辦主任張德茂，國資委主任李大文，國資委副主任楊墨鑫，濱州市國有商業銀行行長范立本等三十餘位市政府領導，和職能部門負責人的名字赫然列於名單之上。關於劉志恆涉嫌雇兇殺人一案，業已查明，曲成文是在不知情的情況下，按照劉志恆的要求為殺手提供了交通工具——桑塔納轎車，所以，曲成文並不構成參與了李琳被謀殺的案件之中。

又經過近兩個多月的法院審理，之後，濱州市中級人民法院刑事一庭依照濱州市檢察院提起的公訴內容，依法公開審理了劉志恆（已死亡）、曲成文、黃永利、李露潔、楊錦屏團夥犯罪案件，並依法公開做出了判決。

　　曲成文作為團夥主犯，數罪並罰，被判處有期徒刑十五年；黃永利因投案自首、檢舉等有重大立功表現，被判處有期徒刑十三年；李露潔獲有期徒刑八年；操盤手楊錦屏獲有期徒刑十五年；劉志恆已死亡，不追究刑事責任，但是，非法所得將由檢察機關依法予以追繳；其餘涉及本案的三十餘位受賄人員，因均有貪污犯罪等其他犯罪行為，所以，另案處理。

　　高原、金光皓已被列為國際通緝的要犯。李大文主任、楊墨鑫副主任均被撤職移送司法處理，高瑜的認罪態度好，檢察機關沒有追究她的刑事責任，但是，濱州市司法局律管處做出決定取消了高瑜的律師執業的資格。任信良的問題也被澄清，這意味著任信良可以結束這九個月的牢獄生活。

　　就在這個時候，王澍嘉來到看守所，他讓人把任信良提出來，引到一個談話會面室裏。這個談話室是個十幾平方米的小房間，開門就看見窗戶，屋子中央縱放著一張不帶抽屜的平板桌子，桌子一面放著兩把折疊椅子，桌子的另一面放著一把折疊椅子。

　　「信良，來請坐下。」

　　任信良情緒低落低著這頭走進屋子，王澍嘉站起身來主動伸手握了握任信良似伸出非伸出的手。

　　「這下好了，問題搞清了，事實勝於雄辯呀！我確實沒看走眼。」

　　任信良沒有回答，也懶得理他。自從自己出事之後，任信良多次提出要見他，可是卻被告知，王澍嘉在他這問題上主動提出了迴避。

　　「信良，我是有職責的。當時，政法委召開聯席會議，介紹創億的案件，我都感到震驚。以你我的瞭解，我確實不相信你會這樣喪心病狂地侵吞國有資產。可是，所有的舉報證據線索可都是指向你呀！濱州太小了，你我這麼多年的關係，檢察院上下都知道，所以，我當時只好採取主動迴避的政策。」

　　「別說了，澍嘉，官場是講究自身安全第一，我很理解。怪只怪我自己太軟弱，好面子，生怕虧欠了別人，根本沒有想到那一紙任命的背後，是一場陰謀。這一切怪不得別人，自己的名利之心放不下，咬了鉤是必然的。」

「你能這樣想最好。正是因為我的內心瞭解你，覺得我的信良老弟不是個貪婪無恥的人，所以，帶著問題組織人深挖，終於，在黃永利身上找到了突破口。黃永利到案後，還多次說，他挺對不住你和恩泉的。他說他欠你的，所以，黃永利非常地配合。說到問題的關鍵，還是操盤手楊錦屏的到案。如果楊錦屏不到案，劉志恆設計的這場陰謀就無法揭穿，劉志恆畫在你後背上的大王八，你就得揹著，世上的冤死鬼多著哪！」

「下一步，你們決定怎麼辦？到底什麼時候放我？」

「我今天找你來就是為商量這件事！」

「放人是你們的事，找我有什麼可商量的？」

「老弟，事情並不簡單，我們現在也很作辣。你說，你也不是什麼事也沒有，我們可以接著辦下去，那樣你就慘了，還需要待在這裏耗著，不論結果輕也好，重也好，總之，要繼續待在這裏邊。可是，如果不辦，馬上放人，這又涉及到一個國家賠償的問題，這也需要一個比較漫長的時間，結論才能出來，賠償錢你才能拿到。而且，這標準和數量你也知道，一天七十多塊錢，也不是很可觀，對於你這樣的見過錢的大老闆，應該說是少得可憐。沒辦法，這就是現實，你說，我該怎麼辦？」

王澍嘉的一席話，看似和風細雨、語重心長的，其實隱藏著只有任信良能聽得懂的玄機和奧妙。任信良明白，王澍嘉今天來有三層意思：一是表功討好；二是支招點步；三是攤牌施壓。說到底，無非是想落個檢察院正確辦案，無錯案，無冤案，快速結案得好，他王澍嘉自己臉面上好有光彩。而對於自己來說，就是暗示你主動地放棄國家賠償，意味著你要吃個啞巴虧！如今，該判的已經判了，該死的已經死了，自己這些年吃的啞巴虧已經夠多了，還在乎這一點點嗎？時間是寶貴的，自由是無價的，結果是有回報的，吃虧就是吃補嘛！想到這裏，任信良的心情反倒平靜了許多。

「舉頭三尺有神明，澍嘉，蒼天有眼！我能夠重見天日，我就非常地滿足；國有資產的蛀蟲被挖出，我就非常地高興。我不是個鬥士和勇士，在創億的國有資產遭受的這場浩劫中，我既是個受害者也是個被利用的工具，所以，從良心上說，我也是蛀蟲們的幫兇，我的心裏所受到的譴責同

樣地嚴屬。所以，老兄提到的所謂國家賠償，我的心裏根本沒考慮，我也不配考慮。」

「任信良就是任信良，我佩服你，你是聰明的！這樣，我有個主意，老弟，你馬上寫個認識材料，字數不必太多，材料重點就落在不再提起國家賠償這個問題上，你的其他事情由我來一手親自辦理。你看如何？」

「明白，我馬上寫，一會兒就交給你，謝謝，澍嘉兄！」

「謝啥？我們這也是正常工作！」

「對了，澍嘉！我安排了一個官司給國輝，可能這個官司已經結束，他跟你說了吧？」

「什麼官司？我不知道！他沒找過我，國輝也好長時間沒聯繫了！」

「哦，是這樣，就當我啥也沒說。」任信良和王澍嘉象徵性地輕輕地握了一下手，走出會面室。

當任信良最終以不提起國家賠償為條件，拿到檢察院出具的不起訴決定書時，任信良面對的是一個讓他感到既無奈又失落的局面。創億集團公司已經變成一個純粹的法律概念的公司。創億集團股份公司作為上市公司已經停牌，對外披露的資訊是創億股份按照濱州市國資委的改革精神，正在進行資產重組的籌備準備。而實際情況是，國資委委派了三名工作人員負責善後工作。陶萬琦被批准辦理了內退的手續，湯恩泉被調任市紀委擔任紀委專職檢查員（享受副局級待遇）。創億集團公司、創億集團股份有限公司的所屬各公司在整合改制之後，被列入國資委組建的濱州市國有資產投資管理有限公司之中。任信良擔任法人代表的濱州藥業連鎖公司在任信良被收審期間因為債務糾紛，股東結構做了非常大的調整，規模也縮小了許多。市委組織部行文：任信良不再擔任濱州創億集團股份有限公司法人代表、董事長，濱州藥業連鎖公司的法人代表、總經理職務，等待另行安排工作。法律責任解脫了，但是，任信良對免職和另行安排工作的組織處理仍然持牴觸的情緒。他想情況不會好到哪裏去，大概不外乎解除身分獲得一份補償成為自由人，或者是在組織的談話工作下，由本人主動提

出申請，要求調離所謂的創億集團公司了。但是，以創億集團的混亂和財力，拿到解除合同的補償，恐怕是一種奢望了。

第六十一章
劫後看真情

　　位於濱州市北郊區的濱州市第一看守所，近看是一個白色的圍牆建築，圍牆高高的，只有圍牆上整齊的電網告訴人們這裏是個非常的機構所在。大鐵門緊關著，大鐵門的一角還專門設了一個小的鐵門。2006年7月20日，上午9點整，隨著小鐵門「咯吱」的一聲，小鐵門開處，任信良穿著一件T恤衫，手裏拎著一個紅藍格子的塑膠大編織袋走了出來。人整整瘦了一圈，臉色也是灰暗的，頭髮雖不凌亂，但是，蓬鬆得沒有一點光澤，整個人沒有過去一點的氣質和風采，熟悉的人看見他會一下子認不出來，陌生人看見他準會做出這是一個通常人們所說的五十下崗失業人員。

　　「信良！信良！」

　　陽光對於任信良來說，有些刺眼，甚至有些陌生，他抬起頭，用手掌遮著陽光，順著喊聲的來處望去，只見傅彬彬、徐文田站在二十幾米遠的停車場邊，一臺黑色的本田雅閣停在兩人的身後。

　　「文田！」任信良喊了一聲，頭也不回地快步往停車場走去，傅彬彬、徐文田也快步迎了上來。

　　「文田！彬彬！」任信良扔下手裏的塑膠編織袋，左右兩隻手分別被傅彬彬和徐文田一邊一隻抓握得緊緊地。

　　「信良！這下可好了！這下可好了！」徐文田重複著說著。

　　「信良！信良！」傅彬彬的臉上流著淚，嘴裏只剩下「信良」這一個詞彙，要不是徐文田在旁邊，她準會一頭撲進任信良的懷裏不可！

　　任信良感覺兩隻手正源源不斷地在傳遞著兩股熱乎乎的暖流，讓他感覺真個身體在一瞬間像下到了溫水池子一般。

　　「彬彬，文田，終於出來了，真的感覺像在做夢一樣。」

「信良，我也有這樣的感覺。來，走吧！咱們上車！」徐文田從地上拎起塑膠編織袋，三個人向本田車走去。

「先去洗個桑拿浴吧！」徐文田說完，隨手拉開本田雅閣轎車的車門，等著任信良上車。

「是應該洗洗！去去晦氣！」任信良一邊回答一邊和傅彬彬坐進本田車的後排座上。

「去金色池塘？」徐文田發動汽車。他知道一年前，任信良常去金色池塘，便隨口問道。

「不！不去金色池塘，有沒有新開業的？」任信良不希望房媛媛手下的人看到自己，把自己出來的消息傳給杜明鵬和房媛媛。

「那就去金孔雀休閒城吧！開業不到半年，什麼都是新的。」

「哎，都差不多，新蓋的茅房三天新鮮嘛。在什麼位置？」

「在太陽廣場的後身！」

「行！那就去金孔雀！哎，文田，這休閒城的名字起得挺好聽的呢！金孔雀？嗨嗨！有意思！」任信良笑著說道。

「信良，你絕對不會想到，這家休閒城是哪家開辦的！」

「是哪家開辦的？」任信良問道。

「是由市能源集團公司開辦的！」

「能源集團辦餐飲娛樂？嗨嗨！有意思！確實有些意外！」

「還有更意外的哪！濱州能源還吵吵嚷嚷準備整合濱州市的能源產業呢。」

「這話聽著，讓人感覺王超凡這傢伙有些狂大了！哈哈，嗨！管他整合什麼產業哪！我是不再操那份閒心啦！『籠雞有食湯鍋近，野鶴無糧天地寬。』你說是吧？文田。」

在看守所近九個月的時間裏，任信良把什麼事都想清楚、想明白了。今後的一切需要從頭來過。任信良扭頭望著車窗外不斷逝去的景物，富有詩意地朗誦道。

「那當然，你現在是自由人了，誰也管不著你！」傅彬彬依偎在任信

良的身邊搶著回答道。

「說得也是。過去除了帶黑袖標的不管我們，你說哪方面不管我們？文田，你說我說的對不對？」

「確實，國企的限制太多，你們當頭頭的其實更憋屈，有時心裏有怨氣，嘴上連哼哼的權利都沒有！」徐文田回答道。

「哈哈！這下好了！信良，你今後要使勁哼哼啦！」傅彬彬笑著開著玩笑。

「哈哈，傅大記者，說話真趕勁兒！」徐文田讓傅彬彬逗樂啦！

「剛才還說現在是自由人了，誰也管不著啦，你這一說，倒提醒了我，今後連哼哼都得聽人家命令！別人讓你使勁哼哼，你才敢使勁哼哼！哈哈！」任信良開心地發著壞笑，他沒有使用慣用的丹田發笑法。

「你壞！」

傅彬彬輕輕地捏住任信良腋下嫩皮嫩肉處擰了一下，任信良趕緊閉嘴忍著，保持著臉上的平靜，換了個話題說道：「彬彬，先把我送到金孔雀，你陪文田回翡翠園一趟，讓徐姐給我拿套換洗的衣服，從裏到外，褲頭、襪子，家裏有新的，然後讓文田帶著到金孔雀來接我。」

「好的！」傅彬彬回答道。

「另外，你讓徐姐做幾個簡單的菜，你給他搭個幫手，我簡單洗洗，文田過來接我回家後，咱們幾個一起喝一杯！」

「去飯店多好呀，又省心，又省時的。徐姐一個人在家裏，食材還要先去購買，是不是麻煩些？」傅彬彬溫和地說道。

「那樣也好，我只是覺得還是家裏有氣氛。」任信良回答道。

「信良，我看今天你還是免了吧，改日吧！你今天就專門接受傅大記者獨家採訪吧！我就不參加了！」

「文田，這可不成。信良，文田，我看要不這樣，咱們都聽徐姐的安排好不好？」傅彬彬聽出了任信良的心聲改口說道。

「這個主意好，文田，咱們聽徐姐的吧！」任信良在心裏堅持在家吃飯的主意。

「那好吧！你是領導，我聽你的，哈哈！」徐文田開著車，眼睛看著前方，頭也不回地回答道。

「對了，信良，你的手機。」傅彬彬從包裹拿出手機遞給任信良。

任信良接過自己的手機，感覺手裏冰涼的。

「你看看吧，是誰的短信，來得真及時。」傅彬彬說道。

任信良打開手機翻蓋，是滕健的短信。

> 我有一份珍藏已久的友情配方：真心一顆，自然一片，平淡一把，白水一壺，酒少許，以文火焙製，至少十年。此方尤忌酒肉葷腥。此法可使友情經歷事件和時間之考驗，不受人事之干擾和污染，常品常新。此配方專利僅供你我免費使用，切勿外洩，以防失密。滕健敬贈信良董事長如上。

任信良看到這裏，不僅手心熱，心也熱了。

「文田，是滕健發來的短信，今天我回家是你告訴他的吧？」

「是的，我和滕健經常通電話，他惦記著你。」徐文田一邊開著車，一邊回答。

「這條短信，滕健編得真好，真是難得，我轉發給你們倆！」說著把短信轉發了出去。

「滕健還發給我一條短信，也挺好的，我發給你。」徐文田說道，一邊開著車，一邊發送短信。

任信良看著手機唸道：

> 世人偏執、自私自利，不管怎樣，總要容人；做了善事，卻被誤解，不管怎樣，總要行善；朋友真少，敵人真多，不管怎樣，總要成功；坦誠老實，易受欺辱，不管怎樣，總要坦誠；幫助他人，不得好報，不管怎樣，總要助人；數年功業，毀於一旦，不管怎樣，

總要建設；與人玫瑰，手中留香，不管怎樣，總要益人；奉獻愛
心，常被取笑，不管怎樣，總要愛人。

「滕健傳播的短信，挺耐人尋味的，不是一般的笑話段子，看看一笑
了之的。」任信良讀完徐文田轉發來的短信說道。

「對，滕健喜歡動腦子，雖然書生氣，但是，最難得的是真誠！」文
田回答道。

「是啊！世界發展得越快，人對物欲和利益的追求就越瘋狂，所以，
越往後，人的真誠越值錢！我得馬上給他回一條，這是做人的修養。」

任信良感慨地說著，順手便快速地編輯了一條短信。在發送給滕健的
同時，也連發給了傅彬彬和徐文田。

傅彬彬看著短信，便唸出聲來：

不玩政治，但要講政治；不貪金錢，但要有金錢；不落庸俗，但要會
庸俗；不弄高雅，但要親近高雅；不用關係，但要有關係；不玩女
人，但要懂女人；不動感情，但要重交情；不講交情，但要懂交易。

「信良，這次的劫難，讓你感悟了很深層次的東西，你的這條短信，
我要好好琢磨，確實深刻呀！」

「談不上深刻，僅僅是說點真情實感而已！」

「信良，你說得對！我們之間為什麼處得這樣地久遠，原因是你為人
真誠！少有的真誠！」文田接著話茬說道。

「嘿嘿！我算不上真誠，不過是不喜歡裝罷了！呵呵！」任信良回
答道。

「不裝，就是真！對不對？傅大記者！」

「文田說得對，信良很真誠，他有時候都能讓人看著透明！」

「看你說的，我不成了玻璃人啦？」任信良笑著說道。

這時，滕健回覆的短信進來了，任信良打開手機看著，不住地點頭。

「滕健回短信了？」徐文田問道。

「是呀，滕健這個短信還真的是篇大作呢！要不要聽聽？」

「信良，你唸唸！咱也欣賞一下！」徐文田一邊注視著前方開著車，一邊說道。

「那好，我給你們唸唸，題目是〈創億集團人物群體肖像〉。」

> 志恆是奸詐的，心地是險惡的，神經是跳躍的，吝嗇是著名的。
> 萬琦是平庸的，做事是討好的，特長是張揚的，結果是安全的。
> 成文是自私的，工作是利己的，內心是虛偽的，人格是低劣的。
> 信良是真誠的，心腸是軟弱的，特長是盡忠的，倒楣是難免的。
> 永利是簡單的，智慧是太少的，行為是狂妄的，翻車是必然的。
> 恩泉是仗義的，規矩是很懂的，內心是細膩的，歸宿是理想的。
> 李琳是可憐的，權欲是很強的，身心是輕許的，結局是慘痛的。
> 露潔是虛榮的，內心是貪婪的，管錢是危險的，落水是正常的。
> 滕健是小心的，頭腦是思考的，處事是幼稚的，摔跤是應該的。
> 文田是善良的，內心是獨善的，工作是無奈的，成就是無緣的。

「怎麼樣，文田，你聽了感覺像不像？」

「哈哈，這個滕健，真動腦子，總結得還挺凝煉的，你別說，還真是那麼一回事。唉，滕健都離開創億集團一年多了，還這樣耿耿於懷！」

「我不覺得滕健是耿耿於懷，相反，這是滕健真誠的一面，說明他對創億愛之深，才恨之切！殘酷的社會現實往往首先讓真誠的人遭受痛苦和打擊。」任信良有些傷感地說道。

「可不咋的？你們這種人根本就不適應在複雜的官場和商場打拚，我早就跟你說過，真誠實在的人在現實中是最容易受傷的！」傅彬彬的話一說出口，她便感覺自己的話刺痛了任信良的心，便馬上改口轉移話題道：「其實，比官場和商場快樂的地方有得是，就看你善不善於尋找！對不對？」

「傅大記者，那你給指個快樂的地方？」徐文田說道。

「我嘛，一時還沒太想好，不過，就信良的心情而言，我看現在最適宜他的應該是承包一塊兒山地或者農場，雇幾個工人，養豬、種菜、養魚、栽種果樹，信良，我說的對不對？」傅彬彬靠在任信良的身邊，兩隻手緊攫著任信良的一隻手問道。

「說得不錯，不過太理想了！其實也沒什麼，劉歡為下崗工人唱過一首〈從頭再來〉的歌，歌中不是有這樣的詞句：『我不能隨波浮沉，再苦再難也要堅強，心若在夢就在，看成敗人生豪邁，只不過從頭再來』嗎？」

「對，大不了就從頭再來。」徐文田從倒車鏡裏看見任信良沒有表情的神態，便不再往下說什麼。

當任信良在金孔雀休閒城沐浴並更了新衣服，走出休閒城時，煥然一新的任信良人變得精神了。光亮整齊的頭髮，油光光的臉，渾身上下散發著香氣，瀟灑的風度又彷彿回到了一年多以前的時候。

任信良拎著一個牛津包，來到本田車前，對坐在車裏等候的徐文田說道：「文田，你看如何？這下子不灰頭土臉了吧？」

「哈哈，真是大變樣！人是衣服，馬是鞍，不服不行，人就是活了一副面子，我說對不對！」

「是呀！人活了一副面子，好多人因為這副面子而不擇手段地鑽營，以致忘了真正的自己，吃了大虧，我就是其中的一個！」

「嘿嘿！其實面子本身沒什麼不好，問題在於人的執著，常常把面子當裏子了。」

「你說得對。人應該有副好面子，但是，別當回事，這是關鍵！」

從開著的車窗外湧進濕漉漉的海風，夾雜著青草和綠色樹葉的味道。翡翠園社區周圍和社區內是連成行的芙蓉樹，7月天的芙蓉樹花瓣似火似霞。

「『當芙蓉樹開花的時候，你們就該畢業了！』文田你還記得這句話吧？」任信良被車外的景色所感染。

　　「記得，當然記得！當年，咱們的大學班主任還說過：『芙蓉樹開花的時候，你們就該滾蛋了！』所以，芙蓉樹也叫滾蛋花！」徐文田也想起了大學的往事，感慨地說道。

　　「文田，謝謝你，這一切你都還記得這樣清楚。」任信良的話中，所要表達的是多方面的意思。

　　「信良，你我之間說『謝』字，就有些遠了。這一年來我也懂了很多道理，追求來，追求去，其實人生最終要追求的就是真正的自由。有人因為追求自由而失去自由，有些人因為保護自由所以也變得沒有了自由。總之，只是角度不同罷了！」

　　「文田，刮目相看呀！有很深的哲學味道呀。接下來，你有什麼打算？」任信良問道。

　　「我嘛！想法不多，打算倒不少。整天打官司，和公檢法打交道，太折壽，所以，今後不想繼續做法律工作了。滕健讓我加入醫療器械的代理，我看是個挺不錯的計畫，走一步看一步吧！

　　　　這是最美好的年代，這是最墮落的年代；
　　　　這是智慧的歲月，這是愚蠢的歲月；
　　　　這是信仰堅定的時代，這是懷疑一切的時代；
　　　　這是陽光明媚的季節，這是黑夜凝重的季節；
　　　　這是滿懷希望的春天，這是令人絕望的冬天；
　　　　我們擁有一切，我們一無所有；
　　　　我們直上天堂，我們直下地獄。

　　「哈哈！」徐文田隨口朗誦出英國作家狄更斯的名著《雙城記》第一章〈時代〉的開篇語之後，爽朗地笑了。這笑聲對於徐文田來說實在是難得。這段話，任信良在大學讀書的時候，時常用英文朗誦。

　　「多少年了，你還記得這段精彩的句子，寓意深刻呀！古今同月，古今相同。憤世嫉俗，指點江山，不是我們這些年過半百的人應該做的事；

物欲橫流、道德淪喪，也不是需要你我應該來管的事情；做君子顯然不合時宜，太吃虧；做小人太昧良心，又不可取。所以，我們必須做出抉擇！因為我們一直執著在做君子還是做小人的問題上，所以，我們一直總是感到困惑和痛苦。當我們一旦發現君子和小人都不是我們的選項，並從君子和小人的矛盾中走出來的時候，我們的困惑感便消失了。不要刻意去做君子，當然也絕不要去做小人，我們需要的是實實在在、無牽無掛的寧靜生活，做一個平常的普通人吧！」

「信良，你說得對，像你我這種人，就應該追求實實在在、無牽無掛的寧靜生活，這種生活儘管孤獨一些。」

「孤獨？亞里斯多德不是有句名言：『孤獨者，不是野獸，就是神靈。』」

「哈哈！你我肯定不是神靈，只能是野獸，一對孤獨的野獸！」

「孤獨的野獸不懼小人！」任信良望著車外，像在朗誦詩句。

任信良終於回家了，回到了分別近九個月的家。開門迎接他的是欣喜和不知所措的徐姐。

「感謝主！信良，你終於回來了！太好了！」徐姐的眼睛裏噙滿了淚水。

「徐姐，讓你也跟著擔心啦！」任信良微笑地說道。

「信良，感謝主！我們的祈禱終於有了回應！」徐姐雙手合十放在胸前，虔誠地說道。

任信良微微一笑，徑直走到客廳，他看看站在眼前的傅彬彬、徐姐、徐文田，深深地呼吸了一口氣，說道：「終於回家了！終於回家了！」

任信良轉身來到客廳的音響前，打開電源和音響開關，原裝索尼環繞立體音響立刻便發出了富有磁性和穿透力的聲音來，那是任信良近兩年來最喜歡的歌曲。因為這首歌的歌詞，讓他叫絕，歌詞涵義雋永，意境深遠。

〈燃燒〉

　　我叫你有來無回／我叫你面目全非／我叫你永不後悔／燃燒，可以讓一切摧毀／我讓你與我同歸／我讓你與我同毀／我讓你心中無悔／燃燒，可以讓一切變美／我要你閉上雙眼／我要你伸出雙手／我要你邁開雙腿／燃燒，讓我們看清自己／明知燃燒是在摧毀／我們攜手同歸無悔／明知燃燒是在摧毀／我們攜手同歸無悔／明知燃燒是在摧毀／我們攜手同歸無悔／明知燃燒是在摧毀／我們攜手同歸無悔

「信良，咱們不聽音樂了！飯菜做好了，去餐廳吧！徐姐今天的技術可真棒！」傅彬彬招呼著，語氣是那樣地自然，就像是家裏的女主人。

「走，吃飯！文田，咱們哥倆好好喝一杯！我都有點忘了酒是啥滋味啦！」

「今後的日子還多著呢，少喝一點！慶祝一下，我還開著車哪！」

「聽你的，今天就先練練兵，意思一下，改日痛痛快快地大喝一頓！咱倆一醉方休！」

「看你這點出息！來吧！飯菜都涼啦！」傅彬彬挽著任信良的胳膊說道。

第六十二章
下海的滋味

　　2008年的春節前夕，濱州財富中心大廈，任信良成立的利信公司辦公室裏，包括任信良在內共有四個人正在召開業務會議。其中胡夢影是唯一跟隨任信良從創億集團公司、創億集團股份有限公司出來下海自營經商的員工。

　　「我們的企業，到今天為止，滿打滿算不到兩年的時間，大家都非常努力，但是，形勢對我們不利。人民幣升值，原材料漲價，成本提高，資金短缺。尤其艱難的是，以往的幾個大的工廠客戶，必須要求我們拿錢提貨，這都是我們的利信公司難以為繼的現實。所以，我前些日子，和胡總商量一下，今年的春節，公司盡最大的能力，為大家發點獎金，讓大家在今年的春節有個好心情。至於，今年如何開展業務的問題，以及個人的去留問題，我看，咱們都放到春節之後，大家看如何？」

　　「任總，你能這樣和大家交底交心，我們真的很感動。私下裏，公司的員工這半年來，也都在議論紛紛，畢竟咱們的公司太小，業務訂單量少，業務量就少，忙閒不均。所以，閒著沒事的，心裏也苦悶，好幾個人跟我說，打算離開公司。」胡夢影回答道。

　　「這也難怪！公司的員工沒活幹，我這個當經理的有責任。一下子招這麼多人，又沒有相應的業務，這不是自找苦吃，是幹嘛？我認為大夥說得對！」

　　「減員固然重要，但只是解決企業不景氣的一個方面，發展才是更重要。」胡夢影說道。

　　「減員是必須的，我也想過。所以，我提出來個人去留的事放到春節後再說。」

「任總，我理解你的心情和為人，你是想盡量地能讓走的員工有個好的心情。但是，放到春節後恰恰不宜！」

「這是為什麼？」

「因為，我覺得利信公司如果正常裁員，應該裁掉五個人，可是，如果考慮到自願的因素，我認為下一步利信也只能剩下我們在座的四個人來維持了。公司的業務員大都是二十五六歲左右，思想活躍，觀念超前，我們沒必要採取過去創億集團劉志恆式的所謂含蓄風格，說一半留一半，既讓人家走，卻又想弄成人家自願自己提出主動要求走的，那樣的做法只能讓人反感。」

「是呀，既然是決定裁員，那就明說，別太虛偽了。」

「對，我同意。都啥時候了，還把別人當傻子似的。咱們在這裏面開會，外面的業務員心裏都明鏡似的。我贊成胡總的意見，實實在在地告訴大家，大家會理解，情況就是這樣。今年的獎金也不薄，我想，不論是能繼續留下的，還是不能留下的，今年春節的心情，大家都能很好。大家會說任總為人坦誠實在，公司對他們不薄！」坐在胡夢影兩邊的兩位女科長插話說道。

業務會開完了，確切地說是裁員工作會開完了。任信良心裏很不是個滋味，下海之初，是2006年底了，業務做到2007年的春節，算是個開門紅，訂單、資金、匯款都很順，那幾個月裏，任信良覺得自己真的找到了自我，忙忙碌碌的，甚至連傅彬彬都顧不上約會見面。可是，2007年春節一過，市場就來了個大翻臉，金融風暴，全球經濟危機，人民幣升值，匯率下調，廠家、客戶也都不給面子，這使得任信良整天飽受業務難做的煎熬。過去當老總，業務都形成了慣性，線條分明，有方有塊的，很成形，該如何經營管理並不操太多的心，所謂的累也只是人事方面費腦子。如今不同了，自己就是一個標準的大業務員。

任信良打開電腦，準備上網流覽一下新聞，順便點擊了一下好多天沒看的電子姨妹，一看有好幾封電子姨妹，有滕健的，有徐文田的，還有幾

封廠家催款的，任信良都沒有馬上點擊閱讀，他的目光停在了一封主題是英文：Jennifer Q的電子姨妹上。任信良馬上點擊電子姨妹，打開一看，竟然是喬麗麗發自紐約的電子姨妹。

　　信良你好！

　　　自從上次給你寫信，一晃又是三年的時間沒有和你取得聯繫。你後來的遭遇，我都聽說了。小人的陰謀導致的冤假錯案使你沒有了自由，你在看守所裏足足過了九個月的非正常人的生活，然後你毅然地下海經商成立了利信公司。要不是一個偶然的機會，我可能不會得知你現在的新郵箱位址和你的MSN。因為，前些日子陪一位朋友去斯坦福大學辦理一些事情，結果意外地遇見了令公子——任雲飛。雲飛現在正在讀研，他還在一個著名教授的科研室找了一份工作。那些天，我們一起喝咖啡，一起聊天，說得最多的當然還是關於你。雲飛是個很有修養的孩子，得知我是你曾經的部下，他竟然管我叫「喬阿姨」！真沒辦法！一句「阿姨」，宣布了我青春的不在！哈哈！好了，不說這些。

　　　我這次給你去信主要有三層意思：一是我請你一定要關注咱們正陽省政府和濱州市政府的有關海外招商的資訊，這是一個大的動向，也是一次大的機遇，國有企業的深化改革真正要面向世界、面向市場了，多元化投資主體的、模糊的民間與政府的概念將發展成為一個國際性的趨勢。中金公司，以及幾個較大的央企在海外的併購活動，都應該引起你的注意。二是濱州市政府正在醞釀的市直國有企業的改革你要及早介入瞭解，並對濱州市最有可能首先進行大的改革的幾個企業進行通盤的研究和分析。三是你的未來發展，應該著眼於大的企業集團。你應該從現在的格局中儘快走出來！也許你會說，你太累了，對於國企，對於大的企業集團，你已經厭倦。我理解你，因為你的真誠和善良，使你受到了太多的傷害。但是，多年的生活經歷告訴我，只要人活著，只要是活在人群中，即使是

你每天靠涮盤子、擺報攤、送外賣，你也一樣累。信良，聽我一句勸，趕快從過去的陰影中走出來。劉志恆死了，周國臣死了，過去的一切都過去了。我有時也在想，上天是公平的。我相信，任信良不會被挫折所打倒，你的才華，你的能力，你的經驗，你的志願，你的榮譽，這一切都需要你重新站立在你應該站立的地方。

再有，我正和幾個客戶在商談關於回濱州市投資的意向，我想這些也許算是對你下一步發展的鋪墊。總之，我期待早日聽到你的新計畫！

Good luck!

Jennifer Q

2008/1/9

任信良看著喬麗麗發自美國的郵件，心中有一種說不出的溫暖感覺。喬麗麗的郵件內容是一番好意，作為曾經的同事、曾經的故事，喬麗麗說這些話是出於一種理解而不是一種同情和幫助。應該給她回一封信，如今自由的自己不應該與喬麗麗之間再有什麼障礙。想到這裏，任信良敲擊著鍵盤，給喬麗麗寫了一封回件。

Jennifer喬，你好：

你發出的是文字，我收到的是快樂。

你見到的是信件，我見到的是關懷。

你關注的是大勢，我品讀的是真誠。

無言的總是祝福，沉默的常是知音。

感謝你的來信，感謝你的點撥，我期待著我們重逢聚首的那一天！

即頓，專此布覆！順致

大安！

老同事信良

2008/1/10即日於濱州財富中心大廈

第六十三章
人情與冷暖

　　2008年春節剛剛過去，濱州市的「兩會」便召開了。王曉航在「兩會」召開前，正式出任中共濱州市紀律檢查委員會的書記，王澍嘉出任濱州市人民檢察院常務副檢察長。王澍嘉的這一新任命在人大會上得到通過，《濱州日報》也發布了消息。任信良給王澍嘉和王曉航分別發了短信，表示祝賀的同時也表示想一起坐坐。但是，王澍嘉沒有短信回覆。王曉航回了一條短信：「剛剛履新，事多，身不由己。今後機會多！祝好！」

　　自從任信良從看守所出來起，王澍嘉再也沒有給任信良回覆過任何短信。任信良心裏明白，王澍嘉這是不再想和他一起玩了。可是，心有不甘，總覺得王澍嘉還是自己最要好的老大哥，所以，有幾次沉不住就直接打了電話。電話裏邊，王澍嘉倒是挺客氣，說：「短信收到了，太忙，找機會一起坐！」任信良聽著心裏還挺舒服，還真的說不出什麼，可就是見不上面。事後尋思尋思，便冷靜了許多，也就不再理想主義。所以，也就不再給王澍嘉發短信、打電話。

　　王曉航在這方面拿捏得倒挺得體，每當任信良發給他短信，王曉航總能即時地回覆。但是，內容少得可憐，僅僅是：「謝謝！收到！短信不錯！明白！」之類的詞，都構不成一句現成的話。一來二去的，任信良心涼了，心冷了。

　　徐文田去了上海，開始還十天半月的通話、短信的，接下來，聯繫也漸漸少了起來。杜明鵬和房媛媛跑到香港培育寶貝，房媛媛給他生了個兒子，杜明鵬快樂得不得了，電話、短信的倒是有，可是，任信良和他也見不上面。偶爾通一次話，杜明鵬就說找機會，一回濱州第一件事就是請老同學。任信良心裏也是明鏡似的，杜明鵬不可能忙得連回濱州的機會都沒

有，都是說假話在搪塞。商人永遠是商人，沒有利益不會湊到跟前的。其實，現在豈止是商人，做官的、打工的，芸芸眾生還不都是一樣！如今的商場、官場、情場，包括足球場，你要是天真地相信你聽到的一切、看到的一切都是真的，那就是已經患上了返古類人猿症。

杜明鵬和房媛媛當初送來的二十萬元，任信良沒有交代出去，他使用來開辦公司了。這件事，杜明鵬話裏話外地表示了感謝，這樣一來，高瑜那邊也沒露出破綻，說明高瑜對付突發的事件，尤其是對付公檢法心理素質還是沒說的。至於那行賄的五萬元錢，只能怪高瑜自己和劉志恆之間溝通得太直白，結果為劉志恆所用，栽了一跟頭。高瑜不做合夥人律師了，但是，拍賣公司還在，前些年底子厚，吃喝不成問題，日子照樣瀟灑。

任信良從看守所出來後，和高瑜通過電話。任信良的意思很直接，他要讓高瑜進一步確定是劉志恆把他們兩個人給賣了出去。兩個人對了對光，知道事情都壞在劉志恆身上，所以，高瑜也不怪任信良，心態平常得很，反倒安慰起任信良來，並把任信良當年說給黃永利的話，重新說給任信良聽：「人活在世上出點事兒難免，人不小心摔倒了，要先趴著別動，總有站起來的時候！」這話讓任信良噎得夠嗆，高瑜說話也沒有了當初那份哆來哆去的味道了。通著話，都感覺沒話可嘮，像是剛認識不久似的，於是，任信良只好主動地結束通話，再也沒有和高瑜聯繫。

今年春節，雲飛從美國回來了，徐文田也從上海回到濱州過年，任信良便想著一塊兒聚聚。徐文田聽了，說這次他做東。畢竟在上海這兩年還賺了點錢，非要表現一下。於是，在春節假期即將結束時同時約了幾個同學，在黑天鵝大酒店中餐廳預訂了一個大包房，任信良便帶著任雲飛和傅彬彬一起如約赴宴。可沒曾想，雲飛和傅彬彬一見面就有些犯相，壓根就對任信良的個人問題非常地牴觸，好好的宴會氣氛讓任雲飛給攪和了。

在藍島咖啡廳的一個情侶雅座小包廂，任信良和傅彬彬面對面地坐著，任信良盯著桌上的蠟燭，兩隻眼睛專注在跳動的火苗之中。兩個人誰都不說話。兩個人之間又是將近兩個月沒來電啦，情緒上都挺壓抑。傅彬

彬的眼睛東瞅瞅、西瞧瞧的，忽然扭頭看到自己身後的包廂牆壁上掛著一幅縮小的油畫照片──一個陰暗的教堂裏，一幫外國人正在舉行一場婚禮。一位神父手持《聖經》，好像在準備給年輕的新娘子手上戴結婚戒指。新娘子姿色豐潤，臉掛淚痕，神態沉鬱，看起來有十七八歲。新娘子旁邊站著的新郎穿著像是個官僚，頭髮脫落，乾癟衰老，滿臉皺紋，儘管挺著胸，故意振作著精神，但是，看起來仍然有六七十歲的老年人樣子。傅彬彬儘管戴著隱形眼鏡，還是站起身湊到跟前，仔細一看，油畫下方標注著：俄國著名畫家普基廖夫的名作《不相稱的婚姻》。這樣一來，心隨境轉，心裏就暗暗地罵藍島咖啡館老闆：「再沒別的名畫可掛了？偏偏選這麼一幅？」原本鬱悶的心情更加嚴重，心裏的不滿和委屈，就一下子蹦了出來。

任信良本來有些憋不住，咳嗽了一聲，正想說話呢，傅彬彬倒先說話了。

「信良，我真的快要憋死了，我真的不知道你的心裏究竟是怎麼想的？」

「我能怎麼想？」

「信良，我問你，喬麗麗是怎麼回事？」

「我不是和你說過嗎？喬麗麗曾經是濱州創億藥業有限公司的生材科的科長，後來出國駐在了！」

「出國駐在？這樣的好事，你為什麼能給她？」傅彬彬變得有些酸鼻子、酸臉子起來。

「唉呀！讓我怎麼和你解釋才好？當時喬麗麗出國的時候，劉志恆是一把手！你知道嗎？」任信良聲音有些高，他有些不高興，他不明白傅彬彬怎麼忽然吃起喬麗麗的醋來。

「這麼說，我還冤枉你了？」

「那當然！我對你可是守身如玉的！」

「編！你們男人撒謊都不打底稿！我問你，既然過去這麼多年了，為什麼還來往？而且和雲飛還挺熟的！」

「她和雲飛熟什麼，是喬麗麗去斯坦福湊巧遇見相識，彼此介紹說起來，才知道對方情況的，我跟本就不知道。」

「我說嘛，雲飛左一個『喬阿姨』、右一個『喬阿姨』叫的。」

「彬彬，說實在的，雲飛這次回來像似換了個人，這麼不給我面子，我也是沒想到的，唉！」

「你難道事先就一點都沒和他溝通過？」

「我一直覺得，雲飛是留學的，是受西方教育的，更何況美珍已經走了四年多啦，他已經大了，這些事情不用說他也能看得明白，都是大人啦，還用挑明嗎？可是──」

「你高看了雲飛，就連我也高看了雲飛，他竟然能在酒席上當著眾人的面叫我『傅姐姐』，再後來竟然叫我『錢小姐』！文田不是外人，都很熟的，可是那幾位同學我可是第一次見面，你說，我這面子往哪擱？我真的不知道雲飛能是這樣，好一個濱州市的理科狀元！哼！」

「你姓不姓錢，我知道，你和他生什麼氣？」

「行！我不和雲飛計較，歲數再大，他也是我的晚輩！」

「對了，你這樣想就好嘛！」

「好什麼好？信良，拋開這件事咱們不說，我就問你，今後我們怎麼辦？」

「反正，雲飛已經回美國了，你和我回翡翠園不就行了？」

「回翡翠園？我不幹！這算是什麼事？」

「為什麼？有什麼不好？翡翠園的條件不夠好嗎？不算保姆間在內，四室兩廳兩衛，過日子不行嗎？」

「信良，我們倆在一起也不是一年半載了，我沒有對結婚證那張紙和你過於較真，但是，你卻不體諒我的心情。」

「心情又怎麼啦？」

「信良，你知道嗎？我是一個女人呀！是一個愛你的女人，不是和你偷情犯賤的女人。我每次去翡翠園，我總覺得屋子裏有許多雙的眼睛在看著我們，那一雙雙的眼睛就是美珍姐的眼睛，我真的受不了！」傅彬彬說

到這，眼裏溢出了委屈的眼淚。

「哈哈，彬彬，原來是犯忌諱。你是不是有些神經質了，我怎麼一點感覺也沒有。」

任信良嘴上說著，心裏忽然想起傅彬彬還從來沒有和自己在翡翠園社區的家裏過分地親熱過，怪不得每次來到翡翠園，傅彬彬都是正襟危坐、一板正經的。任信良一直以來都覺得可能是傅彬彬覺得家裏有徐姐在的原因，在故意端著架子，原來傅彬彬還存在這樣的心裏障礙。

「你是男人，你當然沒啥感覺了，可我是女人！你知道嗎？更何況，美珍姐在的時候，我和她來往過。」

「彬彬，美珍曾留給我一封信，是在她走的前夕寫的，她原本是想在她去美國和雲飛陪讀的時候親手交給我，可是，沒來得及。那封信，美珍提到了你！」

「美珍姐提到我了？她是怎麼說的？」

「她說，你是個好姑娘！」

「你是說，美珍姐早就知道了我們的事？」

任信良點點頭，端詳著近兩年來增加了不少成熟和滄桑感的傅彬彬。傅彬彬擦著眼角的淚水，搖搖頭，好一會兒沒有說話。

「信良，你知道我追求的是什麼，你還知道我最看重的是什麼？我現在的要求並不高，我只想擁有一個屬於我們兩個人空間的二人世界。我真的留戀銀河公寓的時光。」

「說那些沒用，銀河公寓已經賣了。當時我就跟你說過，你如果對公寓感興趣，可以找賴國輝呀，他一手辦的這個案子。」

「我還不是為了你好，及早避嫌，像大敗退似的，趕緊把房子騰出來了！再說啦，銀河公寓是賴國輝買下的，他要轉手賣個好價錢，怎麼可能輪到我。」

「唉，彬彬，說到底，咱們都太有些君子了。早知道我今天這個樣子，就應該大大方方地參與進去，把房子買過來。現在，可倒好，二手房價漲了近百分之三十。眼下，按照你的心態，唯一的辦法只能是租一套

了。可是，要租也不能條件太簡單，雖然，費用沒有多少。但是，彬彬你知道，公司的生意也受金融風暴的影響，虧得一塌糊塗，八個人，剩下六個人，眼下又裁掉兩個，工資，都成了問題。」

「說著說著又來了，我沒逼著你買房、租房的。當初，我是怎麼說的，又是怎麼勸你的？文田又是如何勸你的？滕健又是怎麼和你說的？你聽不進去！誰的話你都聽不進去！非要從頭幹！從頭再來！哼，說得倒好聽！眼下知道厲害，知道下海嗆水的滋味了吧？」

「尤其是今年，我也在反思，難道我真的啥也不是，根本不是經商的料，在國營大企業中這二十多年真的白幹了？」

「你以為哪？你是不是覺得在國營大企業裏一直當董事長、當經理的，下了海單幹就一定能行？你別忘了，你已經是年過半百五十歲的人了。信良你錯了！你真的想錯了！聽我一句勸吧！你應該借船出海，你應該到大的公司企業裏應聘，你的才能、你的智慧、你的閱歷，只有在大的團隊和集體中，才有可能找到自我能力得以發揮的舞臺！」

「是呀！人生的每一個關口，都是抉擇的考驗。從創億集團公司這艘巨船上走下來，僅僅是因為受過傷，便從此拒絕團隊和集體了，顯然有些太偏激。彬彬，你的話在今天看來確實是明智的，是客觀的。人不僅要時刻瞭解和發揮自己的長處，還要時刻把握住適宜於自己的生存和才智發揮的空間。彬彬，你今天能重新提起這個話題，我很高興，我已不覺得刺耳了，我會重新審視自己的，我要重新做出選擇。我相信時間會給你一個回答。」

「好啊！那我就安心地等著！任大董事長！」傅彬彬眼裏已經沒有眼淚，她故意逗著任信良。

「一言為定，好好等著吧！」任信良說道。

第六十四章
大夢在國企

2008年是不平凡的一年，年初的雨雪之災，藏獨的暴亂，「五一二」汶川大地震，接踵而至的災難，並沒有影響中國人舉辦奧運會的火炬在北京燃燒。任信良的命運也和國家民族的命運一樣，同一個脈搏，同一個呼吸。隨著奧運火炬在北京的熄滅，任信良內心正有一把新的火炬剛剛點燃。他興奮，甚至激動，因為經過半年多的相關研究和市場調查，任信良掌握了事業上重新崛起的基礎材料，他在為這個計畫穩妥地準備著，鋪墊著。他要把這個計畫和決定告訴韓力，告訴這個半年多來有緣進入自己內心世界的年輕人，告訴這個從某種角度和自己同病相憐的知心人。

任信良的貿易公司眼下只有三個人，任信良和兩個年輕的業務員。韓力接到電話，便趕緊從報業大廈跑過來。

任信良坐在沙發上，茶几上擺著一套功夫茶具，電熱水壺裏的水已經燒開，「咕嚕、咕嚕」地冒著熱氣。

「任總，你找我？」韓力一進門便對著坐在沙發上的任信良問道。

「來，讓你給我參謀參謀！先坐下，來一泡再說。」任信良說著，開始玩起了茶道。

兩個人一杯茶入口之後，任信良說道：「韓力，你對國家的經濟形勢是如何看的？」

「雖然，中國也受到世界性經濟危機和金融風暴的影響，但是，中國的經濟前景還是非常樂觀的。廣闊的內需市場，強大的購買能力，巨大的外匯儲備，這些都是中國的優勢，尤其是人民幣的聲譽和地位正在不斷地占有準外匯交易的市場份額。」

「不，我是想聽聽你對國家經濟結構的看法。」

「哦，是這方面。有這樣一個說法，說現在的發展形勢是民營經濟往國有化發展，國有企業往央企化發展，原有的中央企業正向壟斷化發展。國家要壯大，要強盛，就必須要加大對國家資本的積累和保護力度。這是立國之本，生民之本，也是安定之本。此外，加大對中小型企業的優惠扶植政策，也是當前國家的方針和方向，經過改革開放近三十年的實踐，政府已經徹底明白，只有讓廣大人民群眾共同享受改革的富裕成果，人民才擁護共產黨，這是一個不爭的事實！」

「說得好，政策理解得透徹，到底是財經版的大手筆！」

「哪裏，看你說的！」

「韓力，我和你的觀點完全一致。我在想，一個人要想獲得真正的事業與人生的成功，他的命運必須和國家民族的命運結合在一起，同一個脈搏，同一個呼吸，只有這樣才能實現個人事業的律動與社會潮流的合拍。所以，我找你來，就是想和你一起務務虛，看看我下一步的走法對不對？」

「任總，你說！」

「我想重新回到企業裏去！」

「具體哪個單位想好了？」

「暫時，沒想好，但是，原則和方向基本確定，那就是大型的企業集團，哪怕是做副總，做總經理助理，只要能做些具體事我就願意。」

「能這樣是最好的！當初，你出來，市委國資委都沒有給你下結論的，是你堅持要下海，你完全可以要求調到別的單位的。」

「當時，沒那麼簡單，李大文主任當時還在位，他不可能自己抽自己的嘴巴嘛！他做不到！但是，現在好了，形勢不同了。」

「你指哪方面的形勢？」

「當然是市場發展形勢！你說，現在什麼事情能讓發展形勢好的企業感興趣？」

「能讓發展形勢好的企業感興趣的也就是企業上市這件事了！」

「對，說到點子上了，國家馬上要推出中小企業創業板塊，創業板上市管理辦法估計也會很快出臺，這就是機遇。作為我來說，本身不是敗軍之將，業內對我個人的噸位是有評價的。所以，我在想，應該找一家正計畫上市的企業參與奮鬥。」

「這是再好不過的了！其實我早就想和你說，你從國有企業裏走出來，既是國有企業的損失，也是任總你個人的損失。因為，二十幾年的奮鬥，你生於斯，長於斯，無論你願意也好還是不願意也好，你的命運軌跡已經把你和國有企業緊緊地融合在了一起。即使你不在國有企業裏工作了，就像今天這樣，你仍然眷戀這國有企業。」

「知我者，韓力也。看來，我們這半年多的交流，真正是心的交換。你說得對，生於斯，長於斯，無論你願意也好還是不願意也好，我的根在國企，我的心結就是國企。濱州市幾家國企現在正面向海內外公開招聘企業領導人，論年齡，我沒有優勢，但是，論履歷，論自身條件，我還是有優勢的！」

「任總，你可以找人呀！」

「哈哈，我們的韓大記者也學會曲線救國啦？」

「啥曲線救國的，還不是讓殘酷的現實給逼的！中國人太多，所以，機會相對就顯得太少，有人開玩笑說現在就是小姐賣身都得走後門！哈哈！」

「老弟呀，賣身都得走後門！這個玩笑開得太厚黑了，富有哲理，讓人笑過之後，心裏疼，說不出來了！」

「確實是這樣，我們要面對現實！不能全靠努力，要一半客觀，一半主觀，相互結合起來，有時候覺得這就是人的命呀！」

「你現在信命了？」

「不是現在，而是在我愛人去世之後，我就非常信命！」

「是嗎？」

「比方說，咱們倆的相逢、相遇、相知，我感覺就是冥冥中神的安排！」

「歲數不大！還宗教起來啦！嘿嘿！你開始信教了？」

「我剛剛開始閱讀《聖經》。真的，任總，我從你的故事裏認識並瞭解了賢慧美麗、熱心虔誠、富有內質的知性女人——美珍嫂子（韓力在任信良面前是這樣稱呼石美珍的），她時常讓我想起很多事情，美珍嫂子和我的妻子能在一起做伴，你說難道僅僅是巧合？」

「是啊！老弟，人這一生有些事情說是緣分也行，說是命運也行，就像我遇見劉志恆一樣，真的說不上是我的幸運還是我的災難。他提拔了我，讓我進步，他是良師益友，按理說，我們之間應該擁有著人間最珍貴的感情和財富；但是，劉志恆不這樣認為，他把一切都歸結到他的掌控之中，所有的東西只能適用於為他個人服務；所以，他的思想和心態變了，他把企業當作了王國，把自己當作了國王和皇帝，所有人都變成了他的犧牲品；於是，幸運演變成了最終的災難，企業、員工、朋友都是他製造的這場災難的受害者。」

「這本身其實也是劉志恆的悲劇所在！我們相當數量的國企一把手最後都是犯了這個錯誤，走入了國企無疆這個所謂的權力欲的怪圈，作繭自縛，自以為是，算計鑽營，自作高明，結果到頭來，眾叛親離，兩手空空，撒手而去，最後，還不是個可憐蟲！真不懂他們的內心究竟是如何想的。」

「過去，人們常說世上的人可以分為兩種，一種是理想主義者，一種是實用主義者。」

「任總，那你說，劉志恆屬於哪種人？」

「我認為，簡單地把人分為理想主義者和實用主義者是片面的，我覺得如果把人歸類為理想的實用主義者和實用的理想主義者就相對比較貼切了，我覺得劉志恆是一個理想的實用主義者。」

「為什麼這麼說？」

「因為，劉志恆的所作所為都是一廂情願地、自以為是地、駕馭和掌控，是以犧牲別人的所有利益為前提，為他個人的意志和個人理想所服務的。」

「我明白了，那麼，實用的理想主義者又該如何解釋呢？」

「所謂實用的理想主義者是指那些安於本分、求真務實、誠信對人、內心憧憬著善良與美好的人。這種人利己利人，利己不損人，利人而不損己。」

「我懂了，任總，真是收穫不淺，看來我們應該力爭做一名合格的實用的理想主義者。」

「說得對，我們就是要做一名實用的理想主義者。老弟，你還記得我跟你說過的那句話嗎？」

「哪句話？」

「在至高無上公正的上帝面前，我們都是小丑，沒有一個贏家，沒有一個成功者。」

「我當然記得，你還說了句：『人生做過的事不要後悔，沒做過的事不要遺憾。』」

「是的，我是說過。老弟，不知你想到過沒有，所謂人生的成功，究竟是什麼？你不是一直在尋找著答案嗎？最近，我終於有了感悟，找到了答案，現在就告訴你。成功，其實說到底是一個人社會人格的提升和德行的完善；是一個人社會干預能力與社會責任的完整結合；是一個人內心寧靜與自身生命和諧的高度統一，捨此均毫無意義。但是，你看到了沒有，現實是什麼？現實是難以迴避的物欲橫流、名利爭鬥和無所顧忌，是及時行樂和道德淪喪，是卑鄙欺詐和毫無誠信可言。唉！真正的成功太難！太難！算了，不說了！」任信良衝著韓力擺了擺手。

「任總，上天本來為我們每個人都準備了一條人生事業之路，人只要安於本分，都能平穩地走到底；但是，很不幸，人們總想走別人的路。」

「韓力老弟，你的話讓我的思路清晰了很多，我會從低谷中走出來，近期就會把公司轉讓給業務員，我要在過去的基礎上繼續下去，而不是從頭再來。」

「我相信你，任總，你會有一片真正你所喜歡的一片天地的。」

「我謝謝你，老弟！」任信良伸出手緊緊地握住韓力的手。

　　和韓力談過話的兩天之後的下午，任信良準備好了所有應聘的材料。當他準備去提交應聘材料的時候，忽然產生一種沒著沒落的感覺，心裏猶豫起來，便把備好的材料又一古腦地扔進抽屜裏。想起張世陽道長一直沒有消息，便下樓打了個計程車來到清風觀，黃牙門房熱情地迎出來。

　　「道長那邊，有消息嗎？」

　　「前些日子，南方來人順便帶來消息，說是道長不錯的！」

　　「眼睛如何？」

　　「還是那樣，道長身體倒是挺好的！道長還開玩笑說：『看見黑的也罷，看不見白的也罷！全都不往心裏去，即便是看不見了，也沒啥關係，眼不見心不煩嘛！』」黃牙門房模仿著張世陽道長的聲音和神態，那樣子就像是他親自聽來的一樣。

　　「我知道了。」

　　「信良兄弟，沒別的事吧？」黃牙門房熱心地問道。

　　「沒事。回頭，我自己給張道長寫信吧。」任信良說完，擺了一下手，準備轉身離去。

　　正在這時，從門房裏走出一個中年人來，年齡有四十六七歲數的樣子。

　　「是信良師兄嗎？」

　　「我是任信良！你是──」

　　「我是世陽道長的學生，常聽老師唸叨你，也看過你的照片，每次來都是陰差陽錯地一直沒能見上你！」

　　「哦，是這樣，你上下怎麼稱呼？」

　　「單姓一個『李』字，十八子之李。老師賜名『景玄』。」

　　「啊，你好，你好！景玄師弟。」任信良伸出手熱情地與李景玄握著手。

　　「老師可不止一次地誇你，說你鑽研命理術數，肯下死功夫。」

　　「老師誇獎，自己愛好，關鍵還是老師點撥的功勞！」

　　「別再謙虛了！濱州市的官商圈子裏，誰不知道景玄子的大名？」

　　「嘿嘿，慚愧！」

「對了！師弟，咱倆找個地方喝茶如何，我還正想請教請教你哪！」

「那沒問題，我也一直想和師兄嘮嘮哪！」

「那好！我們走！」

雅靜、古樸的「紫雲萱」茶道館的一個角落裏，任信良要了一壺上好的武夷四大名樅之一的水金龜。女茶藝師沏茶、開湯、奉茶。

「師弟！感覺如何？」

黃亮的茶湯，香氣幽長，入口爽滑，舌底不由自主地津液湧出。李景玄喝了一口，也馬上連連點頭。

「師兄，真是太好了，還是師兄品茶的道行深，檔次高，我今天算是跟師兄借光了！」

「說哪裏的話，師兄弟之間嘛。景玄師弟，我聽老師說，你給劉志恆看過？」

「劉志恆？是看過，當時我還挺下功夫的。」李景玄低頭喝茶，顯得有些不高興。

「怎麼？你和劉志恆之間還有些別的什麼事？」

「我和他之間能有什麼事？只不過，你提起劉志恆來，我覺得特沒意思。」

「這是怎麼回事？」

「我告訴你，雖然這個人已經死了，但是，他是我遇見到的第一個患有醫學上無法確診的神經病和精神病患者，喜歡聽假話、好話，而且喜怒無常，多疑猜忌，極端吝嗇，非常不講究！」李景玄的不滿隨著一連串的話語蹦了出來。

「究竟是怎麼回事？」

「我是讓朋友給找去的，我那位朋友給高副市長開車。高副市長可能跟劉志恆說了，劉志恆堅持要看看、算算。我一想，我的朋友給市長開車，這事兒又是通過市長介紹，我得講真話才行。心裏想著，如果算出來什麼不利的事情，一定想辦法出主意幫助對方化解。可誰曾想，我大老遠

地打車到了他的辦公室，他竟然連杯水也沒給喝，更別提什麼賞錢和供養了。」

任信良聽到這裏，明白李景玄的不滿與劉志恆沒給卦錢有關。

「這其實也無所謂，都是朋友嘛！我又不是專靠這個吃飯的。但是，起碼的規矩應該懂吧！最糟糕的其實還不是這些。」

「還有最糟糕的？」

「是的。我一開始我就實話實說，劉志恆笑呵呵地聽著，但是，話還沒說完哪，他就有些不耐煩了，一臉的傲慢，並且還冷笑！他這是明顯地對我說的東西不信，覺得可笑。他是把我當作擺地攤算卦檔次的小混混了。可是別忘了，十個道人九個傲，我還不屑一顧呢。所以，沒給他往深裏說。」

「噢，是這樣。這人也是，既然你瞧不上這事兒，何必麻煩人家！」

「說得是。還問東問西的，結果沒有一樣問的是正地方，唉！人呀！死期將近，大難臨頭，竟全然不覺，你說可憐不可憐？可笑不可笑？現在人們常說癌症加愛滋病沒救了，要我說神經病再加精神病也照樣沒救了！」

「師弟，不提他了，畢竟人已經死了！今天，我們師兄弟相遇，也是機緣巧合，所以，我想請師弟給開一卦，你看如何？」

「沒說的，師兄弟之間，好說，我給你開一卦。請師兄把自己的生辰八字寫一遍！」

任信良拿出筆和隨身的小本子，在筆記本的空白頁上寫下生辰八字，然後撕下來，遞給李景玄。

李景玄拿著任信良寫著生辰八字的紙端詳著，端詳著，又把紙衝著光亮處自己看看，對面前服侍茶藝的女茶藝師說道：「小姐，你先迴避一下！」

小姐吐了一下舌頭，笑著說：「對不起！」起身趕緊離開！

李景玄閉上眼睛說道：「師兄，你的一生是財走官，乃正官偏命，你是做官的富貴命。」

任信良按動了手機上的錄音鍵。

　　「你在事業上經歷了人生三次大的進步臺階，三年前你經歷了人生事業上最大的一次災難，在以往的生活中，你還遭遇了青年喪父、中年喪母、中年喪妻的災難。今後還要遭遇父子不和、情人懷怨、同事結仇的不順和坎坷。但是，今年是你的人生轉捩點，五十歲之後，你會事業順達，生活平穩，你會有驚而無險，有爭而無傷，有失而無損。

　　「事業上，你適合領導一個大的企業，你註定是一個規規距矩的人。你在第二次婚姻上，將要經受一番考驗和感情的折磨。你現在的女朋友是個有著男人氣量的女人，這個女人將來要和你有金錢方面的爭執。你未來的領導也是一個稍有不滿立刻翻臉的暴君，你要忍耐，千萬不要把他放在心上，要團結他，因為他的根子是在北京方面。今年是你事業的里程碑，你要一門心思幹事業，不要為女人分心。你五十歲之後的貴人是一位女人，她能給你帶來財富和機遇。你在五十六歲前後，將迎來你人生事業的巨大成功。你在富貴之後，要立刻做兩件諸如修橋補路之類的善舉。你在成為企業的老闆之後，一定不要光植樹，不養草。樹是為你支腿兒的骨幹，草是普通的基層員工。舉頭三尺有神明，你對他們有責任，他們同樣有家小，同樣需要快樂幸福和滿足。你最大的弱點是心裏時刻裝著小心，生怕虧欠了別人。古人云：『慈不掌兵。』大丈夫仁心仁術，不可與婦人之見相同，要敢於做一些違心的事，甚至是你認為對不住某個人的事，只要對企業負責，對員工負責，對自己負責，你都不要生惻隱之心。世俗的所謂『良心』，是一種帶棱角的東西，你要敢於咬牙忍著疼痛，逆勢而動，棱角磨平了，你也就徹底理智和成熟了，那時候，你的心也就不疼了！你無論怎麼忙、怎麼累都不重要，明白為什麼忙、為什麼累才是你最重要的。」

　　任信良聽著，心中不由得對眼前這位第一次見面的師弟暗生佩服之意。

　　「就這些了！好自為之吧，僅供參考！有心人得之有益，無心人得之無益。」

　　「不錯！不錯！今天確實領教，果然是術業有專攻！」任信良說著，掏出三百元錢。

「師弟，同門師兄弟，今日接接緣，請收下，一點心意。」

「這怎麼好意思！你是師兄呀！」

「景玄師弟，規矩不能破！錢歸錢，情歸情，生意加交情才能好上加好。況且，你妄洩天機，本身也是付出巨大代價的，我這樣做，是應該的。」

「師兄話在理，入情，讓人聽著心裏熨帖，那我就收下！人常說：『口吐蓮花終是幻，真金白銀試真假！』」

「這句話說得好，口吐蓮花終是幻，真金白銀試真假！」

「師兄，我這還有一副卦文，送給你，留著慢慢品讀。」說著拿出一個信封來，從信封裏抽出一疊黃色的宣紙條翻動著，很快找到一張，遞給任信良。

任信良接過來一看，只見黃色的宣紙條上用隸書列印著四行字，任信良唸道：

　　　　乾號天門八卦頭，挺生文武上王州；興隆二八當元運，秀水奇峰一四收。

　　　　乾山乾向水流乾，天玉經文謎裏看；欲解倒懸須慧眼，三元一機是金丹。

　　　　乾山巽向日天元，戌亥相兼仔細論；換象抽爻好配合，雌雄五十可通婚。

　　　　子酉來龍武輔穴，壬庚丙甲亥辛翻；二星五吉君須記，右弼卯兮午巨門。

「這是什麼意思？」

「規矩，天機雖不可洩，然而天機可以悟！所謂：『天日昭昭，其明若揭！』師兄，善護念！好自為之吧！」

任信良聽了點點頭，把宣紙條仔細地折疊好放進了本子裏。心中對已有的決心和計畫一時間充滿了自信。

從「紫雲萱」茶道館裏出來，天已經黑了，街道兩旁閃耀著五彩的霓虹燈。任信良和景玄子師弟握手話別後，任信良招招手，一輛紅燈的士在他面前停下來。

「去翡翠園！」任信良說了一聲。

「好哩！」的士司機熱情地回答道，這是一個三十多歲的年輕人。

任信良把車窗玻璃搖了下來。「兄弟，放點音樂聽聽唄！」

「沒問題，老闆，我是打替班的，隨便給你放一個吧！」

「行，有點動靜就行！嘿嘿！」

計程車車廂內響起歌聲，竟然是任信良喜歡的那首叫〈燃燒〉的歌曲。

> 我叫你有來無回／我叫你面目全非／我叫你永不後悔／燃燒，可以讓一切摧毀／我讓你與我同歸／我讓你與我同毀／我讓你心中無悔／燃燒，可以讓一切變美／我要你閉上雙眼／我要你伸出雙手／我要你邁開雙腿／燃燒，讓我們看清自己／明知燃燒是在摧毀／我們攜手同歸無悔／明知燃燒是在摧毀／我們攜手同歸無悔／明知燃燒是在摧毀／我們攜手同歸無悔／明知燃燒是在摧毀／我們攜手同歸無悔

歌詞在任信良的心中激蕩著。韓力的啟發，喬麗麗的點撥，傅彬彬的勸說，李景玄真心實意的細說陰陽，給自己預言未來，以及自己近一年來蒐搜集的相關資料和分析研究，這一切終於使一個全新的展業設想，一個大膽的商業計畫，在任信良的心中扎根成形，並促使著任信良立刻去付諸行動，去大膽地一搏！

釀小說44　PG1114

 企業風雲
　　——成功啟示錄

作　　者	薛聖東
責任編輯	林泰宏
圖文排版	楊家齊
封面設計	秦禎翊

出版策劃	釀出版
製作發行	秀威資訊科技股份有限公司
	114 台北市內湖區瑞光路76巷65號1樓
	電話：+886-2-2796-3638　傳真：+886-2-2796-1377
	服務信箱：service@showwe.com.tw
	http://www.showwe.com.tw
郵政劃撥	19563868　戶名：秀威資訊科技股份有限公司
展售門市	國家書店【松江門市】
	104 台北市中山區松江路209號1樓
	電話：+886-2-2518-0207　傳真：+886-2-2518-0778
網路訂購	秀威網路書店：http://www.bodbooks.com.tw
	國家網路書店：http://www.govbooks.com.tw
法律顧問	毛國樑　律師
總 經 銷	聯合發行股份有限公司
	231新北市新店區寶橋路235巷6弄6號4F
	電話：+886-2-2917-8022　傳真：+886-2-2915-6275

出版日期	2014年5月　BOD一版
定　　價	500元

Printed in Taiwan

國家圖書館出版品預行編目

企業風雲：成功啟示錄 / 薛聖東著. -- 一版. -- 臺北市：
　釀出版, 2014.05
　　面；　公分. -- (釀小説；PG1114)
　BOD版
　ISBN　978-986-5696-08-5 (平裝)

857.7　　　　　　　　　　　　　　　　　103005461

讀者回函卡

感謝您購買本書，為提升服務品質，請填妥以下資料，將讀者回函卡直接寄回或傳真本公司，收到您的寶貴意見後，我們會收藏記錄及檢討，謝謝！如您需要了解本公司最新出版書目、購書優惠或企劃活動，歡迎您上網查詢或下載相關資料：http:// www.showwe.com.tw

您購買的書名：_____

出生日期：_____年_____月_____日

學歷：□高中 (含) 以下　　□大專　　□研究所 (含) 以上

職業：□製造業　□金融業　□資訊業　□軍警　□傳播業　□自由業
　　　□服務業　□公務員　□教職　□學生　□家管　□其它_____

購書地點：□網路書店　□實體書店　□書展　□郵購　□贈閱　□其他

您從何得知本書的消息？

　□網路書店　□實體書店　□網路搜尋　□電子報　□書訊　□雜誌
　□傳播媒體　□親友推薦　□網站推薦　□部落格　□其他_____

您對本書的評價：（請填代號　1.非常滿意　2.滿意　3.尚可　4.再改進）

　封面設計____　版面編排____　內容____　文／譯筆____　價格____

讀完書後您覺得：

　□很有收穫　□有收穫　□收穫不多　□沒收穫

對我們的建議：_____

_____

_____

_____

11466
台北市內湖區瑞光路 76 巷 65 號 1 樓

秀威資訊科技股份有限公司 　　收

BOD 數位出版事業部

⋯⋯⋯⋯⋯⋯⋯⋯⋯⋯⋯⋯⋯⋯⋯⋯⋯⋯⋯⋯⋯⋯⋯⋯⋯⋯⋯⋯⋯⋯⋯

（請沿線對折寄回，謝謝！）

姓　　名：＿＿＿＿＿＿＿＿　年齡：＿＿＿＿　性別：□女　□男

郵遞區號：□□□□□

地　　址：＿＿＿＿＿＿＿＿＿＿＿＿＿＿＿＿＿＿＿＿＿＿＿＿＿

聯絡電話：(日)＿＿＿＿＿＿＿＿＿＿　(夜)＿＿＿＿＿＿＿＿＿＿＿

E-mail：＿＿＿＿＿＿＿＿＿＿＿＿＿＿＿＿＿＿＿＿＿＿＿＿＿＿